전망 좋은 방

전망 좋은 방
A Room with a View

E. M. 포스터 장편소설 고정아 옮김

A ROOM WITH A VIEW
by E. M. FORSTER

Copyright (C) The Provost and Scholars of the King's College of Our Lady and Saint Nicholas, Cambridge, 1908, 1977
Korean Translation Copyright (C) The Open Books Co., 2005, 2009
All rights reserved.

This edition is published by arrangement with Peters, Fraser and Dunlop Ltd through Shinwon Agency Co., Ltd.

이 책은 실로 꿰매어 제본하는 정통적인 사철 방식으로 만들어졌습니다.
사철 방식으로 제본된 책은 오랫동안 보관해도 손상되지 않습니다.

E. M. 포스터는
『전망 좋은 방』을
H. O. M.에게 헌정했습니다.

제1부

제1장 펜션 베르톨리니 … 11

제2장 산타크로체 교회에서 베데커 여행
안내서도 없이 … 27

제3장 음악, 제비꽃, S로 시작하는 말 … 47

제4장 제4장 … 61

제5장 유쾌한 소풍의 가능성 … 70

제6장 아서 비브 목사, 커스버트 이거 목사,
에머슨 씨, 조지 에머슨 씨, 엘리너 래비시 양,
샬럿 바틀릿 양, 루시 허니처치 양이
마차를 타고 전망을 보러 소풍을 가다.
이탈리아인들이 말을 몰다 … 86

제7장 다들 돌아오다 … 101

제2부

제8장 중세 사람 … 119

제9장 예술 작품 루시 … 139

제10장 유머가 가득한 세실	157
제11장 바이스 부인의 최신식 아파트	169
제12장 제12장	177
제13장 샬럿 바틀릿의 보일러가 속을 썩이다	190
제14장 루시가 외부 상황에 용감하게 맞서다	201
제15장 내면의 참상	210
제16장 조지에게 거짓말을 하다	229
제17장 세실에게 거짓말을 하다	240
제18장 비브 목사, 허니처치 부인, 프레디, 하인들에게 거짓말하다	249
제19장 에머슨 씨에게 거짓말을 하다	271
제20장 중세의 종말	293
부록 방이 없는 전망	301
E. M. 포스터의 『전망 좋은 방』·라이어넬 트릴링/이종인 옮김	307
옮긴이의 말	327
E. M. 포스터 연보	331

제1부

제1장
펜션 베르톨리니

「시뇨라가 이러면 안 되지.」 샬럿 바틀릿이 말했다. 「정말 안 돼. 전망 좋은 남쪽 방, 그것도 서로 붙어 있는 두 방을 주기로 해놓고서 이제 와서 북쪽 방밖에 없다니. 보이는 건 펜션 안뜰뿐이고, 게다가 두 방이 뚝 떨어져 있잖아. 아, 루시!」

「게다가 런던내기예요!」 시뇨라의 예상치 못한 말투에 더욱 낙담한 루시가 말했다. 「여긴 런던인 것 같아요.」 루시는 식탁에 두 줄을 이루어 앉은 영국인들을 바라보았다. 영국인들 사이에는 흰색 물병과 붉은색 포도주 병이 역시 줄지어 놓여 있었다. 영국인들 뒤편에는 작고한 여왕과 계관 시인의 초상화가 육중한 틀에 끼워져 걸려 있었다. 그 밖에 벽에 걸린 다른 장식물도 영국 국교회의 게시물(커스버트 이거 목사, 옥스퍼드 대학 석사)이 전부였다.

「샬럿, 꼭 우리가 런던에 온 것 같지 않아요? 문밖에 나가면 전혀 다른 세상이 있다는 게 믿어지지 않아요. 그러니까 사람들이 피곤해지는 거죠.」

「이 고기는 수프 국물을 한 번 우려낸 것 같아.」 샬럿이 포크를 내려놓으며 말했다.

「아르노 강을 보고 싶었어요. 시뇨라가 그때 편지로 약속한 방에서는 아르노 강이 보인다고 했잖아요. 이러면 정말 안 되죠. 너무 실망스러워요!」

「나야 어떤 방이라도 상관없어. 하지만 너마저 전망이 좋은 방을 갖지 못하다니 나한테는 그게 괴로워.」 샬럿이 말했다.

그 말에 루시는 자신이 이기적으로 느껴졌다. 「샬럿, 그렇게 나를 응석받이로 만들지 마요. 당연히 언니도 아르노 강을 봐야죠. 정말이에요. 그러니까 앞쪽에 있는 첫 번째 빈방을……」

「그 방은 네가 써야 해.」 샬럿이 말했다. 샬럿은 여행 비용 일부를 루시의 어머니로부터 보조받는 형편이었고, 그에 대한 고마움을 여행 중에 여러 차례 요령 있게 암시했다.

「아니에요. 언니가 써야 해요.」

「그럴 수 없어. 네 어머니가 나를 용서하지 않을 거야, 루시.」

「언니를 홀대하면 어머니가 〈절〉 용서하지 않을 거예요.」

두 사람의 목소리가 뜨거워졌다. 그리고 사실대로 말하자면 거의 싸우는 양상이 되었다. 두 사람은 피곤했고, 서로를 위한다는 핑계 아래 한껏 언성을 높였다. 식탁에 앉은 다른 사람들이 서로 눈짓을 주고받는 가운데, 어떤 사람 — 외국에 나가면 만나게 되는 교양 없는 부류의 — 이 식탁 위로 몸을 내밀더니 두 사람의 언쟁을 자르고 끼어들었다.

「내 방은 전망이 좋아요. 아주 좋아요.」

샬럿은 깜짝 놀랐다. 펜션 같은 데서는 대개 하루 이틀이 지나야 말을 거는 법이고, 그럴 만한 이유를 찾기도 전에 헤어지는 경우가 다반사다. 샬럿은 그가 교양 없는 부류라는 걸 보지 않고도 알 수 있었다. 그는 육중한 몸집의 늙수그레한 남자였는데, 깨끗이 면도한 얼굴에 눈이 컸다. 그 눈은 어딘지 어린아이 같은 데가 있었다. 노망에서 오는 아이 같음은 아니었다. 그게 정확히 뭔지 샬럿은 생각해 보려 하지 않고 남자의 옷부터 바라보았다. 그다지 마음에 드는 옷차림은 아니었다. 남자는 아마도 두 사람이 언쟁을 벌이기 전부터 그들에게 말을 걸고 싶어 한 것 같았다. 그래서 샬럿은 일부러 얼이 빠진 듯한 표정으로 남자의 말을 듣고 나서 말했다.

「전망이라고요? 아, 전망! 전망이 좋으면 기쁜 일이지요!」

「이 아이는 내 아들 조지예요. 이 녀석 방도 전망이 좋습니다.」 남자가 말했다.

「아.」 샬럿은 루시가 뭐라고 말하려는 것을 막으며 짧게 내뱉었다.

「그러니까 내 말은, 두 분이 우리 부자의 방을 써도 좋다는 겁니다. 우리가 두 분의 방을 쓰고 말이에요. 그러니까 방을 바꾸자는 거요.」 남자가 계속 말했다.

상대적으로 높은 사회 계층에 속한 투숙객들은 이 말에 경악하고, 새로 온 두 여자에게 동정의 눈길을 던졌다. 샬럿은 입을 될 수 있는 한 조그맣게 벌리고 대답했다.

「대단히 고맙습니다만, 그것은 안 됩니다.」

「아니 왜요?」 남자가 탁자 위에서 두 주먹을 불끈 쥐며 물었다.

「왜냐면 그것은 안 되기 때문입니다. 어쨌건 고맙습니다.」

「그러니까 우리로서는 말씀하신……」

루시가 입을 열자, 샬럿이 다시 가로막았다.

「왜 안 된다는 겁니까? 여자들은 바깥 전망을 내다보기 좋아하지만, 남자들은 안 그래요.」 남자는 물러서지 않았다.

남자는 버릇없는 아이처럼 두 주먹으로 식탁을 쾅 내리치더니 아들에게 고개를 돌리고 말했다. 「조지, 네가 저분들을 좀 설득해 봐라!」

「여자분들이 당연히 우리 방을 쓰셔야 해요. 그 밖에는 할 말이 없어요.」 아들이 입을 열었다.

아들은 두 여자를 보지도 않은 채 말했지만, 그 목소리에는 당혹감과 우울함이 배어 있었다. 루시도 당혹스러웠지만, 자신들이 〈소동〉의 한가운데 자리하고 있다는 건 잘 알았다. 그리고 이 교양 없는 여행객들이 말을 하면 할수록 논쟁은 계속 커져서, 결국에는 전망 좋은 방이 아니라 전혀 다른 어떤 것, 여태까지는 그런 게 있는 줄도 몰랐던 어떤 것에 맞닥뜨릴 것 같다는 기묘한 느낌이 들었다. 저 늙수그레한 남자는 거의 화를 내다시피 샬럿을 공격했다. 왜 바꾸지 않는 겁니까? 무슨 이유로 반대하는 겁니까? 방을 비우는 데는 30분이면 충분합니다.

샬럿 바틀릿은 세련된 대화술에는 능했지만 이런 식의 막무가내 앞에서는 무력했다. 이렇듯 난폭한 사람을 무시하기란 불가능했다. 그녀는 불쾌감으로 얼굴이 달아올랐다. 그래서 〈여러분은 모두 이런 식인가요?〉라고 물어보듯 식당을 둘러보았다. 그러자 식탁 저편에 숄을 의자 등받이에 걸쳐놓은 노부인 둘이 샬럿의 눈길을 대하며 〈그럴 리가요. 우리는 교양 있는 사람들인걸요〉라는 신호를 보냈다.

「식사해라, 얘야.」 샬럿은 루시에게 말하고, 방금 비난했던 고기를 뒤적거렸다.

루시가 좀 이상한 사람들인 것 같다고 중얼거렸다.

「식사하라니까. 펜션을 잘못 고른 것 같다. 내일 숙소를 바꾸자.」

하지만 이 냉혹한 결정은 내려지자마자 번복되었다. 식당 끝에 드리워진 커튼이 열리면서 목사 한 명이 나타났기 때문이다. 오동통하면서 매력적인 모습을 한 목사는 허겁지겁 식탁으로 달려들어 늦어서 미안하다고 명랑하게 사과했다. 아직 예의범절이 몸에 완전히 익지 않은 루시가 벌떡 일어나서 소리쳤다.

「이럴 수가! 비브 목사님 아니세요? 너무 반가워요! 샬럿,

우리는 여기서 묵어야 돼요. 방이 아무리 나빠도요!」

샬럿은 좀 더 조신했다.

「안녕하세요, 비브 목사님. 목사님께서는 샬럿 바틀릿과 루시 허니처치를 잊으셨겠지만, 목사님께서 세인트 피터 교회의 주임 목사님을 도와주시던 그 추웠던 부활절에 저희가 턴브리지 웰스에 함께 있었답니다.」

휴가 중이라는 분위기가 역력한 비브 목사는 두 사람이 자신을 기억하는 만큼 그들을 잘 기억하지 못했다. 하지만 유쾌한 표정으로 다가와서 루시가 앉으라고 손짓한 의자에 앉았다.

「이렇게 만나다니 너무 반가워요.」 영적 허기에 빠져 있던 루시는 사촌 언니 샬럿이 허락했다면 아마 급사를 만났어도 그렇게 반가워했을 것이다. 「세상이 이렇게 좁네요. 서머 스트리트를 생각하면 더 재미있고요.」

「루시 허니처치 양은 서머 스트리트 교구에 산답니다.」 샬럿 바틀릿이 설명했다. 「얼마 전에 루시에게 들었는데 목사님께서 이제 그곳으로……」

「지난주에 어머니 편지를 받고 알게 됐어요. 어머니는 제가 턴브리지 웰스에서 목사님을 만난 걸 모르시더라고요. 그래서 제가 얼른 답장을 써서 알려 드렸죠. 〈비브 목사님은…….〉」

「예, 맞습니다. 이번 6월에 서머 스트리트 교구로 옮깁니다. 그렇게 사랑스러운 교구를 맡게 되다니 제가 복이 많은 거지요.」 목사가 대답했다.

「정말로 기뻐요! 저희 집은 〈윈디 코너〉예요.」

목사가 고개 숙여 인사했다.

「어머니랑 저랑 주로 있고요, 남동생은 교회에 자주 가지 않지만…… 저, 교회가 좀 멀어서요.」

「루시, 목사님 식사하셔야지.」

「먹고 있습니다. 고맙습니다. 잘 먹고 있습니다.」

목사는 루시와 이야기하는 편이 더 좋았다. 루시가 피아노 치던 모습이 기억났기 때문이다. 대신 샬럿은 아마도 자신의 설교를 기억하고 있을 터였다. 그는 루시에게 피렌체를 잘 아느냐고 물었다가, 처음 와봤다는 골자의 대답을 약간 장황하게 들었다. 새내기에게 조언을 해주는 것은 즐거운 일이다. 게다가 그는 첫 번째 조언자였다.

「주변 시골을 둘러보는 걸 잊지 마세요. 날씨가 맑은 오후에 가장 먼저 가볼 곳은 피에졸레예요. 마차를 타고 거기에 간 다음 세티냐노나 그 부근을 돌아보세요.」

목사가 조언을 마무리하자, 식탁 저쪽 끝에서 〈아니에요!〉 하는 외침 소리가 울렸다.

「목사님, 틀리셨어요. 날씨가 맑은 오후에 이 숙녀분들이 가장 먼저 가봐야 할 곳은 프라토예요.」

「저 여자 아주 똑똑해 보이는구나. 우리한테는 다행이다.」 샬럿이 루시에게 속삭였다.

그런 뒤 두 사람 앞으로 정보의 홍수가 밀려들었다. 사람들은 무얼 봐야 하는지, 그걸 언제 봐야 하는지, 전차는 어떻게 타야 하는지, 거지는 어떻게 쫓아야 하는지, 양피지 압지는 얼마에 사야 하는지, 두 사람이 결국 피렌체를 얼마나 사랑하게 될지 등의 이야기를 쏟아 냈다. 펜션 베르톨리니 일동은 열의에 차서 정말로 그렇게 될 거라고 결론을 내렸다. 어느 쪽으로 시선을 돌려도 친절한 여자들이 미소 띤 얼굴로 소리쳤다. 그 모든 목소리들 위로 똑똑한 여자의 외침이 들렸다.

「프라토! 프라토를 가봐야 해요. 거긴 말할 수 없이 누추하게 아름다운 곳이에요. 내가 거길 좋아하는 건 체면이라는 속박을 벗어던질 수 있기 때문이에요.」

조지라고 불린 젊은이가 똑똑한 여자 쪽을 보았다가 다시 자기 접시로 우울한 얼굴을 돌렸다. 그와 그의 아버지는 분명히 여기 어울리지 않았다. 루시는 열렬한 관심을 한 몸에 받는 가운데 잠깐이지만 그들도 함께 어울렸으면 좋겠다는 생각을 했다. 누군가 따돌림을 당하는 일이 특별히 즐거울 건 없다. 그래서 자리에서 일어선 뒤 뒤로 돌아서서 소외된 두 남자에게 고개를 살짝 숙여 어색한 인사를 했다.

아버지는 그걸 못 봤지만 아들은 알아차렸다. 그는 고개는 숙이지 않았지만 눈썹을 살짝 추켜세우고 미소를 지어 보임으로써 거기 응답했다. 마치 그녀 뒤편의 무언가를 향해 보내는 듯한 미소였다.

그녀는 얼른 사촌의 뒤를 따랐다. 샬럿은 이미 커튼 뒤로 사라지고 없었다. 커튼이 루시의 얼굴에 철썩 부딪쳤는데, 그 느낌이 어찌나 무거운지 천이 아닌 다른 재료로 만들어진 것 같았다. 커튼 뒤에는 그 믿지 못할 시뇨라가 어린 아들 에네리와 딸 빅토리에르를 데리고 서서 손님들에게 인사했다. 런던내기가 남유럽의 친절과 상냥함을 전달해 주려 하는 재미있는 장면이었다. 그보다 더 재미있는 건 블룸즈버리 하숙집들의 편안함과 겨루고자 하는 듯한 응접실이었다. 정말 여기가 이탈리아인가?

샬럿 바틀릿은 속을 꽉 채운 안락의자에 앉아 있었다. 의자는 색깔도 생김도 전체적으로 토마토와 비슷했다. 샬럿은 비브 목사와 이야기 중이었는데, 길고 좁은 얼굴을 규칙적으로 앞뒤로 흔드는 품이 마치 눈에 보이지 않는 어떤 장애물이라도 부수려는 것 같았다. 「정말 고맙습니다.」 그녀가 말했다. 「첫날은 언제나 힘들기 마련이죠. 목사님이 들어오신 그 순간이 저희한테는 *mauvais quart d'heure*(괴로운 시간)였어요.」

목사는 유감을 표시했다.

「혹시 식당에서 저희 맞은편에 앉아 있던 나이 든 남자의 이름을 아시나요?」

「에머슨입니다.」

「그 사람이랑 친하신가요?」

「친하게 지내죠. 펜션에서는 다 그러니까.」

「그러면 더 이상 말하지 않겠어요.」

하지만 목사가 궁금함을 표시하자 그녀는 얼른 말을 이었다.

「말하자면 저는 제 사촌 동생 루시의 샤프롱[1]이에요. 루시를 생전 처음 보는 사람들에게 신세지게 할 수는 없지요. 그 남자의 언행은 좀 부적절했어요. 제 행동이 최선의 대응책이었기를 바랍니다.」

「바틀릿 양은 아주 자연스럽게 행동했습니다.」 목사가 말했다. 그러더니 잠시 생각에 잠겼다가 다시 말했다. 「하지만 제가 볼 때는 그 제안을 받아들여도 큰 지장은 없을 것 같은데요.」

「지장은 없겠죠. 하지만 우리는 남에게 신세질 수 없어요.」

「에머슨 씨는 조금 특이한 분입니다.」 목사는 다시 한 번 머뭇거리고 나서 부드럽게 말했다. 「그 제안을 받아들여도 에머슨 씨가 그걸 빌미로 두 분에게 뭘 요구하지는 않을 겁니다. 감사 인사조차 기대하지 않을 거예요. 그분의 장점은, 그게 장점이라면, 마음속 생각을 그대로 말한다는 겁니다. 자기들에게는 별로 중요하지 않은 방이지만, 두 분한테는 특별한 가치를 지닐 수 있다고 생각한 거죠. 그분은 예의 같은 데 구애받지 않는 만큼 누구한테 은혜를 베푼다는 생각도 안 할 겁니다. 진실을 말하는 사람을 이해한다는 건, 적어도 저한테는 참 어려운 것 같습니다.」

루시가 유쾌해져서 말했다. 「저는 그분이 좋은 사람이면 좋겠다고 생각했어요. 저는 언제나 모두가 다 좋은 사람이면

---

[1] 젊은 처녀를 데리고 다니며 보호하는 나이 든 여성.

좋겠어요.」

「좋은 분입니다. 하지만 좀 피곤한 것도 사실이죠. 저는 거의 모든 부분에서 그분과 생각이 다릅니다. 두 분도 역시 그럴 거라고…… 아니 어쩌면 그러기를 바랍니다. 그래도 욕은 할 수 없는 사람입니다. 처음 며칠 사이에 그분은 어쩌면 당연하게도 모든 사람하고 척지게 됐어요. 요령도 없고 조심하지도 않으니까. 그렇다고 무례하다는 건 아니지만, 그분은 자기 생각을 속으로만 간직하는 법이 없어요. 한번은 사람들이 에머슨 씨에 대해 저 답답한 시뇨라에게 집단적으로 불평하려고 한 적도 있습니다만, 지금은 그러지 않은 걸 다행이라고 생각합니다.」

「그렇다면 그 사람은 혹시 사회주의자인가요?」 샬럿이 물었다.

비브 목사는 편의를 위해 용어 자체는 인정했지만, 대답하는 입가가 살짝 비틀어졌다.

「그렇다면 아들도 사회주의자로 키웠겠군요?」

「저는 조지에 대해서는 잘 모릅니다. 그 친구는 아직 사람들하고 말하는 법을 익히지 못한 것 같아요. 어쨌거나 착해 보이고, 머리도 좋은 것 같습니다. 물론 전체적으로 아버지랑 비슷한 점이 많지요. 그러니까 그 친구도 사회주의자일 가능성이 높습니다.」

「그 말씀을 들으니 비로소 마음이 놓이는군요. 그러면 그 사람들의 제안을 받아들이는 게 좋을까요? 목사님이 보시기에는 제가 속 좁고 의심 많은 사람 같지요?」 샬럿이 말했다.

「아니요, 그런 뜻으로 말씀드린 건 전혀 아닙니다.」 목사가 대답했다.

「어쨌건 제가 그렇게 명백한 무례를 저지른 것은 사과해야 하지 않을까요?」

목사는 약간 짜증이 이는 것을 느끼며 그럴 필요는 전혀 없을 거라고 대답한 뒤 자리에서 일어나 흡연실로 갔다.

목사가 사라지자 샬럿이 물었다. 「내가 지겹게 굴었나? 루시, 너는 왜 아무 말도 안 하니? 목사님은 젊은 사람들을 더 좋아할 텐데. 내가 그분을 독점한 게 아니었으면 좋겠다. 나는 아까 식사 시간뿐 아니라 저녁 나절에도 네가 목사님과 함께 있으면 좋을 거라고 생각했어.」

「좋은 분이세요. 제 기억 속 모습과 똑같아요. 사람들의 좋은 점을 잘 보시죠. 별로 성직자 같지 않아요.」 루시가 말했다.

「얘, 루시아…….」

「언니도 제 말뜻을 알 거예요. 목사들이 어떻게 웃는지 잘 알잖아요. 그런데 비브 목사님은 보통 사람처럼 웃어요.」

「재미있는 아이라니까! 너만 보면 네 어머니 생각을 안 할 수가 없어. 그나저나 네 어머니가 비브 목사님을 좋아하실지 모르겠다.」

「당연히 좋아하실 거예요. 프레디도요.」

「하긴 윈디 코너 사람들은 모두 그럴 것 같구나. 거긴 최신 유행의 세계잖니. 하지만 내가 사는 턴브리지 웰스에서는 모두가 대책 없이 시대에 뒤떨어져서 말이야.」

「네에.」 루시가 풀이 죽어 대답했다.

무언가 못마땅하다는 기색이 전해졌지만, 그게 루시에 대한 것인지 비브 목사에 대한 것인지, 아니면 윈디 코너의 최신 유행 세계에 대한 것인지 턴브리지 웰스의 좁은 세계에 대한 것인지 루시는 알 수 없었다. 그래서 그게 무언지 알아보려 했지만, 언제나처럼 그녀는 서툴기만 했다. 샬럿은 누굴 못마땅해하겠느냐고 용의주도하게 피한 뒤 덧붙였다. 「내가 너한테 귀찮은 짐이 되지 않을까 걱정이구나.」

그 말을 듣고 루시는 다시 생각했다. 〈내가 너무 나만 알고

인정머리 없이 굴었어. 앞으로는 좀 더 주의해야겠어. 샬럿은 가난하다는 사실 때문에 얼마나 괴로울까?〉

다행히 조금 전부터 한쪽에서 따뜻한 웃음을 짓고 있던 노부인들 중 한 명이 다가와서 비브 목사가 앉았던 자리에 앉아도 되겠느냐고 물었다. 좋다고 하자 노부인은 나긋나긋한 어조로 이탈리아에 대한 이야기를 시작했다. 여기 온 건 엄청난 모험이었다고, 하지만 그 모험은 성공을 거두고 있다고, 언니의 건강이 많이 좋아졌다고, 밤에는 창문을 모두 닫아야 한다고, 아침에는 물병을 모두 비워 내야 한다고. 노부인은 이야기를 재미있게 잘했고, 그 노부인의 이야기는 응접실 한쪽에서 뜨겁게 오가는 구엘프[2]니 기벨리네[3]니 하는 고담준론보다 훨씬 새겨들을 만한 것이었다. 실제로 베네치아에 머물던 어느 날 저녁, 루시의 숙소에 벼룩보다 끔찍한 어떤 것 — 물론 다른 어떤 것보다는 나았지만 — 이 들어온 일이 있었다. 그 참담함은 도저히 사소한 일화로 치부할 수 없을 정도였다.

「하지만 여기는 영국만큼 안전할 거야. 게다가 시뇨라 베르톨리니도 아주 영국적이고 말이야.」

「하지만 저희 방은 냄새가 나는걸요. 잠자기가 겁나요.」

루시의 말에 노부인이 한숨을 쉬었다. 「아, 창이 안뜰로 난 그 방이로군. 에머슨 씨가 조금만 더 요령이 있었다면 얼마나 좋았을까? 아까 식당에서 벌어진 일은 우리도 유감이었어.」

「그분도 좋은 뜻으로 그러셨을 거예요.」

「물론 좋은 뜻으로 그러신 거죠. 비브 목사님께서 좀 전에 제 의심 많은 성격을 꾸짖어 주셨어요. 물론 저야 제 사촌 동생을 위해서 그랬던 거지만요.」 샬럿이 루시의 말을 받았다.

「아무렴 그렇겠지.」 노부인이 말했다. 그리고 노부인과 샬

---

2 중세 이탈리아 역사에서 교황을 지지한 정파.
3 신성로마제국 황제를 지지한 정파.

럿은 젊은 처녀를 데리고 다닐 때는 아무리 주의해도 지나치지 않다고 의견의 일치를 보았다.

루시는 얌전히 있고 싶었지만, 엄청난 바보가 된 것 같은 느낌을 피할 수 없었다. 집에서는 아무도 루시 때문에 주의하지 않았다. 설령 주의했다 해도 어쨌거나 루시가 눈치 챌 만큼은 아니었다.

「아버지 에머슨 씨는 나도 잘 몰라. 별로 요령이 있는 사람은 아니지. 하지만 세상에는 품위는 없어도 일을 아름답게 만드는 사람들이 있어.」

「아름답다고요?」 샬럿은 어리둥절해졌다. 「아름다움과 품위는 같은 게 아닌가요?」

「대개는 그렇게 생각하지. 하지만 가끔 보면 세상 일이 그렇게 간단한 것만은 아닌 것 같아.」 노부인이 난처한 듯 대답했다.

노부인은 더 이상 나아가지 못했다. 비브 목사가 즐거운 표정이 되어 다시 나타났기 때문이다.

「바틀릿 양, 방 문제가 해결됐습니다. 정말 다행이네요. 흡연실에서 에머슨 씨를 만났습니다. 그분이 방 이야기를 하기에, 제가 다시 한 번 말씀을 해보라고 권유했죠. 그랬더니 저더러 대신 말씀을 전해 달라고 하시는군요. 호의를 받아 주시면 고맙겠다고요.」

「아, 샬럿! 이제 우리는 방을 바꿔야 해요. 에머슨 씨는 정말 친절하신 분이네요.」 루시가 사촌에게 소리쳤다.

샬럿 바틀릿은 입을 꾹 다물었다.

잠시 후 비브 목사가 말했다. 「제가 주제넘은 짓을 했나 보군요. 끼어들어서 죄송합니다.」

그가 실망해서 돌아서자 그제야 샬럿이 말했다.

「루시, 내가 무슨 소망을 가졌다고 해도 그건 네 소망과 비교하면 조금도 중요하지 않아. 네가 피렌체에서 원하는 일을 내가 어떻게 가로막을 수 있겠니? 내가 여기 온 것도 다 네호의 덕분인데. 네가 나한테 그 남자 분들을 자기 방에서 내보내 달라고 한다면 그렇게 할 수밖에. 그러니까 비브 목사님, 에머슨 씨에게 제가 그 친절하신 제안을 기쁘게 받아들인다고 전해 주시고, 개인적으로 감사 인사를 드릴 수 있도록 그분을 여기까지 모시고 와주실 수 없는지요?」

샬럿의 목소리가 점점 높아져서 온 응접실로 울려 퍼지자, 구엘프와 기벨리네에 대한 토론이 뚝 멈추었다. 목사는 속으로 여자라는 종족을 욕하면서 고개 숙여 인사하고 흡연실로 돌아갔다.

「루시, 잊지 마. 이 일은 내가 다 처리할 거야. 네가 그 사람들하고 관련되게 하고 싶지는 않아. 그러니까 내게 모든 걸 맡겨.」

비브 목사가 돌아와서 약간 불안한 기색으로 말했다.

「에머슨 씨가 바쁘다고 하네요. 하지만 여기 아들이 대신 왔습니다.」

젊은이는 세 명의 숙녀를 내려다보았다. 의자가 몹시 낮아서 세 사람은 마치 응접실 바닥에 앉아 있는 것 같았다.

「아버지는 지금 목욕 중이시라서 직접 감사 인사를 들으실 수가 없습니다. 하지만 저한테 무슨 말씀이든 해주시면 아버지께서 나오시는 대로 전해 드리겠습니다.」 젊은이가 말했다.

그러니까 샬럿 바틀릿이 목욕보다 덜 중요하다는 이야기였다. 그녀의 날 선 예의범절이 두서없이 비틀거렸다. 에머슨 청년의 멋진 승리는 비브 목사를 기쁘게 했고, 루시에게도 은근한 즐거움을 주었다.

「가엾은 젊은이! 멋대로 방을 내주기로 한 아버지가 얼마나 미울까? 저 친구는 예의를 지키기 위해 저렇게 할 수밖에 없었을 거야.」 청년이 돌아가자 샬럿이 말했다.

「30분이면 두 분의 방이 준비될 겁니다.」 비브 목사가 말했다. 그리고 생각에 잠겨서 두 사촌 자매를 바라보더니, 철학적 일기를 쓰기 위해 자기 방으로 돌아갔다.

「이런!」 노부인이 한숨을 쉬더니 세상 모든 바람이 방으로 들어온 듯 몸을 떨었다. 「남자들은 어떨 때는 도대체 몰라요……」 노부인의 목소리는 잦아들었지만, 샬럿이 그 말을 이해하는 듯한 태도를 보여서 대화는 계속 이어졌고, 그 대화 속에서는 도대체 뭘 모르는 남자들이 주인공이 되었다. 역시 모르는 게 많은 루시는 조용히 책을 펼쳐 들었다. 베데커 출판사판 『이탈리아 북부 여행 안내서』를 손에 들고 루시는 피렌체 역사의 중요한 날짜들을 외우려고 애썼다. 바로 내일부터 당장 피렌체 구경을 다니기로 마음먹었기 때문이다. 그렇게 유익한 시간이 30분 흐른 뒤, 마침내 샬럿이 한숨을 쉬며 일어났다.

「이제 가봐야겠구나. 아냐, 루시. 너는 가만있어. 이 일은 내가 다 알아서 할게.」

「어떻게 언니가 모든 걸 다 해요?」

「당연하지. 이건 내 일이니까.」

「하지만 저도 돕고 싶어요.」

「안 돼.」

샬럿의 놀라운 에너지! 그리고 헌신적 태도! 샬럿은 평생을 그런 식으로 살아왔지만, 이 이탈리아 여행에서는 진실로 자신의 한계를 뛰어넘고 있었다. 루시는 그렇게 느꼈다. 아니면 그렇게 느끼려고 애썼다. 하지만…… 그녀 안에 있는 반항 정신은 방을 받아들이는 게 품위는 없지만 아름다운 일이 아닌가 하는 의문을 품었다. 어쨌거나 그녀는 아무런 기쁨도 느끼지 못한 채 자기 방으로 들어갔다.

「왜 내가 큰 방을 써야 하는지 설명해 줄게. 물론 네가 큰 방을 쓰는 게 당연하지만, 좀 전에 우연히 그 방이 젊은이가 쓰던 방이란 걸 알게 됐어. 네 어머니도 분명히 네가 그 방을 쓰는 걸 찬성하시지 않을 거야.」 샬럿이 말했다.

루시는 어리둥절했다.

「네가 호의를 받아들여야 한다면 아들보다는 아버지 쪽의 신세를 지는 게 더 낫다는 거야. 나는 견문이 좁은 대로 어쨌건 세상을 겪은 여자고, 그래서 세상일이 돌아가는 이치를 알아. 물론 비브 목사님이라는 보증이 있으니, 그 사람들이 이걸로 뭘 어떻게 해보려는 생각은 못하겠지만.」

「어머니는 어떻든 신경 쓰지 않으실 거예요.」 그렇게 말하자 루시는 다시 한 번 이 일에는 무언가 좀 더 크고 지금껏 상상해 보지 못한 문제가 연결되어 있다는 느낌이 들었다.

샬럿은 말없이 한숨만 폭 쉬더니, 루시를 끌어안고서 잘 자라고 인사했다. 안개 같은 느낌이 드는 포옹이었다. 루시는 자기 방으로 들어간 뒤 창문을 열어 맑은 밤공기를 들이마시면서, 아르노 강에서 춤추는 불빛들과 산미니아토 교회의 사이프러스 나무들, 그리고 떠오르는 달빛 아래 검게 웅크린 아펜니노 산맥 자락의 언덕들을 볼 수 있게 해준 친절한 노인을 생각했다.

샬럿은 자기 방에서 덧창을 닫고 문을 잠근 뒤, 벽장이 어디로 통하는지, 뚜껑문이나 비밀 출입구는 없는지 온 방을 살살이 살폈다. 그러고 나서 세면대 위에 종이 한 장이 핀으로 꽂혀 있는 걸 보았다. 종이에는 커다란 물음표 하나만 달랑 그려져 있었다.

〈이게 도대체 무슨 뜻이지?〉 샬럿은 고개를 갸우뚱하며 촛불 아래 그 물음표를 찬찬히 살펴보았다. 그것은 처음에는 아무 의미도 없어 보였지만, 가만 들여다보니 점점 음험하고 불온하고 사악한 기운이 느껴졌다. 그녀는 종이를 없애 버리고 싶다는 충동을 느꼈지만, 다행히 곧 자신에게는 그럴 권리가 없다는 걸 깨달았다. 그건 에머슨 청년의 물건이 분명했기 때문이다. 그래서 그녀는 종이를 조심스럽게 떼어 낸 뒤 깨끗하게 보관하기 위해 두 장의 압지 사이에 끼워 넣었다. 그런 뒤 객실 탐사를 마치고 습관대로 깊은 한숨을 내쉬고는 잠자리에 들었다.

제2장
산타크로체 교회에서 베데커 여행 안내서도 없이

피렌체에서 깨어나는 일, 햇살 비쳐 드는 객실에서 눈을 뜨는 일은 유쾌했다. 붉은 타일이 깔린 객실 바닥은 실제와는 달리 겉으로는 깨끗해 보였다. 천장에 그려진 그림에서는 분홍색 그리핀[4]과 파란색 아모리니[5]들이 노란색 바이올린과 바순의 숲에서 노닐고 있었다. 거기다 창문을 활짝 열어젖히는 일, 익숙하지 않은 걸쇠를 푸는 일도, 햇빛 속으로 몸을 내밀고 맞은편의 아름다운 언덕과 나무와 대리석 교회들, 또 저만치 앞쪽에서 아르노 강이 강둑에 부딪히며 흘러가는 모습을 보는 일도 유쾌했다.

강 건너편 모래밭에서는 남자들이 삽과 체를 들고 작업을 하고 있었고, 강물 위에는 무슨 용도인지 알 수 없는 배가 한 척 떠 있었다. 전차가 창문 아래로 덜컹거리며 다가왔다. 안에 탄 승객은 관광객 한 명뿐이었지만, 바깥 난간에는 입석을 선호하는 이탈리아인들이 바글거렸다. 아이들이 전차 뒤에 매달리려고 기를 썼고, 차장은 별다른 악의 없이 아이들을 쫓으려고 얼굴에 대고 침을 뱉었다. 그 뒤로 잘생기고 왜소한

---

[4] 독수리 머리와 사자 몸통에 날개가 달린 괴물.
[5] 날개 달린 아기.

군인들이 나타났다. 저마다 지저분한 모피 배낭을 하나씩 짊어지고, 덩치 큰 군인을 위해 재단된 듯 지나치게 큰 외투를 입고 지나갔다. 어리석고 사나워 보이는 장교들이 그 옆을 걸었고, 앞에서는 꼬맹이들이 군악대 소리에 맞추어 공중제비를 넘었다. 전차가 병사들 틈에 엉켜서 개미 떼에 둘러싸인 애벌레처럼 꾸물꾸물 전진했다. 꼬맹이 한 명이 넘어졌고, 아치형 지붕이 덮인 골목에서 흰 소들이 나왔다. 단추걸이를 파는 노인의 현명한 충고가 없었다면, 도로는 결코 정돈되지 않았을 것이다.

이처럼 사소한 일들에 정신을 쏟다 보면 소중한 시간들이 뭉텅뭉텅 낭비되고, 여행객들은 조토 작품의 뛰어난 질감이나 교황 제도의 타락상을 알아보려고 이탈리아를 찾았다가 그저 푸른 하늘과 그 아래 사는 남녀들만을 기억한 채 돌아가기도 한다. 그러므로 샬럿이 문을 두드리고 들어와서 루시에게 문을 잠가 두지 않은 것과 옷을 제대로 갖춰 입지 않고 창밖으로 몸을 내민 것에 주의를 주고, 서두르지 않으면 좋은 시간을 다 놓쳐 버릴 거라고 채근한 것도 그렇게 나쁜 일은 아니었다. 루시가 채비를 갖추고 가보니, 이미 식사를 마친 샬럿은 빵 부스러기들만을 남긴 채 똑똑한 여자의 말을 듣고 있었다.

그런 뒤 대화가 이어졌는데, 그들의 대화 방식은 이제 결코 낯설지 않은 것이었다. 샬럿은 조금 피곤하다며, 루시가 굳이 나가고 싶지 않다면 오전 동안은 그냥 펜션에서 쉬는 게 좋지 않을까 생각한다고 말했다. 하지만 피렌체에서 첫 아침을 맞은 루시는 나가고 싶었고, 혼자서라도 나갈 수 있다고 생각했다. 샬럿은 허락할 수 없었다. 당연히 네가 가면 나도 가야지. 아, 그러지 마요. 그러면 나도 같이 쉴게요. 아냐, 그건 안 돼! 아뇨, 돼요!

그러자 똑똑한 여자가 끼어들었다.

「주위의 눈이 신경 쓰여서 그러는 거라면, 걱정 안 해도 될 것 같군요. 허니처치 양은 영국 사람이니까 더없이 안전할 거예요. 이탈리아인들은 알아요. 내 친구 바론첼리 백작 부인은 딸이 둘 있거든요. 아이들을 등교시켜 줄 하녀가 없으면, 내 친구는 아이들한테 밀짚모자를 씌워서 보내요. 그러면 사람들이 아이들을 영국 사람으로 알죠. 머리를 뒤로 팽팽히 당겨서 묶으면 더 그렇고요.」

샬럿은 바론첼리 백작 부인 딸들의 안전이 별로 믿기지 않았다. 그래서 두통도 그리 심하지 않으니, 루시를 직접 데리고 나가겠다고 했다. 그러자 똑똑한 여자가 자신이 오전에 산타크로체 교회에 가서 좀 있을 예정인데, 루시도 같이 가면 좋을 거라고 말했다.

「내가 꼬질꼬질한 뒷길로 안내할게요, 허니처치 양. 만약 아가씨가 행운을 불러온다면 우리는 함께 모험을 하게 될지도 몰라요.」

루시는 고맙다고 말하고, 그 자리에서 베데커 여행 안내서를 펼쳐 산타크로체 교회를 찾았다.

「이런, 루시 양! 베데커 여행 안내서에서 빨리 벗어나요. 그 책은 수박 겉핥기라고요. 그 책의 저자는 진정한 이탈리아에 대해 꿈꾼 적도 없을 거예요. 진정한 이탈리아는 끈기 있는 관찰을 통해서만 발견된답니다.」

그 말은 몹시 흥미로웠고, 루시는 서둘러 아침 식사를 마친 뒤 새 친구와 함께 들뜬 기분으로 길을 나섰다. 드디어 이탈리아가 다가오고 있었다. 그 런던내기 시뇨라와 그녀가 망쳐 놓은 일들이 잘못 꾼 꿈처럼 가볍게 사라졌다.

래비시 양 — 바로 그 똑똑한 여자의 이름이었다 — 은 오른쪽으로 돌아서 햇살 가득한 아르노 강변로를 따라 걸었다.

날씨가 어찌나 포근한지! 하지만 샛길에서는 칼날 같은 바람이 불어왔다. 폰테 알레 그라치에는 단테가 언급한 다리라서 더욱 흥미로웠고, 산미니아토 교회는 흥미로운 동시에 아름다웠다. 루시는 십자가에 달린 그리스도가 살인자에게 입 맞추는 조각의 이야기를 생각했다. 강물 위의 남자들은 낚시를 하고 있었다(이건 사실이 아니었지만, 눈으로 보는 건 대개 그런 법이다). 래비시 양은 흰 소들이 나왔던 골목으로 뛰어들더니 그 자리에 우뚝 멈춰 서서 소리쳤다.

「이 냄새! 진정한 피렌체의 냄새! 도시들에는 다 고유한 냄새가 있답니다!」

「이게 좋은 냄새인가요?」 어머니에게서 결벽증을 물려받은 루시가 물었다.

「깔끔함을 찾아 이탈리아에 오는 사람은 없어요. 사람들은 삶을 찾으러 여기에 오지요. 본 조르노! 본 조르노!」 래비시 양은 오른쪽 왼쪽으로 고개를 돌려 가며 사람들에게 인사했다. 「저 멋진 포도주 마차를 보세요! 마부가 우리를 보네요. 정말로 순박한 영혼이죠!」

래비시 양은 바쁘고 정신없이 피렌체의 거리를 누볐다. 그 모습은 고양이처럼 발랄했지만, 물론 고양이 같은 우아함은 없었다. 그렇게 똑똑하고 활달한 사람과 함께 길을 나선 것은 루시에게 행운이었다. 그녀가 입은 청색 군대식 망토도 이탈리아 장교들이 입은 것과 비슷해서 들뜬 여행 분위기를 한껏 높여 주었다.

「본 조르노! 루시 양, 나이 든 여자의 말을 들어요. 신분이 낮은 사람들에게 예의를 표하는 건 나쁜 일이 아니에요. 그것이야말로 진정한 민주주의죠. 거기다 나는 급진파기도 하지만요. 이런, 내 말에 놀랐나 봐요!」

「아뇨, 안 놀랐어요!」 루시가 큰소리로 대답했다. 「우리 집도 철두철미 급진파인걸요. 아버지는 언제나 글래드스톤한테 투표하셨어요. 아일랜드 일로 놀라시기 전까지는요.」

「아하, 그렇다면 이제는 적의 편으로 넘어가셨다는 말이네요.」

「그렇지 않아요! 아버지가 아직 살아 계신다면, 아일랜드 문제가 진정된 지금 다시 급진당에 투표하실 게 분명해요. 사실 지난번 선거 때 우리 집 현관 위의 유리가 깨졌는데, 프레디 말로는 토리당원들의 짓이 분명하대요. 하지만 어머니는 지나가던 부랑자가 그랬을 거라고 엉뚱한 말씀만 하시죠.」

「저런 고약해라! 집이 혹시 공장 지대인가요?」

「아뇨, 서리 주의 고원 지대예요. 도킹에서 5마일 정도 떨어져 있고요, 윌드 숲을 굽어보고 있어요.」

래비시 양은 흥미로운 듯 걸음을 늦추었다.

「정말 좋은 곳이네요. 저도 잘 알아요. 훌륭한 분들이 많이 사시죠. 혹시 해리 오트웨이 경을 알아요? 그분도 급진파일 텐데.」

「잘 알아요.」

「그러면 박애주의자 버터워스 부인은요?」

「그 할머니는 우리 땅을 임차해서 쓰시는걸요! 정말 재미있네요!」

래비시 양은 구름 사이로 좁게 드러난 하늘을 보면서 중얼거렸다.

「그렇다면 서리 주에 토지가 있다는 말이군요.」

「아뇨, 얼마 없어요.」 루시는 재산 자랑을 하는 것 같을까 봐 걱정이 됐다. 「다해서 30에이커 정도예요. 산기슭의 농경지 조금하고요, 얼마간의 밭이 전부예요.」

래비시 양은 기분 나빠하지 않는 것 같았다. 그 정도라면 자기 숙모의 서포크 영지 정도 될 것 같다고 말했다. 둘은 루이자 아무개 부인의 성이 어떻게 되는지 생각해 내려고 애썼다. 그 부인은 어느 해인가 서머 스트리트 근처에 집을 구해 살기 시작했는데, 기이하게도 그 집을 별로 좋아하지 않았다. 그런데 그 부인의 성이 떠오른 순간 래비시 양은 자리에 멈춰 서서 소리쳤다.

「이런! 이를 어쩌면 좋아! 길을 잃었어요!」

확실히 그 정도 시간이면 산타크로체에 도착하고도 남았다. 교회 탑은 펜션 층계참의 창문으로도 똑똑히 보였으니까. 하지만 래비시 양이 피렌체에 대해 너무도 잘 아는 듯이 말했기 때문에, 루시는 아무런 걱정 없이 그녀만 졸졸 따라다녔다.

「길을 잃었어요! 루시 양, 정치 이야기를 하다가 길을 잘못 든 게 분명해요. 보수당 인간들이 얼마나 비웃고 싶을까? 어떻게 하죠? 여자 둘이 낯선 도시에서 길을 잃었으니. 하지만 어쩌면 이게 바로 모험인지도 몰라요.」

루시는 산타크로체 교회를 보고 싶었기 때문에 행인에게 길을 물어보자고 제안했다.

「하지만 그건 겁쟁이들이 하는 일이에요! 그러지 마요. 베데커 여행 안내서도 보지 마요. 책은 날 줘요. 그걸 루시가 들고 다니면 안 돼요. 그냥 이리저리 헤매 다녀 보는 거예요.」

그래서 둘은 끝없이 펼쳐진 회갈색 거리들을 헤매고 다녔다. 널찍함이나 아름다움과 거리가 먼 그런 골목은 도시의 동쪽 지역에 차고도 넘쳤다. 루시는 곧 루이자 아무개 부인이 뭐가 불만이었는지에 관심을 잃고, 대신 스스로 불만을 품게 되었다. 그러던 중 홀연히 이탈리아가 황홀한 모습으로 나타났다. 안눈치아타 광장이었다. 그녀는 생생한 테라코타로 빚어진, 싸구려 복제품으로는 절대 흉내 내지 못할 성스러운 아기 조각상들을 보았다. 은혜의 의복 밖으로 드러난 팔다리는 반짝반짝 빛났고, 튼튼하고 흰 팔은 천상의 고리들을 향해 펼쳐져 있었다. 루시는 이보다 아름다운 것을 본 적이 없다고 생각했다. 하지만 래비시 양은 실망스럽다는 듯한 소리를 지르더니, 지금 자신들은 예정된 길에서 적어도 1마일 이상 벗어나 있다며 루시를 앞으로 끌고 갔다.

어느새 아침 식사 때가 다 되다 못해 거의 끝나 가는 시점이 되어서, 두 숙녀는 조그만 가게에 들러 으깬 밤이 든 따끈한 빵을 사먹었다. 음식에서는 포장지 맛도 났고, 머릿기름 맛도 났고, 도무지 정체를 알 수 없는 기묘한 맛도 났다. 어쨌건 그것은 두 사람이 넓고 먼지 날리는 새로운 광장으로 헤매어 들어갈 수 있는 힘을 주었다. 광장 맞은편 끝에는 탁월한 흉측함을 자랑하는 흑백의 건물이 서 있었다. 래비시 양은 흥분한 말투로 그곳을 가리켰다. 바로 산타크로체 교회였다. 모험은 끝났다.

「잠깐 기다려요. 저 두 사람이 지나갈 때까지. 안 그러면 인사를 해야 하니까요. 나는 틀에 박힌 대화가 싫어요. 이런! 교회 안으로 들어가네. 영국 사람들은 외국에 나오면 똑같다니까!」

「어젯밤 식당에서 우리 맞은편에 앉았던 분들이네요. 저분들이 우리한테 방을 양보했어요. 아주 친절하신 분들 같아요.」

래비시 양이 웃었다. 「저 꼴들을 좀 봐요! 나의 이탈리아를 마치 소처럼 꾸물꾸물 걷는 모습이라니. 고약한 말이지만, 나는 도버 해협에서 사람들에게 시험을 치르게 하고 싶어요. 시험에 떨어진 사람들은 바다를 건너지 못하게 말이에요.」

「시험에서 뭘 물어보실 건데요?」

래비시 양은, 어떤 문제가 나와도 루시는 만점을 받을 거라고 말하는 듯, 루시의 팔에 가볍게 손을 얹었다. 이런 쾌활한 기분으로 둘은 대교회의 계단에 이르렀다. 그런데 막 교회

안에 들어가려는 찰나, 래비시 양이 발을 멈추더니 팔을 흔들며 소리쳤다.

「저기 내 현지 친구가 있네! 저 사람이랑 이야기 좀 해야겠어.」

그러더니 그녀는 군대식 망토를 휘날리며 순식간에 광장 저편으로 뛰어갔다. 그리고 구레나룻이 허연 한 노신사에게 다가가 장난스럽게 팔을 꼬집었다.

루시는 10분 가까이 기다렸다. 어느덧 그녀는 피곤해지기 시작했다. 거지들이 자꾸 다가왔고, 먼지가 눈에 들어갔고, 젊은 여자가 공공장소에서 그렇게 어슬렁거리면 안 된다는 사실이 떠올랐다. 그래서 래비시 양 곁에 가 있으려고 천천히 광장을 걸어 내려갔다. 래비시 양은 정말로 독창적이었다. 어쩌면 지나칠 정도로. 하지만 그 순간 래비시 양과 그녀의 현지 친구도 함께 움직이더니, 큰 몸짓으로 대화를 나누면서 샛길로 사라져 버렸다.

루시의 눈에 분노의 눈물이 솟구쳤다. 래비시 양이 자신을 버리고 간 것도 그렇지만, 거기다 그녀가 베데커 여행 안내서까지 가지고 갔다는 게 더 화가 났다. 이제 어떻게 숙소로 돌아간다는 말인가? 산타크로체 안은 어떻게 구경한다는 말인가? 첫날 아침은 완전히 망쳤다. 언제 다시 피렌체에 오게 될지 모르는데. 조금 전까지만 해도 루시는 교양 있는 여자로서 생기 있는 대화를 나누며 자신 또한 독창적이라는 생각까지 하지 않았나. 그런데 지금은 의기소침함과 배신감에 휩싸여 교회로 걸어 들어갔다. 이 교회를 건설한 게 프란체스코 수도회인지 도미니쿠스 수도회인지도 기억나지 않았다.

물론 교회는 훌륭한 건물임이 분명했다. 하지만 어쩌면 이렇게 창고 같은지! 게다가 이 싸늘한 냉기! 물론 이 교회에는 조토의 프레스코 벽화가 있었고, 그 벽화의 뛰어난 질감을 루시는 느낄 수 있었다. 그녀는 제작자도 제작 날짜도 불분명한 기념물들에 열광하기가 싫어서 시큰둥하게 교회를 거닐었다. 교회 본당과 수랑(袖廊) 바닥을 덮은 수많은 묘석들 가운데 어떤 게 러스킨의 찬양을 받은 진정 아름다운 작품인지조차 그녀에게 말해 줄 사람이 없었다.

그러는 동안 차츰 이탈리아의 심술궂은 아름다움이 루시에게 다가와서, 그녀는 어느새 무얼 알아내려고 하는 일을 그만두고 그냥 행복감을 느끼기 시작했다. 그녀는 이탈리아어로 쓰인 안내문을 해독했다. 개를 데리고 들어오지 말라는 안내문, 위생을 생각한다면 그리고 이 신성한 건물에 존경심을 표하고 싶다면 제발 침을 뱉지 말아 달라고 부탁하는 안내문. 그녀는 관광객들을 보았다. 코들이 손에 손에 들린 베데커 여행 안내서들만큼이나 빨갰다. 교회는 그토록 추웠다. 그녀는 세 명의 가톨릭 신도 — 사내애 둘과 계집애 하나 — 에게 닥친 참혹한 운명을 지켜보았다. 아이들은 서로에게 성수(聖水)를 끼얹으며 신도의 일생을 시작한 뒤 젖고 신성해진 몸으로 마키아벨리 기념비 쪽으로 갔다. 그리고 멀찍감치 떨어진 곳에서부터 느릿느릿 기념비에 다가가더니, 손가락과 손수건과 머리로 그것을 건드리고는 물러섰다. 도대체 뭘 하는 걸까? 아이들은 그 행동을 자꾸 반복했다. 잠시 후 루시는 아이들이 마키아벨리를 성인으로 착각하고, 그 기념비를 자꾸 만져서 자신들도 훌륭한 사람이 되려고 그런다는 걸 깨달았다. 하지만 곧바로 징벌이 뒤따랐다. 가장 어린 사내 애가 러스킨이 그토록 찬양한 묘석 위를 뛰어가다가, 누워 있는 주교의 얼굴 부위에 발이 걸린 것이다. 루시가 뛰어갔지만 너무 늦었다. 아이는 고귀한 성직자의 위로 솟은 발가락 부위로 콰당 쓰러졌다.

「저런 밉살스러운 주교 같으니라고!」 아버지 에머슨 씨의 목소리가 울렸다. 에머슨 씨도 이미 아이를 향해 뛰어와 있었다. 「살아서도 무정하더니, 죽어서도 무정하구나. 밝은 곳으로 나가서 햇볕을 만지렴. 네가 있어야 할 곳은 거기니까. 꼴보기 싫은 주교!」

아이는 이 말에, 그리고 자신을 일으키고 흙을 털어 주고 상처를 문질러 주고 미신 같은 거 믿지 말라고 말하는 두 사람에게 소리를 질렀다.

「이 아이를 봐요! 이 얼마나 기막힙니까? 다친 아이가 겁에 질려 떨고 있어요! 하지만 교회에서 뭘 더 바랄 수 있겠습니까?」 에머슨 씨가 루시에게 말했다.

아이의 다리는 밀랍으로 변해 버린 듯 흐물거렸다. 에머슨 씨와 루시가 아무리 일으켜 세우려 해도, 아이는 계속 비명을 지르며 쓰러졌다. 근처에서 기도문을 외고 있던 이탈리아 여자가 아이를 도우러 왔다. 어머니들만이 가진 신비한 능력으로 여자는 아이의 등뼈를 곧추 세우고 무릎에 힘을 불어넣었다. 아이는 일어섰다. 아이는 여전히 흥분으로 몸을 떨면서 사라졌다.

에머슨 씨가 말했다. 「참 총명한 부인이시군요. 이 세상의 모든 문화유산보다 더 훌륭한 일을 했어요. 나는 부인의 종교는 믿지 않지만, 사람들에게 기쁨을 주는 사람은 믿습니다. 이 우주에 섭리 같은 건 없고……」

그는 적절한 표현을 찾아 잠시 말을 멈추었다.

「*Niente*(별말씀을).」 이탈리아 여자는 그렇게 말하고 다시 기도로 돌아갔다.

「영어를 모르는 것 같은데요.」 루시가 말했다.

마음이 한결 누그러진 루시는 이제 에머슨 부자를 경멸하지 않았다. 오히려 그들을 따뜻하게 대해 주기로 마음먹고 있었다. 그녀는 품위 있기보다는 아름답고 싶었고, 가능하다면 샬럿의 은근한 무례를 지우기 위해 방을 양보해 준 것에 감사의 말을 하고 싶었다.

「저 여인은 모든 걸 알아요.」에머슨 씨의 대답이었다.「그런데 여기서 뭘 하고 있었습니까? 교회를 보고 있던 거요? 아니면 벌써 다 보았습니까?」

「아뇨.」루시는 갑자기 울분이 치솟아 소리쳤다.「래비시 양과 함께 왔어요. 그분이 다 설명해 주기로 하고요. 그런데 바로 문 앞에서 어처구니없게도 저를 두고 가버렸어요. 결국 한참 기다리다가 혼자 들어온 거예요.」

「그러면 뭐 안 됩니까?」에머슨 씨가 물었다.

「그래요, 혼자 오시면 안 되는 이유가 있나요?」에머슨 씨의 아들이 다가와 처음으로 루시에게 말을 걸었다.

「하지만 그분은 제 베데커 여행 안내서도 가져가 버렸다고요.」

「베데커 여행 안내서라고? 그것 때문에 속상해한다니 다행이구려. 그야 속상해할 만한 일이지. 베데커 여행 안내서를 잃어버리다니 속상할 만해.」

루시는 당황했다. 다시 한 번 마음속에 새로운 생각이 일어나는 게 느껴졌지만, 그것이 자신을 어디로 끌고 갈지는 알 수 없었다.

「베데커 여행 안내서가 없다면 저희와 동행하시지요.」아들이 말했다.

이것이 바로 그 생각이 이끌고 가는 곳인가? 그녀는 짐짓 위엄 있게 거부했다.

「말씀은 고맙습니다만 그런 일은 생각할 수 없습니다. 저에게는 두 분과 동행하려는 의도가 전혀 없었음을 알아주시기 바랍니다. 저는 아이 때문에 왔던 거고, 어쨌거나 두 분께서 지난밤에 친절하게 방을 양보해 주신 일은 대단히 고맙게 생각합니다. 두 분께 큰 불편이 없기를 바랄 뿐입니다.」

「아가씨, 왜 나이 든 사람들이 하는 말을 그대로 따라하는 거요? 겉으로는 까다로운 척해도 실제로는 그렇지 않다는 거 다 알아요. 그러니까 괜히 피곤하게 굴지 말고 교회 어디를 보고 싶은지 말해 봐요. 내 기쁜 마음으로 아가씨를 안내하리다.」 아버지 에머슨 씨가 부드럽게 말했다.

참으로 무례하기 이를 데 없는 태도였다. 루시는 격분해야 했다. 하지만 때로는 화를 내는 일이 화를 참는 것만큼이나 어려울 때가 있다. 루시는 발끈할 수 없었다. 에머슨 씨는 노인이었고, 자기처럼 어린 여자가 노인의 기분을 거스르면 안 될 것 같았다. 하지만 그의 아들은 젊었다. 그러니 그에 대해서는 아니면 적어도 그의 앞에서는 불쾌해해야 할 것 같았다. 그래서 그녀는 아들에게 눈길을 한번 던지고 나서 말했다.

「절 까다로운 여자로 보지 마시기 바랍니다. 두 분께서 친절하게 저를 안내해 주시겠다면, 제가 보고 싶은 건 조토의 작품들입니다.」

아들이 고개를 끄덕였다. 미약하게나마 만족스러운 표정으로 그는 페루치 예배당으로 앞장서 갔다. 그 모습에서 어딘지 선생 같은 분위기가 풍겼다. 그녀는 선생님의 질문에 제대로 대답을 한 어린 학생이 된 것만 같았다.

예배당에는 이미 열의에 찬 회중이 가득했고, 안쪽에서 누군가 조토 작품의 감상법을 설명하고 있었다. 하지만 그 내용은 조토 작품의 뛰어난 질감에 대해서가 아니라 그 안에 담긴 영적 가치에 대한 것이었다.

「산타크로체 교회의 역사를 잊지 마십시오. 이 교회는 세상이 르네상스로 오염되기 전, 중세 정신의 열렬한 믿음에 의해 건설되었습니다. 조토의 작품들을 보십시오. 지금은 불행히 복원 작업으로 망가졌습니다만, 그의 프레스코 벽화는 해부학이니 원근법이니 하는 족쇄들에 전혀 구애받지 않았습니다. 이 세상에 어떤 것이 이보다 더 장엄하고 통절하며 아름답고 진실할 수 있습니까? 진실을 느낄 수 있는 자에게 지식이나 기교 따위는 아무 소용이 없는 법입니다!」

「다 거짓말이야!」 에머슨 씨가 지나치게 큰 목소리로 말했다. 「저런 말은 귀에 담지 마라! 믿음에 의해 건설됐다니! 그렇다면 일꾼들이 제대로 보수를 못 받았다는 뜻밖에 더 되겠니? 그리고 프레스코 벽화를 봐도 그래. 나한테는 아무런 진실도 안 보이는구먼. 저 푸르딩딩하고 뚱뚱한 남자를 봐라. 몸무게가 나만큼이나 나갈 텐데 풍선처럼 하늘을 날다니.」

그가 말하는 벽화는 〈성 요한의 승천〉이었다. 안쪽에서 들리던 강연자의 목소리가 흔들렸다. 청중들이 술렁거렸고 루시도 불안했다. 아무래도 이 사람들이랑 함께 있으면 안 되겠다는 생각이 들었다. 그런데도 그들은 마법처럼 그녀를 붙들었다. 그들은 너무도 진지하고 너무도 특이해서, 그녀는 어떻게 대응해야 할지 알 수가 없었다.

「그래, 이런 일이 정말 일어났던 거냐? 말해 보렴.」

조지가 대답했다.

「만약 이게 정말이라면 이런 식으로 일어났겠죠. 하지만 저 같으면 케루빔 천사들의 손으로 던져지는 것보다는 제가 직접 하늘로 날아 올라가겠어요. 그리고 제가 거기 도착할 때 친구들이 고개를 내밀고 저를 기다렸으면 좋겠어요. 지금 여기서처럼 말이에요.」

「너는 거기 올라가지 않을 거다. 너하고 나는 말이다, 우리를 낳아 준 땅 속에 편히 누워 쉴 거다. 그리고 우리 이름은 사라지겠지. 그건 우리가 한 일이 이 세상에 남는 것만큼이나 분명한 일이야.」 아버지가 대답했다.

「그 어떤 성인이 하늘로 올라간다고 해도 텅 빈 무덤밖에 못 보는 사람들이 있게 마련이에요. 하지만 그런 일이 있었다면, 이런 식으로 일어났을 거예요.」

그때 냉랭한 목소리가 끼어들었다. 「죄송합니다만 이 예배당은 두 집단을 수용하기에는 좁은 것 같군요. 폐를 끼치지 않기 위해 저희가 물러가겠습니다.」

강연자는 목사였고, 청중은 그의 신도들로 보였다. 손에 손에 여행 안내서와 함께 기도서가 들려 있었다. 그들은 조용히 줄을 지어 예배당을 빠져나갔다. 그 가운데는 베르톨리니 펜션에 묵는 두 명의 작달막한 노부인인 테리사 앨런과 캐서린 앨런 자매도 있었다.

「가지 마세요! 이만하면 함께 있어도 될 만큼 넉넉한 공간 아닙니까? 가지 마세요!」 에머슨 씨가 소리쳤다.

하지만 행렬은 아무 대꾸도 없이 사라졌다. 잠시 후 바로 옆 예배당에서 강연자의 목소리가 이어졌다. 이번에는 성 프란체스코의 일생이 주제였다.

「조지야, 저 목사는 브릭스턴의 부목사인 것 같구나.」

조지가 옆 예배당에 갔다가 돌아와서 말했다. 「그런 것 같기도 한데, 기억이 잘 안 나요.」

「그러면 내가 직접 목사한테 가서 내가 누군지 말해 줘야겠구나. 저 사람이 바로 이거 목사다. 아니 왜 여기서 나갔담? 우리가 너무 시끄러워서? 성미도 까탈스럽긴. 가서 미안하다고 말해야겠다. 그게 좋겠지? 내가 사과하면 여기로 돌아오지 않겠니?」

「안 돌아올걸요.」 조지가 말했다.

하지만 에머슨 씨는 후회 막심한 얼굴로 커스버트 이거 목사에게 사과하러 달려갔다. 루시는 채광창에 시선을 꽂은 채 옆 예배당에서 나는 소리 — 다시 강연이 중단되고, 에머슨 씨가 목소리를 높여 이야기하고, 목사가 퉁명스레 되받아치는 소리를 들었다. 무슨 일이 생길 때마다 비극이 일어났다고 여기는 듯한 그 아들도 함께 그 소리를 들었다.

아들이 루시에게 말했다. 「아버지는 거의 모든 사람한테 저러신답니다. 아버지 나름대로는 친절을 베풀려고 노력하시는 거예요.」

「우리 모두 그러려고 노력하지 않나요?」 그녀가 불안한 미소를 지으며 말했다.

「우리가 그러는 건 대개 자신의 인격을 높이기 위해서지요. 하지만 아버지가 친절을 베푸는 건 사람들을 사랑하기 때문이에요. 그런데 사람들은 그런 아버지를 기이하고 불쾌하게 여기거나 겁을 먹어요.」

「사람들이 참 바보 같군요!」 루시는 그렇게 말했지만, 속으로는 그럴 법하다고 생각했다. 「친절을 베푸실 때 조금만 요령 있게 하신다면……..」

「요령이라고요!」

그는 경멸스럽다는 듯한 표정을 지었다. 루시가 잘못 말한 게 분명했다. 그녀는 이 특이한 청년이 예배당을 오르락내리락 하는 모습을 지켜보았다. 젊은이치고는 거칠었고, 어딘지 억세 보이기도 하는 얼굴이었다. 하지만 그늘 속에 들어가면 얼굴에 부드러움이 솟아올랐다. 그녀는 그 얼굴을 로마에서 한 번 더 보았는데, 바로 시스티나 예배당 천장화 속에서 도토리 짐을 들고 가는 모습이었다. 건강하고 단단한 몸이었지만, 어떤 잿빛 같은 느낌, 오직 밤에만 해결책이 보이는 비극 같은 느낌이 풍겼다. 하지만 그런 느낌은 금세 사라졌다. 미묘한 느낌을 즐기는 건 그녀에게 익숙한 일이 아니었다. 침묵과 미지의 감정 속에서 태어난 그 느낌은 에머슨 씨가 돌아오자 곧 사라졌고, 그녀는 가벼운 대화라는 유일하게 익숙한 세계로 돌아왔다.

「사람들이 화를 내던가요?」 아들이 차분하게 물었다.

「하지만 우리가 저 사람들의 흥을 깼잖니? 몇 명인지도 모르는 많은 사람들의 흥을 말이다. 여기로 돌아오지 않겠다는구나.」

「……생래적인 동정심…… 타인의 장점에 대한 예리한 감식력…… 인류애에 대한 믿음…….」 성 프란체스코에 대한 강연의 편린들이 예배당 벽을 타고 흘러왔다.

「우리가 아가씨 흥까지 깰 수는 없지. 저 성인들을 보았소?」 그가 루시에게 말했다.

「네, 아름답네요. 혹시 러스킨이 찬양한 비석이 어떤 건지 아시나요?」

그는 모른다며 한번 찾아보자고 했다. 하지만 조지는 함께 가지 않으려 했고, 루시는 다행이라 생각하며 에머슨 씨와 함께 제법 유쾌한 기분으로 산타크로체 교회를 돌아다녔다. 산타크로체 교회는 창고 같았지만, 그런 대로 아름다운 것들을 잔뜩 수확해 둔 창고였다. 물론 거지들도 있었고, 기둥 뒤로 피해야 할 관광 안내인들도 있었고, 개를 데리고 나온 노부인도 있었고, 관광객의 물결을 뚫고 조용히 미사를 집전하러 가는 사제도 있었다. 하지만 에머슨 씨는 그런 데는 별 관심이 없어 보였다. 그는 자신이 분명히 피해를 끼친 강연자를 한동안 바라보더니, 아들에게 불안한 눈길을 던졌다.

「왜 저 프레스코화를 자꾸 들여다보는 걸까? 내 눈에는 아무것도 안 보이는데.」 그가 걱정스레 말했다.

「저는 조토가 좋아요. 조토 작품의 뛰어난 질감에 대한 이야기를 들으면 아주 놀라워요. 물론 저는 델라 로비아의 아기 그림 같은 걸 더 좋아하지만요.」 루시가 대답했다.

「옳고말고. 아기 하나가 성인 열둘을 값하고도 남지. 그리고 자신의 아기는 천국 전체하고도 맞먹어요. 그런데 녀석은 저렇게 지옥에 살고 있으니.」

루시는 다시 한 번 그런 게 아닌 것 같다는 느낌이 들었다.

「지옥에 살고 있어. 저렇게 늘 우울해요.」 에머슨 씨가 다시 말했다.

「아, 그런가요!」

「저렇게 팔팔하게 살아 있는 녀석이 어떻게 우울할 수 있는 거요? 도대체 내가 뭘 더 해줘야 하는 거요? 녀석이 받은 교육을 생각해 보라고요. 인간이 신의 이름으로 서로를 미워하게 만드는 미신과 무지에서 멀찌감치 떨어져서 자랐어요. 그런 교육을 받으면 행복해질 줄 알았는데 말이에요.」

그녀는 신학은 몰랐지만, 이 노인이 어리석을 뿐 아니라 신앙심도 없다는 걸 알 수 있었다. 이런 사람과 계속 이야기하는 건 어머니도 별로 좋아하지 않을 것 같았고, 샬럿은 물론 강력하게 반대할 게 뻔했다.

에머슨 씨가 물었다. 「저 녀석을 어떻게 해야 옳겠소? 휴가를 맞아 이탈리아로 놀러 와서는 그냥 저러고 있어요. 아까 그…… 정신없이 놀다가 묘비에 걸려 넘어진 꼬마처럼 말이에요. 뭐요? 뭐라고 말했소?」

루시는 별다른 말을 하지 않았다. 에머슨 씨가 갑자기 말했다.

「이런 말에 너무 신경 쓰지 마요. 아가씨한테 아들 녀석을 사랑해 달라는 건 아니니까. 하지만 녀석을 좀 이해하려고 해주면 고맙겠어요. 두 사람은 나이도 비슷하잖아요. 아가씨가 마음을 연다면 분명히 지혜를 얻을 거라고 믿어요. 아가씨가 날 도와줄 수도 있어요. 녀석은 여자랑 어울려 본 적이 거의 없어요. 한데 아가씨는 시간도 있지 않소? 여기 몇 주일은 머물 거라고 생각하오만……. 하지만 먼저 마음을 열어야 돼요. 어젯밤 일을 돌이켜보면 아가씨도 혼란에 말려드는 경향이 있는 것 같더군요. 마음을 열어요. 저 깊은 곳에 도대체 무슨 생각이 감추어져 있는지 이해는 안 돼도 한번 꺼내서 밝은 빛 아래 펼쳐 보고 그 의미를 생각해 봐요. 조지를 이해하는 건 아가씨 자신을 이해하는 데도 도움이 될지 몰라요. 그건 두 사람 모두에게 좋은 일이지.」

이런 특이한 연설에 루시는 뭐라고 대답해야 할지 알 수 없었다.

「나는 그저 녀석한테 뭐가 문제인지만 알아요. 하지만 그게 왜 문제가 되는지는 모르겠어요.」

「그게 뭔데요?」 루시는 끔찍한 이야기를 듣게 될지도 모른다는 두려움을 느끼며 물었다.

「옛날부터 그랬지. 세상이 녀석에게 맞지를 않아요.」

「세상이라고요?」

「그래요, 이 세상이, 이 우주가 녀석에게 들어맞지 않아요.」

「에머슨 씨, 도대체 그게 무슨 말인가요?」

루시의 질문에 에머슨 씨는 평범한 말투로 대답했는데, 듣다 보니 그건 시의 한 구절이었다.

저 멀리, 저녁과 아침에서
열두 바람이 부는 하늘에서
나를 이루는 생명의 재료가
불어왔네. 나 여기 있네.

「조지도 나도 이 사실을 잘 알아요. 그런데 그렇다고 왜 괴로워해야 하는 거요? 우리가 바람에서 왔고, 그래서 바람으로 돌아가야 한다는 걸 잘 알아요. 인생이란 영원한 평탄 속에 불거진 매듭, 얽힘, 흠집이라는 것도 말이에요. 하지만 그게 왜 불행의 이유가 되어야 하는 거요? 그저 서로 사랑하고 일하고 즐거워해야 하지 않소? 나는 이런 세상 한탄을 이해할 수가 없어요.」

루시 허니처치는 그의 말에 동감했다.

「그렇다면 우리 아들도 그렇게 생각하게 만들어 줘요. 그 끝없는 의문 옆에는 긍정이 있다는 걸 일깨워 줘요. 순간에 지나지 않은 긍정일지라도 긍정은 긍정이니까.」

그녀는 불쑥 웃음을 터뜨렸다. 웃지 않을 수가 없었다. 이 우주가 자기와 맞지 않아서, 인생이 얽힘 또는 바람 또는 〈긍정〉 같은 것이라서 우울한 청년이라니!

루시가 말했다. 「죄송합니다. 무심하게 들리실지 모르겠지만, 하지만……」 그녀는 침착함을 되찾았다. 「제가 볼 때 아드님께는 뭔가 몰두할 게 필요한 것 같네요. 특별한 취미가 있나요? 저도 걱정거리들이 있지만, 피아노를 치면 그런 걸 잊는답니다. 그리고 우표 수집은 남동생한테 얼마나 도움이 되는지 몰라요. 어쩌면 아드님한테는 이탈리아가 지겨울 수도 있죠. 알프스 산맥이나 레이크 지방[6]에 가보시는 게 어떨까요?」

에머슨 씨의 얼굴이 슬퍼졌다. 그는 조용히 그녀의 몸에 손을 댔다. 루시는 놀라지 않았다. 자신이 유용한 조언을 해서, 에머슨 씨가 거기 고마움을 표시하는 거라고 생각했다. 게다가 이제 그는 루시에게 그렇게 두려운 사람이 아니었다. 그는 친절하지만 어쨌건 좀 어리석은 사람이라고 생각했다. 그녀의 심리 상태는 한 시간 전, 그러니까 베데커 여행 안내서를 잃어버리기 직전처럼 한껏 부풀어 있었다. 조지가 묘비들을 향해 성큼성큼 걸어왔다. 그 모습이 불쌍하기도 하고 답답해 보이기도 했다. 그가 얼굴을 계속 그늘에 가린 채 다가와서 말했다.

6 잉글랜드 북서부의 호수 지역.

「저기 샬럿 바틀릿 양이…….」

「어머, 이런!」 루시가 소리쳤다. 갑자기 다른 세상이 열리면서 인생 전체를 새로운 시각으로 봐야 했다.

「어디? 어디요?」

「본당에 있습니다.」

「그렇다면 분명히 수다쟁이 앨런 할머니들하고 같이…….」 루시는 거기서 말을 멈췄다.

그러자 에머슨 씨가 소리치듯 말했다. 「불쌍한 아가씨야! 불쌍한 아가씨!」

루시는 이 말을 흘려들을 수 없었다. 지금 자신의 느낌이 꼭 그랬기 때문이다.

「불쌍한 아가씨라뇨? 도대체 무슨 말씀을 하시는 건지 모르겠군요. 분명히 말씀드리지만, 저는 늘 복 받은 사람이라고 생각한답니다. 저는 더없이 행복하고, 여기서도 즐거운 시간을 보내고 있어요. 저를 위해 슬퍼하시느라 아까운 시간을 낭비하실 필요는 없을 것 같네요. 그러지 않아도 이 세상에는 슬픔이 넘쳐 나니까요. 안녕히 계세요. 친절을 베풀어 주신 데는 두 분 모두께 감사드립니다. 아, 저기 사촌 언니가 오네요! 즐거운 아침이에요! 산타크로체도 멋진 교회고요.」

그녀는 사촌 언니에게 갔다.

제3장
음악, 제비꽃, S로 시작하는 말

일상이 좀 혼란스럽다고 느끼던 루시는 피아노를 열면서 좀 더 견실한 세계로 들어섰다. 그녀는 이미 음악에 대해서 지나치게 겸손하지도 그렇다고 오만하지도 않은 상태였다. 반역자도 노예도 아니었다. 음악의 왕국은 이 세상의 왕국이 아니다. 그것은 출신이나 학식이나 교양을 모두 거절당한 사람들도 받아들인다. 평범한 사람이 연주를 시작해서 높은 하늘로 솟구쳐 올라가면, 우리 같은 사람들은 그저 그를 우러러보면서 그가 어떻게 우리들로부터 벗어났는지 감탄할 뿐이다. 그리고 그가 자신이 본 것을 인간의 언어로 옮겨 주고 자신이 경험한 것을 인간의 행동 방식으로 옮겨 주면, 더없이 그를 숭배하고 사랑하게 될 거라고 생각한다. 어쩌면 그도 그런 일은 하지 못할 것이다. 아니 하지 않는다. 한다 해도 매우 드물게 할 뿐이다. 루시는 그런 일을 한 적이 없었다.

그녀는 눈부신 *exécutante*(연주자)는 아니었다. 그녀의 연주는 진주 구슬들처럼 또르르 흘러나오지 않았다. 음정의 정확함도 그 나이와 처지에 적합한 것 이상은 되지 못했다. 게다가 그녀는 여름날 저녁 창문을 열어 놓고 비극적 연주에 몰두할 만큼 열정적인 처녀도 아니었다. 물론 열정은 있었지만,

그건 쉽게 이름 붙일 수 있는 게 아니었다. 그것은 사랑과 미움과 질투, 또 그 밖의 온갖 선명한 기본 감정 사이를 미끄러져 나가는 것이었다.

그리고 그녀가 비극적이라고 한다면 그것은 오직 위대성의 차원에서만 그러했다. 그녀는 〈승리〉의 편에서 연주하길 좋아했기 때문이다. 무엇이 무엇에 대해 거두는 승리인지는 일상의 언어가 말해 줄 수 있는 범위를 넘어선다. 하지만 베토벤의 일부 소나타가 비극적이라는 데는 반박의 여지가 없다. 하지만 그 음악들은 연주자의 결정에 따라 승리하기도 하고 절망하기도 한다. 루시는 이미 승리의 연주를 하기로 결심했다.

오후 들어 비가 몹시 내리는 바람에 펜션에 머물게 된 그녀는 자신이 정말로 좋아하는 일을 할 기회를 얻었다. 그녀는 점심을 먹고 난 뒤 천으로 덮인 작은 피아노를 열었다. 몇몇 사람이 주변을 어슬렁거리며 연주 솜씨를 칭찬했지만, 그녀가 응답하지 않자 각자 자기 방으로 흩어져서 일기를 쓰거나 잠을 잤다. 그녀는 에머슨 씨가 아들을 찾아다니는 것도 몰랐고, 샬럿이 래비시 양을 찾아다니는 것도 몰랐고, 래비시 양이 담배 상자를 찾아다니는 것도 몰랐다. 진정한 연주자라면 누구나 그렇듯이, 그녀는 음정이 전해 주는 느낌에 깊이 빠졌다. 음정은 손가락이 되어서 그녀의 손가락을 어루만졌다. 이러한 촉감도 소리와 더불어 그녀의 욕망을 만족시켰다.

비브 목사는 창가에 가만히 앉아서 루시 허니처치의 이 어울리지 않는 특징을 생각했다. 그리고 턴브리지 웰스에서 처음 그것을 발견했을 때를 떠올렸다. 상류층 사람들이 낮은 계층의 사람들에게 여흥을 제공하는 그런 자리였다. 좌석에는 존경심 가득한 청중이 들어찼고, 교구의 신사 숙녀들은 주임 목사의 감독 아래 노래하고 시를 낭송하고 샴페인의 코르크 마개를 따는 의식을 흉내 냈다. 행사 목록에 〈미스 허니처치. 피아노. 베토벤〉이라는 항목이 있었고, 비브 목사는 그게 「아델라이데」일지 「아테네의 폐허」에 나오는 행진곡일지 생각하다가 〈작품 번호 111〉[7]의 도입 소절을 듣고 움찔했다. 도입부가 펼쳐지는 동안 그는 긴장한 채 기다렸다. 빠른 부분으로 들어서기 전까지는 연주자가 가진 의도를 알 수 없기 때문이다. 시작 주제가 쾅쾅 울려퍼질 때 그는 이 연주가 범상치 않으리라는 걸 예감했다. 종지부를 예고하는 화성 속에서 그는 승리의 타건(打鍵)을 들었다. 그는 1악장만을 연주한다는 데 안도했다. 16분의 9박자로 이루어진 복잡한 악곡에 끝까지 정신을 집중할 수 없었기 때문이다. 청중들도 흔들림 없는 존경심으로 박수를 쳤다. 발을 구르기 시작한 건 비브 목사였다. 그 이상 할 수 있는 것은 없었다.

「저 아가씨는 누굽니까?」 잠시 후 그가 주임 목사에게 물었다.

「우리 교구 신도의 사촌 동생입니다. 제가 볼 때는 작품 선택이 그렇게 훌륭하지 않았던 것 같습니다. 베토벤의 매력은 대개 단순함과 직접성에 있습니다. 저렇게 불안한 작품을 고른 건 뭐랄까, 조금 괴팍한 일이지요.」

「인사시켜 주십시오.」

「기뻐할 겁니다. 저 아가씨도 바틀릿 양도 비브 목사님의 설교를 칭찬해 마지않으니까요.」

비브 목사는 깜짝 놀랐다. 「제 설교라고요? 그 아가씨가 어떻게 제 설교를 들었다는 겁니까?」

그는 루시와 인사를 나눈 뒤 그 이유를 알았다. 피아노 앞을 떠나서 만난 허니처치 양은 평범한 아가씨에 지나지 않았기 때문이다. 검은 머리는 풍성했고, 투명한 피부의 얼굴은 아주 예뻤지만 성숙함과는 거리가 있었다. 그녀는 음악회에 가

---

7 피아노 소나타 32번 C단조.

는 걸 좋아했고, 사촌 언니 집에 놀러 오는 것도 좋아했고, 또 아이스커피와 머랭도 좋아했다. 그녀가 비브 목사의 설교도 좋아한다는 걸 별로 의심할 필요는 없었다. 그는 당시 턴브리지 웰스를 떠나기 직전에 주임 목사에게 했던 말을 지금 피아노를 덮고 꿈꾸는 듯한 얼굴로 다가오는 루시에게 직접 하게 되었다.

「만약 허니처치 양이 자신의 연주처럼 살아간다면 그 인생은 아주 흥미진진할 것 같군요. 보는 우리에게도 또 허니처치 양 자신에게도 말이에요.」

루시는 얼른 일상의 세계로 돌아왔다.

「신기하네요! 어떤 사람이 우리 어머니한테 똑같은 말을 했거든요. 어머니가 저더러 이중주를 치듯이 살면 안 된다고 말씀하셨어요.」

「어머니께서는 음악을 싫어하시나요?」

「음악 자체를 싫어하시지는 않아요. 하지만 사람이 무언가에 열중하는 걸 싫어하시죠. 그래서 저를 어리석다고 생각하세요. 어머니는 저를…… 뭐라고 말해야 할지 모르겠어요. 언젠가 제가 어머니한테 다른 어떤 사람의 연주보다 내가 직접 하는 연주가 더 마음에 든다고 말한 적이 있거든요. 어머니는 이해하지 못하셨어요. 물론 제가 연주를 잘한다는 뜻은 아니었죠. 제가 말했던 건 그저…….」

「네, 당연합니다.」 목사는 그녀가 그걸 왜 굳이 설명하려고 하는지 알 수 없었다.

「음악은……」 루시는 좀 더 일반적인 주제로 이야기를 돌리려는 듯했다. 하지만 말을 맺지 못하고, 비에 젖은 이탈리아를 멍하니 내다보았다. 남쪽 나라는 온통 혼돈에 빠져 있었다. 유럽에서 가장 매력적인 이 나라가 형체 없는 옷더미들처럼 변해 버렸다. 거리와 강물은 혼탁한 황토색이었고, 다리는 혼탁한 회색이었으며, 언덕들은 혼탁한 자주색이었다. 언덕 자락 어디엔가 래비시 양과 바틀릿 양이 있을 터였다. 두 사람은 하필 이런 날을 골라 토레 델 갈로에 갔다.

「음악이 어떻다는 말씀입니까?」 비브 목사가 물었다.

「불쌍한 샬럿, 비에 다 젖겠어요.」 루시의 대답이었다.

그날의 외출은 샬럿에게는 아주 전형적인 것이었다. 그녀는 그렇게 추위와 피로와 허기와 천사 같은 미소에 휘감긴 채, 더럽혀진 치맛단과 너덜거리는 베데커 여행 안내서를 휘날리며 밭은기침까지 달고 돌아왔다. 반대로 온 세상이 노래를 부르는 것 같고 공기가 포도주처럼 입 안에 감기던 어느날은 자기가 너무 나이가 많아서 쾌활한 처녀의 동행으로 어울리지 않는다며 응접실을 떠나려 하지 않았다.

「래비시 양이 바틀릿 양을 사방으로 끌고 다니겠죠. 래비시 양은 비에 젖은 진정한 이탈리아를 찾고자 할 겁니다.」

「래비시 양은 정말 독창적이에요.」 루시가 웅얼거렸다. 그것은 그곳의 표준 어구였다. 펜션 베르톨리니는 사람들에 대해 정의를 내리는 위대한 업적을 이루고 있었다. 래비시 양은 독창적이다. 비브 목사는 의심이 많지만, 그건 성직자의 좁은 세계에 살기 때문이다. 이런저런 이유들로 그는 그곳의 일에 별로 끼어들지 않았다.

루시가 놀랍다는 어조로 다시 말했다. 「래비시 양이 책을 쓴다는 게 사실인가요?」

「그렇다고들 하더군요.」

「무슨 책을 쓰나요?」

「소설일 겁니다. 현대 이탈리아가 배경이 된. 자세한 건 캐서린 앨런 노부인께 물어보시죠. 그분은 제가 아는 어떤 사람보다도 말솜씨가 좋으시더군요.」

「래비시 양한테 직접 들었으면 좋겠네요. 처음에 우리는 나쁘지 않았어요. 하지만 그날 아침 산타크로체 교회에서 제베데커 여행 안내서를 가지고 도망친 건 잘못이라고 생각해요. 샬럿은 제가 혼자 있다시피 한 걸 보고 얼마나 화를 냈는지 몰라요. 저도 어쩔 수 없이 화가 좀 났고요.」

「하지만 그 두 분은 곧 화해하지 않았습니까?」

비브 목사는 바틀릿 양과 래비시 양처럼 크게 달라 보이는 두 여자가 순식간에 친구가 되었다는 사실이 흥미로웠다. 두 사람은 언제나 함께 있었고, 그 바람에 루시는 제삼자의 자리로 밀려난 것처럼 되었다. 그에게 래비시 양은 이해하기 어렵지 않았지만, 바틀릿 양은 생소하고 깊은 기이함을 ― 어떤 깊은 의미가 아니라면 ― 감추고 있을지도 모른다는 생각이 들었다. 이탈리아가 가진 힘이 그녀를 턴브리지 웰스에서 맡겨진 까탈스러운 샤프롱의 길에서 벗어나게 한 것일까? 평생 동안 그는 즐거이 수많은 처녀를 관찰했다. 그는 그 분야의 전문가라 할 수 있었고, 그의 직업은 그것을 위한 현장 경험을 풍족하게 제공했다. 루시와 같은 젊은 아가씨들을 보는 것은 즐거웠지만, 비브 목사는 심오하다면 심오한 이유들로 여자들을 가까이하지 않았다. 여자는 그에게 매혹보다는 흥미의 대상이었다.

루시는 벌써 세 번째로 불쌍한 샬럿이 비에 젖을 것을 걱정했다. 아르노 강물이 불어나면서, 강가 모래밭에 찍힌 수레 자국들이 지워져 갔다. 하지만 남서쪽 하늘에는 이미 노란 연무가 감돌았는데, 그건 이제 날이 개거나 적어도 더 나빠지지는 않을 거라는 표지였다. 루시가 자세히 보려고 창문을 여는 순간 차가운 바람이 휙 불어 닥쳤고, 그때 마침 문을 열고 들어오던 캐서린 앨런 노부인이 애처롭게 외쳤다.

「허니처치 양, 그러다가는 감기에 걸려. 여기 비브 목사님도 마찬가지고. 이탈리아가 이럴 줄 누가 알았겠어? 우리 언니는 온수통을 끌어안고 있어. 이불도 없고 난방 시설도 전혀 없으니.」

그녀는 조심조심 들어와 자리에 앉았다. 남자 한 명만 있거나 남녀가 한 명씩만 있는 방에서는 언제나 그렇게 조심스러웠다.

「허니처치 양, 피아노 연주 잘 들었어요. 내 방에서 문을 잠그고 있긴 했지만. 문은 잠겼고, 그야 당연한 일이지. 도대체 이 나라는 프라이버시라는 걸 모르는 것 같아. 서로가 서로의 프라이버시를 침범한다니까.」

루시는 뭐라고 적절한 말로 대답했다. 하지만 비브 목사는 모데나에서 겪은 일을 이야기할 수 없었다. 거기서는 여종업원이 욕실 문을 벌컥 열고 들어와서 거침없는 목소리로 〈*Fa niente, sono vecchia*(걱정 마요. 난 늙었으니까)〉라고 말하곤 했다. 그는 이렇게만 말했다.

「저도 앨런 여사의 말에 동의합니다. 여기 사람들은 엿보지 않는 곳이 없고, 모르는 게 없고, 우리가 원하는 것도 우리보다 먼저 알지요. 우리는 이 사람들 손아귀에 있어요. 우리 머릿속 생각, 마음속 욕심을 척척 읽는다니까요. 길거리 마부에서 저기 그…… 조토까지 우리 속을 홀랑 까뒤집어 버리지요. 저는 분개합니다. 하지만 깊이 살펴보면 이 사람들은 정말 피상적이에요! 지성이라는 개념이 아예 없거든요. 그 점에서 시뇨라 베르톨리니가 옳습니다. 언젠가 그분은 제게 이렇게 말하더군요. 〈비브 목사님, 제가 아이들 교육 때문에 얼마나 어려움을 겪는지 아시나요. 아무것도 모르는 무식한 이탈리아인에게 우리 빅토리에르의 교육을 맡길 수는 없어요〉라고 말이에요.」

캐서린 앨런은 목사의 말을 이해할 수 없었지만, 자신이 유쾌한 방식으로 놀림을 당했다는 건 알았다. 그녀의 언니는 이미 비브 목사에게 약간 실망하고 있었다. 머리가 벗어지고 구레나룻이 검붉은 성직자라면, 이보다는 훌륭해야 한다고 생각했기 때문이다. 그토록 전투적인 외양 속에 그런 관용과 이해심과 유머 감각이 있으리라고 누가 기대를 했겠는가?

그녀는 만족스러운 표정이었지만 태도가 좀 부자연스러웠는데, 곧 그 이유가 밝혀졌다. 그녀는 자신이 앉아 있던 의자 밑에서 청동색 담배 상자를 꺼냈다. 상자 표면에 청록색으로 새겨진 〈E. L.〉이라는 머리글자가 빛났다.

목사가 말했다. 「래비시 양의 것이로군요. 래비시 양은 멋진 분입니다. 하지만 저는 그분이 파이프를 배워 보는 게 어떨까 생각합니다.」

캐서린 앨런이 경외감 반, 기쁨 반이 되어 말했다. 「비브 목사님, 래비시 양이 담배를 피우는 건 좋은 일은 아니지만, 목사님 생각만큼 나쁜 일도 아니랍니다. 그 친구가 처음 담배를 배운 건 필생의 성과를 산사태로 잃어버리고 나서 절망을 이기기 위해서였거든요. 충분히 이해할 만한 일 아닌가요?」

「그게 뭐였는데요?」 루시가 물었다.

비브 목사는 의자에 편안히 기대앉았고, 캐서린 앨런이 설명을 시작했다.

「소설이었지. 안타깝게도 내가 알아낸 것에 따르면 그렇게 좋은 소설은 아니었던 것 같아. 재주 있는 사람들이 재주를 이상한 데 쓰는 건 슬픈 일이지만, 내가 볼 땐 대부분이 그런 것 같더라고. 어쨌건 래비시 양은 아말피에 있는 카푸치니 호텔의 갈보리 돌집에서 그 소설을 썼어. 그러다 마침내 완성을 앞두고 잉크를 사러 나가서, 〈잉크 좀 주세요〉 하고 말했지. 하지만 이탈리아 사람들이 어떤지 잘 알잖아. 그러고 다니는 사이 그만 돌집이 해변으로 굴러 떨어진 거야. 그런데 안타깝게도 래비시 양은 그때까지 쓴 걸 전혀 기억할 수 없었어. 그

후 래비시 양은 오랫동안 앓았지. 그리고 담배를 배운 거야. 이건 중대한 비밀이지만, 나는 그 친구가 다시 소설을 쓰게 된 게 기뻐. 얼마 전에 우리 언니하고 폴 양한테 소설에 필요한 분위기를 찾았다고 말했거든. 이번 소설은 현대 이탈리아가 배경이야. 지난번 것은 역사 소설이었지만. 하지만 먼저 적절한 구상이 필요했지. 그래서 처음에는 영감을 얻으러 페루자에 갔다가 여기로 온 거야. 이 사실은 절대 소문이 나면 안 돼. 그런 일을 겪고도 저렇게 명랑한 걸 봐! 사람한테는 누구나 다 칭찬할 부분이 있는 것 같아. 아무리 우리 마음에 들지 않는 사람이라도 말이야.」

캐서린 앨런은 사람 보는 눈이 정확하면서도 언제나 그렇게 너그러웠다. 섬세한 연민이 그녀의 오락가락하는 말에 향기를 더해 주었고 그것은 예상치 못한 아름다움이었다. 그것은 낙엽에 덮인 가을 숲에서 때로 봄날 같은 향기가 풍기는 것과도 비슷했다. 그녀는 너무 너그러운 태도를 보였다고 생각하고, 서둘러 자신의 관용을 무마했다.

「어쨌거나 래비시 양은 조금…… 그러니까 여성스럽지 않다는 건 아니지만, 에머슨 부자가 처음 왔을 때는 정말로 이상하게 행동했어.」

비브 목사는 캐서린 앨런이 그 이야기를 꺼내는 걸 보면서 슬며시 웃었다. 남자 앞에서는 이야기를 끝내지 못할 게 분명했기 때문이다.

「허니처치 양도 아는지 모르겠지만, 폴 양 있잖아. 머리 색깔이 좀 노르스름한 여자 말이야. 그 친구가 레모네이드를 마셨거든. 그랬더니 말을 좀 이상하게 하는 그 아버지 에머슨 씨가……」

그러더니 그녀는 거기서 입을 딱 벌리고 말을 잃었다. 사교적 기술에 도가 튼 비브 목사는 차를 주문하겠다고 나갔고,

캐서린 앨런은 루시에게 낮은 목소리로 재빨리 말했다.

「배 속*stomach*이라는 말을 했어. 에머슨 씨가 폴 양한테 배 속을 조심하라고 한 거야 — 위산 과다라고 했지 — 그 사람은 나름대로 조언을 한 건지도 몰라. 하지만 나는 나도 모르게 웃음을 터뜨렸어. 너무 갑작스러웠으니까. 테리사가 말했듯이 웃을 일이 아니었는데 말이야. 그런데 중요한 건 래비시 양이 S로 시작하는 그 말에 강력하게 〈끌린〉 거야. 자기는 꾸밈없이 말하는 것도 좋고 다양한 계층의 생각을 접하는 것도 좋다나. 그 친구는 에머슨 씨네를 유랑 상인 정도로 생각했던 것 같아. 〈도붓장수〉라고 부르더군. 그리고 저녁 식탁에서 계속 우리의 사랑하는 조국이 의지하는 건 오직 상업뿐이라며 열변을 토했어. 테리사는 기분이 상해서 치즈가 나오기도 전에 식탁에서 일어나면서 말했지. 〈래비시 양, 지금 당신 말이 엉터리라는 건 나보다 저 사람이 훨씬 더 잘 말해 줄 거예요.〉 그러면서 벽에 걸린 테니슨 경의 아름다운 초상화를 가리켰어. 그러니까 래비시 양이 뭐랬는지 알아? 〈뭐예요! 빅토리아 초기 시절 사람이잖아요〉라는 거야. 생각해 봐! 〈뭐예요! 빅토리아 초기 시절 사람이잖아요〉라니. 우리 언니가 나간 다음에 나도 무슨 말인가 해야겠다고 생각했지. 그래서 이렇게 말했어. 〈래비시 양, 나도 빅토리아 초기 시절 사람이에요. 적어도 나는 존경하는 여왕을 폄하하는 말은 들을 수가 없군요.〉 정말 그런 말을 하기가 얼마나 힘들었는지 몰라. 나는 래비시 양에게 우리 여왕이 가기 싫은 마음을 누르고 의무에 따라 아일랜드에 간 일을 상기시켰지. 래비시 양은 당황한 기색으로 아무런 대꾸도 하지 못했어. 하지만 불행히도 그때 에머슨 씨가 내 말을 듣고서 그 우렁찬 목소리로 소리치듯 말했어. 〈그래요, 그래요! 그 여자가 아일랜드에 간 건 칭찬할 만한 일입니다.〉 그 여자라니! 내 말솜씨가 부족하지만 어찌나

기가 막혔는지! 그래도 이쯤에서 우리가 얼마나 거북해졌는지 알 수 있겠지. 이 모든 게 다 처음에 S로 시작하는 그 말이 나왔기 때문이었어. 하지만 그게 끝이 아니었지 뭐야. 저녁 식사를 마친 뒤 래비시 양이 나한테 와서 말했어. 〈앨런 여사, 저는 흡연실에 가서 저 친절한 남자 분들과 이야기를 하려고 해요. 같이 가시지 않겠어요?〉 당연히 나는 그런 부적절한 제안은 거절했고, 래비시 양은 무례하게도 나보고 생각의 폭을 넓혀 보라고 하더군. 그러면서 자기는 남자 형제가 넷인데, 전부 대학에 있고, 하나만 군대에 있대. 그런데 그 남자 형제들은 늘 유랑 상인들하고 이야기를 많이 나눈다나.」

「제가 이야기를 마무리해 보죠.」 그 사이에 돌아온 비브 목사가 말했다. 「래비시 양은 그 다음에 폴 양, 저, 그리고 다른 모든 사람에게 같은 제안을 했지만, 결국 〈혼자 가야겠군〉 하고 말한 뒤 혼자 갔습니다. 그런데 5분 후에 아주 조용히 녹색 게임 판을 가지고 나와서 페이션스[8]를 했지요.」

「무슨 일이 있었는데요?」

「아무도 몰라요. 앞으로도 밝혀지지 않을 거 같고요. 래비시 양이 직접 말할 수는 없을 테고, 에머슨 씨는 말할 가치가 없다고 생각하니까요.」

「비브 목사님⋯⋯. 그 아버지 에머슨 씨, 좋은 분인가요 나쁜 분인가요? 정말 알고 싶어요.」

비브 목사는 하하 웃더니, 그건 루시 자신이 알아내야 할 거라고 말했다.

「하지만 너무 어려워요. 어떨 때는 그분 행동이 참 어리석어 보여요. 그리고 또다시 보면 별로 나빠 보이지 않고요. 앨런 여사는 어떻게 생각하세요? 그분은 좋은 분인가요?」

노부인은 고개를 흔들고 아니라는 듯 한숨을 내쉬었다. 그

[8] 혼자 하는 카드놀이.

러자 내심 이 대화를 즐긴 비브 목사가 그녀의 심기를 흔드는 말을 했다.

「하지만 앨런 여사는 그분을 좋은 사람으로 분류해야 하지 않습니까? 제비꽃을 생각해 보세요.」

「제비꽃요? 어머나 세상에! 누가 목사님한테 제비꽃 이야기를 했나요? 정말 소문이 무섭군요! 펜션은 한심한 쑥덕공론의 온상이에요. 하지만 아니에요. 나는 이거 목사님이 산타크로체 교회에서 강연할 때 그 사람들이 한 행동을 잊을 수가 없어요. 불쌍한 허니처치 양! 그건 정말로 어처구니없는 행동이었어! 나는 변했어요. 에머슨네 부자를 좋아하지 않아요. 그 사람들은 좋은 사람이 아니에요.」

비브 목사는 차분한 미소를 지었다. 지금껏 그는 베르톨리니 사회에 에머슨 부자의 자리를 마련하려고 소리 없는 노력을 기울였지만 그 노력은 실패했다. 그는 펜션에서 에머슨 부자와 우호적으로 지내는 유일한 사람이었다. 지성을 대표하는 래비시 양은 그들을 공공연히 적대시했고, 교양을 대표하는 앨런 여사도 그녀와 같은 줄에 섰다. 신세를 졌다는 사실에 분개하는 바틀릿 양 또한 그들에게 친절하다고 볼 수는 없었다. 루시의 경우는 달랐다. 그녀는 산타크로체 교회의 일을 비브 목사에게 대강 말했다. 목사는 그 이야기를 듣고, 아마도 두 남자가 기이한 방식으로 합심해서 루시를 자신들 속으로 끌어당기려는 시도를 한 것 같다고 생각했다. 자신들의 특이한 관점으로 세상을 보여 주려 하고, 또 그들의 내밀한 슬픔과 기쁨을 보여 주려고 했던 것 같았다. 하지만 그것은 부적절한 일이었다. 어린 여자를 그들이 가진 명분의 수호자로 삼는 것은 잘못된 일이었다. 그런 시도는 실패해야 했다. 어쨌거나 그는 그들에 대해 아무것도 몰랐고, 펜션에서 느끼는 기쁨이나 슬픔은 눈 녹듯 사라지는 데 반해, 루시는 앞으로 그의 교구 신도가 될 사람이었다.

루시가 한눈으로 계속 날씨를 관찰하다가, 자기 생각에는 에머슨 씨 부자가 좋은 사람들 같다고 말했다. 그리고 지금은 그들을 보는 일도 없다고 덧붙였다. 저녁 식사 때의 자리도 이미 옮겨진 터였다.

「하지만 그 사람들 지금도 루시 양이랑 외출하려고 기회를 노리지 않나?」 노부인이 호기심 가득한 눈으로 물었다.

「딱 한 번 그랬어요. 하지만 샬럿이 반대했죠. 그리고 그분들한테 뭐라고 그랬어요. 물론 예의를 갖춰서요.」

「바틀릿 양이 잘한 거야. 그 사람들은 우리 생활 방식을 이해하지 못해. 자기 수준에 맞는 사람들을 찾아야지.」

비브 목사는 그들이 결국 실패했다는 생각이 들었다. 그들은 이제 펜션 베르톨리니라는 작은 사회를 정복하려는 시도를 — 그들의 행동을 그렇게 부를 수 있다면 — 포기했고, 지금은 아버지도 아들만큼이나 말이 없어졌다. 목사는 그들이 떠나기 전에 소풍이라도 한번 계획해 봐야겠다는 생각을 했다. 일종의 야유회 같은 것. 거기에 루시를 샤프롱과 함께 데려가면, 루시는 안심하고 그들에게 친절함을 보일 수 있을 것이다. 사람들에게 행복한 기억을 만들어 주는 것은 비브 목사의 큰 즐거움 가운데 하나였다.

이런 대화를 나누는 사이 오후가 기울어 갔다. 대기는 밝아지고, 나무와 언덕의 색깔은 맑아졌으며, 아르노 강물은 견고한 혼탁함을 떨치고 반짝이기 시작했다. 구름 사이로 청록색 띠들이 드러났고, 땅 위에는 물기 어린 빛들이 아른거렸으며, 물방울이 뚝뚝 듣는 산미니아토 교회의 전면이 기우는 햇빛 속에 찬란하게 빛났다.

「외출하기에는 너무 늦었네. 미술관들은 다 문을 닫았어.」 캐서린 앨런이 안도한 목소리로 말했다.

「저는 외출해야겠어요. 순환 전차를 타고 도시를 둘러보고 싶어요. 운전기사 옆 야외 난간에서요.」 루시가 말했다.

함께 이야기를 나누던 두 사람의 표정이 심각해졌다. 샬럿이 없는 동안 공연히 루시에 대해 책임감을 느끼는 비브 목사가 말했다.

「제가 함께 갈 수 있으면 좋겠지만, 안타깝게도 편지를 쓸 곳들이 좀 있네요. 혼자 나간다면 차라리 걸어 다니는 편이 낫지 않을까요?」

「이탈리아 사람들이 어떤지 잘 알잖아.」 캐서린 앨런이 말했다.

「제 마음을 잘 읽는 사람을 만날지도 모르죠!」

하지만 두 사람은 여전히 반대하는 표정이었다. 그래서 그녀는 결국 비브 목사에게 잠깐 산책만 하고 오겠다고, 관광객들이 많은 거리를 벗어나지 않겠다고 말했다.

「아예 나가지 않는 편이 좋을 텐데.」 캐서린 앨런과 함께 창가에 서서 루시의 모습을 지켜보며 비브 목사가 말했다. 「루시 양도 속으로는 알 거예요. 아무래도 베토벤의 영향이 너무 큰 것 같네요.」

제4장
제4장

 비브 목사가 옳았다. 루시는 음악 이외의 영역에서는 자기 욕망을 제대로 알지 못했다. 그녀는 비브 목사의 기지도 이해하지 못했고, 캐서린 앨런의 수다에 담긴 암시도 읽지 못했다. 대화는 지루했고, 그녀는 무언가 대단한 것을 원했다. 그리고 바람 부는 전차 난간에 서 있으면 그걸 얻을 수 있을 거라고 생각했다.

 이런 일은 그녀가 하면 안 되는 것이었다. 숙녀답지 못하니까. 도대체 왜? 왜 이 세상의 대단한 일들은 대부분 숙녀답지 못한 걸까? 언젠가 샬럿이 그 이유를 설명해 주었다. 그건 여자가 남자보다 못나서 그런 게 아니다. 그냥 여자와 남자가 다르기 때문이다. 여자들의 임무는 직접 나서서 무언가를 성취하는 게 아니라, 다른 사람들의 성취를 도와주는 것이다. 여자는 재치 있는 언행과 깨끗한 이름으로 간접적으로나마 큰 성취를 할 수 있다. 하지만 자기가 직접 무언가를 해보겠다고 덤비다가는 처음에는 비난을, 다음에는 경멸을, 마지막으로는 무시를 당하게 된다. 많은 시가 그러한 점을 잘 보여주고 있다.

 이러한 중세 여인은 불멸의 요소를 지니고 있다. 사악한 용들은 사라지고 기사들도 종적을 감추었지만, 이 여인은 아직 우리 곁에 남아 있다. 그녀는 빅토리아 초기 시절의 수많은 성을 지배했고, 많은 빅토리아 초기 시절 노래에 여왕으로 등장했다. 틈틈이 그녀를 보호하는 것은 기쁜 일이고, 또 우리에게 멋진 식탁을 마련해 주는 그녀를 찬양하는 것도 기쁜 일이다. 하지만 어쩌랴! 이 존재는 점점 타락해 가는 것을! 이 여인의 마음속에도 낯선 욕망이 솟구쳐 오른다. 그녀도 거센 바람과 장대한 풍경, 광막한 초록 바다를 사랑하게 된다. 그녀는 이 세상의 왕국을 관찰해 왔다. 그 안에 가득한 부와 아름다움과 전쟁을. 핵심부에 불길을 품은 채 빙글빙글 돌면서, 물러서는 하늘을 향해 다가가는 빛나는 지표(地表)를. 남자들은 그녀 덕분에 세계를 향해 나아간다고 당당히 밝히면서 그 표면 위를 유쾌하게 움직인다. 그러면서 가장 즐거운 모임은 남자들과 가진다. 하지만 그들이 즐거운 건 남자라서가 아니라 살아 있기 때문이다. 이런 법석이 끝나기 전에 그녀는 〈영원한 여인〉이라는 장엄한 호칭을 떼버리고, 그냥 한 시절을 살다 가는 존재가 되고 싶다.

루시는 중세의 여인을 표상하지 않는다. 중세의 여인은 진지함을 느낄 때 우러러보라고 교육받은 이상적인 존재에 가까웠다. 그렇다고 반항의 수단이 있는 것도 아니다. 이런저런 속박이 그녀에게 불만을 안겨 주었고, 그녀는 그것을 벗어던지고 싶었다. 그렇게 하고 나면 아마도 후회하리라. 그날 오후 그녀는 특히 마음이 진정되지 않았다. 그래서 자신이 잘되기를 바라는 사람들의 뜻에 반하는 무언가를 몹시 하고 싶었다. 전차를 탈 수는 없었기 때문에, 그녀는 대신 알리나리의 가게로 갔다.

거기서 그녀는 보티첼리의 그림 〈비너스의 탄생〉을 찍은 사진을 샀다. 이 그림은 유감스럽게도 비너스가 전체적인 아름다움을 망쳐 놓고 있었기 때문에, 샬럿은 루시에게 그것을 사지 말라고 했다(예술에서 유감이란 물론 누드를 의미했다). 그런 유감의 목록에는 조르조네의 〈템페스타〉, 〈이돌리노〉 그리고 시스티나 예배당의 벽화 몇 점과 〈아폭시오메노스〉가 더해졌다. 그러고 났더니 마음이 좀 가라앉아서 그녀는 프라 안젤리코의 〈대관식〉과 조토의 〈성 요한의 승천〉 그리고 델라 로비아의 아기 그림들과 구이도 레니의 마돈나 그림을 몇 점을 샀다. 그녀는 취향이 폭넓었기 때문에, 유명한 화가들의 작품이라면 모두 무비판적으로 받아들였다.

하지만 거의 7리라에 이르는 돈을 썼는데도, 자유의 문은 열리지 않았다. 그녀는 마음속에 흐르는 불만을 의식했다. 이런 것이 의식되기는 처음이었다. 〈세상은 분명 아름다운 것들이 가득해. 문제는 내가 그런 것에 다가갈 수 없다는 거지〉라고 그녀는 생각했다. 루시의 어머니가 딸을 성마르고 허황되며 예민하게 만든다고 음악을 싫어하는 것도 그리 놀라운 일은 아니었다.

〈나한테는 아무 일도 일어나지 않아.〉 그녀는 그렇게 생각하며 시뇨리아 광장으로 들어서서, 이제는 제법 익숙해진 광장의 멋진 광경들을 무심히 바라보았다. 광장 전체가 그늘에 덮여 있었다. 너무 늦게 나온 햇빛은 미처 이곳까지는 이르지 못했다. 넵투누스 신은 이미 황혼 속에 존재감을 잃고 반신반령(半身半靈)의 흐릿한 그림자가 되어 있었고, 그의 분수는 주변을 둘러싼 사람과 사티로스들에게 몽롱한 물줄기를 쏘아 보냈다. 입구가 셋 있는 동굴처럼 보이는 로지아[9] 안쪽에서는 그림자에 잠긴 불멸의 신들이 인간들의 왕래를 바라보고 있었다. 비현실적인 시간, 말하자면 익숙하지 않은 것들이 현실이 되는 시간이었다. 나이가 든 사람이라면 그런 시간과

9 한쪽 벽이 뚫린 갤러리.

장소에 있었다는 것만으로도 많은 걸 경험했다고 생각할지 모른다. 하지만 루시는 그 이상의 것을 원했다.

그녀는 안타까운 눈길로 베키오 궁전의 탑을 바라보았다. 탑은 거친 황금으로 만든 기둥처럼 땅 위의 어둠을 뚫고 솟아 있었다. 그것은 탑도 아닌 것 같았고, 땅 위에 서 있지도 않은 것 같았고, 그저 고요한 하늘에서 고동치는, 손에 넣을 수 없는 보물 같았다. 그녀는 탑의 밝은 자태에 매혹되었고, 그 자태는 그녀가 고개를 땅으로 내리고 숙소를 향해 돌아선 뒤에도 눈앞에 아른거렸다.

그때 무슨 일이 일어났다.

이탈리아인 두 명이 아까부터 로지아 옆에서 돈 문제로 다투고 있었다. 〈*Cinque lire*(5리라), *cinque lire!*〉 하고 떠드는 소리가 계속 들렸다. 그들은 마침내 드잡이를 시작했고, 그 가운데 한 명이 가슴을 가볍게 얻어맞았다. 그는 인상을 쓰더니 흥미로운 표정으로 루시를 향해 몸을 숙였다. 마치 그녀에게 전할 중요한 말이 있는 것 같았다. 그가 그 말을 하려고 입을 열자, 벌어진 입에서 붉은 액체가 흘러나와서 구레나룻을 타고 흘러내렸다.

그러고는 끝이었다. 땅거미 속에서 삽시간에 군중이 모여들었다. 군중들은 이 기막힌 남자를 둘러싸더니 분수 앞으로 데리고 갔다. 조지 에머슨이 몇 걸음 떨어진 곳에 있었다. 군중들이 사라지자 맞은편에 서 있던 루시가 보였다. 기이한 일이었다! 그런 장소를 가로질러서 그녀를 보다니. 그녀도 그를 보았지만 그의 모습은 금세 흐릿해졌다. 궁전 전체가 흐릿해져서 머리 위로 흔들리다가 소리 없이 천천히 무너져 내렸고 하늘도 함께 무너졌다.

그녀는 생각했다. 〈아, 내가 무슨 일을 한 거지?〉

「내가 무슨 일을 한 거지?」 그녀가 중얼거리면서 눈을 떴다.

조지 에머슨이 아직도 그녀를 보고 있었다. 하지만 이제는 두 사람 사이에는 아무것도 없었다. 조금 전까지 아무 일도 없다고 불평을 했건만, 지금 벌어진 일을 보라! 한 남자는 칼에 찔려 죽고, 다른 남자는 자신을 안고 있었다.

두 사람이 있는 곳은 우피치 미술관의 아케이드 계단이었다. 그가 그녀를 거기까지 데리고 온 게 분명했다. 그녀가 입을 열자 그가 일어나서 무릎에 묻은 흙을 털었다. 그녀가 다시 한 번 말했다.

「내가 무슨 일을 한 거죠?」

「기절했습니다.」

「죄, 죄송해요.」

「좀 어떠세요?」

「아주 좋아요. 더없이 좋아요.」 그녀는 고개를 끄덕이고 미소를 지었다.

「그러면 같이 숙소로 가시죠. 여기 계속 있을 필요는 없을 것 같아요.」

그는 그녀를 일으키려고 손을 내밀었다. 그녀는 못 본 척했다. 분수 주변의 끊임없는 소음이 공허하게 울렸다. 온 세상이 색깔을 잃고 창백해져서 본래의 의미를 잃은 것 같았다.

「친절을 베풀어 주셔서 정말 고맙습니다! 쓰러져서 다칠 뻔했는데 말이에요. 하지만 이제 정신을 차렸으니까 혼자서 갈게요. 고맙습니다.」

그는 내민 손을 거두지 않았다.

「아, 사진!」 그녀가 갑자기 소리쳤다.

「무슨 사진요?」

「알리나리 가게에서 사진을 좀 샀거든요. 거기 광장에 떨어뜨린 게 분명해요.」 그러면서 그녀는 조심스럽게 그를 바라보았다. 「제게 친절을 좀 더 베풀어 주실 생각은 없는지요? 사진을 찾고 싶어요.」

그는 친절을 좀 더 베풀었다. 그가 등을 돌리자마자 루시는 살그머니 일어나서 아르노 강 쪽으로 도망치듯 걸어갔다.
「허니처치 양!」
루시는 가슴에 손을 얹고 멈춰 섰다.
「가만히 계세요. 혼자서 움직일 수 있는 상태가 아닙니다.」
「고맙습니다만, 저는 아무렇지도 않아요.」
「그렇지 않아요. 정말 아무 문제 없으면 그렇게 도망치실 필요가 없죠.」
「하지만 저는······.」
「그렇다면 사진을 안 찾아 드리겠습니다.」
「저는 혼자 가고 싶어요.」

그가 명령조로 말했다.「그 남자는 죽었습니다. 아마 죽었을 거예요. 기운이 회복될 때까지 가만히 앉아 계세요.」그녀가 놀라서 가만히 그의 말에 복종했다.「돌아올 때까지 움직이지 마요.」

먼 곳에서 마치 꿈속인 듯 검은 두건을 쓴 형체들이 보였다. 궁전 탑은 이제 노을빛에 반사된 자태를 잃고 땅과 한 몸이 되어 있었다. 조지 에머슨이 그늘진 광장에서 돌아오면 어떻게 이야기를 해야 할까? 그러자 다시 한 번 그 생각이 들었다. 〈아, 내가 무슨 일을 한 거지?〉 그녀도 그 죽은 남자와 함께 어떤 영적 경계선을 넘어 버린 것만 같았다.

그가 돌아왔고 그녀는 살인 사건 이야기를 했다. 기이하게도 그것은 아주 편한 대화 주제였다. 그녀는 이탈리아인들의 성격에 대해 말했다. 그러다 그녀는 5분 전에 자신을 기절시킨 사건에 대해 수다스러울 만큼 이야기를 늘어놓았다. 그녀는 건강한 편이었기 때문에 피의 공포에서 금방 회복되었다. 그리고 그의 도움 없이 일어섰다. 몸속에서 날개가 파닥거리는 것 같았지만, 확고한 걸음걸이로 아르노 강을 향해 걸어갔다. 마부 한 명이 호객을 했지만 외면하고 계속 걸었다.

「그리고 그 살인자는 죽은 남자한테 입을 맞추려고 했어요. 정말 이탈리아인들은 이상하지 뭐예요! 그리고 순순히 경찰에 잡혔어요! 비브 목사님은 이탈리아인들은 모든 걸 안다고 하셨는데, 제가 볼 땐 좀 어린애들 같아요. 어저께 샬럿하고 제가 피티 궁전에 갔을 때…… 그게 뭐예요?」

그가 강물에 무언가를 던져 넣었다.

「지금 던진 게 뭐예요?」

「제가 원하지 않았던 물건입니다.」 그가 퉁명스레 대답했다.

「에머슨 씨!」

「네?」

「제 사진들은 어디 있나요?」

그는 대답이 없었다.

「지금 던진 게 제 사진들 맞죠?」

「어떻게 해야 좋을지 몰랐어요.」 그의 목소리는 불안에 떠는 소년 같았다. 그녀는 처음으로 그에게 따뜻한 마음을 느꼈다. 「피로 범벅이 되어 있었어요. 아! 이렇게 말하고 나니 편하네요. 아까부터 내내 이걸 어떻게 해야 하나 고민했거든요.」 그는 강물을 가리켰다. 「이제 없어졌어요.」 다리 밑에서 강물이 요동치며 흘러갔다. 「신경 쓰여 견딜 수가 없었어요. 저는 똑똑하지는 못하지만, 바다로 흘려보내는 게 낫겠다고 생각했어요……. 잘은 몰라도, 어쩌면 제가 겁에 질려서 그런 건지도 모르겠습니다.」 그러더니 소년이 남자로 변해 갔다. 「무언가 놀라운 일이 일어났어요. 저는 혼란을 물리치고 정직하게 이 일을 바라보아야 해요. 한 사람이 죽었다는 사실만이 아닙니다.」

루시가 경계심을 느끼고 멈춰 섰다.

「분명히 무슨 일이 일어났습니다. 그게 무언지 알아내야겠습니다.」

「에머슨 씨…….」

그는 찌푸린 얼굴로 루시에게 돌아섰다. 마치 그녀가 그의 추상적인 탐색을 방해했다고 말하는 듯했다.

「숙소에 들어가기 전에 여쭙고 싶은 게 있어요.」

둘은 이미 펜션 근처에 이르러 있었다. 그녀는 강둑 난간에 두 팔꿈치를 기댔다. 그러자 그도 그렇게 했다. 같은 자세가 된다는 것은 때로 마술 같은 효과를 발휘한다. 그것은 영원한 우정을 암시하는 일들 가운데 하나다. 그녀는 팔꿈치를 조금 움직이고서 말했다.

「오늘 제 행동은 어리석었어요.」

그는 자기 생각에 몰두해 있었다.

「제 평생 이렇게 부끄러웠던 적은 없어요. 어쩌다 그렇게 됐던 건지도 잘 모르겠어요.」

「저도 기절할 뻔했습니다.」 그가 말했지만, 그녀는 자신의 행동이 그를 불쾌하게 하고 있다고 느꼈다.

「천 번이라도 사과드릴게요.」

「아, 아닙니다.」

「그리고…… 이게 중요한 건데…… 소문이란 게 그렇잖아요……. 특히 여자들이 말이에요. 제가 걱정되는 건…… 제 말 이해하시겠죠?」

「무슨 말씀이신지…….」

「오늘 제 어리석은 행동을 아무한테도 말씀하시지 말아 주셨으면 좋겠다는 거예요.」

「루시 양이 한 행동요? 예, 알겠습니다……. 그러죠.」

「정말 고맙습니다. 그리고 또 말씀드리자면…….」

하지만 그녀는 부탁을 마무리 짓지 못했다. 강물이 발밑으로 출렁거렸고, 물빛은 어스름 속에서 검게 변해 있었다. 이 남자는 먼저 강물 속에 사진을 던져 넣고 그 다음에야 이유를 설명했다. 이런 남자에게 기사도를 기대하는 건 헛된 일이라는 생각이 들었다. 그가 생각 없는 잡담으로 그녀를 곤란에 빠뜨리지는 않을 것이다. 그는 믿을 만했고 똑똑한 데다 친절하기까지 했으니까. 어쩌면 그녀를 높이 보고 있는지도 몰랐다. 하지만 이 사람에게는 기사도가 없었다. 그의 행동과 마찬가지로 그의 생각에도 경외심이라는 게 들어갈 여지가 없었다. 그런 그에게 〈그리고 또 말씀드리자면……〉이라고 말을 꺼내고 나서 그가 그 아름다운 그림에 나오는 기사처럼 발가벗은 그녀에게서 고개를 돌린 채 문장을 대신 마무리해 주길 기대할 수는 없었다. 그녀는 그의 품에 안겼고 그는 그걸 기억했다. 그녀가 알리나리 가게에서 산 사진들에 묻은 피를 기억하듯이. 한 사람이 죽은 것만이 아니었다. 살아 있는 사람들에게 무슨 일인가 일어났다. 그들은 이제 인격이 입을 여는 상황, 유년이 문을 닫고 젊음의 갈림길이 열리는 순간에 이르러 있었다.

「정말 고마웠습니다. 순식간에 모든 게 지나가고, 다시 예전으로 돌아가네요!」 그녀가 다시 말했다.

「저는 그렇지 않습니다.」

그녀는 불안을 느끼고 그에게 무슨 뜻인지 물었다.

하지만 그의 대답은 더욱 수수께끼 같았다. 「저는 아마도 살고 싶을 겁니다.」

「네, 에머슨 씨? 그게 무슨 말씀인가요?」

「저는 살고 싶을 거라고요.」

팔꿈치를 난간에 기댄 채 그녀는 아르노 강을 바라보았다. 강물의 울부짖음이 낯선 멜로디가 되어 그녀의 귀로 밀려들었다.

제5장
유쾌한 소풍의 가능성

 일가붙이들이 하는 말 가운데 〈샬럿 바틀릿이 어디로 갈지는 아무도 모른다〉는 말이 있었다. 그녀는 루시의 모험에 조금도 흥분하지 않았고, 개략적인 설명에도 아무 문제를 못 느꼈고, 조지 에머슨 청년에게 적절한 감사의 말까지 했다. 그날은 그녀와 래비시 양도 모험을 겪었다. 그들은 오는 길에 *dazio*(관세 징수소)에서 발이 묶였는데, 건방지고 *désœuvré*(할 일 없는)한 젊은 관리들이 두 사람의 가방을 뒤지려고 했다. 엄청나게 불쾌한 일이 일어날 뻔했지만, 다행히도 래비시 양이 상대하지 못할 사람은 없었다.

 다행인지 불행인지 루시의 문제는 오직 루시에게 남았다. 펜션 사람들 중에는 광장에서도 강둑에서도 그녀를 본 사람이 없었다. 비브 목사는 저녁 식사 때 그녀의 눈동자에 담긴 불안을 감지했지만, 다시 한 번 〈베토벤의 영향이 너무 크다〉고만 여겼다. 그는 이제 그녀가 모험을 겪을 준비가 되었다고 생각했다. 그녀가 이미 모험을 겪었다는 것을 그는 알지 못했다. 그녀는 생소한 고독에 휩싸였다. 그녀는 자기 생각을 다른 사람에게 털어놓고, 찬성이든 반대든 그들의 견해를 듣는 데 익숙했다. 자기 생각이 옳은지 그른지 모르는 상태는 너무도 두려웠다.

이튿날 아침 식사 때 그녀는 중대한 결단을 했다. 그녀는 두 가지 일정 가운데 한 가지를 선택해야 했다. 비브 목사는 에머슨 부자, 또 미국 여자 몇 명과 함께 토레 델 갈로에 갈 계획을 세워 놓고 샬럿과 루시에게 함께 가지 않겠느냐고 물었다. 샬럿은 자신은 가지 않겠다고 했다. 어제 오후에 비를 뚫고 그곳에 다녀왔기 때문이다. 하지만 루시는 그들과 함께 가는 게 좋을 것 같다고 했다. 그리고 루시가 싫어하는 쇼핑, 환전, 우편물 취합, 그 밖의 온갖 자질구레한 일을 자신이 오전 동안 다 해놓겠다, 그런 일들은 혼자서 해도 충분하다고 했다.

「안 돼요, 샬럿!」 루시가 격렬한 목소리로 외쳤다. 「비브 목사님이 저희를 생각해 주시는 건 고맙지만, 저는 언니하고 같이 다닐 거예요. 그쪽이 훨씬 좋아요.」

「그래, 그러려무나.」 샬럿은 흐뭇함에 얼굴이 발그레해졌고, 그걸 본 루시의 두 뺨은 부끄러움에 새빨개졌다. 언제나 그랬지만, 이번에도 샬럿에게 진실하지 못했어! 하지만 이제부터는 달라져야지. 오전 동안 샬럿이랑 함께 다니면서 정말 다정하게 대해 줘야지.

그녀는 사촌 언니의 팔짱을 끼고 아르노 강변로를 함께 걸었다. 그날 아침 강물은 기세며 소리며 색깔이 모두 사자를 방불케 했다. 샬럿은 굳이 강둑 난간 위로 몸을 내밀고 강물을 내려다보았다. 그리고 늘 하는 그 말을 다시 한 번 반복했다.

「너희 어머니와 프레디도 이 광경을 함께 볼 수 있었으면 얼마나 좋았을까!」

루시는 불편했다. 샬럿은 왜 어제 자신이 섰던 바로 그 자리에 저러고 서 있는 걸까?

「루시아! 어딜 보는 거니? 아, 저기 토레 델 갈로에들 가고 있구나. 나는 네가 거기 안 가기로 결정한 걸 후회하지 않을까 걱정했어.」

 그건 진지하게 내린 결정이었고, 루시는 후회하지 않았다. 어제는 너무 혼란스러웠다. 기이하고 생경하고, 뭐라고 말로 표현할 수 없었다. 어쨌거나 그녀는 샬럿과 함께 이렇게 쇼핑을 하고 다니는 게 조지 에머슨과 함께 토레 델 갈로 꼭대기에 오르는 것보다 더 즐거운 일이라고 생각했다. 실타래를 풀 수 없으니, 거기 다시 얽혀 드는 일을 막아야 했다. 그래서 그녀는 샬럿의 은근한 말에 그렇지 않다고 진심으로 항변할 수 있었다.

 하지만 그녀가 주연 배우를 아무리 열심히 외면해도, 불행하게도 무대는 그대로 남아 있었다. 운명의 장난인 듯 샬럿이 강을 떠나 루시를 데리고 간 곳은 시뇨리아 광장이었다. 예전 같으면 그녀는 돌들, 로지아, 분수, 궁전 탑 같은 게 그렇게 중요한 의미를 띤다는 걸 믿지 못했을 것이다. 한순간 그녀는 유령이 어떤 것인지 이해했다.

 살인 사건이 일어난 그 장소에 유령 대신 래비시 양이 아침 신문을 들고 서 있었다. 그녀는 활기차게 두 사람을 불렀다. 그리고 전날의 경악스러운 사건을 통해서 작품에 도움이 될 한 가지 구상을 얻었다고 말했다.

 「그렇다면 축하해! 어제 그렇게 힘들어하더니! 정말 다행이지 뭐야!」 샬럿이 말했다.

 「아하! 허니처치 양, 이리 와봐요! 루시를 만나다니 행운이네. 어제 여기서 목격한 걸 하나도 빼놓지 말고 다 설명해 주겠어요?」

 루시는 양산으로 땅바닥만 쑤셨다.

 「별로 이야기하고 싶지 않은가 봐?」

 「죄송해요……. 하지만 제 설명이 꼭 필요한 게 아니라면 저는 별로 그 일에 대해 말하고 싶지 않아요.」

샬럿과 래비시 양이 눈길을 주고받았다. 화난 표정들은 아니었다. 아직 어린 여자로서 깊은 충격을 받은 거야 당연하다는 표정이었다.

「미안한 건 나예요. 글 쓴다는 우리 같은 인간들은 참 뻔뻔하단 말이야. 열심히 탐구하기만 하면 캐내지 못할 인간 심리의 비밀은 없다고 생각해요.」 래비시 양이 말했다.

그녀는 경쾌한 걸음걸이로 분수로 걸어갔다가 돌아오면서 몇 가지 산술적인 계산을 했다. 그러더니 자신은 8시부터 광장에 나와 자료를 수집했다고 말했다. 물론 그 가운데 상당 분량이 부적절한 자료들이지만, 작가는 언제나 응용할 줄 알아야 했다. 두 남자가 5프랑짜리 지폐를 놓고 싸웠다. 그녀는 이 5프랑을 젊은 여자로 바꿀 생각이었다. 그래야 비극성도 높아지고 구성도 정교해지기 때문이라고 했다.

「여주인공 이름이 뭐지?」 샬럿이 물었다.

「리어노라.」 래비시 양이 대답했다. 그녀의 이름은 엘리너였다.

「좋은 여자이길 바라.」

그 희망 사항은 무시되지 않을 것이다.

「플롯은 어떻게 되는데?」

사랑, 살인, 유괴, 복수가 플롯이었다. 그 모든 것이 설명되는 동안 분수는 아침 햇살을 받으며 사티로스들에게 쏟아져 내렸다.

「이런 식으로 붙들고 늘어져서 미안해. 하지만 나를 이해하는 사람을 만나면 이야기하고 싶은 마음을 누를 수가 없어. 물론 지금 말한 건 아주 간략한 개요일 뿐이지. 피렌체와 주변 지역을 많이 묘사해서 지방색도 풍부하게 넣을 거야. 재미있는 등장인물들도 나올 거고. 그리고 미리 경고해 두자면 영국인 관광객들은 아주 냉정하게 그릴 거야.」 엘리너 래비시가 말을 맺었다.

「고약하기도 해라! 그건 에머슨 부자를 말하는 거겠지?」 샬럿이 소리쳤다.

엘리너 래비시는 마키아벨리 같은 미소를 지었다.

「이탈리아에서 내 마음이 향하는 대상은 영국의 동포들이 아니야. 내 마음을 끄는 건 외면당한 이탈리아 사람들이지. 그 사람들의 생활을 능력껏 열심히 그려 보겠어. 다시 한 번 강조하지만, 또 내가 늘 주장하는 거지만, 어저께 같은 비극은 비록 미천한 사람들 사이에서 일어났다고 해서 비극성이 작아지는 게 아니기 때문이야.」

두 사람은 엘리너 래비시가 결론을 내릴 수 있도록 침묵을 지켰다. 그런 뒤 좋은 성과를 바란다고 인사하고, 천천히 광장을 가로질러 갔다.

「엘리너 래비시는 내가 생각하는 똑똑한 여자의 표본이야. 마지막 말이 특히 마음을 울리는구나. 정말 슬픔이 철철 넘치는 소설이 될 것 같아.」 샬럿이 말했다.

루시도 동의했다. 지금 그녀의 원대한 목적은 그런 데 말려들지 않는 것이었다. 오늘 아침 감각이 기이할 만큼 예리해진 그녀는 엘리너 래비시가 자신을 *ingénue*(어수룩한 여자) 역할로 소설에 시험하고 있다는 걸 확신했다.

「엘리너는 해방된 여자야. 하지만 좋은 뜻으로 말이야.」 샬럿은 천천히 말을 이었다. 「겉만 보는 사람들은 엘리너를 보고 충격을 받겠지. 우리는 어제 많은 이야기를 나눴어. 엘리너는 정의와 진실과 인간의 권익을 믿고 있어. 그리고 여자의 운명을 높이 평가한다고 말하더라……. 어머나, 이거 목사님! 이런 데서 만나다니, 반갑고 또 놀랍네요!」

「저한테는 놀랍지 않습니다. 아까부터 두 분을 지켜보고 있었거든요.」 피렌체 주재 목사인 이거 목사가 온화하게 말했다.

「래비시 양과 잡담을 좀 했죠.」
그의 이마가 움츠러들었다.
「저도 봤습니다. 정말 그러신 겁니까? *Andate via! Sono occupato*(저리 가요. 지금 바쁩니다)*!*」

뒷부분의 말은 상냥한 미소를 띠고 다가오는 파노라마 사진 판매상에게 한 말이었다. 「두 분께 제안을 하나 할까 생각 중입니다. 이번 주중에 함께 마차 여행을 가볼 생각이 없으신지요……. 가까운 산에 말입니다. 피에졸레로 갔다가 올 때는 세티냐노로 올 수 있어요. 중간에 한 시간 정도 산책할 만한 언덕길도 있습니다. 거기서 보는 피렌체의 전망은 최고예요. 피에졸레에서 보는 뻔한 전경하고는 비교가 안 되지요. 알레시오 발도비네티가 즐겨이 화폭에 옮긴 게 바로 그 전경이랍니다. 그 남자는 풍경화에 단연 특별한 감각이 있었지요. 단연코 말입니다. 하지만 오늘날 누가 풍경화를 봅니까? 이 세상은 우리 같은 사람들이 감당하기에는 너무 힘듭니다.」

샬럿은 알레시오 발도비네티라는 이름은 처음 들었지만, 이 거 목사가 평범한 주재 목사가 아니라는 것은 알았다. 그는 피렌체에 정착한 영국 거류민 사회의 일원이었다. 그는 베데커 여행 안내서 없이 길을 다니는 사람들, 점심 식사 후 시에스타 습관을 들인 사람들, 펜션 여행객들은 전혀 모르는 길로 다니는 사람들, 아무나 들이지 않는 화랑들에 개인적 연줄로 드나드는 사람들을 알았다. 그들은 세련된 은둔 생활을 했다. 어떤 사람들은 가구 딸린 아파트에서, 또 어떤 사람들은 피에졸레 언덕 기슭의 르네상스식 빌라에서 살면서, 책을 읽고 글을 쓰고 공부하고 사상을 교환하고, 그를 통해 피렌체에 대한 깊은 지식, 즉 이해라고 하는 것을 얻었다. 그것은 쿡 여행사의 쿠폰 책을 주머니에 넣어가지고 다니는 사람들은 얻을 수 없는 것이었다.

그러므로 주재 목사의 초대를 받는다는 건 영광스러운 일이었다. 그는 자신이 이끄는 두 무리 양 떼 사이에 유일한 연결 고리 역할을 할 때가 많았고, 이동 중인 양 떼 가운데 돌볼 만한 자들을 골라 영원한 초장에 몇 시간이라도 머물게 하는 게 자신의 습관이라고 늘 공언했다. 르네상스식 빌라에서 차를 마시는 일? 아직 그런 이야기는 없었다. 하지만 만약 그렇게 된다면…… 루시가 얼마나 좋아할까!

며칠 전이라면 루시도 똑같이 느꼈을 것이다. 하지만 지금은 인생의 기쁨들이 새롭게 분류 정돈되고 있었다. 이거 목사, 샬럿 언니와 함께 산으로 마차 여행을 떠나고, 거류민의 집에서 차를 마시는 호사까지 누리게 된다고 해도, 그것은 이제 최상의 기쁨에 속하는 것이 아니었다. 그녀는 샬럿의 열렬한 기쁨에 미약하게 장단을 맞추어 주었다. 그러다 비브 목사도 함께 간다는 말을 듣고 나서야, 그녀의 감사의 말이 좀 더 진실해졌다.

「*partie carrée*(남녀 2쌍의 소풍)가 되겠군요. 이 수고롭고 소란스러운 시대에 우리는 시골을 만나야 하고, 시골이 주는 순수의 메시지를 받아야 해요. *Andate via! Andate presto, presto*(저리 가요! 빨리 가요, 빨리)! 도시! 아무리 아름다워도 도시는 도시니까요.」 주재 목사가 말했다.

그들은 동의했다.

「이 광장은 어제…… 제가 듣기로는…… 가장 추잡한 비극을 목격했습니다. 단테와 사보나롤라의 피렌체를 사랑하는 사람으로서, 그런 무참한 사건은 아주 불길하군요. 불길하고 수치스럽습니다.」

「정말로 수치스러운 일이에요. 허니처치 양은 그 사건이 일어났을 때 마침 여길 지나가고 있었는데, 그 이야기를 꺼내는 것조차 괴로워하고 있어요.」 샬럿이 말했다. 그녀는 자랑스러운 눈길로 루시를 바라보았다.
「그런데 이런 곳에는 무슨 일로 나오셨던 건가요?」
주재 목사가 아버지 같은 말투로 물었다.
그 질문에 샬럿의 마음속에서 신생하던 자유주의가 팍 수그러들었다.
「루시를 나무라지 마세요, 목사님. 그건 제 잘못이에요. 제가 샤프롱 노릇을 제대로 못한 거예요.」
「그렇다면 혼자 계셨다는 거로군요?」 목사의 목소리에는 연민과 질책이 섞여 있었다. 하지만 그런 한편 고통스러운 세부 사실들을 기꺼이 들을 준비가 되어 있다는 암시도 풍겼다. 그의 검고 단정한 얼굴이 애처롭게 그녀를 내려다보며 대답을 기다렸다.
「거의 그런 셈이었죠.」
「펜션의 아는 분 한 분이 친절하게 루시를 데리고 와주셨어요.」
샬럿은 그 친절한 사람의 성별을 솜씨 좋게 숨기며 말했다.
「그 여자분께도 끔찍한 경험이었겠군요. 설마 두 분이…… 아주 가까운 곳에서 목격하시지는 않았겠지요?」
루시는 오늘 많은 걸 깨닫고 있었지만, 그 가운데 상당히 주목할 만한 것 하나는 존경할 만한 사람들이 잔인한 방식으로 피를 즐긴다는 사실이었다. 조지 에머슨의 행동은 이 일 앞에서 기이할 만큼 순수했다.
「그 사람은 분수 옆에서 죽었어요.」 그녀가 대답했다.
「루시 양과 친구 분은?」
「우리는 로지아에 있었고요.」
「그것만 해도 다행이군요. 물론 루시 양이 쓰레기 신문의 볼썽사나운 기사들을 읽지는 않았을 테고요……. 그나저나 이 남자는 참 골칫거리예요. 내가 여기 사는 사람이라는 걸 잘 알면서도 늘 이 천박한 그림을 팔러 온다니까요.」

그 사진 판매상은 루시의 동맹이었다. 이탈리아와 맺은 영원한 청춘의 동맹. 그가 접이식 사진 책을 샬럿과 이거 목사 앞으로 불쑥 내밀었다. 그러자 두 사람의 손이 교회와 명화와 풍경을 담은 길고 반짝이는 종이 띠를 사이에 두고 연결되었다.

「정말 너무하는군!」 목사가 소리치며 프라 안젤리코의 천사 그림 한 점을 내리쳤다. 천사가 찢어졌다. 사진 판매상이 비명을 질렀다. 이 사진 책은 사람들이 생각하는 것 이상의 가치를 지녔다고 말하는 듯했다.

「제가 이걸 사겠어요……」 샬럿이 말했다.

「무시하세요.」 이거 목사가 차갑게 말했고, 그들은 재빨리 광장을 빠져나갔다.

하지만 이탈리아 사람을 무시할 수는 없다. 특히 그 사람이 슬픔을 당했을 때는 더더욱 그렇다. 이거 목사에 대한 그의 알 수 없는 비난은 점점 더 거세졌다. 그의 위협과 한탄이 거리를 울렸다. 그는 루시에게 호소했다. 아가씨가 좀 도와주세요. 저는 가난해요. 처자식이 있어요. 빵 살 돈을 벌어야 해요. 그는 기다렸고, 떠들었고, 몇 푼을 받았고, 하지만 만족을 못해서 계속 그들 옆을 맴돌며 그들이 유쾌한 생각이건 불쾌한 생각이건 다른 아무 생각도 하지 못하게 만들었다.

그런 뒤에 쇼핑이 이어졌다. 그들은 주재 목사의 인솔 아래 여러 가지 흉물스러운 선물과 기념품을 골랐다. 빵 반죽에 도금을 해서 만든 듯한 꽃무늬 액자, 참나무로 깎은 데다 작은 받침대가 달린 좀 더 튼튼한 액자, 양피지 압지 책, 양피지에 쓴 단테의 작품, 싸구려 모자이크 브로치, 크리스마스 때 그 브로치를 선물로 주면 하녀들은 진짜인지 가짜인지 모를 것이다. 핀, 단지, 문장(紋章)이 새겨진 접시, 갈색의 예술 사진들, 설화 석고로 만든 에로스와 프시케 상, 같은 재료로 만든 성 베드로 상……. 모두 런던에서 더 싼값에 살 수 있는 것들이었다.

이런 유익한 오전을 보냈지만, 루시는 아무런 즐거움도 느끼지 못했다. 그녀는 샬럿도 이거 목사도 약간 무섭다고 느꼈는데, 그 이유는 자신도 몰랐다. 그리고 그런 두려움은 기이하게도 그들에 대한 존경심을 거두어 갔다. 엘리너 래비시도 훌륭한 예술가인지 의심스러웠다. 이거 목사도 이전에 생각하던 대로 영성과 교양이 넘치는 사람인지 의심스러웠다. 두 사람은 지금 어떤 새로운 시험을 치렀는데, 그 결과는 불합격이었다. 샬럿은…… 샬럿은 언제나 똑같았다. 다정하게 대할 수는 있겠지만, 사랑하는 일은 불가능했다.

「노동자의 아들이에요. 저도 우연히 알았지요. 젊었을 때는 무슨 기계 일을 했다고 하더군요. 그러다가 사회주의 언론에 글을 쓰기 시작했어요. 저는 브릭스턴에 있을 때 그 사람을 만났습니다.」

두 사람은 에머슨 부자에 대해 이야기하고 있었다.

「요즘은 신분 상승도 어쩌면 그렇게 잘들 하는지!」 샬럿은 한숨을 쉬면서 피사의 사탑 모형을 만지작거렸다.

「사람들은 대개 그런 성공에 호감을 품지요. 교육과 출세에 대한 열망은…… 모두 나쁘게만 볼 수는 없어요. 여기 피렌체에는 즐겁게 만날 만한 노동자들이 좀 있답니다……. 별로 많지는 않지만요.」 이거 목사가 말했다.

「그 사람은 아직도 언론 일을 하나요?」 샬럿이 물었다.

「아니요, 결혼을 잘했지요.」

그는 의미심장한 어조로 이 말을 하더니 한숨으로 말을 맺었다.

「그렇다면 부인이 있군요.」

「하지만 죽었습니다. 바틀릿 양, 저는…… 그 사람이 어떻게 제 얼굴을 그렇게 뻔뻔스럽게 바라볼 수 있는지, 어떻게 저를 안다고 떠들고 다닐 수 있는지 정말 의아합니다. 오래전에 그 사람은 제 런던 교구의 주민이었죠. 지난번 산타크로체 교회에서 허니처치 양이랑 같이 있는 그 사람을 보았을 때 저는 단단히 면박을 주었습니다. 그 사람은 저한테서 면박밖에는 받을 게 없어요.」

「무슨 말씀인가요?」 루시가 상기된 얼굴로 물었다.

「범죄가 발각됐으니까요!」 이거 목사가 분노한 목소리로 대답했다.

그는 다른 화제로 넘어가려 했지만, 이야기가 극적으로 전개되는 바람에 의도했던 것보다 청중의 관심을 크게 자극하고 말았다. 샬럿의 표정에는 자연스러운 호기심이 가득했다. 루시는 다시는 에머슨 부자와 만나지 않기를 바랐지만, 목사의 말 한마디를 듣고 그들을 비난하고픈 생각도 없었다.

「그분이 종교를 믿지 않는다는 말인가요? 그건 저희도 이미 알고 있어요.」 루시가 말했다.

「루시…….」 샬럿이 끼어드는 루시를 살짝 꾸짖었다.

「하지만 다 알고 계시지는 못할 거라고 생각합니다. 그 청년…… 그때는 천진한 아이였는데……. 하여튼 아들은 빼고 말하겠습니다. 그 아이가 어떤 천성을 물려받고 어떤 교육을 받으며 자랐는지는 하느님만이 아실 테니까요.」

「별로 듣지 않는 편이 좋을지도 모르겠군요.」 샬럿이 말했다.

「간단히 말하면 그렇습니다. 이제 그만 이야기하겠습니다.」 이거 목사가 말했다.

그러자 루시의 반항 정신이 처음으로 말이 되어 터져 나왔다. 루시에게 생전 처음 있는 일이었다.

「지금까지도 별로 말씀하신 게 없는데요.」

「애초부터 별로 말하지 않을 생각이었습니다.」 그의 차가운 대답이 돌아왔다.

그는 괘씸하다는 표정으로 루시를 바라보았고, 거기 맞서는 루시의 분노도 그에 못지않았다. 상점 판매대에서 목사를 향해 돌아선 그녀의 가슴이 가쁘게 오르내렸다. 그는 그녀의 이마를 보았고, 딱딱하게 굳은 입술도 보았다. 그를 믿지 않다니, 참을 수 없는 일이었다.

「살인이었습니다. 알고 싶다면 말씀드리죠. 그 남자는 자기 아내를 죽였습니다!」 그가 벌컥 소리쳤다.

「어떻게요?」 루시가 얼른 다시 물었다.

「사실상 그가 죽인 겁니다. 그날 산타크로체 교회에서 그 사람들이 제 험담을 하던가요?」

「아니요. 그런 말은 한마디도 안 했어요.」

「아, 저는 그 부자가 제 험담을 하는 줄 알았습니다. 어쨌거나 허니처치 양이 그들을 옹호하는 건 그 사람들의 인간적인 매력 때문인 것 같군요.」

「저는 그 사람들을 옹호하지 않아요.」 갑자기 용기가 사라지면서 루시는 옛날 같은 혼란스러운 말투로 되돌아갔다. 「그 사람들은 저랑 아무 관계도 아니에요.」

「어떻게 루시가 그 사람들을 옹호한다고 생각하셨나요?」

샬럿이 경색된 상황에 당황해서 말했다. 상점 점원이 자신들의 말을 듣고 있는지도 몰랐다.

「허니처치 양도 계속 그러기는 어려울 겁니다. 그 남자는 하느님의 눈앞에서 자기 아내를 죽였으니까요.」

하느님을 거론한 건 큰 효과가 있었다. 하지만 목사는 자신이 경솔했다는 걸 깨달았다. 그 뒤에 찾아온 침묵은 감동의 침묵이 아니라 거북함의 침묵이었다. 샬럿이 허둥지둥 피사의 사탑을 사고 길을 재촉했다.

「저는 가봐야겠습니다.」 목사가 눈을 질끈 감은 채 회중시계를 꺼내며 말했다.

샬럿은 감사 인사를 하고 야유회를 고대하겠다고 말했다.

「야유회요? 아, 정말 야유회를 갈 수 있는 겁니까?」

루시는 예의를 되찾았고, 한동안 그런 노력을 발휘한 결과 이거 목사의 평정심은 회복되었다.

「야유회라니!」 목사가 떠나자마자 루시가 소리쳤다. 「지난번에 비브 목사님이랑 우리가 자연스럽게 합의한 그 야유회 아닌가요? 도대체 저 사람은 무엇 때문에 저렇게 이상한 방식으로 우리를 초대하는 거죠? 차라리 우리가 저 사람을 초대하자고요. 자기 몫의 비용은 자기가 내고요.」

샬럿은 에머슨 부자에 대해 무언가 한탄하려고 하다가 루시의 말을 듣고 갑자기 생각에 잠겼다.

「만약 그렇다면……. 만약 이거 목사님이랑 가려고 한 그 야유회가 비브 목사님이랑 가는 야유회랑 같은 거라면 조금 난처해지겠는걸.」

「왜요?」

「비브 목사님이 엘리너 래비시도 초대했거든.」

「그러면 마차를 한 대 더 부르면 되죠.」

「그런 간단한 문제가 아냐. 이거 목사님은 엘리너를 좋아하지 않아. 엘리너도 그걸 잘 알지. 사실이 그렇잖아. 이거 목사님의 기준으로 보면 엘리너는 너무 파격적이니까.」

두 사람은 어느새 영국계 은행의 신문 열람실에 와 있었다. 루시는 『펀치』와 『그래픽』지가 놓인 중앙 탁자 옆에 서서, 머릿속에 들끓는 질문들에 대답해 보려고, 적어도 그 질문들을 정리라도 해보려고 애를 썼다. 익숙한 세계는 무너졌고 그 자리에 피렌체가 들어섰다. 이 마법의 도시에서는 사람들이 더없이 기이하게 생각하고 행동했다. 살해당하는 사람, 살인을 저질렀다고 비난받는 사람, 이 남자에게 안겼다가 저 남자에게 무례를 범하는 여자……. 이런 일들이 피렌체의 거리에서는 일상적으로 벌어지는 일인가? 이 거리의 가식 없는 아름다움 속에는 보기 좋은 것 이상의 어떤 것, 그러니까 열정을 불러일으키고 ― 좋은 것이건 나쁜 것이건 ― 그것을 지체 없이 충족시키는 힘 같은 게 있는 걸까?

샬럿은 아무것도 아닌 일들은 그렇게 힘들어하면서 정작 중요한 일들에는 완전히 무심할 수 있으니 얼마나 행복한가! 〈일이 돌아가는 품〉을 놀라울 만큼 예리하게 내다보면서도, 정작 그 결론에 임박하면 아무것도 보지 못하는 사람! 그녀는 지금 구석에 쭈그리고 앉아서 목걸이처럼 목에 둘러 가슴팍에 숨긴 조그만 아마포 주머니에서 여행자 어음을 꺼내고 있었다. 이탈리아에서 돈을 안전하게 가지고 다니려면 그렇게 해야 한다고 들었기 때문이다. 그리고 그 돈을 꺼내는 것도 반드시 안전한 영국계 은행 안에 들어와서 해야 했다. 그녀는 계속 주머니를 뒤지면서 조그맣게 말했다. 「비브 목사님이 이거 목사님한테 말할 때 깜박한 건지, 아니면 이거 목사님이 우리한테 말할 때 깜박한 건지, 아니면 두 분이 엘리너를 빼놓고 가기로 결정한 건지 어쩐지 모르겠지만 ― 그러기는 어려울 텐데 ―, 어쨌거나 우리는 어떤 상황에 대해서도 미리 생각하고 있어야 돼. 두 분이 정말로 원하는 건 너야. 나는 그저 체면상 부른 거지. 네가 두 분하고 같은 마차로 가고, 나하고 엘리너는 뒤에서 따라갈게. 우리는 제일 작은 마차로도 충분할 거야. 하지만 이렇게 번거로워야 하다니!」

「정말 그러네요.」 루시가 무거운 마음으로 공감하며 대답했다.

「너는 어떻게 생각하니?」 샬럿은 주머니를 붙들고 씨름하던 일이 부끄러워 얼굴을 살짝 붉히고 드레스의 단추를 잠갔다.

「어떤지 모르겠어요. 제가 뭘 원하는지도 모르겠어요.」

「루시! 피렌체가 지루해진 건 아니길 바란다만, 만약 그렇다면 망설이지 말고 말해. 내일 당장 너를 데리고 지구 끝이라도 갈 테니.」

「고마워요, 샬럿.」 그리고 루시는 샬럿의 제안을 깊이 생각했다.

우편 사무실에는 루시 앞으로 두 통의 편지가 와 있었다. 한 통은 남동생이 보낸 것으로 체육과 생물학 이야기가 가득했고, 한 통은 어머니가 보낸 것으로 어머니 특유의 즐거운 이야기가 가득했다. 루시는 노란색 꽃을 보려고 산 크로커스가 암갈색 꽃을 피웠다는 이야기, 새로 온 하녀가 레모네이드용 과즙을 고사리 밭에 뿌렸다는 이야기, 두 가구 연립형 별장들이 서머 스트리트를 망치고 있고 더불어 해리 오트웨이 경의 마음도 아프게 한다는 소식 등을 읽었다. 그녀는 고향 집의 자유롭고 즐거운 생활을 떠올렸다. 그곳은 그녀가 무엇이든 할 수 있는 곳이었지만, 그곳에서는 그녀에게 아무 일도 일어나지 않았다. 솔숲 가운데로 지나는 길, 깨끗한 응접실, 서섹스 윌드 숲이 굽어보이는 전망……. 그녀의 눈앞에 떠오른 그 모습들은 밝고 또렷했지만, 여행자가 많은 경험을 쌓고 다시 돌아가 보는 화랑의 그림처럼 어딘가 처량하기도 했다.

「무슨 소식 있니?」 샬럿이 물었다.

「바이스 부인과 아들이 로마로 갔다네요. 언니는 바이스가 사람들을 알아요?」 루시는 가장 흥미 없는 소식을 전해 주었다.

「아니, 숙소 쪽 길은 거기가 아니에요. 시뇨리아 광장은 아무리 와도 질리지 않네요.」

「좋은 사람들이지, 바이스가 사람들 말이야. 내가 생각하는 똑똑한 사람들의 표본이라고나 할까. 너는 로마에 가고 싶지 않니?」

「당장이라도 가고 싶어요!」

시뇨리아 광장은 석조로 이루어져서 반짝인다고 말하기는 어렵다. 거기는 잔디도 없고 꽃도 없고 프레스코 벽화도 없고, 대리석 벽들의 미끈함도 붉은 벽돌의 편안함도 없다. 기이한 우연에 따라 — 우리가 장소를 지키는 수호신의 존재를 믿지 않는다면 — 이런 석조의 팍팍함을 완화시켜 주는 조각상들은 하나같이 유년의 순수함이나 청춘의 찬란한 방황이 아니라 성숙한 인간의 의식적인 성취를 보여 준다. 페르세우스와 유디트, 헤라클레스와 투스넬다, 이들은 모두 많은 일을 겪은 자들이다. 불멸의 존재들이기는 하지만, 그 불멸성은 처음부터 있던 것이 아니라 경험을 얻은 뒤에 찾아왔다. 영웅이 여신을 만나고, 여걸이 남신을 만나는 건 고요한 자연 속에서만 이루어지는 것이 아니다. 여기 이 광장에서도 이루어질 수 있다.

「샬럿!」 루시가 불쑥 소리쳤다. 「이건 어때요? 내일 바로 로마로 가는 거예요. 바이스 씨네가 머무는 호텔로 말이에요. 내가 뭘 하고 싶은지 알았어요. 이제 피렌체가 지겨워요. 지구 끝이라도 가겠다고 했죠? 그러니까 어서 떠나요!」

샬럿은 루시 못지않게 쾌활한 목소리로 말했다.

「이런 장난꾸러기 같으니라고! 그러면 야유회는 어떻게 하고?」

그들은 광장의 적막한 아름다움을 뚫고 지나가면서, 그 황당한 제안에 웃음을 터뜨렸다.

제6장
아서 비브 목사, 커스버트 이거 목사,
에머슨 씨, 조지 에머슨 씨, 엘리너 래비시 양,
샬럿 바틀릿 양, 루시 허니처치 양이
마차를 타고 전망을 보러 소풍을 가다.
이탈리아인들이 말을 몰다

그 기억할 만한 날, 이들이 탄 마차를 몰고 피에졸레로 간 사람은 무책임한 정열로 가득한 파에톤[10]이었다. 그는 주인의 말들을 거침없이 다그치며 바위 언덕길을 내달렸다. 비브 목사는 그가 어떤 사람인지 금방 알아보았다. 신앙의 시대도 회의의 시대도 이 젊은이를 건드리지 못했다. 그는 토스카나 지방에서 마차를 모는 파에톤이었다. 그리고 그가 가는 길에 함께 태워도 되겠느냐고 부탁한 사람은 페르세포네[11]였다. 그가 여동생이라고 말한 페르세포네는 늘씬하고 호리호리한 몸매에 피부가 매우 하얬다. 봄이 되어 어머니의 집으로 돌아가는 페르세포네는 아직 익숙하지 않은 햇빛에 자꾸 손차양을 쳤다. 이거 목사는 그녀를 태우는 데 반대했다. 그게 꼬투리가 돼서 뭔 일이 생길지 모르며, 호의를 이용하려는 부당한 부탁은 거절해야 한다는 이유였다. 하지만 여자들이 나서서 이것이 얼마나 큰 호의인지를 강조하고 확인받자, 여신은 마

---

10 그리스 신화에서 태양신 헬리오스의 아들로 아버지의 태양 마차를 하루만 몰아 보겠다고 했다가 말들을 다스리지 못해 세상을 불태울 뻔함.
11 그리스 신화에 나오는 지하 세계의 여신. 봄이 되면 지상으로 올라와 가을까지 어머니인 곡물의 여신 데메테르와 함께 지냄.

부석에 올라 남신 곁에 앉도록 허락되었다.

파에톤은 곧장 왼쪽 고삐를 그녀의 머리 위로 넘기고는 여자의 허리에 팔을 감은 채 말을 몰았다. 여자는 전혀 불편해하지 않았다. 이거 목사는 마부석을 등지고 앉았기 때문에 그들이 벌이는 정숙하지 못한 행동을 보지 못한 채 루시와 대화를 계속했다. 마차에 함께 탄 다른 두 사람은 아버지 에머슨 씨와 엘리너 래비시였다. 끔찍한 일이 일어났다. 비브 목사가 이거 목사와 상의도 않은 채 소풍객을 두 배로 늘린 것이다. 그리고 샬럿과 엘리너 래비시는 오전 내내 사람들의 배치를 고민하고 궁리하더니, 막상 마차들이 도착하자 아무 생각이 없어져서 그냥 엘리너 래비시는 루시와 같은 마차에 올랐고, 샬럿은 조지 에머슨, 비브 목사와 함께 뒤의 마차에 탔다.

기대했던 *partie carrée*(남녀 2쌍의 소풍)가 이렇게 변하다니, 이거 목사에게는 가혹한 일이었다. 르네상스식 빌라에서 차를 마시는 일 같은 건 그가 계획했다 해도 이제 불가능한 일이 되었다. 루시와 샬럿에게는 품격이 있었다. 비브 목사는 별로 미덥지는 않았지만, 어쨌건 능력 있는 사람이었다. 하지만 싸구려 소설을 쓰는 여성 작가와 하느님의 눈앞에서 부인을 죽인 신문 기자······. 그런 사람들을 자신의 소개로 빌라에 들이는 일은 있을 수 없었다.

흰색 드레스를 단정하게 차려입은 루시는 이런 일촉즉발의 인물들 사이에 초초한 기색으로 꼿꼿이 앉아서, 이거 목사의 말을 경청하고 엘리너 래비시를 자제시키며 에머슨 씨를 불안스레 관찰했다. 그런데 에머슨 씨는 다행히도 무거웠던 점심 식사와 나른한 봄날 공기 덕분에 아직까지는 잘 자고 있었다. 그녀에게는 이 소풍이 운명의 장난처럼 느껴졌다. 소풍만 아니었다면 그녀는 조지 에머슨을 성공적으로 피할 수 있었을 것이다. 그동안 그는 그녀와 친밀한 관계를 유지하고 싶다는 소망을 공개적으로 피력했다. 하지만 그녀는 거절했다. 그가 싫어서가 아니라, 둘 사이에 도대체 무슨 일이 벌어졌는지 몰랐기 때문이다. 하지만 그는 아는 것 같았고, 그것이 그녀를 두렵게 했다.

진짜 사건 — 그게 정확히 무엇이건 — 이 일어난 곳은 로지아가 아니라 강둑이었기 때문이다. 사람이 죽는 앞에서 경황없이 행동하는 거야 서로 이해할 수 있는 일이었다. 하지만 나중에 그걸 두고 대화를 나눈 것, 대화를 지나 침묵하고, 침묵을 지나 공감에 이른 것은 잘못이었다. 놀란 감정 하나가 저지른 잘못이 아니라, 마음 전체가 함께 저지른 잘못이었다. 둘이서 함께 어두운 강물을 내려다본 일, 눈길 한 번, 말 한마디 주고받지 않은 채 동시에 숙소를 향해 돌아선 일은 분명히 비난받을 소지가 있었다(그렇다고 그녀는 생각했다). 이런 죄의식은 처음에는 사소했다. 그래서 토레 델 갈로로 가는 일행에도 합류할 뻔했다. 하지만 조지 에머슨을 한번 피하고 나면 다음번에도 그를 피해야 한다는 생각이 더욱 강력해졌다. 그런데 이 운명의 아이러니는 샬럿과 두 목사를 통해 작용해 들어와서, 그녀가 피렌체를 떠나기 전에 기어이 그와 함께 산기슭으로 야유회를 다녀오게 만들어 놓았다.

이거 목사는 계속 그녀를 붙들고 예의 바른 대화를 나누었다. 그들 사이의 사소한 불화는 사라졌다.

「허니처치 양은 지금 여행 중이신가요? 예술을 공부하려고?」

「아, 아뇨, 그렇지 않아요!」 엘리너 래비시가 끼어들었다. 「인간 본성을 공부하는 걸 수도 있죠. 저처럼 말예요.」

「아니에요. 저는 그저 관광하러 온 거예요.」

「아, 그러십니까? 무례하게 듣지 말아 주시기를 바랍니다만, 우리 거류민들은 관광객들을 좀 가엾게 여긴답니다. 베네치아에서 피렌체로, 피렌체에서 로마로 짐꾸러미처럼 떠밀려다니고, 펜션이나 호텔 같은 데서 떼 지어 지내고, 베데커 여행 안내서에 없는 건 아무것도 모르고, 관심사란 오직 〈구경했다〉와 〈가봤다〉, 그리고 다른 데로 이동하는 것밖에 없지요. 그 결과 머릿속에는 도시와 강과 궁전이 뒤죽박죽되어 남고요. 『펀치』지에 실린 미국 여자 이야기를 읽으셨죠? 〈아빠, 우리가 로마에서 뭘 봤나요?〉 그러자 아버지가 이렇게 답했다죠. 〈로마에서 우리는 노란색 개를 봤지.〉 관광객이란 사람들이 그래요. 하하하!」 이거 목사가 말했다.

「저도 동의해요.」 아까부터 몇 차례나 이거 목사의 비꼬는 유머에 끼어들려고 했던 엘리너 래비시가 말했다. 「앵글로색슨족 관광객들의 편협함과 피상성은 거의 가공할 만한 수준이죠.」

「맞습니다. 피렌체의 영국인 거류지는 말이에요, 허니처치 양, 규모가 상당합니다만 물론 그 구성원들이 동질적이지는 않지요……. 장사를 하는 사람들도 몇 명 있지만 대부분은 학생이에요. 헬렌 레이버스톡 부인은 프라 안젤리코를 공부합니다. 부인의 이름을 굳이 언급하는 건 지금 왼쪽에 부인의 빌라를 지나가고 있기 때문이에요. 아뇨, 일어서야 볼 수 있습니다……. 그렇다고 일어서진 마세요. 잘못하면 넘어져요. 부인은 저 빽빽한 산울타리를 아주 자랑스러워하지요. 그 안쪽은 완벽한 은둔처예요. 600년 전으로 돌아간 것 같죠. 어떤 비평가들은 그 집 정원이 『데카메론』의 무대라고도 말한답니다. 흥미롭지 않습니까?」

「정말 흥미롭네요! 그 멋진 이레째 날의 무대는 어디였는지 말해 주세요.」 엘리너 래비시가 소리쳤다.

하지만 이거 목사는 루시에게 오른쪽에는 아무개 씨가 사는데 그 사람은 미국인으로는 드물게 아주 훌륭한 사람이며, 또 언덕 아래쪽에는 또 다른 아무개들이 산다는 이야기를 계속할 뿐이었다.

「〈중세의 샛길〉 총서에 포함된 그분의 연구서들을 아시겠죠? 저 집에 사는 분은 철학자 〈제미스투스 플레토〉를 연구한답니다. 때때로 저분들의 아름다운 정원에서 차를 마시면 벽 너머로 새로 개통된 전차가 빽빽거리며 지나가죠. 그 전차에는 한 시간 안에 피에졸레를 〈찍고〉 가려는 요란하고 지저분하고 무식한 관광객들이 가득해요. 그 사람들이 거기 가는 이유는 오직 거기에 갔다 왔다는 말을 하기 위해서죠. 그런 사람들이 눈으로 보면서도 정신으로는 아무것도 깨닫지 못한다는 걸 생각하면…… 생각할수록…… 한심합니다.」

이런 연설이 이어지는 동안 마부석의 두 사람은 정숙하지 못한 행동을 계속했다. 루시는 질투가 솟았다. 예절 따위를 벗어던지기로 마음먹으면, 그렇게 할 수 있다는 건 행복한 일이었다. 아마도 이 소풍 길에서 즐거운 사람은 그 둘뿐인 것 같았다. 피에졸레 광장을 지나서 세티냐노 길로 들어서자 마차는 미친 듯이 덜컹거렸다.

「*Piano! Piano*(조심! 조심)!」 이거 목사가 머리 위로 손을 점잖게 흔들며 말했다.

「*Va bene, signore, va bene, va bene*(걱정 마십쇼 선생님, 걱정 마십쇼).」

마부는 느긋한 목소리로 말하고 말들에게 다시 채찍을 휘둘렀다.

잠시 후 이거 목사와 엘리너 래비시 사이에 알레시오 발도비네티를 둘러싸고 논쟁이 벌어졌다. 그가 르네상스를 불러온 장본인인가 아니면 르네상스의 결과로 생겨난 인물인가 하는 것이었다. 두 번째 마차는 뒤에 멀찍감치 떨어져서 오고 있었다. 마차가 질주 상태로 들어서자 깊은 잠에 빠진 에머슨 씨가 기계처럼 규칙적으로 목사를 향해 쓰러졌다.

「피아노! 피아노!」 그는 루시를 바라보며 참담한 표정을 지었다.

마차가 다시 한 번 크게 덜컹거리자, 이거 목사는 화를 벌컥 내며 고개를 돌렸다. 조금 전부터 페르세포네에게 키스를 하려고 애쓰던 파에톤이 막 그 시도에 성공을 한 참이었다.

소동이 이어졌다. 샬럿이 나중에 말했듯이 매우 불쾌한 소동이었다. 말들이 멈춰 서고, 두 남녀는 서로 떨어질 것을 명령받았다. 남자는 〈*pourboire*(팁)〉를 잃고, 여자는 마차에서 쫓겨날 처지가 되었다.

「제 여동생입니다.」 남자는 처량한 눈으로 그들을 둘러보며 말했다.

이거 목사는 남자에게 그건 거짓말이라고 굳이 말해 주었다. 파에톤은 고개를 떨어트렸지만, 그건 비난의 내용 때문이 아니라 비난의 태도 때문이었다. 그러자 마차가 멈춰 서는 바람에 잠에서 깬 에머슨 씨가 사랑하는 사람들을 떼어 놓아서는 안 된다며, 두 사람의 등까지 두드려 주었다. 엘리너 래비시는 에머슨 씨와 한편이 되고 싶지는 않았지만, 보헤미안의 이상을 지켜야 한다는 사명감이 들었다.

「저라면 저 사람들을 그냥 내버려 두겠어요. 이런 제 견해에 호응해 주는 사람은 거의 없겠지만 말예요. 저는 평생토록 끊임없이 관습과 맞서 왔어요. 저는 바로 그걸 모험이라고 생각해요.」

「찬성할 수 없습니다. 우리를 속였잖아요. 우리를 쿡의 책이나 들고 다니는 관광객처럼 취급한 겁니다.」 이거 목사가 말했다.

「그렇지 않아요!」 엘리너 래비시가 말했다. 그녀의 태도는 눈에 띄게 열렬해졌다.

뒤에 오던 마차가 멈춰 섰고, 현실적인 비브 목사는 이렇게 경고를 받았으니 앞으로는 두 사람이 정숙하게 행동할 거라고 말했다.

「그냥 내버려 두세요.」

목사에 대한 경외감이라고는 없는 에머슨 씨가 이거 목사에게 부탁했다. 「우리 인생에서 행복한 장면을 얼마나 본다고 마부석에 찾아온 행복을 쫓아냅니까? 연인들이 모는 마차라…… 왕이라도 우리를 부러워할 겁니다. 두 사람을 떼어 놓는 건 내가 아는 한 최고의 신성 모독이에요.」

이때 사람들이 모여든다고 걱정하는 샬럿의 목소리가 들렸다.

굳은 의지력보다는 과도한 달변으로 주로 문제를 겪은 이거 목사는 이번에는 의지력을 굳게 발휘하리라고 결심했다. 그는 다시 마부에게 자신의 뜻을 밝혔다. 이탈리아 사람들이 말하는 이탈리아어는 우렁찬 물결을 이루어 도도히 흐르며, 그 가운데 단조로움을 깨는 예상치 못한 폭포도 있고 바윗돌도 있다. 하지만 이거 목사가 말하는 이탈리아어는 막힌 분수처럼 삑삑거리는 소리를 내면서 높아지고 빨라지고 날카로워지다가, 한순간 덜컥 끊어졌다.

「시뇨리나!」

이거 목사가 의지력의 발휘를 끝내자 남자가 루시에게 하소연했다. 이 사람이 무엇 때문에 루시에게 호소하는 거지?

「시뇨리나!」

페르세포네의 매혹적인 콘트랄토 목소리가 뒤따랐다. 그러면서 그녀는 뒤에 온 마차를 가리켰다. 도대체 왜?

한 순간 두 처녀는 서로를 바라보았다. 그러더니 페르세포네는 마부석에서 내려왔다.

「우리가 이겼습니다!」 마차가 다시 움직이자 이거 목사가 손바닥을 딱딱 치며 말했다.

「이긴 게 아니에요. 우린 졌습니다. 행복한 두 사람을 갈라 놓았어요.」에머슨 씨가 말했다.

이거 목사는 눈을 감았다. 어쩔 수 없이 에머슨 씨 옆에 앉았지만, 그와 대화할 생각은 없었다. 하지만 한잠 자고 일어나 온몸에 기운이 가득한 에머슨 씨는 이 일을 그냥 넘기지 않았다. 그는 루시에게 자기 생각에 동의할 것을 강요했다. 그리고 뒷마차에 탄 아들에게 소리쳐 말했다.

「우리는 돈으로 살 수 없는 걸 사려고 했어. 그 사람은 우리를 태워다 주기로 약속했고 그 일을 하고 있어. 우리가 그 사람의 영혼까지 참견할 권리는 없다고.」

엘리너 래비시는 눈살을 찌푸렸다. 전형적인 영국인이라고 분류해 놓은 사람이 그에 걸맞지 않는 소리를 하다니, 참고 듣기가 힘들었다.

「마차를 제대로 몰지 않았어요. 얼마나 덜컹거렸는데요.」엘리너 래비시가 말했다.

「그렇지 않습니다. 잠자는 것처럼 편안했어요. 아하! 지금 덜컹거리고 있군요. 뻔하지 않습니까? 저 사람은 우리를 다 떨어뜨려 버리고 싶을 거예요. 당연한 거지요. 내가 미신을 안 믿기에 망정이지, 안 그랬으면 저 아가씨를 두려워했을 겁니다. 젊은이들한테 상처를 주는 건 좋지 않아요. 로렌초 데 메디치의 이야기를 아시나요?」

엘리너 래비시의 머리카락이 곤두섰다.

「그럼 당연히 알지요. 로렌초 일 마니피코를 말씀하시는 건가요? 아니면 우르비노 공작 로렌초를 말씀하시는 건가요? 아니면 몸집이 작아서 로렌치노라는 별칭으로 불린 로렌초를 말씀하시는 건가요?」

「그야 신만이 알겠죠. 아마 신은 알 거예요. 내가 말하는 건 시인 로렌초예요. 어제 들었는데, 그 사람이 〈봄하고는 싸우지 마라〉라든가 하는 시를 썼답디다.」

이거 목사는 자신의 박식을 드러낼 기회를 놓칠 수가 없었다.

「*Non fate guerra al maggio*. 정확한 뜻은 〈5월과 전쟁하지 마라〉라는 것입니다.」

「그런데 우리는 5월에 전쟁을 걸었어요. 저길 봐요.」

그는 새순이 움트는 나무들 사이로 내다보이는 아르노 계곡을 가리켰다.

「사방 50마일에 봄이에요. 우리는 그걸 즐기러 온 겁니다. 자연의 봄과 사람의 봄이 다르다고 생각합니까? 그런데 우리는 한쪽은 추켜세우면서 다른 한쪽은 도덕이 어쩌고 하며 깎아내립니다. 두 가지 모두 똑같은 자연법칙에 따라 움직이는데, 그걸 부끄러워하는 거예요.」

아무도 그의 말에 호응해 주지 않았다. 잠시 후 이거 목사가 마차들을 세우더니 일행을 이끌고 언덕 위로 산책을 시작했다. 발아래로는 거대한 원형 극장처럼 생긴 분지가 계단식 단구와 안개 같은 올리브 나무들을 품은 채 펼쳐져 있었고, 그 뒤편으로 피에졸레 언덕이 솟아 있었다. 그리고 분지를 따라 곡선을 그리며 달리는 도로는 평지 위로 튀어나간 낭떠러지 위를 스치듯이 뻗어 있었다. 바로 이 낭떠러지, 아직 사람의 노력이 닿지 않고 습기와 덤불에 덮인 채 나무들이 듬성듬성 자라난 이 낭떠러지가 거의 500년 전에 알레시오 발도비네티의 마음을 사로잡았다. 이 무명의 거장은 부지런히 이곳에 올랐다. 한편으로는 작업을 생각했겠지만, 또 한편으로는 거기 오르는 게 즐거웠을 수도 있다. 그곳에 서서 그는 아르노 계곡과 그 뒤편에 펼쳐진 피렌체를 보았고, 그 장면들을 그리 성공적이지 못한 방식으로 자신의 화폭에 옮겼다. 하지만 그는 정확히 어느 지점에 서서 작업을 했을까? 이거 목사는 지금 그 문제를 풀고자 했다. 말썽의 소지가 있는 일에는 즉시 마음이 끌리는 엘리너 래비시가 이거 목사의 열정적 탐구에 동참했다.

하지만 설령 알레시오 발도비네티의 그림을 잘 기억한 채 이곳에 왔다 해도 머릿속에 그림을 상세히 떠올리기란 쉬운 일이 아니다. 게다가 계곡에 아지랑이가 잔뜩 끼어 있는 까닭에 탐구는 더욱 어려워졌다. 일행은 풀밭 이곳저곳으로 튀어 나갔고, 흩어지면 안 된다는 걱정만큼이나 컸던 것은 제각기 다른 방향으로 가고자 하는 욕망이었다. 결국 그들은 몇 개의 무리로 갈라졌다. 루시는 샬럿과 엘리너 래비시에게 매달렸다. 에머슨 부자는 마부들에게 돌아가서 힘겨운 대화를 시도했다. 그리고 어쨌거나 공통의 화제가 있을 두 성직자가 또 한 무리를 이루었다.

노숙한 두 여인은 금세 가면을 벗어던졌다. 둘은 이제 루시에게도 익숙해진 큼직한 속삭임으로, 알레시오 발도비네티가 아니라 도중에 일어난 일들을 이야기했다. 샬럿이 조지 에머슨에게 직업을 물어봤다고 했다. 그랬더니 그가 〈철도 일〉이라고 대답해서, 그녀는 질문한 걸 후회했다. 그런 끔찍한 대답이 나올 줄은 전혀 몰랐다. 그걸 알았다면 물어보지 않았을 것이다. 비브 목사가 재치 있게 대화를 다른 곳으로 돌렸고, 그녀는 젊은이가 자신의 질문에 마음을 다치지 않았기를 바랐다고 했다.

「철도 일!」 엘리너 래비시가 숨을 죽였다. 「세상에 기절하겠네! 그래, 당연히 철도 일이었겠지!」

그녀는 웃음을 참지 못했다. 「원래 짐꾼 같은 분위기가 풍기잖아. 사우스이스턴 철도 같은 데서 말이야.」

「엘리너, 목소리 낮춰! 쉿! 다 듣겠어……. 저기 에머슨 부자가…….」

샬럿이 즐거움에 들뜬 친구를 잡아당겼다.

「나도 어쩔 수 없어. 그냥 내 멋대로 하게 내버려 둬. 짐꾼이라니……」

「엘리너!」

루시가 입을 열었다.

「괜찮을 거예요. 그 사람들한테까지 들리지도 않을 테고, 들려도 신경 안 쓸 테니까요.」

엘리너 래비시에게는 이 말이 별로 유쾌하지 않은 듯했다. 그녀는 약간 신경질적인 말투가 되었다.

「이런! 허니처치 양이 듣고 있었잖아! 장난꾸러기 아가씨! 저리 가요!」

「루시, 너는 이거 목사님이랑 같이 있는 게 좋을 것 같구나.」

「지금 어디로 가셨는지도 모르는걸요. 또 그분들한테 가고 싶지도 않아요.」

「이거 목사님이 들으면 섭섭해하시겠구나. 이건 너를 위한 야유회잖니.」

「제발, 여기 같이 있을게요.」

「아니, 나는 샬럿하고 같은 생각이야. 무슨 학교 축제처럼 되어 버렸잖아. 남자는 남자끼리 여자는 여자끼리 따로 모여 있으니 말이야. 루시 양은 가주는 게 좋겠어요. 우리가 나누려고 하는 심오한 이야기는 루시 양이 듣기에는 적절하지 않은 것 같거든.」 엘리너 래비시가 말했다.

루시는 그래도 버텼다. 피렌체를 떠날 때가 가까워지자 그녀는 아무 관심 없는 사람들하고 있을 때만 마음이 편했다. 엘리너 래비시가 그런 사람이었고 지금은 샬럿도 그랬다. 그녀는 두 사람의 대화에 끼어든 것을 후회했다. 두 사람은 루시의 말에 화가 나서 루시를 떼어 내겠다고 결심한 것 같았다.

「벌써 피곤하구나. 프레디하고 네 어머니가 여기 같이 있다면 얼마나 좋을까.」 샬럿이 말했다.

샬럿은 이타심을 발휘하느라 즐거움을 누릴 능력을 완전히 잃어버렸다. 루시도 풍경을 보지 않기는 마찬가지였다. 로마에 도착해서 평안을 찾을 때까지는 아무것도 즐길 수 없었다.

「그러면 모두 자리에 앉을까? 내 예지력을 좀 봐줘.」 엘리너 래비시가 말했다.

그녀는 연방 미소를 지으면서 여행객들이 젖은 풀밭이나 차가운 대리석 계단에 앉을 때 사용하는 휴대용 방수 깔개를 두 개 꺼냈다. 그리고 자신이 한 곳에 앉았다. 다른 한 곳에는 누가 앉을 것인가?

「그야 루시지, 생각해 볼 것도 없이 루시야. 나는 땅바닥에 앉아도 괜찮아. 류머티즘을 앓았던 것도 벌써 오래전이고. 만약 류머티즘이 도지면 일어서면 되니까. 네가 흰 옷을 입고 젖은 땅에 앉는다면, 네 어머니가 어떻게 생각하시겠니?」

그러면서 샬럿은 특히 물기가 많은 땅 위에 철썩 주저앉았다.

「그래, 다 잘 해결됐구나. 내 드레스가 좀 얇긴 하지만, 갈색이니까 비치거나 하지는 않을 거야. 앉으렴. 너는 정말 욕심이 없어. 너한테는 이런 걸 주장할 권리가 충분한데 말이야.」 그녀는 목을 가다듬었다. 「놀라지 마. 감기에 걸린 건 아니니까. 그냥 기침이 좀 나올 뿐이야. 벌써 사흘이나 됐는걸. 여기 앉아서 그런 건 절대 아냐.」

이런 상황을 돌파할 방법은 한 가지뿐이었다. 5분 후에 루시는 그들과 헤어져서 비브 목사와 이거 목사를 찾아 나섰다. 방수 깔개에 패배한 것이다.

그녀는 마부들에게 갔다. 마부들은 시가를 문 채 마차에 널브러져서 방석들에 담배 연기를 뿜어 대고 있었다. 그날의 악당이었던 울퉁불퉁한 골격에 햇볕에 검게 그을린 젊은이가 손님을 맞듯 정중하고 친척을 맞듯 편안하게 일어났다.

「*Dove*(어디)?」 루시가 한참 힘들여 생각해 보고 물었다.

마부의 얼굴이 밝아졌다. 물론 그는 어디인지 알았다. 그리 멀지 않다고 말하는 듯, 그는 팔을 뻗어 지평선의 4분의 3가량을 가리켰다. 어디인지 곰곰 생각하는 모양이었다. 그는 손가락 끝을 이마에 댔다가 그녀를 향해 내밀었다. 마치 그것을 따라 생각이 눈에 보이는 형태로 흘러나와서 전달되기를 바란다고 말하는 것 같았다.

무언가 더 필요한 상황이었다. 성직자를 이탈리아어로 뭐라고 하던가?

「*Dove buoni uomini*(좋은 남자들 어디에)?」 그녀가 겨우 말했다.

좋은? 그 고귀한 존재들에게 썩 어울리는 형용사는 아닐 것이다! 그는 자신의 시가 담배를 보여 주었다.

「*Uno······ più······ piccolo*(하나······ 더······ 작은).」

그녀의 다음 말이었다. 그것은 〈그 시가는 비브 목사님이 당신에게 준 것입니까, 좋은 남자 둘 가운데 키가 작은?〉이라는 뜻이었다.

언제나처럼 그녀가 옳았다. 그는 말을 나무에 묶고 발로 뻥 차서 조용히 시킨 다음, 마차의 먼지를 털고 머리를 정돈한 뒤 다시 모자를 쓰고 콧수염을 다듬어 올리는 모든 일을 1분의 반의 반도 지나기 전에 해치우고 그녀를 안내할 준비를 갖추었다. 이탈리아인들은 선천적으로 길을 안다. 그들은 지구 전체를 지도가 아니라 체스 판처럼 보는 듯, 바닥에 그려진 칸들과 더불어 움직이는 체스 말까지도 척척 헤아린다. 장소를 찾는 것은 누구나 할 수 있지만, 사람을 찾는 것은 하느님이 내리는 선물이다.

그는 중간에 한 번 멈춰 서서, 그녀에게 파란색의 큼지막한 제비꽃을 몇 송이 꺾어 주었다. 그녀는 진심으로 고맙다고 말했다. 이 고귀하지 않은 남자와 함께 걷는 길은 아름답고 담백했다. 처음으로 그녀는 봄을 느꼈다. 그의 팔이 지평선을 부드럽게 휩쓸었다. 다른 것도 많지만 제비꽃이 아주 흐드러지게 피었습니다. 제비꽃을 구경하시겠습니까?

「Ma buoni uomini(하지만 좋은 남자들).」

마부가 고개를 꾸벅 숙였다. 알겠습니다. 좋은 남자들을 먼저 찾고, 제비꽃은 그 다음이지요. 그들은 빽빽해지는 덤불을 헤치며 기운차게 걸어갔다. 낭떠러지 근처에 이르자, 어느새 눈앞에 널따란 전망이 펼쳐지고 갈색 덤불들이 그 사이를 그물처럼 누비고 있었다. 남자는 시가를 문 채 말랑말랑한 가지들을 잡아당겼다. 그녀는 우울한 세계에서 빠져나가는 듯한 이 길이 너무도 즐거웠다. 발걸음 하나, 나뭇가지 하나가 모두 소중하기 짝이 없었다.

「이게 뭐죠?」

덤불숲 안쪽 먼 곳에서 누군가의 목소리가 들렸다. 이거 목사인가? 마부는 어깨를 으쓱했다. 이탈리아인의 무지는 때로 그들의 지식보다 훌륭하다. 그녀는 성직자들을 놓친 것 같다는 말을 전할 방도가 없었다. 마침내 그녀의 눈에 전경이 들어오기 시작했다. 강물과 황금빛 들판, 언덕들이 차례차례 구별되었다.

「Eccolò(저기 있어요)!」 그가 소리쳤다.

그때 갑자기 땅이 푹 꺼지면서 그녀는 덤불숲 밖으로 떨어졌다. 빛과 아름다움이 그녀를 감쌌다. 그녀가 떨어진 곳은 넓은 하늘 아래 끝에서 끝까지 온통 제비꽃으로 뒤덮인 작은 단구였다.

「용기!」 마부가 2미터가량 위쪽에서 소리쳤다. 「용기와 사랑.」

그녀는 대답하지 않았다. 땅은 그녀의 발밑에서 급경사를 이루어서 조금 전에 본 전경과 합쳐지고 있었다. 제비꽃이 실개천이 되고 개울이 되고 폭포가 되어 흐르며, 산기슭에 푸른 물길을 내고, 나무줄기 주위에 와상(渦狀)을 이루고, 곳곳에 물웅덩이를 이루고, 풀밭 위에 하늘색 점들을 찍으며 흘러 내려갔다. 하지만 그 단구만큼 흐드러진 곳은 어디에도 없었다. 그곳은 말하자면 수원지였다. 세상을 적시는 아름다움의 원천.

그 가장자리에 좋은 남자가 입수 준비를 하는 수영객처럼 서 있었다. 하지만 그녀가 예상했던 좋은 남자가 아니었고 또 혼자였다.

조지는 그녀가 도착하는 소리를 듣고 돌아보았다. 그는 잠시 동안 그녀를 가만히 바라보았다. 마치 그녀가 하늘에서 떨어지기라도 한 것처럼. 그는 그녀의 얼굴에서 빛나는 기쁨을 보았고, 꽃들이 그녀의 드레스로 밀려들어 푸른 파도를 일으키며 부딪치는 것을 보았다. 위쪽의 덤불숲이 닫혔다. 그는 성큼성큼 걸어가서 그녀에게 키스했다.

그녀가 말하기도 전에, 아니 느끼기도 전에 〈루시! 루시! 루시!〉 하는 목소리가 들렸다. 고요의 순간을 깬 것은 샬럿 바틀릿이었다. 그녀의 갈색 드레스가 전경을 등지고 서 있었다.

제7장
다들 돌아오다

오후 내내 사람들은 산기슭을 오르내리면서 복잡한 게임을 벌였다. 그게 정확히 무슨 게임이었는지, 참여자들이 어떻게 편을 이루었는지, 루시는 쉽사리 깨닫지 못했다. 이거 목사가 심상치 않은 눈길로 그들을 맞았다. 샬럿이 사소한 이야기를 계속 늘어놓음으로써 그를 물리쳤다. 아들을 찾던 에머슨 씨에게는 아들의 소재가 전해졌다. 중립자라는 힘겨운 역할을 맡은 비브 목사에게는 귀환을 위해 사람들을 모으는 임무가 주어졌다. 암중모색과 당혹감이 떠돌았다. 판 신[12]이 그들 사이에 있었다. 2천 년 전에 죽은 위대한 신 판이 아니라, 사교 모임에 돌출 사건을 만들고 야유회를 망치는 작은 신 판이었다. 비브 목사는 사람들을 모두 잃었다. 그래서 깜짝 대접을 하려고 가져온 차 바구니를 혼자서 다 비워야 했다. 엘리너 래비시는 샬럿을 잃었고, 루시는 이거 목사를 잃었다. 에머슨 씨는 조지를 잃었다. 샬럿은 방수 깔개 하나를 잃었다. 파에톤은 게임을 잃었다.

마지막 사실은 매우 분명했다. 파에톤은 옷깃을 세우고 마부석에 올라앉으면서 날씨가 급격히 나빠질 것 같다고 말했다.

12 그리스 신화의 목양신으로, 갑작스러운 공포를 안겨 주는 신이기도 함.

「어서 떠나야 해요. 그 시뇨리노는 걸어올 겁니다.」

「그 먼 길을? 몇 시간은 걸릴 텐데.」 파에톤의 말에 비브 목사가 물었다.

「그렇죠. 저도 그분한테 별로 현명한 일이 아니라고 말했어요.」

그는 사람들의 얼굴을 보지 않았다. 어쩌면 패배는 그에게 가장 끔찍한 결과를 안겨 줄지도 몰랐다. 오직 그만이 자신이 지닌 모든 본능을 이용해서 능숙하게 게임을 했다. 다른 사람들은 그저 지성의 부스러기만을 썼을 뿐이다. 오직 그만이 상황을 이해했고, 자신이 모두에게 바라는 것을 알았다. 오직 그만이 루시가 닷새 전에 죽어 가는 남자의 입에서 받은 메시지를 해석했다. 인생의 절반을 무덤에서 보내는 페르세포네도 그것을 해석할 수 있었을 것이다. 하지만 그곳의 영국인들은 그러지 못했다. 그들은 깨달음이 늦고, 그러한 지연은 대개 회복 불가능하다.

그러나 마부가 아무리 옳다고 해도, 그의 생각이 고객의 인생에 영향을 미치는 일은 매우 드물다. 그는 샬럿의 적들 가운데 최고수였지만 위험성 면에서는 단연 최하위였다. 도시로 돌아가면 그와 그의 생각과 그가 아는 일들이 영국 숙녀들을 괴롭히는 일은 없을 것이다. 물론 그것은 불쾌한 일이었다. 샬럿은 덤불 속에 숨어 있는 그의 검은 머리를 보았다. 그가 선술집 같은 데서 그 이야기를 떠들지도 몰랐다. 하지만 우리가 선술집이랑 무슨 상관이란 말인가? 진정한 위험은 응접실에 있었다. 저무는 태양을 향해 언덕을 내려가는 동안 샬럿은 내내 응접실 사람들을 생각했다. 루시는 샬럿 옆에 앉았고, 이거 목사는 루시의 맞은편에 앉아 그녀와 눈을 맞추려고 노력했다. 그는 막연한 의심을 품고 있었다. 그들은 알레시오 발도비네티에 대해 이야기했다.

어둠과 함께 비가 내리기 시작했다. 두 숙녀는 별로 소용도 없는 양산 아래 몸을 부둥켰다. 번개가 치자 앞 마차에서 엘리너 래비시가 소리를 질렀다. 다시 번개가 치자 루시도 소리 질렀다. 이거 목사는 그녀에게 직업 정신을 발휘했다.

「용기를 가져요, 허니처치 양. 용기와 믿음을 말이에요. 이런 일에 두려움을 느낀다는 건 말하자면 신성 모독과도 비슷합니다. 정말로 이 구름과 엄청난 전기 현상 같은 것들이 허니처치 양이나 저를 없애기 위해서 생겨난다고 생각할 이유가 있습니까?」

「아니요, 물론 그건……」

「과학적 관점에서 보아도 우리가 벼락을 맞을 가능성은 극히 적습니다. 번개를 끌어당길 유일한 물품인 강철 나이프는 다른 마차에 있습니다. 게다가 어쨌건 걷는 것보다는 이렇게 마차를 타는 편이 훨씬 안전합니다. 용기와 믿음을 가져요.」

루시는 모포 아래서 사촌 언니의 손이 자신을 다정하게 누르는 것을 느꼈다. 때로 우리는 공감의 손길이 너무도 간절한 나머지, 그것이 정확히 무엇을 의미하는지, 나중에 그로 인해 얼마나 큰 대가를 치러야 하는지 생각하지 못한다. 샬럿은 이 시기적절한 근육 운동으로 수 시간의 설교나 대질 심문으로도 얻지 못했을 많은 것을 얻었다.

두 마차가 멈춰 섰을 때 그녀는 다시 한 번 같은 동작을 했다. 피렌체까지는 이제 절반쯤 남았다.

「이거 목사님! 여기 좀 도와주세요. 통역이 필요합니다.」 비브 목사가 말했다.

「조지 말입니다! 그쪽 마부한테 조지가 어느 길로 갔는지 물어봐 주십시오. 녀석이 길을 잃을지도 몰라요. 죽을지도 모르고요!」 에머슨 씨가 소리쳤다.

「가보세요, 이거 목사님. 우리 마부한테는 묻지 마세요. 이 마부는 아무것도 몰라요. 가서 비브 목사님을 도와주세요. 저 남자는 지금 제정신이 아니군요.」 샬럿이 말했다.

「죽을지도 몰라요! 죽을지도 몰라요!」 에머슨 씨가 소리쳤다.

「전형적인 행동이지요. 저런 유형의 사람들은 현실과 맞닥뜨리는 일을 견디지 못해요.」 주재 목사가 마차에서 내리면서 말했다.

「저 사람이 어디까지 알아요?」 둘이서만 남자 루시가 조용히 물었다. 「샬럿, 이거 목사님이 어디까지 알아요?」

「아무것도 몰라, 아무것도. 하지만……」 샬럿은 마부를 가리켰다. 「저 남자는 다 알아. 손을 써야 할 것 같아.」 그녀는 지갑을 꺼냈다. 「하층 사람들하고 얽히는 건 끔찍한 일이지. 저 사람은 다 봤어.」

그녀는 여행 안내서로 파에톤의 등을 톡톡 치며 〈*Silenzio* (침묵)*!*〉라고 말하고 1프랑을 건넸다.

「*Va bene*(걱정 마십쇼).」 그리고 남자는 돈을 받았다. 더불어 이러한 하루의 마무리도 기꺼이 받아들였다. 하지만 이 세상의 처녀인 루시는 그에게 실망을 느꼈다.

길 위에서 엄청난 폭음이 일었다. 폭풍이 머리 위로 걸린 전차선을 덮쳐서 지지대 하나가 무너진 것이다. 마차를 세우지 않았다면 그들이 사고를 당했을지도 몰랐다. 이 사건은 신의 가호로 여겨졌고, 그러자 우리 일상에 윤기를 더해 주는 사랑과 믿음이 봇물 터지듯 쏟아져 나왔다. 일행은 모두 마차에서 내려 서로를 끌어안았다. 지난 과오를 서로 용서하고 용서받는 것은 기쁜 일이었다. 잠시 동안 그들은 선(善)이 지닌 놀라운 가능성을 절실히 느꼈다.

하지만 연륜 있는 사람들은 금세 제정신을 찾았다. 뜨거운 감정이 최고점에 다다랐을 때 그들은 이 모든 일이 신사 숙녀의 품위에 걸맞지 않은 일임을 깨달았다. 엘리너 래비시는 그대로 마차를 몰았더라도 사고를 당하지는 않았을 것이라고 재빨리 계산했다. 이거 목사는 조용히 기도를 했다. 하지만 어둠에 잠긴 수 킬로미터의 진창길을 헤치고 가는 마부들은 드리아스[13]와 성인들에게 매달렸고, 루시는 샬럿에게 매달렸다.

「샬럿, 샬럿, 키스해 줘요. 다시 한 번 키스해 줘요. 언니밖에는 아무도 날 이해 못해요. 언니가 나더러 조심하라고 했는데. 난…… 나는 내가 어른이 되고 있다고 생각했어요.」

「울지 마, 루시. 진정해.」

「난 고집불통에 바보였어요. 언니가 아는 것보다 훨씬 더 한심한 바보였어요. 한번은 강가에서…… 하지만 정말 그 사람이 죽는 건 아니겠죠? 설마 죽지는 않겠죠?」

그런 생각이 들자 참회하기가 어려워졌다. 실제로 그 도로만큼 폭풍이 심한 곳은 없었다. 하지만 눈앞에서 큰 사고의 위험을 겪고 보니, 다른 사람들에게도 모두 그런 위험이 닥칠 것만 같았다.

「안 그럴 거야. 그러지 않기를 바라자.」

「ㄱ 사람은…… ㄱ 사람은 아마 놀랐을 거예요. 지난번에 내가 그랬던 것처럼요. 하지만 이번에는 내 잘못이 아니에요. 그것만은 믿어줘요, 언니. 발이 미끄러져서 제비꽃 무더기 속으로 쓰러졌거든요. 아니, 사실대로 말하면 나에게도 약간 잘못이 있어요. 바보 같은 생각을 했으니까요. 하늘은 금빛이고, 발밑은 온통 파란색이고, 잠깐 동안 그 사람이 책에 나오는 사람처럼 보였어요.」

「책?」

「영웅이나 신 같은…… 어린 여학생들이 좋아하는 그런 것 말예요.」

「그다음에는?」

---

[13] 그리스 신화에 나오는 숲의 요정들.

「샬럿, 그다음 일은 언니도 알잖아요.」

샬럿은 입을 다물었다. 사실 샬럿이 더 알아야 할 것은 거의 없었다. 그녀는 얼마간 생각을 거듭한 끝에 어린 사촌 동생을 다정하게 끌어안았다. 돌아오는 길 내내 루시는 깊은 한숨을 멈추지 못했다. 그걸 막을 수 있는 건 아무것도 없었다.

「진실을 말하고 싶어요. 그런데 완전한 진실이란 건 너무 어렵네요.」 루시가 조그만 목소리로 말했다.

「걱정할 것 없어. 천천히 네 마음부터 진정시켜. 잠자기 전에 내 방에서 다시 이야기해 보자.」

그렇게 해서 둘은 손을 잡은 채 도시로 들어섰다. 루시는 다른 사람들에게서 흥분이 썰물처럼 빠져나간 것을 보고 놀랐다. 폭풍은 멎었고, 에머슨 씨의 아들 걱정도 누그러들었다. 비브 목사는 본래의 유쾌함을 되찾았고, 이거 목사는 이미 엘리너 래비시를 무시하고 있었다. 루시가 확신할 수 있는 건 샬럿뿐이었다. 샬럿은 겉모습과 달리 속에는 그토록 풍부한 통찰과 사랑을 숨기고 있었다.

예기치 못했던 발각으로 인해 기나긴 저녁나절 동안 루시는 행복감 비슷한 것에 빠져 있었다. 그녀는 실제로 무슨 일이 일어났던가 하는 것보다 그것을 어떻게 묘사해야 하는가를 생각하는 데 더 많은 시간을 바쳤다. 자신의 모든 감각, 분출하는 용기, 설명할 수 없는 기쁨의 순간들, 정체를 알 수 없는 불만을 조심스럽게 샬럿 앞에 펼쳐 놓아야 했다. 그리고 두 사람은 신성한 믿음 속에서 그 모든 것을 함께 풀고 해석할 것이다.

그녀는 생각했다. 〈그러면 이제 나 자신을 이해할 수 있겠지. 아무것도 아닌 것들, 알 수 없는 것들에 더 이상 시달리지 않게 될 거야.〉

앨런 여사가 루시에게 피아노를 쳐달라고 부탁했다. 루시는 단호히 거절했다. 음악은 어린아이의 취미로만 여겨졌다. 루시는 샬럿 옆에 바짝 붙어 앉았는데, 샬럿은 놀라운 인내심으로 여행 짐을 잃어버렸다는 길고 긴 이야기를 들었다. 그 이야기가 끝나자 샬럿은 자기 여행 짐에 대한 이야기를 하기 시작했다. 루시는 계획이 미뤄지는 것에 차츰 짜증이 났다. 이야기를 중단시키려고도 해봤고, 반대로 빨리 진행시키려고도 해봤지만 모두 허사였다. 밤이 꽤 깊어서야 샬럿은 짐을 찾고서 평상시처럼 살짝 꾸짖는 어조로 말을 했다.

「이제 잠자리에 들어도 되겠구나. 내 방으로 오렴. 네 머리를 빗겨줄 테니.」

약간 엄숙하기까지 한 느낌 속에서 문이 닫히자, 샬럿이 루시 앞에 등나무 의자를 놓고 말했다.

「이제 뭘 해야 할지 말해 보렴.」

이것은 전혀 준비하지 못한 질문이었다. 무언가 해야 한다는 생각은 조금도 하지 않았다. 자기감정의 자세한 설명, 그녀가 생각하던 건 그것뿐이었다.

「이제 뭘 해야 하느냐고. 그러니까 네가 해결해야만 하는 일이 있을 거 아니니?」

빗물이 어두운 유리창 위로 흘러내렸고, 큰 방은 습기와 냉기를 발산했다. 촛불 하나가 샬럿 옆의 서랍장 위에서 파르르 떨며 타올랐고, 그 불빛에 샬럿의 챙 없는 모자가 굳게 잠긴 문 위에 기괴하고 환상적인 그림자를 만들어 냈다. 어둠 속에서 전차가 요란스러운 소리를 울리며 지나갔다. 루시는 뭐라 설명할 수 없는 슬픔을 느꼈지만, 그녀의 눈은 이미 마른 지 오래였다. 그녀는 눈을 들어 천장을 보았다. 색깔도 형체도 희미해진 그리핀과 바순이 있었다. 기쁨이 허깨비가 되어 있었다.

「비가 벌써 네 시간째 내리고 있네요.」 그녀가 가까스로 말을 꺼냈다.

샬럿은 그 말을 흘렸다.

「어떻게 그 남자 입을 막을 거니?」

「마부 말이에요?」

「얘가 지금 무슨 소리야? 조지 에머슨 말이야.」

루시는 방 안을 이리저리 거닐기 시작했다.

「언니 말이 무슨 뜻인지 모르겠어요.」 결국 그렇게 말했다.

물론 무슨 뜻인지 잘 알았다. 하지만 이제 그녀는 완전한 진실을 말하고 싶지 않았다.

「그 남자가 떠벌이는 걸 어떻게 막을 생각이냐고?」

「그런 이야기를 하고 다닐 사람 같지는 않아요.」

「나도 그 청년을 호의적으로 평가하고 싶어. 하지만 불행히도 나는 그런 유형의 사람들을 몇 번 만났어. 그런 자들은 자기가 거둔 성과를 혼자 간직하는 법이 없단다.」

「성과라고요?」 루시가 예기치 못한 단어에 움찔하며 되물었다.

「불쌍한 루시, 그러면 그 남자한테 이런 일이 처음이었을 줄 알았니? 이리 와서 내 말 좀 들어 봐. 이건 다 그 남자가 직접 하는 말을 듣고서 알아낸 거야. 지난번 점심 때 그 남자가 앨런 여사랑 토론하던 거 생각나니? 한 사람을 좋아하는 건 또 다른 사람을 좋아하는 특별한 이유가 된다 어쩌고 하면서 말이야.」

「네.」 루시는 대답했다. 그때 루시는 그의 주장이 재미있다고 생각했다.

「내가 괜히 순진한 척하는 건 아냐. 그 청년도 악당이라고까지 할 수는 없겠지. 하지만 너도 알다시피 품격 같은 것과는 거리가 먼 사람이야. 살아온 인생이 그렇고 받아 온 교육이 그러니 어쩔 수 없지. 하지만 정작 중요한 이야기는 진척을 못 시켰구나. 그래, 어떻게 할 생각이니?」

한 가지 방안이 루시의 머리를 스치고 지나갔다. 좀 더 일찍 생각해서 실천에 옮겼더라면 아주 훌륭한 결과를 빚었을 수도 있는 방안이.

「그에게 말하겠어요.」

샬럿은 경악의 소리를 질렀다.

「언니의 친절은…… 제가 평생 잊지 않겠어요. 하지만 언니도 말했듯이…… 이건 제 문제예요. 저하고 그 남자의 문제요.」

「그러면 그 남자를 만나서 간청하고 호소하겠다는 거니? 입을 다물어 달라고?」

「당연히 그렇게는 안 하죠. 어려울 거 없어요. 그 사람한테 물어보면, 그 사람은 그렇다든지 아니라든지 대답할 거예요. 그러면 끝나는 거죠. 여태까지 그 사람이 좀 두려웠는데, 지금은 조금도 그렇지 않아요.」

「하지만 너 때문에 두려워하는 거야. 너는 아직 너무 어리고 세상을 몰라. 훌륭한 사람들 사이에서만 살아서 남자들이 어떤 존재인지…… 여자를 모욕하는 건 얼마나 야만적으로 기뻐하는지 상상도 못해. 그걸 막는 길은 곁에서 다른 여자가 보호해 주는 것밖에 없어. 오늘 오후만 해도 그렇지. 내가 마침 거기 가지 않았더라면 어떻게 됐겠니?」

「모르겠어요.」 루시가 무겁게 말했다.

그 목소리에 담긴 심상치 않은 기운에 샬럿은 더욱 맹렬한 기세로 다시 한 번 질문했다.

「내가 거기 가지 않았다면 어떻게 됐겠니?」

「모르겠어요.」 루시가 다시 말했다.

「그의 모욕을 받고 뭐라고 응대할 생각이었니?」

「생각할 시간이 없었어요. 언니가 왔으니까요.」

「그래, 하지만 뭐라고 말했을지 말해 줄 수 없겠니?」

「아마도······.」 그녀는 말을 멈추었다. 그리고 빗물이 흘러내리는 창가로 가서 눈에 힘을 주고 어둠을 응시했다. 자신이 뭐라고 말했을지 알 수 없었다.

「그렇게 창가에 서 있지 마. 길에서 다 보이니까.」 샬럿이 말했다.

루시는 그 말에 따랐다. 그녀는 샬럿의 지배 아래 있었다. 도입부에 펼쳐 놓은 〈자기모멸〉의 테마를 이제 와서 빠져나가기는 불가능했다. 두 사람 모두 그녀가 조지와 직접 만나서 문제를 해결하겠다는 제안에 대해서는 두 번 다시 언급하지 않았다.

샬럿은 한탄하는 어조가 되었다.

「여기 쓸 만한 남자가 있다면 얼마나 좋을까! 너하고 나는 그저 여자 둘일 뿐이니. 비브 목사님은 믿을 수 없어. 이거 목사님이 있지만, 네가 그분을 믿지 않으니 어쩔 수 없고. 아, 프레디라도 있었으면! 그 애가 비록 어리지만, 누나가 모욕당한 걸 보면 사자처럼 들고 일어날 텐데. 하느님 감사합니다. 기사도가 다 죽은 건 아니야. 여성을 존경할 줄 아는 남자들이 아직도 조금은 남아 있으니까.」

그러면서 그녀는 손가락에 낀 서너 개의 반지를 빼서 바늘겨레 위에 늘어놓았다. 그런 뒤 장갑 속에 입김을 불어넣고 말했다.

「내일 아침 기차를 타려면 쉽지는 않겠지만 시도해 보자.」
「무슨 기차요?」
「로마로 가는 기차.」 그녀는 못마땅한 눈길로 장갑을 살펴보았다.

루시는 샬럿이 말한 것만큼이나 쉽게 그 말을 받아들였다.
「로마 가는 기차가 몇 시에 출발하는데요?」
「8시.」

「시뇨라 베르톨리니가 화를 내지 않을까요?」

「그야 감수해야지.」 샬럿은 자신이 이미 시뇨라에게 알렸다는 사실은 밝히고 싶지 않았다.

「일주일치 숙박료를 다 내라고 할 거예요.」

「그러겠지. 어쨌거나 우리한테는 바이스 모자가 묵는 호텔이 훨씬 편할 거다. 거기서는 오후의 차가 무료로 제공되니?」

「네, 하지만 포도주 값은 따로 내야 해요.」

이 말을 한 뒤 루시는 입을 꾹 다물고 꼼짝도 하지 않았다. 그녀의 지친 눈앞에 샬럿의 모습이 꿈속의 형체처럼 흔들리며 이지러졌다.

둘은 옷을 싸기 시작했다. 로마행 기차를 타려면 머뭇거릴 시간이 없었다. 샬럿의 재촉에 따라 두 방을 왔다 갔다 하는 루시에게는 마음속에 미묘하게 이는 아픔보다 촛불 아래서 짐을 싸야 하는 불편함이 훨씬 더 크게 느껴졌다. 실용주의자이지만 실용적 능력은 떨어지는 샬럿은 빈 여행 가방 옆에 무릎을 꿇고 앉아서 두께와 크기가 다양한 책들로 가방 밑바닥을 깔려는 시도를 헛되이 하고 있었다. 그녀는 두세 번쯤 한숨을 쉬었다. 구부린 자세가 허리를 아프게 했기 때문이다. 아무리 감추려 해도 자신은 늙어 간다는 느낌이 들었다. 루시가 방에 들어오다가 그 소리를 듣고 까닭을 알 수 없는 충동에 휩싸였다. 그녀는 그저 자신이 인간적인 사랑을 좀 주고받을 수 있다면, 촛불도 더 잘 타고, 짐싸기도 더 쉬워지고, 세상도 더 행복해질 것 같다고 느꼈을 뿐이다. 그 충동은 그날 이미 경험했지만, 지금처럼 강렬하지는 않았다. 그녀는 무릎을 꿇고 앉아서 조용히 샬럿을 끌어안았다.

샬럿도 루시를 다정하고 따뜻하게 끌어안았다. 하지만 그녀는 바보가 아니었다. 루시가 자신을 사랑하지 않는다는 것쯤은 아주 잘 알았다. 사랑할 대상이 필요해서 자신을 안는 것뿐이었다. 오랜 침묵 후에 샬럿이 불길한 어조로 말했다.

「루시, 나를 용서해 줄 수 있겠니?」

루시는 곧장 방어 태세로 돌아갔다. 그동안의 고통스러운 경험을 통해서 샬럿을 용서한다는 게 무슨 뜻인지 잘 알았기 때문이다. 뜨거운 감정은 사그라졌다. 그녀는 포옹을 조금 풀고 말했다.

「샬럿, 그게 무슨 말이에요? 제가 언니를 용서할 게 뭐가 있어요?」

「많지, 아주 많지. 나도 나 자신을 용서해야 할 게 많아. 내가 매 순간 너를 얼마나 귀찮게 했는지 잘 알거든.」

「그렇지 않아요……」

샬럿은 나이보다 늙어 버린 순교자라는, 가장 선호하는 역할을 떠맡았다.

「아냐, 내 말이 맞아! 이번 여행은 내가 애초에 기대했던 성과를 내지 못하고 있는 것 같아. 아니 나는 처음부터 이럴 가능성을 짐작했는지도 몰라. 너한테는 좀 더 젊고 강하고 너를 잘 이해해 주는 사람이 필요했어. 나는 너무 세상사에 관심이 없고 촌스럽잖니. 네 짐을 싸고 풀고 하는 것밖에 할 줄 아는 게 없지.」

「언니……」

「그래도 나한테 위안이 되는 게 있다면, 그건 네가 좀 더 마음이 잘 맞는 사람들을 찾아서 나를 남겨 둔 채 외출을 자주 나갔다는 거야. 여자의 본분에 대해 내가 가진 보잘것없는 견해가 필요 이상으로 너를 괴롭히지 않았기를 바란다. 이 방들 문제만 해도 네가 원하는 대로 했으니까.」

「그런 말 하지 마요.」 루시가 나직하게 말했다.

그녀는 아직도 자신과 샬럿이 서로 깊이 사랑한다는 희망에 매달렸다. 그들은 다시 조용히 짐을 쌌다.

「나는 실패했어.」샬럿이 자기 여행 가방을 싸는 대신 루시의 여행 가방을 끈으로 묶느라고 애쓰면서 말했다. 「너를 즐겁게 해주는 데 말이야. 네 어머니가 맡긴 임무에 실패했어. 나한테 그렇게 잘해 주셨는데, 이런 재난을 막지 못했으니 내가 어떻게 네 어머니 얼굴을 볼 수 있겠니?」

「어머니는 이해하실 거예요. 이번 일은 언니 잘못이 아니에요. 그리고 재난도 아니에요.」

「내 잘못이야. 그리고 재난이야. 네 어머니는 결코 나를 용서하지 않을 거야. 그건 당연해. 나한테는 엘리너 래비시하고 친구가 될 권리가 없었어.」

「그럴 권리가 왜 없어요?」

「내가 여기 온 게 너를 위해서였는데도? 난 한편으로는 너를 귀찮게 했지만, 그러면서도 한편으로는 너를 방치했어. 네 어머니는 이런 사실을 다 알게 될 거야. 네가 다 이야기를 할 테니까.」

루시는 어떻게든 상황을 개선해 보려는 절박한 심정으로 말했다.

「왜 어머니가 이 이야기를 들어야 하죠?」

「너는 어머니한테 모든 걸 다 이야기하잖니.」

「대개는 그렇죠.」

「내가 어떻게 모녀간의 신뢰를 깨겠니? 그게 얼마나 신성한 건데. 네가 이 일을 어머니에게 말할 수 없다고 생각하지 않는다면야.」

루시는 그런 말에 기가 죽지는 않았다.

「평소라면 아마 어머니에게 이야기했을 거예요. 하지만 어머니가 그걸로 언니를 꾸짖는다면 말하지 않겠어요. 약속해요. 어머니한테도 그 누구한테도 이야기하지 않겠어요.」

루시가 그렇게 약속하자, 질질 늘어지던 협상은 순식간에 마무리되었다. 샬럿은 루시의 양쪽 뺨에 가볍게 키스를 하고 잘 자라고 인사한 뒤, 루시를 자기 방으로 돌려보냈다.

잠시 동안 본래의 문제는 오히려 뒷전이 되었다. 조지는 처음부터 악당이었던 것처럼 여겨졌다. 어쨌든 결국은 모두 그런 견해를 채택하게 될 것이다. 지금 그녀는 그를 용서하지도 않고 비난하지도 않았다. 그저 판단을 멈추었다. 그를 판단해 보려고 하면 바로 샬럿의 목소리가 끼어들었고, 그런 뒤로는 온통 샬럿의 목소리뿐이었다. 지금도 벽의 갈라진 틈으로 한숨 소리가 들려오는 샬럿, 유연성도 겸허함도 변덕스러움도 없는 샬럿. 그동안 그녀는 훌륭한 화가처럼 일했다. 실로 오랫동안 그 일은 아무 성과가 없었지만, 마침내 그녀는 지금 어린 루시 앞에 기쁨도 없고 사랑도 없는 세계에 대한 완벽한 그림을 제시하게 되었다. 그 세계는 젊은이들이 고통스럽게 세상 물정을 깨닫는 세계였고, 또 경계와 장벽으로 가득한 수치심의 세계였다. 하지만 경계와 장벽을 가장 잘 활용하는 사람들을 통해 파악해 보건대, 그 세계는 악은 물리칠지 몰라도 좋은 것을 가져오지는 못하는 것 같다.

루시는 이 세계에서 가장 서글픈 악행으로 인해 고통받았다. 그녀의 진실, 공감을 갈망하고 사랑을 구하는 마음을 교묘하게 이용당한 것이다. 그런 악행은 쉽게 잊지 않는 법이다. 그녀는 두 번 다시는 그렇게 신중하지 못한 태도로 반대자 앞에 자신을 드러내지 않았다. 그리고 그런 악행은 영혼에도 참담한 영향을 미치는 법이다.

바깥에 초인종이 울리자 그녀는 덧창을 향해 다가갔다. 그러다가 멈춰 서서 망설이다가 돌아서서 촛불을 껐다. 그렇게 해서 그녀는 밖에 비를 맞으며 서 있는 사람을 내려다볼 수 있었지만, 그 사람은 고개를 들어도 그녀를 볼 수 없었다.

그가 자신의 방에 가려면 그녀의 방 앞을 지나야 했다. 그녀는 아직 옷을 갈아입지 않고 있었다. 그래서 복도로 나가서 내일 아침 자신은 그가 일어나기도 전에 떠난다고, 이제 두 사람의 기이한 관계는 끝났다고 말해 줄까 하는 생각을 했다.

그녀가 과연 그런 용기를 낼 수 있었는지는 증명되지 않았다. 결정적인 순간 샬럿이 자기 방문을 열고 나타났기 때문이다.

「에머슨 씨, 응접실에서 잠깐 이야기하고 싶은데요.」

잠시 후 그들의 발소리가 돌아왔고, 샬럿의 목소리가 들렸다.

「잘 자요, 에머슨 씨.」

그에게서는 무겁고 지친 숨소리만이 돌아왔다. 샤프롱은 임무를 완수했다.

루시가 소리쳤다. 「그렇지 않아. 절대 그런 건 아냐. 난 더 이상 혼란에 말려들고 싶지 않아. 얼른 어른이 되고 싶어.」

샬럿이 벽을 두드렸다.

「얼른 자거라, 루시. 조금이라도 더 자두는 게 좋아.」

이튿날 아침, 그들은 로마로 떠났다.

제2부

제8장
중세 사람

윈디 코너 응접실 창문에 커튼이 드리워졌다. 새로 깐 양탄자를 8월의 햇볕으로부터 보호하기 위해서였다. 커튼은 제법 묵직했고, 길이는 거의 바닥에까지 닿았다. 햇볕은 커튼을 뚫고 들어오면서 기세가 한풀 꺾였고 색조는 다양해졌다. 시인이 있었다면 — 윈디 코너에 시인은 없었지만 — 〈여러 색깔 유리로 이루어진 둥근 지붕 같은 인생〉이라는 시 구절을 인용하거나, 아니면 커튼을 빛의 조수를 막아 주는 수문에 비유했을지도 모르는 일이다. 밖에는 빛의 바다가 넘실거렸지만, 안에는 빛의 영광이 인간이 감당할 만한 것으로 완화되어 있었다.

응접실에는 유쾌한 두 사람이 있었다. 한 명은 열아홉 살 소년으로 해부학 지침서를 공부하면서 이따금 피아노 위에 놓인 뼈를 들여다보았다. 그러다 때때로 의자에서 펄쩍 튀어 일어나 식식거리거나 끙끙거리는 소리를 냈다. 날씨는 더운데 글자는 작고 인간의 내부는 살벌했기 때문이다. 또 다른 한 명인 소년의 어머니는 편지를 쓰면서 그 내용을 자꾸 아들에게 읽어 주었다. 그러면서 계속 자리에서 일어나 커튼을 열어 보고, 빛의 물결이 양탄자 위로 쏟아져 들어오면 두 사람이 아직도 그대로 있다는 말을 했다.

「그럼 어딜 가겠어요?」 소년이 말했다. 소년의 이름은 프레디, 루시의 동생이었다.

「이젠 귀에 못이 박히겠어요.」

「저런! 그러면 얼른 나가서 빼려무나!」 허니처치 부인이 소리쳤다. 부인은 아이들의 점잖지 못한 말버릇을 고치기 위한 방편으로 그런 말을 무조건 곧이곧대로 해석했다.

프레디는 아무런 움직임도 대꾸도 없었다.

「이제 때가 무르익은 것 같아.」

허니처치 부인이 말했다. 그러면서 자기가 굳이 묻지 않아도 아들이 그 말에 반응해 주기를 바랐다.

「때가 익기는 익었죠.」

「세실이 루시에게 다시 또 청혼하다니 난 정말 뿌듯하다.」

「이번이 세 번째로 덤비는 거죠?」

「프레디, 입이 왜 그렇게 거치니?」

「거칠게 말하려는 의도는 없었어요. 하지만 저는 누나가 이 일을 이탈리아에서 말끔하게 하고 왔어야 한다고 생각해요. 여자들이 일을 어떻게 처리하는지는 모르겠지만, 아무래도 〈안 된다〉고 딱 잘라서 말하지 않은 것 같아요. 그랬다면 지금 와서 같은 말을 반복할 필요가 없잖아요. 그동안의 상황을 지켜보면…… 잘은 몰라도 뭔가 석연치 않아요.」

「정말 그렇게 생각하니? 나름대로 재미있구나.」

「제가 볼 때는…… 에이, 관두죠.」

그는 다시 책으로 돌아갔다.

「내가 바이스 부인한테 쓴 편지를 들어 보렴. 〈친애하는 바이스 부인…….〉」

「네, 어머니. 벌써 읽어 주셨어요. 아주 훌륭한 편지예요.」

「〈친애하는 바이스 부인, 세실이 그 일을 두고 제 허락을 구했습니다. 저는 루시가 받아들인다면 기쁘게 생각할 것입니다. 하지만…….〉」 부인은 잠시 편지 읽기를 멈추었다. 「세실이 내 허락을 구하다니 나는 좀 신기했단다. 그 청년은 관습적인 걸 아주 싫어하잖니? 부모들의 간섭도 거부하고 뭐 그런 식으로. 그런데 결정적인 순간이 되니까 나를 모른 척할 수가 없었던 거야.」

「저도 모른 척하지 않았어요.」

「너도?」

프레디가 고개를 끄덕였다.

「무슨 소리냐?」

「저한테도 허락을 구했다고요.」

「참 특이한 청년이로군!」 부인이 소리쳤다.

「왜요? 제 허락을 구하면 안 되나요?」 부인의 아들이자 상속자가 물었다.

「네가 누나에 대해 뭘 알고 또 여자들 일에 대해서 뭘 아니? 그나저나 뭐라고 대답했는데?」

「이렇게 말했어요. 〈데려가든지 말든지 맘대로 하세요. 저하곤 상관없는 일이에요.〉」

「기막히게 훌륭한 대답이로구나!」 하지만 부인의 대답도 말투야 좀 더 점잖았지만 내용은 같았다.

「신경 쓰이는 건 이거예요.」 프레디가 입을 열었다.

그러더니 신경 쓰이는 게 무엇인지 말하기가 쑥스러워져서 다시 책으로 돌아갔다. 허니처치 부인은 다시 창가로 갔다.

「프레디, 이리 와봐라. 아직도 그대로 있어!」

「자꾸 그렇게 엿보시면 안 되는 거 아니에요?」

「엿본다고? 내가 내 창밖도 못 내다본다는 말이냐?」

하지만 부인은 다시 필기 탁자로 돌아갔다. 가는 길에 아들을 힐끔 보고 말했다. 「아직도 322페이지냐?」 프레디가 코웃음을 치고 두 장을 넘겼다. 잠시 동안 두 사람은 조용했다. 하지만 커튼 너머에서는 나직하게 속삭이는 대화가 멈출 줄을 몰랐다.

「신경 쓰이는 건 이거예요. 제가 세실한테 말을 너무 막 했던 것 같아요.」 그는 불안한 듯 침을 꿀꺽 삼켰다.

「세실은 제가 한 〈허락〉을 별로 성에 안 차했어요⋯⋯. 그냥 〈난 상관없어요〉라고 말했으니까요. 세실은 도무지 그 말로는 성에 안 차서, 내가 펄쩍펄쩍 뛸 만큼 기쁜지 아닌지 꼭 알아내고 싶어 했어요. 이런 식으로 말하더라고요. 내가 루시와 결혼하는 게 루시와 윈디 코너 전체에게 별로 훌륭한 일이 아닌가? 그리고 어떻게든 대답을 듣고 싶다고 했어요. 그래야 자신이 좀 더 힘을 얻을 거라고요.」

「좀 더 조심스럽게 대답해 주지 그랬니?」

「저는 〈싫다〉고 대답했어요.」 프레디가 이를 갈며 말했다. 「그래요! 곤란을 자초한 거죠. 하지만 어쩔 수 없어요. 그렇게 말할 수밖에 없었어요. 싫다고 말할 수밖에 없었어요. 나한테 물어본 게 잘못이에요.」

「바보 같은 녀석! 네가 볼 때는 네가 고결하고 진실할지 모르지만, 실제로 너는 그냥 독선 덩어리일 뿐이야. 세실 같은 사람이 네 말에 신경이나 쓸 것 같으냐? 뺨이라도 한 대 맞았어야 하는데. 도대체 무슨 배짱으로 싫다고 말을 했니?」 어머니가 소리쳤다.

「어머니, 그만하세요! 좋다고 말할 수 없으니까 싫다고 말한 거예요. 그러고 나서 그냥 농담이었던 것처럼 웃었고, 세실도 웃으면서 일어섰으니까 괜찮을 거예요. 하지만 신경이 쓰이기는 해요. 그러니까 그만하세요. 제발 공부 좀 하게 내버려 두세요.」

「아니.」 허니처치 부인이 말했다. 부인은 이미 그 문제를 생각했던 듯했다. 「그만 못하겠다. 로마에서 두 사람 사이에 무슨 일이 있었는지 다 알잖아. 세실이 왜 여기 내려왔는지도 알고. 그런데 그런 식으로 그를 모욕하고 이 집에서 몰아내려 하다니.」

「그런 일 없어요. 저는 그냥 세실한테 호감이 없다는 걸 밝힌 것뿐이에요. 나쁜 감정이 있는 건 아니지만 호감도 없어요. 제가 신경 쓰이는 건 세실이 누나한테 이 이야기를 할 거라는 거예요.」

그는 불만스러운 얼굴로 커튼을 바라보았다.

허니처치 부인이 말했다. 「하지만 나는 세실이 좋다. 나는 세실의 어머니를 알아. 또 세실 정도면 착하고 똑똑하고 돈도 많은 데다 연줄도 좋지……. 왜 애꿎은 피아노는 차고 그러니? 그래, 세실은 연줄이 좋아. 원한다면 한 번 더 말해 줄까? 세실 청년은 연줄이 좋아.」 부인은 찬사라도 낭송하듯이 중간에 잠시 멈추었다. 하지만 얼굴에서는 불만스러운 표정이 가시지 않았다. 「게다가 예의범절도 깍듯하고 말이야.」

「얼마 전까지는 저도 괜찮다고 생각했어요. 그런데 세실은 집에 돌아온 지 얼마 안 된 루시를 쉬지도 못하게 하잖아요. 그리고 비브 목사님이 우리 사정을 모르는 상태에서 한 말도 있고.」

「비브 목사님이?」 부인이 호기심을 감추려고 애쓰며 말했다. 「거기 비브 목사님이 왜 끼어드는지 모르겠구나.」

「비브 목사님이 가끔 희한한 말을 하시잖아요. 무슨 뜻인지 종잡을 수 없는 그런 말요. 목사님이 〈바이스 씨는 이상적인 독신이야〉라고 말씀하시더라고요. 그 말에 제 귀가 쫑긋해져서 무슨 뜻이냐고 캐물었죠. 그랬더니 〈그 사람도 나처럼 관계에 얽히지 않는 편이 더 좋을 거야〉라고 하셨어요. 더는 아무 말씀 없으셨지만, 그 말을 듣고 저는 생각했어요. 어쨌거나 누나를 따라서 여기 온 뒤 세실이 그렇게 유쾌한 손님은 아니었잖아요. 뭐라고 설명은 못하겠지만요.」

「너는 절대 설명 못할 거다. 하지만 난 할 수 있어. 너는 지금 세실을 질투하는 거야. 이제 루시가 너에게 실크 타이를 짜주는 일이 없어질지도 모르니까.」

그 설명은 합당해 보여서 프레디는 받아들이려고 했다. 하지만 머리 한구석의 막연한 불신은 사라지지 않았다. 세실은 운동을 잘하는 사람을 지나치게 칭찬했다. 그 때문인가? 세실은 사람들이 제각각 자기 방식대로 말하게 하지 않고, 그의 방식에 따라 이야기하게 만들었다. 그건 피곤한 일이었다. 그 때문인가? 또 세실은 다른 사람의 모자를 절대 쓰지 않을 유형의 사람이었다. 프레디는 자신의 통찰의 깊이를 의식하지 못한 채 거기서 멈추었다. 내가 질투가 난 거야. 그렇지 않고서야 그런 말도 안 되는 이유로 다른 사람을 싫어할 수가 없지.

「이 정도면 되겠니?」 어머니가 물었다. 「〈친애하는 바이스 부인, 세실이 그 일을 두고 제 허락을 구했습니다. 저는 루시가 받아들인다면 기쁘게 생각할 것입니다.〉 그런 다음에 이런 구절을 넣었어. 〈루시에게도 그렇게 말했습니다.〉 아무래도 편지를 다시 깨끗하게 써야 되겠다……. 〈루시에게도 그렇게 말했습니다. 하지만 루시는 아직 확신하지 못하고 있는 것 같군요. 오늘날 이런 일은 젊은 사람들의 결정에 맡겨 두어야 하지 않나 싶습니다.〉 바이스 부인한테 촌스러운 사람으로 보이기 싫어서 이런 말을 썼어. 바이스 부인은 강연 같은 걸 들으러 다니면서 교양을 높이 쌓으니까 말이야. 하지만 집에 가보면 침대 밑에는 솜 부스러기들이 잔뜩 쌓였고, 전등 켜는 곳에는 하녀의 더러운 손자국이 묻어 있지. 집안 관리는 엉망이더구나…….」

「누나가 세실하고 결혼하면 아파트에 살게 되나요? 아니면 시골에 사나요?」

「바보 같은 소리 좀 그만해라. 어디까지 썼지? 〈젊은 사람들의 결정에 맡겨 두어야 하지 않나 싶습니다. 저는 루시가 아드님을 좋아하는 걸 압니다. 그 아이는 저에게 모든 걸 이야기한답니다. 아드님이 로마에서 처음 청혼했을 때도 루시는 제게 편지를 보냈지요.〉 아냐, 마지막 부분은 빼야겠다……. 너무 간섭하는 것처럼 보이니까 말이야. 그냥 〈모든 걸 이야기한답니다〉로 끝내야겠어. 아니면 그것도 지워 버릴까?」

「그것도 지워요.」 프레디가 말했다.

하지만 허니처치 부인은 지우지 않았다.

「그러면 이렇게 되는구나. 〈친애하는 바이스 부인, 세실이 그 일을 두고 제 허락을 구했습니다. 저는 루시가 받아들인다면 기쁘게 생각할 것입니다. 루시에게도 그렇게 말했습니다. 하지만 루시는 아직 확신하지 못하고 있는 것 같군요. 오늘날 이런 일은 젊은 사람들의 결정에 맡겨 두어야 하지 않나 싶습니다. 저는 루시가 아드님을 좋아하는 걸 압니다. 그 아이는 저에게 모든 걸 이야기한답니다. 하지만 저는 아직…….〉」

「어머니, 그만!」 프레디가 소리쳤다.

커튼이 갈라졌다.

세실의 첫 번째 동작은 짜증에서 유발된 것이었다. 그는 허니처치가 사람들이 가구를 아끼겠다고 이렇게 컴컴하게 지내는 습관을 참을 수 없었다. 그는 본능적으로 커튼을 확 잡아당겼고, 그 바람에 커튼 자락이 크게 출렁거렸다. 빛이 들어왔다. 테라스가 눈앞에 나타났다. 양옆으로 나무를 심고, 조그만 통나무 의자 하나와 화단 두 개가 있는 이런 테라스는 저택에서 흔히 볼 수 있는 것이었다. 하지만 그 뒤편의 전망 덕분에 이곳의 테라스는 남달라 보였다. 윈디 코너는 서섹스 월드 숲을 굽어보는 산자락에 있었기 때문이다. 통나무 의자에 앉아 있는 루시는 마치 흔들리는 세상 위로 두둥실 떠오른 마법의 초록 양탄자 끝에 나앉은 것 같았다.

세실이 들어왔다.

이렇게 늦게야 이야기에 등장하니, 세실에 대한 설명이 필요할 것이다. 세실은 중세 사람이었다. 고딕 조각 같았다. 키도 크고 세련되고 어깨는 강인한 의지를 보여 주듯 딱 벌어졌으며, 머리는 보통 사람들의 눈높이보다 조금 높은 곳에서 살짝 기울어져 있어서, 프랑스 성당의 정문을 지키는 엄격한 성인들의 모습과도 비슷했다. 훌륭한 교육을 받았고 많은 재능을 타고났으며, 육체적으로도 모자람이 없었지만, 그는 현대 세계가 〈자의식〉이라고 부르는 악마에게 붙들려 있었다. 하지만 눈이 흐렸던 중세는 그것을 〈금욕주의〉라 부르며 찬양했다. 고딕 조각은 금욕을 상징한다. 그것은 그리스 조각이 풍요를 상징하는 것과 마찬가지다. 비브 목사가 말한 것이 아마 그런 뜻이었을 것이다. 그리고 프레디는 역사나 예술 같은 데 무지했지만, 세실이 다른 사람의 모자를 쓰는 모습을 상상하지 못했을 때 목사와 같은 생각을 했을 것이다.

허니처치 부인은 필기 탁자 위에 편지를 놓고 일어서서 젊은이에게 다가갔다.

「세실! 세실, 이야기 좀 해봐.」

「*I promessi sposi*(약혼자들).」[14] 그가 말했다.

두 사람은 어리둥절한 눈길로 세실을 바라보았다.

「루시가 제 청혼을 받아들였습니다.」 영어로 말을 하니 그의 얼굴이 붉어지고 흐뭇한 미소가 떠올라서, 좀 더 인간적인 모습이 되었다.

「그 말을 들으니 나도 기쁘군.」 허니처치 부인이 말했고, 프

[14] 이탈리아의 작가 만초니(1785~1873)의 소설 제목이기도 함.

레디는 세실에게 화학 물질로 노랗게 된 손을 내밀었다. 두 사람은 자신들도 이탈리아어를 알았으면 좋겠다고 생각했다. 우리가 알고 있는 기쁨이나 놀라움의 표현은 사소한 일들에도 너무 자주 쓰이는 까닭에, 이런 커다란 일 앞에는 사용하기가 꺼려진다. 이런 큰일 앞에서는 약간이라도 시적인 표현을 쓰거나, 아니면 성서 구절이라도 꺼내 들어야 한다.

「이제 한가족이 되는 거네.」 허니처치 부인이 방 안의 가구를 향해 팔을 펼치며 말했다.

「정말로 기쁜 날이야! 자네는 우리 루시를 꼭 행복하게 해줄 거야.」

「저도 그러길 바랍니다.」 젊은이가 천장으로 눈을 돌리며 대답했다.

「우리 어머니들은 말이야……」 허니처치 부인은 정신없이 웃으며 말하다가, 자신이 감동과 감상과 과장에 빠져 있음을 깨달았다. 그것은 그녀가 가장 싫어하는 것들이었다. 왜 자신은 프레디처럼 방 가운데 뻣뻣이 서서 못마땅하다는 표정을 짓지 못할까? 프레디는 지금 거의 미남처럼 보일 지경이었다.

「루시! 이리 좀 와요.」 세실이 루시를 불렀다. 대화가 갑자기 시들해진 것 같았기 때문이다.

루시가 자리에서 일어섰다. 그리고 잔디 위를 걸어와서 모두에게 미소를 지어 보였다. 마치 함께 테니스라도 치자고 할 것 같았다. 그러다가 남동생의 얼굴을 보더니, 입을 약간 벌리고 동생을 끌어안았다. 동생이 〈너무 흥분하지 마!〉라고 말했다.

「어미한테는 키스 안 해줄 거니?」 어머니가 물었다.

루시는 어머니에게도 키스했다.

「루시, 당신이 식구들하고 정원으로 나가서 어머니께 우리가 한 이야기를 전해 주는 게 좋을 것 같군요. 나는 여기 남아서 우리 어머니께 편지를 쓰죠.」

「우리가 누나하고 나가면 되나요?」 프레디가 명령을 받듯이 말했다.

「응, 같이 나가.」

그들은 햇빛 속으로 나갔다. 세실은 그들이 테라스 끝까지 가서 계단 아래로 사라지는 모습을 지켜보았다. 그는 그 길을 알았다. 계단 아래로 내려간 다음 그들은 관목 덤불을 지나고 테니스 코트와 달리아 화단을 지나서 채마밭에 이를 것이다. 그리고 채마밭에 심어 놓은 감자와 완두콩들 앞에서 이 중대한 사건이 설명될 것이다.

그는 뿌듯한 미소를 지으면서 담배에 불을 붙이고, 이렇게 행복한 결론에 이르게 된 과정을 되새겨 보았다.

그가 루시를 안 지는 몇 년 되었지만, 얼마 전까지도 루시는 그저 음악을 좋아하는 평범한 소녀였을 뿐이다. 그는 로마에서 지내던 어느 날 루시와 그 겁나는 사촌이 불쑥 나타나서, 성 베드로 성당에 데려다 달라고 부탁하던 때의 황당함을 아직도 기억했다. 그날 그녀의 경황없고 거칠고 여행에 지친 모습은 흔히 보는 여행객과 전혀 다르지 않았다. 하지만 이탈리아가 그녀에게 마법을 베풀었다. 그녀에게 빛이 더해졌고, 또 그가 더욱 소중하게 생각하는 것이지만 그림자까지 더해졌다. 그는 얼마 지나지 않아 그녀가 간직한 내밀함의 미덕을 감지했다. 그녀는 레오나르도 다 빈치 작품의 여인 같았다. 우리가 그 여인을 사랑하는 것은 그녀 자신보다 오히려 그녀가 우리에게 말해 주지 않는 것들 때문이다. 그녀가 말해 주지 않는 그것들은 분명히 이 세상의 것은 아니다. 레오나르도 다 빈치의 어떤 여인에게도 〈사연〉 같은 통속적인 것이 있을 리 없었다. 그녀는 하루하루가 다르게 놀라운 여인으로 성숙해 갔다.

그래서 처음에는 보호자로서의 예의였던 것이 천천히, 열정까지는 아니라 해도 상당히 불편한 감정으로 변해 갔다. 그래서 그는 이미 로마에서 자신들이 서로 잘 어울릴 수도 있다는 언급을 했다. 그리고 그녀가 그 말에 놀라 달아나지 않았다는 데 큰 감동을 받았다. 거절은 분명하고도 공손했다. 그 후로 — 지독히 상투적인 표현이지만 — 그녀가 그에게 지니는 의미는 조금도 변하지 않았다. 석 달 후 그는 이탈리아의 끝, 꽃이 만발한 알프스 산맥 중턱에서 다시 한 번, 이번에는 대담하고도 전통적인 언어를 사용해서 청혼했다. 그녀는 전에 없이 레오나르도의 작품 같았다. 햇볕에 그을린 이목구비 위로 기암괴석의 그림자가 드리워졌다. 그의 말에 그녀가 돌아섰다. 그의 앞에 선 그녀의 등 뒤에는 빛이 가득한 평원이 광활하게 펼쳐져 있었다. 그녀와 함께 숙소로 돌아오는 그에게 거절당한 구혼자로서의 부끄러움은 전혀 없었다. 정말로 중요한 것은 흔들리지 않고 남아 있었다.

그리고 이제 그는 다시 한 번 그녀에게 청혼했고, 그녀는 전과 같이 분명하고 공손한 태도로 승낙했다. 승낙을 미룬 이유를 수줍게 설명하지도 않고, 그저 자신도 그를 사랑하며 그의 행복을 위해 최선을 다하겠다고 말했다. 그의 어머니도 기뻐할 것이다. 어머니는 지금껏 그의 상담역을 맡았다. 어머니에게 자세한 편지를 써야 했다.

혹시라도 프레디의 약품이 묻었나 하고 손을 내려다보며, 그는 필기 탁자에 가 앉았다. 거기에는 〈친애하는 바이스 부인〉이 지워진 여러 문장들과 함께 놓여 있었다. 그는 편지를 읽지 않기 위해 뒤로 주춤 물러섰다가 잠시 망설인 뒤 다른 곳에 앉아서 무릎에 대고 편지를 썼다.

그리고 두 번째 담배에 불을 붙였다. 이번 담배는 첫 번째 담배만큼 신성하게 느껴지지 않았다. 그런 뒤 그는 어떻게 해야 윈디 코너의 응접실을 좀 더 개성적으로 만들 수 있을까 생각해 보았다. 그 정도만 해도 그럭저럭 만족할 만한 수준은 되었지만, 런던의 번화가인 토튼햄 코트 로드의 흔적이 너무도 역력했다. 슐브레드 상회와 메이플 상회의 화물차가 문앞에 도착해서 이 의자와 저 니스칠 된 책장, 저 필기 탁자를 내려놓는 모습이 눈앞에 떠오를 지경이었다. 필기 탁자를 생각하니 허니처치 부인의 편지가 떠올랐다. 그 편지를 읽고 싶지는 않았다. 그런 쪽으로는 유혹을 느낀 적이 없었다. 하지만 어쨌거나 걱정이 되긴 했다. 허니처치 부인이 자기 어머니와 이런 의논을 하게 된 것은 다 자신의 실수였다. 세 번째 청혼을 하는 이 시점에서 부인의 도움을 원했기 때문이다. 게다가 그는 다른 누구라도 자신의 생각에 동의해 주기를 원해서 다른 사람의 의견도 물어보았다. 허니처치 부인은 둔감했지만 어쨌건 친절했다. 그런데 프레디는······.

〈프레디는 아직 어리잖아.〉 그는 생각했다. 〈나는 프레디가 경멸하는 모든 걸 구현하고 있어. 그러니 그 친구가 나를 매형으로 환영해 주길 바랄 이유는 없지.〉

허니처치가는 존경할 만한 집안이었다. 하지만 시간이 갈수록 루시는 어딘지 그들과도 다르다는 생각이 들었다. 그래서 어쩌면 — 그 스스로 그렇게 표현하지 않았지만 — 되도록 빨리 루시를 자신과 동질적인 영역으로 들여올 필요가 있을 것 같았다.

「비브 목사님!」 하녀의 목소리가 들렸고, 곧이어 서머 스트리트의 새 교구 목사가 나타났다. 그는 이곳에 부임하자마자 허니처치가 사람들과 금방 친해졌다. 루시가 피렌체에서 보낸 편지에서 그를 여러 번 칭찬했기 때문이다.

세실이 약간 날카로운 눈으로 그를 맞았다.

「차 한 잔 마실까 하고 왔습니다, 바이스 씨. 들어가도 될까요?」

「들어오시지요. 음식은 이곳에 늘 준비되어 있습니다. 그 의자에 앉지 마세요. 허니처치 군이 거기에 뼈다귀를 놓았습니다.」

「어이쿠야!」

「이해합니다. 허니처치 부인께서 왜 이런 일을 허락하시는지 모르겠습니다.」

세실은 그 뼈다귀와 메이플 상회의 가구를 따로 생각한 것이다. 그것들이 합해져서 그 방에 그가 바라는 생기를 불어넣는다는 사실을 그는 깨닫지 못했다.

「차를 마시면서 잡담이나 좀 하려고 왔습니다. 재미있는 소식이군요.」

「재미있는 소식이라고요? 그게 무슨 말씀이신가요?」

비브 목사는 두 사람이 생각하는 소식이 전혀 다르다는 것을 모르고 계속 떠들었다.

「오는 길에 해리 오트웨이 경을 만났습니다. 이 소식을 들은 건 아마 근방에서 제가 처음일 겁니다. 해리 경이 플랙 씨한테서 시시와 앨버트를 샀다지 뭡니까?」

「해리 경이 말입니까?」 세실이 평정을 유지하려고 애쓰며 말했다. 도대체 이곳은 무슨 황당한 세계란 말인가? 성직자와 신사가 약혼에 대해 이렇게 경박한 말투로 이야기를 해도 되는 것인가? 어쨌거나 그는 뻣뻣한 태도를 유지한 채, 시시와 앨버트가 누구인지를 물었다. 그래도 비브 목사가 천박한 사람이라는 생각은 바뀌지 않았다.

「그걸 모른다는 말씀입니까? 윈디 코너에서 일주일을 묵으면서 아직 시시하고 앨버트를 못 만나다니요. 시시하고 앨버트는 교회 맞은편에 있는 두 가구 연립형 빌라예요! 허니처치 부인한테 말씀드려서 나중에 알려 드리라고 하지요.」

「저는 동네 돌아가는 일이라면 워낙 아는 게 없어서요.」 젊은이가 힘없이 말했다. 「저는 교구 협의회와 지방 정부 위원회가 어떻게 다른지도 잘 모른답니다. 어쩌면 차이가 없을지도 모르고, 또 이름이 정확한 건지도 모르겠지만 말이에요. 제가 시골에 가는 건 친구들을 만나거나 경치를 감상할 때가 아니면 없거든요. 이렇게 게으르답니다. 제가 남들에게 폐를 끼치지 않는다고 느끼면서 지낼 수 있는 곳은 이탈리아와 런던뿐입니다.」

비브 목사는 시시와 앨버트를 이렇게 심각하게 받아들이는 게 불편해서 화제를 다른 곳으로 돌렸다.

「그러니까 바이스 씨…… 제가 잊었습니다만…… 직업이 어떻게 되시던가요?」

「저는 직업이 없습니다. 제 데카당스한 면을 보여 주는 또 한 가지 사례죠. 사람들이 썩 호응해 주지는 않겠지만, 남들에게 피해를 주지 않는 한 제가 하고 싶은 것을 할 권리가 있다는 게 제 견해입니다. 물론 저도 남들에게서 돈을 우려내야 한다거나 털끝만큼도 관심 없는 일에 스스로를 바쳐야 한다는 걸 압니다만, 아직까지는 시작을 못하고 있습니다.」 세실이 대답했다.

「바이스 씨는 행운아이십니다. 여유가 있다는 건 좋은 일이지요.」 비브 목사가 말했다.

말투가 다소 협량했지만, 그는 자연스럽게 대답할 방법을 찾지 못했다. 일정한 직업을 가진 사람이 모두 그렇듯이 그 또한 사람에게는 직업이 있어야 한다고 생각했기 때문이다.

「이해해 주시니 고맙습니다. 저는 건강한 사람을 마주치기가 두렵습니다. 예를 들면 프레디 허니처치 군 같은 경우 말입니다.」

「프레디는 훌륭한 친구죠.」

「맞습니다. 오늘날의 영국을 만든 건 바로 프레디 같은 부류의 사람들입니다.」

세실은 자신에게 의문이 들었다. 하고많은 날 중에 왜 하필 이런 날 자신은 이렇게 어긋나기만 하는 걸까? 그는 어긋난 것을 만회하기 위해서 비브 목사 어머니의 안부를 장황하게 물었다. 물론 그가 그 노부인에게 특별한 관심이 있을 리 없었다. 그는 이어서 목사의 자유로운 사고방식과 철학과 과학에 대한 계몽주의적 태도를 칭찬했다.

「다른 사람들은 어디 있나요? 저녁 예배 전에 마시고 가야 할 텐데요.」 마침내 비브 목사가 물었다.

「목사님이 오신 걸 앤이 식구들한테 알리지 않은 모양입니다. 이 집에 발을 들이면 첫날부터 하인들의 나쁜 버릇을 알게 됩니다. 앤은 멀쩡히 잘 알아들으면서도 자꾸 말을 되묻고, 또 의자 다리를 자꾸 걷어차는 버릇이 있어요. 메리의 나쁜 버릇은…… 잊었습니다만 어쨌건 그것도 심각한 거지요. 함께 정원으로 나가 보실까요?」

「메리의 나쁜 버릇은 제가 압니다. 쓰레받기를 계단 중간에 놓아둔다는 거죠.」

「유피미아의 나쁜 버릇은 쇠기름을 잘게 썰지 않는다는 겁니다. 몰라서가 아니라 알면서도 일부러 말입니다.」

둘은 함께 웃었고, 상황은 개선되기 시작했다.

「프레디의 나쁜 버릇은…….」 세실이 말을 이었다.

「아, 프레디는 나쁜 버릇이 너무 많지요. 그걸 다 기억하는 사람은 허니처치 부인 말고는 없을 겁니다. 그러면 허니처치 양의 나쁜 버릇은 뭐가 있을까요? 헤아릴 수 없을 만큼은 아닐 텐데요.」

「없습니다.」 세실이 잘라 말했다.

「동감입니다. 지금은 없지요.」

「지금은이라고요?」
「냉소하는 건 아닙니다. 저는 허니처치 양에 대해서 제 나름대로 갖고 있는 견해가 있거든요. 허니처치 양이 그렇게 훌륭한 연주를 하면서 그렇게 조용하게 사는 게 합당한 걸까 하는 거죠. 언젠가는 양쪽 모두 훌륭하게 해낼 겁니다. 자기 안에 있는 단단한 벽이 무너져서 음악과 인생이 뒤섞이겠죠. 그러면 우리는 허니처치 양이 가진 영웅적인 훌륭함이나 영웅적인 미흡함을 보게 될 겁니다……. 어쩌면 너무나 영웅적이라서 좋은지 나쁜지 하는 구별이 의미가 없어질지도 모르죠.」
세실은 자신의 대화 상대에게 흥미를 느꼈다.
「그러면 지금은 허니처치 양의 인생이 그렇게 훌륭하지 않다는 말씀입니까?」
「글쎄요, 제가 허니처치 양을 본 건 턴브리지 웰스와 피렌체에서가 전부입니다. 제가 서머 스트리트에 부임했을 때는 아직 여행 중이었으니까요. 턴브리지 웰스에서 봤을 때는 별로 훌륭하지 않았어요. 바이스 씨는 로마와 알프스 산에서 허니처치 양을 만나지 않았습니까? 아, 깜박했네요. 두 분은 전부터 알고 지내셨죠. 아니, 허니처치 양은 피렌체에서도 훌륭하지 않았어요. 하지만 저는 앞으로 훌륭해질 거라는 기대를 버리지 않았습니다.」
「어떤 식으로요?」
대화는 즐거워졌고, 두 사람은 테라스를 이리저리 거닐었다.
「저는 허니처치 양이 다음에 무슨 곡을 연주할지도 쉽게 예측할 수 있었습니다. 그녀는 날개를 찾은 것 같았어요. 그리고 그걸 사용하겠다는 뜻이 분명해 보였죠. 제가 이탈리아 여행 일기에 그려 놓은 멋진 그림을 보여 드리고 싶군요. 허니처치 양이 연(鳶)이고, 바틀릿 양이 줄을 잡고 있는 그림이에요. 두 번째 그림에서는 줄이 끊어집니다.」

일기에 그림이 있는 건 사실이었지만, 그것은 나중에 그가 그때를 돌이켜보며 상황을 예술적으로 재구성한 것이었다. 당시에 그 끈을 비밀스럽게 잡아당긴 것은 목사 자신이었다.

「벌써 줄이 끊어진 건 아니겠지요?」

「안 끊어졌습니다. 저는 허니처치 양이 날아오르는 건 봤다고 할 수 없지만, 바틀릿 양이 쓰러지는 소리는 분명히 들었습니다.」

「그 줄은 이제 끊어졌습니다.」 세실이 낮게 떨리는 목소리로 말했다.

그런 뒤 그는 약혼을 발표하는 온갖 오만하고 우스꽝스럽고 한심한 방법 가운데서도 지금 자신이 채택한 방법이 최악이라는 걸 깨달았다. 그는 은유를 과도하게 즐기는 습벽을 자책했다. 자기가 하늘의 별이라도 되고 루시가 그를 향해 날아오른다는 식 아닌가?

「끊어지다뇨? 무슨 말씀입니까?」

「제 말은, 그녀가 저와 결혼할 거라는 겁니다.」 세실이 굳은 어조로 대답했다.

목사는 깊은 실망을 느꼈고, 자신의 목소리에 그것이 배어 나오는 걸 막을 수 없었다.

「죄송합니다. 사과드려야겠네요. 바이스 씨가 허니처치 양과 친밀한 사이라는 건 전혀 몰랐습니다. 미리 알았다면 이런 피상적인 말장난은 하지 않았겠죠. 바이스 씨, 저를 좀 말려주시지 그랬습니까?」

정원으로 내려가서 그는 루시를 보았다. 다시 한 번 실망감이 뚜렷하게 떠올랐다.

당연히 사과보다는 축하를 더 선호하는 세실은 입꼬리가 뒤틀렸다. 자신의 행동이 세상에서 이런 대접을 받아야 하는가? 물론 그는 전체로서의 세상을 경멸했다. 생각 있는 사람이라면 당연한 일이었다. 그것은 세련의 징표였다. 하지만 자신에게 닥치는 경멸의 편린들에는 몹시 예민했다.

그래서 때로는 상당히 거칠어지기도 했다.

「충격을 드려서 죄송합니다. 루시의 선택이 목사님의 찬성은 얻지 못하는 모양이군요.」 그가 냉담하게 말했다.

「그렇지 않습니다. 하지만 저를 말려 주시는 게 좋았습니다. 저는 허니처치 양을 아주 잠깐씩 보았을 뿐입니다. 그녀에 대해서 다른 사람하고 허물없이 이야기하는 것 자체가 문제였지요. 더군다나 바이스 씨하고라면 더욱더 부적절하고요.」

「뭔가 신중하지 못한 발언을 했다고 생각하시는 건가요?」

비브 목사는 평정을 되찾았다. 바이스 씨는 진실로 사람을 거북하게 만드는 재주가 있었다. 그는 결국 성직자로서의 특권을 사용하지 않으면 안 되었다.

「아닙니다. 신중하지 못한 발언은 없었습니다. 저는 피렌체에서 이미 허니처치 양의 평온무사한 어린 시절은 끝나야 한다고 생각했는데, 정말 끝났군요. 그때 저는 막연하지만 그녀가 어떤 중대한 도약을 이룰 것 같다고 생각했습니다. 그 도약이 이뤄졌고요. 허니처치 양은 배웠습니다······. 아까처럼 제가 멋대로 말하게 허락해 주신다면······ 그러니까 사랑하는 게 무엇인지 배웠습니다. 어떤 사람들의 말에 따르면, 우리가 현생에서 받을 수 있는 가장 큰 교육이 바로 그것이죠.」

그런 뒤 그는 다가오는 세 사람에게 모자를 흔들어야 했다. 그는 이 말을 빼놓지 않았다. 「바로 바이스 씨를 통해서 배운 것입니다.」 그의 목소리는 여전히 성직자다웠지만, 이제는 진실되기까지 했다. 「허니처치 양이 그런 배움을 유용하게 쓸 수 있도록 잘 보살펴 주십시오.」

「*Grazie tante*(대단히 고맙습니다)!」 목사라는 사람들을 좋아하지 않는 세실이 말했다.

「들으셨어요? 비브 목사님, 소식 들으셨어요?」 허니처치 부인이 비탈진 정원 길을 힘써 올라오면서 소리쳤다.

유쾌한 표정의 프레디가 휘파람으로 웨딩마치를 불었다. 젊은이들은 이미 결론이 난 사실에 대해서는 군말이 없는 법이다.

「들었습니다!」 목사는 그렇게 말하고 루시를 바라보았다. 그녀를 보니 더 이상 목사 행세를 하기가 어려웠다. 그러려면 적어도 미리 사과를 해야 했다. 「허니처치 부인, 제 일상적 의무를 한 가지 수행하겠습니다. 이런 일을 하기에는 제가 좀 숫기가 없습니다만, 어쨌건 저는 두 사람에게 이 세상이 내릴 수 있는 모든 축복을 내리고 싶습니다. 힘들 때나 즐거울 때나 큰 일이 있을 때나 작은 일이 있을 때나 축복이 가득하길 빕니다. 두 사람이 평생토록 지아비와 지어미로서 또 아버지와 어머니로서 더없이 평안하고 더없이 행복하길 바랍니다. 이제 차를 마시고 싶군요.」

「딱 맞춰 오셨네요.」 허니처치 부인이 대답했다. 「그런데 윈디 코너에서 왜 그렇게 심각한 표정을 짓고 계신 거죠?」

목사도 부인의 말투를 흉내 냈다. 이제 더는 무거운 축복을 내리거나, 시 구절이나 성서 구절로 위엄을 더하려는 시도는 필요 없었다. 아무도 더는 심각한 표정을 지을 수 없었.

약혼이라는 것은 몹시 중대한 사안이기 때문에, 이야기를 하다 보면 누구나 행복한 엄숙함에 사로잡히게 된다. 그러다 각자 자기 자리로 돌아간 뒤에는 비브 목사뿐 아니라 프레디마저 다시 약혼을 비판적으로 바라볼지 모른다. 하지만 그 사안이 바로 눈앞에 있을 때 그리고 서로가 서로 앞에 있을 때 그들은 진실로 유쾌했다. 그것은 몹시 신기한 힘이다. 우리 입술뿐 아니라 심장까지도 움직이기 때문이다. 이 막강한 힘을 다른 막강한 힘에 비교해 보자면, 가장 비슷한 경우는 낯선 종교의 사원에서 느끼는 힘일 것이다. 사원 바깥에 서 있으면 그 종교를 조롱하거나 반대할 수 있고, 기껏해야 미약한 감정만을 느낄 뿐이다. 하지만 사원 안에 들어가면 그 신과 성인들을 모를지라도 진정한 신자들만 곁에 있다면 우리 역시 진정한 신자가 되고 만다.

그래서 그날 오후 수많은 암중모색과 의심이 지나간 뒤 그들은 평온을 되찾고 즐겁게 다탁(茶卓)에 모여 앉았다. 그들이 위선자였다 해도 그걸 깨달은 사람은 아무도 없었고, 그들의 위선이 진실로 자리 잡을 가능성은 얼마든지 있었다. 앤이 사람들 앞에 결혼 선물이라도 전달하듯 접시를 하나하나 내려놓자 그들은 흥분했다. 그들이 그녀의 미소에 뒤질 수 없다고 생각했을 때, 앤은 응접실 문을 쾅 박차고 나갔다. 비브 목사는 신이 나서 재잘댔다. 프레디는 전에 없이 재치가 만발해서 세실을 가리켜 〈피아스코(대실패)〉라고 불렀고, 그것은 〈피앙세(약혼자)〉를 가리키는 허니처치가의 애칭이 되었다. 유쾌하고 풍만한 허니처치 부인은 장모로서의 장래가 촉망되었다. 사원이 건설된 이유를 제공한 루시와 세실도 이 즐거운 의식에 동참했지만, 신실한 숭배자들이 모두 그렇듯이 그들은 더욱 고귀한 기쁨의 성소가 닫힐 때를 기다렸다.

제9장
예술 작품 루시

 약혼을 발표하고 며칠 후, 허니처치 부인은 루시와 그 피아스코를 이웃에서 열리는 조촐한 원유회에 데려갔다. 자신의 딸이 번듯한 남자와 결혼할 것임을 사람들에게 알리고 싶다는 자연스러운 소망 때문이었다.

 세실은 기실 번듯한 정도가 아니었다. 그는 외모도 매우 준수했다. 그의 날렵한 몸이 루시와 보조를 맞추어 걷는 모습이나 희고 갸름한 그의 얼굴이 루시의 말을 들으며 조용히 반응하는 모습은 보는 것만으로도 흐뭇함을 안겨 주었다. 사람들은 허니처치 부인을 아낌없이 축하했는데, 그건 사교적 실수에 해당하지만 어쨌거나 부인은 그런 축하를 받아 즐거웠고, 케케묵은 몇몇 노부인들에게 세실을 소개하는 부주의를 저질렀다.

 차 마시는 시간에 작은 사건이 일어났다. 커피 잔이 루시의 실크 드레스로 엎어진 것이다. 루시는 태연한 척했지만, 그런 일에 태연할 수 없는 허니처치 부인은 루시를 집 안으로 끌고 들어가서 하녀에게 드레스를 손보게 했다. 그런 일이 벌어지는 동안 세실은 노부인들 곁에 홀로 남아 있었다. 그들이 돌아왔을 때 세실은 아까만큼 유쾌한 상태가 아니었다.

「이런 모임에 자주 가시는 편인가요?」 돌아오는 마차 안에서 그가 물었다.

「이따금요.」 원유회가 즐거웠던 루시가 대답했다.

「시골 사교계는 원래 이렇습니까?」

「그렇다고 볼 수 있어요. 어머니, 그렇죠?」

「사교 모임은 아주 여러 종류지.」 허니처치 부인이 드레스 한 벌의 옷맵시를 떠올리려고 애쓰면서 말했다.

부인의 생각이 다른 데 가 있는 걸 깨닫자, 세실은 루시를 돌아보며 말했다.

「저한테는 경악스럽고 끔찍하고 암담했습니다.」

「혼자 계시게 했던 것 죄송해요.」

「그게 아니에요. 축하 인사들 말입니다. 어처구니없더군요. 약혼이 무슨 공공 놀이터입니까? 알지도 못하는 사람들이 다 와서 싸구려 소감들이나 던지고 가다니, 쓰레기장처럼 느껴졌어요. 게다가 그 능글맞은 노파들이라니!」

「어쩔 수 없이 겪을 부분이라고 생각해요. 다음번에는 지금처럼 우리한테 관심을 기울이지 않을 거예요.」

「하지만 내 말은 분위기 전체가 문제라는 거예요. 약혼이란 — 이 말 자체도 불쾌하지만 — 사적인 일이고, 그에 걸맞게 대접받아야 해요.」

하지만 그 능글맞은 노파들이 개별적으로 얼마나 잘못했건 간에 인류 전체로서는 옳았다. 노파들이 세실과 루시의 약혼을 기뻐할 때, 그들 저편에서 미소 지은 것은 세대와 세대를 잇는 정신이었다. 약혼이란 지상에 생명이 계속 이어질 것을 약속하기 때문이다. 그와 달리 세실과 루시가 생각하는 약혼이란 개인적 사랑이었다. 그래서 세실은 화가 났고 루시는 세실의 분노를 이해했다.

「그래요, 피곤한 일이죠! 테니스라도 치겠다고 빠져나가지 그랬어요?」 그녀가 말했다.

「저는 테니스를 안 칩니다. 적어도 사람들 앞에서는요. 제가 사는 지역에는 운동 같은 걸 할 만한 낭만이 없지요. 제가 가진 낭만은 *Inglese Italianato*(이탈리아화된 영국인)의 낭만입니다.」

「잉글레제 이탈리아나토요?」

「*È un diavolo incarnato*(그것은 악마의 화신이다)*!* 이 속담을 아십니까?」

그녀는 몰랐다. 그리고 그 속담이 로마에서 어머니와 함께 겨울 한 철을 조용하게 보낸 젊은이에게 들어맞는 것 같지도 않았다. 하지만 세실은 약혼 이후 자신의 실제 상태와는 거리가 먼 코스모폴리탄적 악당을 흉내 내는 습관이 들었다.

「사람들이 저를 못마땅하게 여긴다고 해도 어쩔 수 없습니다. 저와 다른 사람들 사이에는 도저히 없앨 수 없는 장벽들이 있거든요. 제가 그걸 받아들일 수밖에 없겠지요.」 그가 계속 말했다.

「한계가 없는 사람은 없잖아요.」 루시가 현명하게 말했다.

「하지만 어떤 한계들은 우리에게 강제되기도 하지요.」 세실은 루시가 자기 견해를 정확히 이해하지 못했다고 생각하고 말했다.

「어떻게요?」

「스스로 울타리를 치고 세상과 떨어지느냐 아니면 다른 사람들이 친 울타리 밖으로 밀려나느냐 하는 것은 차이가 있습니다.」

그녀는 잠시 생각해 보고, 차이가 있다고 했다.

「차이라고?」 허니처치 부인이 갑자기 두 사람의 대화에 끼어들었다.

「무슨 차이가 있다고 그래. 울타리는 울타리일 뿐이지. 더군다나 같은 장소에 있는 거라면.」

「저희는 행동의 동기에 대해 이야기하고 있었습니다.」 세실이 허니처치 부인의 간섭에 약간 짜증을 느끼며 말했다.

「세실, 여기를 봐.」 허니처치 부인이 무릎을 벌리고 치마 위에 카드 상자를 얹었다.

「이게 나야. 이건 윈디 코너고. 무늬의 나머지 부분은 다른 사람들이야. 동기 같은 건 다 좋아. 하지만 울타리는 여기 있어.」

「저희가 말한 건 진짜 울타리가 아니에요.」 루시가 웃으면서 말했다.

「아 그래? 비유였구나.」

그녀는 평온하게 뒤로 기댔다. 세실은 루시가 왜 재미있어 하는지 알 수 없었다.

「그렇다면 두 사람이 말하는 그 〈울타리〉가 없는 한 사람을 알려 주지. 바로 비브 목사님이야.」 그녀가 말했다.

「울타리가 없는 목사라면 방책도 없겠군요.」

루시는 사람들의 말을 빨리 알아듣지는 못했지만, 그 말을 하는 의도만은 금세 감지했다. 이번에도 세실이 말하는 경구는 몰라도, 거기에 담긴 감정만은 놓치지 않았다.

「비브 목사님을 싫어하세요?」 루시가 차분하게 물었다.

「그런 말은 하지 않았습니다! 그분은 물론 평균적인 수준을 훨씬 뛰어넘는 분이라고 생각해요. 제가 부정한 건 그저…….」

그는 다시 한 번 울타리 이야기로 돌아갔고, 그 솜씨는 매우 훌륭했다.

「내가 싫어하는 종류의 성직자는요…….」 루시는 세실에게 공감을 표시하고 싶은 마음에 입을 열었다. 「울타리가 있는 성직자예요. 그중에서도 가장 싫은 건 이거 목사예요. 피렌체에 있는 국교회 주재 목사 말이에요. 그 사람한테는 진실성이 조금도 없어요. 태도만 잘못된 게 아니에요. 속물에다 오만함이 가득하죠. 거기다 아주 고약한 말도 했어요.」

「어떤 말들을?」

「베르톨리니 펜션에 노신사가 한 명 있었는데, 이거 목사는 그분이 자기 부인을 죽였다고 했어요.」

「정말 그랬는지도 모르죠.」

「그렇지 않아요.」

「어째서요?」

「그분은 아주 친절한 분이었거든요.」

세실은 루시의 여자 특유의 황당한 논리에 웃음을 터뜨렸다.

「저도 무슨 이야긴지 자세히 알고 싶었어요. 하지만 이거 목사는 분명한 이야기를 피하고 그냥 모호하게만 표현했어요. 그 노신사가 〈사실상〉 자기 부인을 죽였다, 하느님의 눈앞에서 죽였다, 그런 식으로요.」

「그만해라, 얘야!」 허니처치 부인이 흥미를 잃고 말했다.

「하지만 우리의 모범이 되어야 할 사람이 그런 중상모략이나 퍼뜨리고 다닌다는 게 너무 기가 막히지 않아요? 사람들이 그 노신사를 따돌린 것도 이거 목사님 탓이 가장 컸다고 생각해요. 사람들은 다 그분이 교양 없다고 생각한다고요. 실제로는 전혀 그렇지 않은데 말이에요!」

「안됐구나! 그 노신사 이름이 뭐였니?」

「해리스요.」 루시가 둘러댔다.

「그 해리스 부인[15]이 아니었기를 바라자꾸나.」

허니처치 부인이 말하자, 그 말에 담긴 의미를 이해한 세실이 고개를 끄덕이고 물었다.

「이거 목사님은 교양 있는 분 아닌가요?」

「모르겠어요. 저는 그 사람이 싫어요. 그 사람이 조토에 대해 강연하는 것도 들었어요. 너무 싫어요. 옹졸한 천성은 어떻

---

15 찰스 디킨스의 소설 『마틴 처즐윗』에서 갬프 부인이 만들어 낸 가공 인물.

게 해도 드러나는 법이에요. 정말 싫어요!」

「얘야, 진정해라! 귀청 떨어지겠다. 왜 그렇게 소리를 지르니? 두 사람 다 성직자들 욕은 이제 그만해.」 허니처치 부인이 말했다.

그는 미소 지었다. 이거 목사에 대한 루시의 격렬한 비난은 무언가 어울리지 않았다. 시스티나 예배당 천장에 갑자기 레오나르도 다 빈치의 그림이 나타난 것 같았다. 그는 그녀의 자리는 그곳이 아니라는 걸 알려 주고 싶었다. 여자의 힘과 매력은 신비로움에 있지, 맹렬한 성토에 있지 않았다. 하지만 그런 성토는 생기의 징표가 될 수 있었다. 그것은 그녀의 아름다움을 어그러뜨렸지만, 그녀가 살아 있음을 보여 주는 것이기도 했다. 잠시 후 그는 그녀의 상기된 얼굴과 열띤 몸짓을 흐뭇하게 바라보았다. 그리고 이런 젊음의 원천을 누르지 않기로 마음먹었다.

자연이 사방에 펼쳐져 있었고, 그는 이보다 간편한 주제는 없다고 생각했다. 그는 솔숲을 찬양하고, 양치식물 무성한 물웅덩이들, 산앵두나무 덤불을 수놓은 진홍빛 이파리들, 그 사이를 지나는 도로의 실용적 아름다움을 찬양했다. 하지만 야외가 익숙한 사람이 아니다 보니, 그는 때때로 단순한 사실들에서 실수를 했다. 그가 낙엽송이 사철 푸르다는 이야기를 하자 허니처치 부인의 입이 살짝 비틀어졌다.

「저는 참 복이 많은 사람입니다.」 그가 결론을 내렸다. 「런던에 있을 때는 런던을 떠나서는 못 살 것 같은 생각이 듭니다. 그런데 시골에 와보니 역시 똑같은 생각이 드는군요. 어쨌거나 새와 나무와 하늘은 우리 인생에서 누릴 수 있는 가장 멋진 것들이고, 그와 더불어 사는 사람들도 가장 훌륭한 분들이라고 믿습니다. 물론 열에 아홉은 그런 사실을 전혀 인식하지 못한다는 게 문제지만요. 시골 신사도 시골 노동자도 이런저런 의미로 다 우울함을 안겨 주는 상대들입니다. 어쨌거나 그런 사람들은 우리 도시 사람들은 모르는 대자연의 손길과 무언의 공감을 나누고 있을지도 모르지요. 허니처치 부인도 그런 걸 느끼십니까?」

허니처치 부인은 깜짝 놀라서 웃음 지었다. 그녀는 세실의 말을 듣고 있지 않았다. 마차의 좁은 앞자리에 약간 짓눌린 상태로 앉아 있던 세실은 다시는 재미있는 이야기를 않겠다고 다짐했다.

루시도 그의 말을 듣지 않기는 마찬가지였다. 그녀의 주름진 이마를 보건대, 아직도 분노가 풀리지 않은 듯했다. 갑자기 도덕성 훈련을 지나치게 한 탓이라고 그는 결론을 내렸다. 그로서는 그녀가 8월 숲의 아름다움을 이토록 깨닫지 못하는 게 안타까웠다.

「〈내려와요, 아가씨, 높디높은 그 산에서.〉」

그는 시를 읊으며 자신의 무릎으로 루시의 무릎을 건드렸다. 루시는 다시 얼굴을 붉히고 물었다. 「산이라고요?」

내려와요, 아가씨, 높디높은 그 산에서
거기 무슨 즐거움이 있나요? (양치기가 노래했네)
높고 장대한 산들 속에.

「어머님의 말씀을 받들어서 우리 둘 다 이제 성직자들을 그만 미워합시다. 여기가 어딥니까?」

「서머 스트리트죠, 물론.」 루시가 정신을 차리고 대답했다.

숲이 열리면서 세모꼴의 경사진 초지가 나타났다. 초지의 두 면에는 작고 예쁜 별장식 주택들이 늘어서 있고, 나머지 한 면에는 단순하지만 돈을 들인 티가 역력한 석조 교회 건물이 멋진 지붕널로 덮인 첨탑을 자랑하며 서 있었다. 비브 목사의 관저도 교회 근처에 있었다. 목사관의 높이는 주변의 다른 집들보다 그다지 높지 않았다. 가까운 곳에 대저택들도 있었지만, 그런 집들은 숲 속에 숨어 있었다. 전체적인 풍광이 유한계급의 성지이자 중심지라기보다는 스위스 알프스 산의 한 자락 같았다. 이 풍경을 망가뜨리는 것이 하나 있었으니, 그것은 바로 두 가구 연립형 빌라였다. 바로 이 집들이 세실의 약혼과 중요도를 겨루었던 장본(張本)으로, 그가 루시를 얻던 그날 오후에 해리 오트웨이 경이 매입했다.

두 가구 가운데 한 채의 이름은 〈시시〉였고, 다른 한 채는 〈앨버트〉였다. 이 이름들은 정원 출입문에 고딕체로 새겨졌을 뿐 아니라, 현관 입구에도 아치의 반원꼴을 따라서 블록체로 박혀 있었다. 앨버트에는 사람이 살았다. 옹색한 정원에는 제라늄과 로벨리아, 그리고 윤을 낸 조개껍데기들이 반짝거렸다. 앨버트의 작은 창문들은 노팅엄 레이스로 깨끗하게 덮여 있었다. 시시는 세를 놓을 예정이었다. 도킹 부동산 회사에서 울타리에 기대 세워 놓은 세 개의 광고판이 그리 놀랍지 않은 내용을 전달하고 있었다. 시시의 안마당은 이미 잡초가 우거져 있었다. 손수건만한 잔디밭에는 노란 민들레가 가득했다.

「이곳도 엉망이 됐어!」 모녀가 반사적으로 소리쳤다.

「서머 스트리트도 이제 예전 같지 않을 거야.」

마차가 지나가는데, 시시의 문이 열리더니 신사 한 명이 나왔다.

「멈추게!」 허니처치 부인이 양산으로 마부를 건드리며 소리쳤다.

「저기 해리 경이 나오네. 이제 이야기 좀 들어 보자. 해리 경, 저것들을 당장 허물어 버려요!」

해리 오트웨이 경이 ─ 이 사람에 대해서는 그렇게 자세한 설명이 필요 없다 — 마차로 다가와서 말했다.

「허니처치 부인, 저도 그러려고 했습니다. 하지만 그럴 수가 없어요. 플랙 할머니를 내보낼 수가 없는걸요.」

「그러니까 하는 말이에요. 그 할머니는 계약서에 서명하기 전에 미리 나갔어야죠. 아직도 자기 조카가 주인이었을 때처럼 집세도 안 내나요?」

「제가 어떻게 하겠습니까? 나이도 많은 데다 경우도 없고 침대에만 누워 지내는걸요.」 해리 경이 목소리를 낮추었다.

「내보내세요.」 세실이 잘라 말했다.

해리 경은 한숨을 쉬고 두 채의 빌라를 안타깝게 바라보았다. 많은 사람이 사전에 그에게 플랙 씨의 의도에 대해 주의를 주었고, 그들의 말을 들었으면 공사가 시작되기 전에 미리 땅을 살 수도 있었을 것이다. 하지만 그는 그런 말에 신경 쓰지 않고 미적거렸다. 그는 오랜 세월 동안 서머 스트리트에 너무도 익숙하게 지냈기 때문에 그게 망가진다는 걸 상상하지 못했다. 플랙 씨의 부인이 주춧돌을 놓고, 붉은색과 크림색의 도깨비 같은 벽돌들이 한 줄 두 줄 오르기 시작했을 때야 그는 사태의 심각성을 깨달았다. 그는 지역의 건축업자인 플랙 씨를 불렀다. 합리적이면서도 공손한 플랙 씨는 기와를 사용하면 당연히 지붕의 예술성이 높아지겠지만, 슬레이트가 돈이 덜 든다는 사실을 지적했다. 대신에 자신은 전면에 약간의 장식을 더하고 싶다며, 내닫이창 틀에 거머리처럼 달라붙을 코린트식 기둥을 차별화시키는 쪽을 택했다고 했다. 해리 경은 기둥이란 장식성도 좋지만 구조적으로 튼튼해야 한다고 말했다. 플랙 씨는 기둥은 이미 주문이 끝났다고 대답하면서 〈기둥머리가 전부 달라요. 하나는 용들이 나뭇잎에 감싸인 모습이고, 또 하나는 이오니아식에 가깝고, 또 하나는 제 아내 이름의 머리글자를 담고 있지요. 제각각 다 다릅니다〉라고 덧붙였다. 그도 러스킨을 읽었기 때문이다. 그는 빌라 두 채를 자기 하고 싶은 대로 지었다. 그리고 그 가운데 한 채에 꼼짝하지 않는 숙모를 집어넣은 뒤에야 해리 경이 그 집을 산 것이다.

이런 황당하고 손해 막심한 계약 때문에 해리 경은 슬픔 가득한 표정으로 허니처치 부인의 마차에 몸을 기댔다. 그는 자신의 시골 마을을 보존할 의무를 다하지 못했고, 시골 마을도 그를 비웃었다. 돈은 돈대로 쓰고, 서머 스트리트는 전에 없이 망가졌다. 그가 지금 할 수 있는 일은 시시를 바람직한 임차인에게 세놓는 것뿐이었다. 정말로 바람직한 누군가에게.

「임대료가 어이없을 만큼 싸지요. 게다가 저는 야박한 주인도 아닙니다. 하지만 집의 크기가 좀 어설픈 게 문제예요. 농민들에게는 너무 크고, 우리 같은 사람들한테는 너무 작거든요.」 그가 말했다.

세실은 빌라를 경멸해야 할지, 아니면 그걸 경멸하는 해리 경을 경멸해야 할지 망설였다. 두 번째 길이 더 유망해 보였다.

「그렇다면 당장 세입자를 구하셔야겠네요. 은행원에게는 천국 같은 집이겠는데요.」 그가 비꼬아서 말했다.

「맞습니다! 내 걱정이 바로 그거예요. 바이스 씨. 이 집은 엉뚱한 사람들한테 관심을 끌 것 같아요. 철도라는 괴물이 이렇게 발전했으니, 요즘 같은 자전거 세상에 기차역에서 5마일은 아무것도 아니지요.」 해리 경이 흥분해서 소리쳤다.

「그래도 아주 튼튼한 은행원이어야겠네요.」 루시가 말했다.

중세적 짓궂음이 가득한 세실은 중하층 사람들의 체격이 경이적인 속도로 발전하고 있다고 대꾸했다. 그녀는 그가 아무 잘못 없는 이웃들을 비웃는 일을 막아야겠다고 생각했다.

「해리 경! 좋은 생각이 났는데요. 독신 할머니들은 어떤가요?」

「루시, 그렇게 된다면야 최고지. 그런 사람들을 알고 있나?」

「네, 외국에서 만났어요.」

「점잖은 사람들인가?」 그가 조심스럽게 물었다.

「네, 하지만 지금은 집이 없어요. 지난주에 소식을 들었거든요. 테리사 앨런과 캐서린 앨런 자매예요. 빈말 아니고요. 딱 맞는 분들일 것 같아요. 비브 목사님도 그분들을 아세요. 제가 연락해서 편지 한번 드리라고 할까요?」

「그렇게 해주면 좋지!」 그가 소리쳤다. 「이렇게 해서 문제가 풀리는군. 정말로 기쁜 일이야. 추가 편의……. 그분들한테 내가 추가 편의를 제공할 거라고 말씀드려 줘. 매매 중개료가 필요 없어지니까. 망할 부동산업자들 같으니라고! 거기서 보낸 사람들은 다 얼마나 끔찍했는지 몰라. 한 여자는 내가 편지를 보내서 — 편지도 얼마나 요령 있게 썼는데 — 사회적 지위를 물어보니까 임대료를 미리 주겠다고 답장을 하더군. 누가 그런 걸 신경 쓰나? 그리고 내가 파악한 몇 가지 근거들을 보니까 영 아니올시다였어. 사기꾼이든지 아니면 별로 존경받을 만한 계층이 아닌 것 같았다고. 그런 속임수를 쓰다니! 지난주에는 인생의 어두운 면을 아주 많이 봤지. 앞날이 창창한 사람들이 속임수를 쓰더라 이거야! 루시, 속임수를 썼어!」

그녀는 고개를 끄덕였다.

「제가 드릴 말씀은 루시하고 그 할머니 처녀들하고는 연결 짓지 말아 달라는 거예요.」 허니처치 부인이 끼어들었다. 「저는 그런 유형의 사람들을 알아요. 좋은 시절은 다 지나가고, 낡은 가구들이나 끌고 와서 온 집안을 퀴퀴하게 만드는 사람들은 만나고 싶지 않군요. 슬픈 일이지만, 저라면 끝이 가까운 사람보다는 장래가 있는 사람들에게 세를 놓고 싶을 것 같습니다.」

「저도 이해합니다. 하지만 말씀하신 대로 슬픈 일이죠.」 해리 경이 말했다.

「앨런 자매 분은 그런 분들이 아니에요!」 루시가 소리쳤다.
「그런 분들입니다! 만난 적은 없지만, 제 생각에는 이곳에 도저히 어울리지 않는 분들 같군요.」 세실이 이어 말했다.
「저 사람 말 듣지 마세요……. 저이는 사람을 피곤하게 해요.」
「피곤하게 만든 건 나지. 젊은 사람들 앞에서 내 문제를 주절거리면 안 되는데 말이야. 하지만 정말로 걱정이 되었어. 집사람은 나더러 조심 또 조심하라고 노래를 부르고. 그야 물론 당연한 말이지만, 별로 도움은 안 되더군.」
「그러면 제가 앨런 자매 분에게 편지를 쓸까요?」
「그래 주면 고맙지!」
하지만 허니처치 부인이 소리치자 그의 눈빛이 흔들렸다.
「안 좋아요! 그 할머니들은 카나리아를 키울 게 분명해요. 해리 경, 카나리아는 안 좋아요. 새장 밖으로 씨앗을 뱉어 낸다니까요. 그러면 집에 쥐가 들죠. 여자들은 안 좋아요! 남자로 하세요.」
「그게 참…….」 그는 점잖게 말했지만, 허니처치 부인의 말에 일리가 있다는 걸 알았다.
「남자들은 찻잔을 앞에 놓고 수다 떨지 않아요. 술에 취하면 그뿐……. 자리에 누워서 잠들면 끝이에요. 때로 저속해지기는 하지만, 어떻게든 그걸 밖으로 드러내지는 않아요. 남자들 이야기는 그래서 안 퍼지는 거라고요. 남자한테 세줘요. 물론 깨끗한 사람한테 말이죠.」
해리 경은 얼굴이 붉어졌다. 그에게도 세실에게도 남자에 대한 이렇게 노골적인 칭찬이 그리 즐겁지 않았다. 더러운 부류의 남자가 제외되었다는 사실도 별로 도움이 되지 않았다. 그는 허니처치 부인에게 시간이 있으면 마차에서 내려서 시시를 한번 둘러보라고 권했다. 그녀는 기뻐했다. 천성으로 보면 그녀는 가난한 게 어울렸고, 집도 그 정도 크기가 맞았다.

게다가 그녀는 집안 꾸미기를 좋아했고, 아담한 집일수록 더 좋아했다.

루시가 어머니를 따라 내려가려고 하자 세실이 루시를 잡았다.

「허니처치 부인, 저희 둘이 따로 집까지 걸어가면 어떨까요?」
「좋지!」 허니처치 부인이 흔쾌히 동의했다.

해리 경도 두 사람과 헤어지는 게 더없이 기쁜 것 같았다. 그는 다 안다는 듯한 웃음을 지으며 말했다.

「아하! 젊은 사람들이 그렇지. 그래, 젊은 사람들 말이야!」

그리고 집 문을 열어 주러 서둘러 갔다.

「천박한 사람 같으니라고!」 아직 말소리가 들릴 만한 거리에서 세실이 소리쳤다.

「아, 세실!」

「참을 수 없습니다. 저런 사람을 혐오하지 않는다면 그게 잘못이에요.」

「별로 똑똑하지는 않지만, 그래도 좋은 사람이에요.」

「아니에요, 루시. 저 사람은 시골 생활의 나쁜 점을 대표적으로 보여 준다고 할 수 있어요. 런던에서라면 저런 사람은 제 분수를 지킬지도 모릅니다. 멍청한 친목 클럽에 다니고, 마누라는 멍청한 디너 파티를 열겠죠. 하지만 여기서는 작은 신이라도 된 것처럼 상류층의 유력자로 행세하면서, 허튼 미의식으로 모든 사람들을 끌어들이잖아요. 허니처치 부인마저도요.」

「당신 말이 모두 옳아요.」 루시는 그렇게 말했지만, 속으로는 맥이 빠졌다. 「하지만 저는 그게 그렇게 중요한 건지는 잘 모르겠어요.」

「대단히 중요합니다. 해리 경은 원유회의 상징 같은 인물이에요. 정말 생각할수록 기분 상하는군요! 저 빌라에는 아주 천박한 사람이 들어갔으면 좋겠어요. 여자면 더 좋고요. 너무나 천박해서 해리 경도 단박에 알아챌 만한 그런 사람요. 상류층이라고! 기가 막혀서! 대머리에 턱은 없다시피 하면서! 하지만 이제 그만둡시다.」

루시도 기꺼이 그만두기를 원했다. 세실이 해리 오트웨이 경이나 비브 목사 같은 사람을 싫어한다면, 그녀에게 정말 소중한 사람들이 그 혐오의 그물을 벗어난다는 보장이 어디에 있을까? 예를 들어 프레디가 있다. 프레디는 똑똑하지도 섬세하지도 아름답지도 않다. 그러니 세상 그 무엇이 세실의 입에서 〈프레디를 혐오하지 않는다면 그게 잘못이에요〉라는 말이 나오지 않게 할 수 있을 것인가? 그런 말을 들으면 그녀는 뭐라고 답할 것인가? 프레디 이상은 더 생각하지 않았지만, 그것만으로도 루시는 충분히 불안해졌다. 그녀는 그저 세실과 프레디가 이제 서로를 안 지 좀 됐고 그동안 별문제 없이 잘 지냈다는 걸로 마음을 달래야 했다. 물론 지난 며칠 동안은 예외였지만, 그건 일종의 사고라고 해야 했다.

「어느 쪽으로 갈까요?」 루시가 물었다.

자연이 사방에 펼쳐져 있었고, 그녀는 이보다 간편한 주제는 없다고 생각했다. 서머 스트리트는 숲 안쪽 깊은 곳에 있었고, 그녀는 큰길에서 작은 샛길이 갈라진 지점에 멈추어 섰다.

「길이 두 개입니까?」

「큰길로 가는 게 좋겠죠? 우리 둘 다 말끔한 옷차림이니까.」

「저는 숲으로 가는 게 좋을 것 같군요.」 세실이 말했다. 그 목소리에는 그녀가 오후 내내 그에게서 느꼈던 조용한 짜증이 배어 있었다.

「루시, 당신은 왜 늘 큰길만을 이야기하죠? 약혼한 뒤로 당신이 나와 함께 들이나 숲에 나온 적이 한 번도 없다는 걸 압니까?」

「그랬나요? 그러면 숲으로 가요.」 루시는 그의 갑작스러운 태도에 놀랐지만, 그가 나중에 설명해 줄 거라고 생각했다. 자신의 말에 대해 의문을 남겨 두는 건 그의 방식이 아니었다.

그녀가 바스락거리는 솔숲으로 앞장서서 걸어 들어가자, 아니나 다를까 그는 10여 미터도 가기 전에 자신이 한 말을 설명했다.

「내 생각인데요……. 잘못된 생각인지도 모르지만…… 당신은 나하고 방에 함께 있는 걸 더 편안해하는 것 같습니다.」

「방이라고요?」 루시는 무슨 말인지 감을 잡지 못하고 물었다.

「네, 아니면 정원이라든가 큰길이라든가 하는 곳 말이에요. 지금 이곳 같은 진짜 시골 말고요.」

「세실, 무슨 말인지 모르겠어요. 나는 그런 생각을 한 적이 한 번도 없어요. 당신은 내가 무슨 시인이라도 된 것처럼 말하네요.」

「시인이 아닐 것도 없습니다. 나는 당신을 보면 어떤 전망이 떠올라요. 특정한 종류의 전망이 말이에요. 당신이 나를 보고 방을 떠올린다고 그게 잘못된 건 아니지요.」

그녀는 잠시 생각해 보고 나서 웃으면서 말했다.

「어떻게 그렇게 잘 알죠? 정말 그래요. 아무래도 제가 시인 인가 보네요. 당신을 생각하면 배경은 언제나 방 안이에요. 재미있는 일이네요!」

그런데 놀랍게도 그는 기분이 상한 것 같았다.

「응접실입니까? 바깥 전망이 보이지 않는?」

「네, 전망이 없는 방이에요. 그게 뭐 문제인가요?」

「나는 당신이 나를 생각할 때 이런 넓은 야외를 떠올렸으면 좋겠어요.」 그가 질책하듯이 말했다.

「세실, 무슨 말인지 정말 모르겠어요.」 그녀가 다시 물었다.

설명은 주어지지 않았고, 그녀는 자신처럼 어린 여자한테는 너무 어려운 문제라고 생각해서 더 이상 따지고 들지 않았다. 그리고 그를 데리고 숲으로 계속 들어가면서, 이따금 나무들이 아름답거나 친숙한 모양을 이룬 자리들에 잠깐씩 멈추어 섰다. 서머 스트리트와 윈디 코너 사이의 이 숲길은 그녀가 걸음마를 뗀 뒤로 지금까지 수도 없이 다닌 길이다. 프레디가 아직 얼굴 붉은 아기였을 때 여기서 놀다가 프레디를 잃어버린 일도 있었다. 지금 그녀는 이탈리아까지 다녀왔지만 이 숲의 매력은 조금도 변하지 않았다.

곧이어 소나무에 둘러싸인 작은 빈터가 나왔다. 작고 풀빛에 덮여 있다는 차이는 있었지만, 그들에게는 또 하나의 알프스라고 할 만했다. 이 알프스는 고요했고 가운데 작은 물웅덩이를 품고 있었다.

그녀가 소리쳤다. 「신성한 호수예요!」

「저걸 왜 그렇게 부릅니까?」

「이유는 잊었어요. 책에 나오는 이름이었던 것 같아요. 지금은 그냥 물웅덩이일 뿐이지만, 밑에 물이 흐르는 거 보이죠? 비가 많이 내리면 그 물이 한꺼번에 빠져나가지 못해서 웅덩이가 제법 커지고 또 멋있어져요. 그럴 때마다 프레디가 여기서 목욕을 하곤 했죠. 프레디는 지금도 여기를 아주 좋아해요.」

「당신은?」

세실이 물어본 건 〈당신도 여기를 좋아하나요?〉였다. 하지만 그녀는 꿈꾸는 듯한 표정으로 대답했다.

「저도 여기서 목욕했어요. 그러다가 어른들한테 들켰죠. 한바탕 난리가 났고 그다음부터는 못했어요.」

다른 때였다면 세실은 경악을 금치 못했을 것이다. 그에게 품위란 너무도 중요한 것이었기 때문이다. 하지만 신선한 공기의 매력에 사로잡힌 지금은 그녀의 그런 단순함도 마음에 들었다. 그는 웅덩이 옆에 서 있는 그녀를 바라보았다. 그녀의 말마따나 말끔한 옷차림이었고, 그 모습은 이파리도 없이 초록의 세상에 불쑥 피어난 눈부신 꽃과도 같았다.

「누구한테 들켰나요?」

「샬럿요. 그때 저희 집에 와 있었거든요. 샬럿…… 샬럿이었어요.」

「불쌍한 여자!」

그녀가 희미하게 웃었다. 그가 지금껏 가슴에 품고 고심하던 계획을 이제 실행할 수 있을 것 같았다.

「루시!」

「네, 이제 가야겠네요.」 루시의 대답이었다.

「루시, 지금까지 한 번도 부탁하지 않았던 걸 부탁하고 싶어요.」

그 목소리에 담긴 진지함 때문에 그녀는 스스럼없이 멈춰서서 다정하게 돌아섰다.

「뭔가요, 세실?」

「지금까지 한 번도…… 당신이 내 청혼을 받아들인 날 잔디밭에서도…….」

그는 자의식에 사로잡혀 혹시 보는 눈은 없는지 자꾸 주변을 둘러보았다. 용기는 눈 녹듯 사라졌다.

「네?」

「지금까지 한 번도 당신에게 키스하지 못했습니다.」

진홍빛으로 물든 그녀의 얼굴은 그의 표현이 섬세함과 거리가 멀었음을 말해 주는 듯했다.

「하지만…… 이제 당신은 그보다도…….」 그녀는 말을 더듬었다.

「그래서 부탁해요……. 해도 될까요?」

「물론이에요, 세실. 진작 했어도 좋았을 거예요. 내가 먼저

나설 수는 없잖아요.」

이 지고의 순간에 그가 느낀 것은 어색함뿐이었다. 그녀의 대답은 부적절했다. 그녀는 몹시 의무적인 태도로 베일을 들어올렸다. 그녀에게 다가갈 때 그에게는 그만두고 싶다는 생각마저 들었다. 그녀를 끌어안는 순간 그의 금테 코안경이 떨어져서 두 사람 사이에 납작하게 끼었다.

포옹은 그렇게 끝났다. 그는 실패한 포옹이라 생각했고, 그것은 사실이었다. 열정이란 저항할 수 없는 것이어야 한다. 예의범절이라든가 심사숙고라든가 그 밖에 교양이라는 이름의 각종 족쇄를 잊는 것이어야 한다. 무엇보다 그것은 통행권이 있는 곳에서 허락을 구하지 않는 것이어야 한다. 그는 왜 노동자나 인부들처럼, 아니 판매대 앞의 상점 점원들만큼이라도 하지 못하는 걸까? 그는 방금 전의 장면을 고쳐 썼다. 루시가 물가에 꽃처럼 서 있었다. 그가 달려들어 끌어안았다. 그녀는 그를 비난했지만 곧 받아들였고, 그 후로 내내 그의 남자다움을 존경했다. 여자가 남자를 존경하는 건 남자다움 때문이라는 게 그의 믿음이었다.

이 한 번의 포옹 이후 그들은 침묵 속에 물가를 떠났다. 그는 그녀가 마음속의 가장 내밀한 생각을 전해 주기를 기다렸다. 마침내 그녀가 이런 상황에 어울리는 무거운 태도로 입을 열었다.

「진짜 이름은 에머슨이에요. 해리스가 아니라.」
「무슨 이름 말입니까?」
「그 노신사 말이에요.」
「어떤 노신사요?」
「아까 말씀드린 노신사요. 이거 목사가 못되게 굴었다는.」

이것이 그들이 나눈 대화 가운데 가장 내밀한 대화였음을 그는 알지 못했다.

제10장
유머가 가득한 세실

세실이 루시를 구해 내고자 한 사교계는 그리 품위 있는 곳은 아니었지만, 그녀의 선조들이 물려준 것보다는 품위 있는 곳이었다. 성공한 지방 법률가였던 아버지는 그 지역이 개발될 때 투기 목적으로 윈디 코너를 지었다가, 스스로의 창조물을 몹시 사랑한 나머지 자신이 직접 살기로 했다. 결혼 후 얼마 지나지 않아 지역 분위기가 달라지기 시작했다. 가파른 남쪽 경사면 윗자락에 집들이 들어섰고, 그 뒤편 솔숲에도, 북쪽의 백악층 구릉지에도 집들이 계속 지어졌다. 이런 집들은 대부분 윈디 코너보다 규모가 컸고, 집 주인들도 인근 주민이 아니라 런던에서 온 사람들이었는데, 이들은 허니처치가를 토착 귀족의 후손쯤으로 여겼다. 그는 이런 일에 기겁했지만, 그의 아내는 이 일을 자부심도 수치심도 없이 있는 그대로 받아들였다. 〈사람들이 무슨 생각을 하는지는 몰라요. 하지만 우리 아이들한테는 커다란 행운이 될 거예요〉라는 게 그녀의 말이었다.

그녀는 열심히 다른 집을 방문했다. 그러면 사람들은 기뻐하며 답방을 했다. 그녀가 자신들과 똑같은 출신이 아니라는 걸 알았을 때는 이미 친분이 두터워져서 그런 것은 문제가 되지 않았다. 허니처치 씨는 가족들을 자기 역량이 허락하는 최고의 사교계에 뿌리박아 놓았다는 데 만족하며 죽었다. 그것은 정직한 변호사라면 누구도 경멸하기 어려운 성취였다.

역량이 허락하는 최고의 사교계. 이주자들의 다수는 무미건조한 사람들이었고, 루시는 이탈리아에서 돌아온 뒤 그것을 더욱 뚜렷하게 느꼈다. 이제껏 그녀는 그들이 지닌 가치관을 아무 의심 없이 받아들였다. 그들의 너그러운 풍요로움, 폭발성 없는 종교, 종이 가방과 오렌지 껍질과 깨진 병에 대한 혐오 같은 것들을. 철두철미한 급진주의자로서 그녀는 전형적인 런던 교외 거주자들의 어법을 배웠다. 그녀가 생각하는 인생은 부유하고 유쾌하며 취미도 적(敵)도 공유하는 사람들의 테두리 안에서 벌어지는 일이었다. 사람은 그 테두리 안에서 결혼하고 죽는다고 생각했다. 그 바깥은 가난과 천박함의 세계로, 런던 안개가 솔숲으로 들어오려고 기를 쓰듯이 북쪽 언덕의 틈새를 통해 이 세계로 침입하려고 애를 썼다. 하지만 이탈리아에서 평등이란 것은 원하기만 하면 누구나 누릴 수 있는 햇빛 같은 것이었고, 그곳에서 지내는 동안 인생에 대한 기존의 관점은 사라졌다. 그녀의 인식은 확장되었다. 그녀는 절대로 좋아할 수 없는 사람이란 없다는 것과 사회적 장벽이란 없앨 수는 없지만 그 높이가 그렇게 대단하지도 않다는 걸 느꼈다. 그 장벽을 뛰어넘는 것은 아펜니노 산맥에서 올리브를 키우는 농부의 밭으로 뛰어드는 일만큼이나 간단하다. 그러면 농부는 우리를 반겨 맞을 것이다. 그녀는 전과는 다른 눈을 가지고 돌아왔다.

세실도 달라져서 돌아왔다. 하지만 이탈리아는 그에게 관대함 대신 초조함을 키워 주었다. 그는 이 지역의 사교계가 협소하다는 걸 알았다. 하지만 그는 〈그게 그렇게 중요합니까?〉라고 묻는 대신 반발하는 쪽을 택했으며, 그가 넓다고 생각하는 사교계로 대체하려고 노력했다. 그가 깨닫지 못한 것은 루시가 시의적절하게 분위기를 온화하게 만드는 작은 예의들을 통해서 이런 환경을 신성하게 만든다는 점과 루시 또한 그런 단점들을 똑똑히 알지만 마음으로는 그것을 완전히 경멸하지 않는다는 점이었다. 그는 더욱 중요한 것도 깨닫지 못했다. 그녀가 이 사교계에 어울릴 수 없을 만큼 뛰어난 존재라면, 그녀에게 어울릴 사교계는 이 세상에 없고, 그녀를 만족시킬 것은 오직 개인적 관계뿐이라는 점이었다. 그녀는 반항적이었지만, 그것은 그가 이해하는 종류의 반항은 아니었다. 그녀의 반항은 더 넓은 삶의 공간을 원하는 게 아니라 사랑하는 남자와 평등을 이루고자 하는 반항이었다. 이탈리아는 그녀에게 더할 수 없이 소중한 재산을 안겨 주었고, 그것은 바로 그녀의 영혼이었다.

비브 목사의 조카딸인 열세 살 소녀 미니 비브와 함께 범블퍼피를 한다. 유서 깊고 우아한 놀이인 범블퍼피를 하려면 테니스공을 하늘 높이 쳐올려야 한다. 공들은 그물을 넘어가서 되튀어 오른다. 어떤 공은 허니처치 부인에게 맞았고, 어떤 공들은 사라졌다. 말이 뒤죽박죽 엉켰지만, 그것이 오히려 루시의 심리 상태를 잘 표현했다. 그녀는 게임을 하면서 비브 목사와 대화를 나누고 있었기 때문이다.

「정말 생각만큼 쉽지가 않더군요. 처음에는 그 사람이, 다음에는 그분들이……. 아무도 자기가 뭘 원하는지 몰라요, 모두가 피곤하게만 굴어요.」

「하지만 그분들은 올 겁니다. 며칠 전에 제가 테리사 앨런 여사에게 편지를 썼습니다. 앨런 여사가 푸줏간 사람들이 얼마나 자주 들르느냐고 물었거든요. 제가 한 달에 한 번 정도라고 답했더니, 그게 마음에 들었던 모양입니다. 오기로 결정했답니다. 오늘 아침에 들은 소식이에요.」 비브 목사가 말했다.

「나는 그 앨런 자매라는 할머니들이 싫어요!」 허니처치 부인이 소리쳤다. 「늙고 멍청하다는 이유만으로 날마다 〈정말 좋네요〉 하고 비위를 맞춰 줘야 하다니! 그 할머니들이 〈만약 어쩌고저쩌고〉 하는 것도 싫고 〈하지만 어쩌고저쩌고〉 하는 것도 싫고 〈그리고 어쩌고저쩌고〉 하는 것도 싫어요. 불쌍한 루시, 공연히 가운데 끼어서 — 이런, 제대로 쳐야지 — 허깨비처럼 여위고 말았어요.」

비브 목사는 그 허깨비가 팡팡 뛰면서 테니스 코트 위에서 소리를 지르는 걸 지켜보았다. 세실은 없었다. 그는 여기서 범블퍼피를 한 적이 없었다.

「만약 그 할머니들이 온다면…… 아냐, 미니, 〈새턴〉은 안 돼.」 새턴은 겉가죽 일부를 꿰매지 않은 테니스공이다. 그래서 하늘로 날아오르면 동그란 궤도를 이루어서 움직인다. 「만약 그 할머니들이 온다면 해리 경은 29일이 되기 전에 짐을 들어오게 할 테고, 천장에 백색 도료를 칠한다는 항목을 지울 거예요. 그 할머니들은 그게 불안해서 싫대요. 대신 평범한 소모품 관련 조항을 넣겠죠……. 그건 별로 중요하지 않아요. 새턴은 안 된다고 그랬지.」

「새턴으로 범블퍼피 해도 아무 문제 없어요. 미니, 우리 어머니 말 듣지 마.」 프레디가 끼어들었다.

「새턴은 튀지를 않잖아.」

「새턴도 잘 튀어요.」

「안 튄다니까.」

「〈아름다운 하얀 악마〉보다는 잘 튀어요.」

「조용히 해라.」 허니처치 부인이 말했다.

「하지만 누나를 봐요. 새턴에 대해 불평하면서 항상 아름다운 하얀 악마만 들고서 치려고 하잖아요. 그래, 미니, 가서 루시 언니를 혼내줘. 라켓으로 정강이를 후려쳐. 정강이를 후

려치라고!」

루시가 쓰러졌다. 아름다운 하얀 악마가 손에서 굴러 나왔다.

비브 목사가 공을 주워 들고 말했다. 「이 공의 본래 이름은 비토리아 코롬보나입니다.」 하지만 아무도 그의 지적에 귀를 기울이지 않았다.

프레디는 어린 여자들을 격분시키는 데 남다른 재주가 있었고, 얌전하던 미니는 1분도 지나지 않아 꽥꽥 소리 지르며 날뛰는 아이가 되었다. 세실은 집 안에서 그 소리를 들었다. 그는 지금 재미있는 소식들이 있었지만, 다칠지도 모른다는 생각에 그걸 전해 주러 나가지 않았다. 그는 겁쟁이는 아니었고, 참아야 하는 고통이라면 누구 못지않게 잘 참았다. 하지만 젊은이들의 육체적 폭력은 싫어했다. 아니나 다를까! 결국 울음소리가 들려왔다.

「앨런 자매 분들께 이 장면을 보여 드리고 싶군요.」

비브 목사가 말했고, 이번에는 프레디가 미니의 상처를 돌보던 루시를 번쩍 들어올렸다.

「앨런 자매라뇨?」 프레디가 헐떡거리며 물었다.

「시시 빌라의 새 세입자들이야.」

「그런 이름이 아니었는데······.」

그러다가 프레디가 미끄러지는 바람에 두 사람은 함께 풀밭 위로 쓰러졌다. 유쾌함이 흘러넘치는 가운데 잠시 동안 아무도 말이 없었다.

「무슨 이름이 아니었다는 거야?」 루시가 남동생의 머리를 무릎에 누이고 물었다.

「앨런이라는 이름이 아니었어. 해리 경네 빌라의 세입자들 말이야.」

「말도 안 돼, 프레디! 네가 뭘 안다고 그래?」

「말도 안 되는 건 누나야! 방금 전에 해리 경을 봤는걸. 나를 보더니 〈어험! 허니처치 군〉 하고 불렀다고.」 프레디의 흉내 솜씨는 변변치 않았다. 「〈어험! 어험! 드디어 구했구나. 더할 나위 없이 바람직한 세입자를 말이야.〉 그래서 내가 〈잘됐네요〉 그랬더니 내 등을 탁 쳤어.」

「맞아. 그게 앨런 자매 아냐?」

「아냐, 앤더슨이라던가 그 비슷한 이름이었어.」

「애들아, 괜한 혼란 일으킬 거 없다.」 허니처치 부인이 말했다.

「루시, 내가 언제 틀린 말 하든? 시시 빌라 일은 신경들 쓰지 마라. 내 말은 틀림없어. 내 말이 너무 맞아서 도리어 그게 불안할 정도야.」

「괜한 혼란을 일으킨 건 프레디일 뿐이에요. 사람들 이름도 모르면서 세입자가 바뀌었다잖아요.」

「생각났어. 맞아. 에머슨이야.」

「뭐라고?」

「에머슨. 내기해도 좋아.」

「해리 경은 무슨 변덕이람? 나도 그 집 일에 괜히 신경 썼던 것 같아.」 루시가 조용히 말했다.

그런 뒤 그녀는 풀밭에 누워서 구름 한 점 없는 하늘을 바라보았다. 루시에 대한 평가가 나날이 높아지는 비브 목사는 자신의 조카에게 대화 중에 사소한 문제가 발생하면 저렇게 하는 게 적절한 대처 방법이라고 속삭였다.

그러는 동안 새 세입자들의 이름을 들은 허니처치 부인이 자신의 예지력에 대한 숙고에서 깨어났다.

「에머슨이라고, 프레디? 어떤 에머슨인지는 아니?」

「그런 건 몰라요.」 프레디는 민주주의의 신봉자였다. 루시처럼 또 대부분의 젊은이처럼 그도 자연스럽게 평등사상에 이끌렸고, 에머슨가라고 해도 여러 종류가 있다는 사실은 그를 필요 이상으로 분노하게 했다.

「격에 맞는 사람들일 거라고 믿는다. 그래, 루시.」 루시는 다시 일어나 앉아 있었다. 「네가 이 어미를 속물이라고 생각하는 거 알아. 하지만 격에 맞는 사람이 있고 안 맞는 사람이 있어. 있는 걸 없는 척하는 것도 가식이야.」

「에머슨은 흔한 성이에요.」 루시가 말했다.

그녀는 옆으로 눈길을 돌렸다. 산등성이에 앉은 그녀의 눈에는 소나무로 덮인 주변의 산등성이들이 겹겹이 포개져 윌드 숲으로 내려가는 모습이 선명하게 보였다. 정원 아래쪽으로 갈수록 이런 전망은 더욱더 멋지게 펼쳐졌다.

「프레디, 내가 하려고 했던 말은 그저 그 사람들이 철학자 에머슨, 그러니까 그 골치 아픈 사람하고는 아무 상관이 없을 거라는 거였어. 그러면 만족하겠니?」

「아, 그럼요. 어머니도 만족하실 거예요. 그 사람들은 세실이랑 잘 아는 사이거든요.」 그리고 정교한 아이러니. 「어머니나 우리 시골 사람들이 아주 안전하게 방문할 수 있을 거예요.」

「세실이랑 안다고?」 루시가 소리쳤다.

「제발 좀 조신해라, 얘야. 루시, 소리를 지르면 안 돼. 요즘 너는 그런 버릇이 생겼더구나.」 어머니가 차분하게 말했다.

「하지만 세실이…….」

「세실이랑 잘 안대. 〈그리고 더할 나위 없이 바람직한 사람들이지 뭐냐. 어험! 허니처치 군, 지금 막 그 사람들한테 전보를 쳤다.〉」

그녀는 자리에서 일어섰다.

루시는 견디기 힘들었다. 비브 목사도 그런 루시를 이해했다. 앨런 자매를 내친 게 해리 오트웨이 경이라고 생각했을 때는 참을 수 있었을 것이다. 하지만 그 일에 자기 애인이 끼어들었다는 걸 알게 되었으니 소리를 지르는 것도 당연했다. 바이스 씨는 사람을 놀라게 하는 재주가 있었다. 아니 놀라게 하는 정도가 아니었다. 그는 사람들을 좌절시키는 데서 악의적인 즐거움을 누렸다. 목사는 이 모든 것을 알았기에 평소보다 더 온화한 얼굴로 허니처치 양을 바라보았다.

그래서 그녀가 〈세실이 아는 에머슨 씨? ……같은 사람일 리가 없어…… 어떻게……〉 하고 말했을 때도 목사는 조금도 이상하다고 생각하지 않고, 그걸 기회로 화제를 돌려서 루시가 평정을 되찾게 도와줘야겠다고 마음먹었다. 그래서 이렇게 화제를 돌렸다.

「피렌체에서 만난 에머슨 씨네 말씀인가요? 그럴 리가 없습니다. 그 사람들하고 바이스 씨하고는 거리가 멀고도 멀죠. 허니처치 양, 그 사람들은 참 특이했어요! 정말 독특한 사람들이었죠! 그래도 우리는 그 사람들을 좋아했어요, 그렇죠?」 그는 루시의 동의를 구했다. 「제비꽃이 가득 핀 산기슭이 있었어요. 에머슨 씨네는 거기서 제비꽃을 꺾어다가 앨런 자매의 방에 있는 꽃병들을 가득 채웠어요. 앨런 자매란 조금 전에 말한, 그러니까 시시 빌라에 들어오려다 실패한 그분들을 가리킵니다. 불쌍한 할머니들! 꽃을 보고 두 분이 얼마나 놀라고 또 기뻐했는지. 캐서린 앨런 여사는 그 이야기를 하고 하고 또 했답니다. 〈테리사는 꽃을 좋아해요.〉 이야기는 늘 그렇게 시작했죠. 방 안에 있는 꽃병이란 꽃병, 물병이란 물병마다 파란색 제비꽃이 가득했고, 이야기는 언제나 〈신사답지는 않지만 아름다운 사람들이에요. 모든 게 참 어렵네요〉로 끝났어요. 그래서 저는 피렌체의 에머슨 부자만 생각하면 제비꽃이 떠오른답니다.」

「이번에는 피아스코가 누나를 골탕 먹였네.」 프레디가 누나의 붉게 달아오른 얼굴을 보지 않고 말했다. 그녀는 평정을 되찾을 수가 없었다. 비브 목사는 그 모습을 보고 조금 전에 꺼낸 새로운 화제를 계속 이어나갔다.

「에머슨 씨네는 아버지하고 아들이었는데요, 아들은 괜찮은 친구였죠. 훌륭한 젊은이인지 아닌지는 몰라도 바보는 아니었습니다. 어쨌거나 생각하는 게 좀 어려웠어요. 염세주의 같은 데 싸여 있었거든요. 우리를 즐겁게 한 사람은 아버지였습니다. 그분은 아주 감정이 풍부했어요. 자기 부인을 죽였다는 이야기가 있기는 했습니다만.」

평소 같았으면 비브 목사가 이토록 수다를 떨 리가 없지만, 지금 그의 머릿속에는 루시를 곤란함에서 구해 주려는 의도가 가득했다. 그래서 머릿속에 떠오르는 생각들을 아무렇게나 떠들어 댔다.

「부인을 죽였다고요?」 허니처치 부인이 말했다. 「루시, 어디 가니? 범블퍼피를 계속 하지 않고. 정말 그 베르톨리니 펜션은 괴이한 곳이로군요. 부인을 죽인 사람이 둘이나 있었다는 말인가요? 도대체 샬럿은 뭐 하러 그런 곳을 고른 건지 모르겠네요. 조만간 샬럿을 여기로 한번 불러야겠어요.」

비브 목사는 또 누가 부인을 죽였는지 알 수 없었다. 그래서 허니처치 부인이 뭔가 잘못 알고 있는 것 같다고 말했다. 그러자 부인은 흥분했다. 그리고 그곳의 여행객들 가운데 똑같은 사연을 가진 사람이 또 한 사람 있었다고 확신에 차서 말했다. 그런데 그 이름이 생각나지 않았다. 이름이 뭐였더라? 아, 이름이 뭐였더라? 그녀는 이름을 생각하려고 무릎을 톡톡 두드렸다. 새커리 소설의 등장인물이랑 같았는데. 그녀는 차분하게 이마를 쳤다.

루시는 동생에게 세실이 안에 있냐고 물었다.

「가지 마!」 동생이 그렇게 소리치면서, 그녀의 발목을 잡으려고 했다.

「가야 돼. 바보같이 굴지 마. 너는 놀 때 너무 무리하는 경향이 있어.」그녀가 심각하게 말했다.

그녀가 사람들 곁을 떠날 때 〈맞아, 해리스!〉 하는 어머니의 외침 소리가 고요한 공기를 흔들었다. 루시는 자신의 거짓말이 돌이킬 수 없는 것이 되었음을 깨달았다. 무의미한 거짓말이었지만 그녀는 몹시 불안해졌고, 세실의 친구라는 에머슨 씨네가 자꾸만 정체를 알 수 없는 그 두 여행객처럼 생각되었다. 지금까지 진실은 그녀에게 자연스럽게 다가왔다. 하지만 앞으로는 좀 더 주의해야 한다는 걸 알 수 있었다. 그렇게 해서…… 더욱 철저하게 진실해질 것인가? 물론 거짓말을 해서는 안 되었다. 서둘러 정원을 빠져나가는 그녀의 얼굴은 아직도 수치심에 붉게 달아 있었다. 세실의 이야기를 들으면 안심할 수 있을 거라고 그녀는 확신했다.

「세실!」

「안녕, 루시!」 그가 흡연실 창밖으로 고개를 내밀고 말했다. 기분이 무척 좋아 보였다. 「당신이 오기를 기다리고 있었어요. 떠들썩한 소리를 다 들었지만, 여기가 더 재미있거든요. 이런 나조차도 희극의 여신에게 바칠 승리를 얻었어요. 조지 메러디스 말이 옳아요……. 희극이 존재하는 이유는 진실이 존재하는 이유하고 똑같다는 거 말이에요. 이런 나조차도 저 한심한 시시 빌라의 세입자를 찾았어요. 화내지 마요! 화내지 마요! 이야기를 다 들으면 나를 용서할 거예요.」

표정을 환히 밝힌 그는 아주 매력적이었고, 그 모습은 그녀에게 들끓는 근거 없는 불안감을 단번에 날려 버렸다.

「이야기 들었어요. 프레디가 말했어요. 세실, 정말 나빠요! 그렇다고 당신을 용서 안 할 수는 없겠지만, 내가 애쓴 게 다 헛수고가 되었잖아요! 어쨌거나 앨런 할머니들이 조금 피곤하기는 하니까, 아무래도 당신 친구들이 낫겠지요. 하지만 이렇게 사람을 놀리면 안 돼요.」 그녀가 말했다.

「내 친구라고요? 자꾸 재미있어지는군요. 이리 와봐요.」그가 웃었다.

하지만 그녀는 서 있는 자리에서 움직이지 않았다.

「내가 이 바람직한 세입자들을 어디서 만났는지 알아요? 내셔널 갤러리에서였어요. 지난주에 어머니를 뵈러 런던에 갔던 길에 들렀어요.」

「사람을 만나기에는 좀 특이한 장소로군요! 무슨 말인지 잘 모르겠어요.」 그녀는 불안한 목소리로 말했다.

「움브리아 전시실에서 만났죠. 전혀 모르던 사람들이에요. 루카 시뇨렐리 작품에 찬사를 바치고 있더군요. 물론 어설픈 찬사였지만. 어쨌거나 이야기를 나눠 봤더니 제법 재미있는 사람들이었어요. 그 사람들도 이탈리아에 다녀왔다고 하더군요.」

「하지만 세실……」

그는 흥이 나서 말을 이었다.

「이런저런 이야기를 하던 와중에 그 사람들이 시골에 작은 집을 하나 구한다는 걸 알게 됐어요. 아버지가 거기 살고, 아들은 주말에 와서 지내는 식으로요. 듣고 보니 이거야말로 해리 경을 혼내 줄 기회인 것 같았어요. 그래서 그 사람들 주소와 런던의 신원 조회처를 알아 뒀고, 확인해 보니 그렇게 나쁜 사람들은 아니라서 ― 제법 재미있는 놀이였어요 ― 편지를 써서 이야기를……」

「세실! 안 돼요. 그 사람들은 제가 전에 만났던 사람들 같아요.」

그는 루시의 말에 반대했다.

「뭐가 안 된다는 말인가요? 속물을 혼내 주는 데 안 될 게 뭐 있어요. 그 노인은 마을에 좋은 일을 할 거예요. 해리 경도 모자라 거기에 〈영락한 귀부인들〉이 더해지면 너무 암담하지 않습니까? 언젠가 따끔한 가르침을 주어야겠다고 생각했어요. 루시, 그렇게 생각하지 마요. 계층은 서로 섞여야 돼요. 당신도 곧 내 생각에 동의할 거예요. 서로 간에 결혼도 하고······ 뭐든 같이해야 해요. 나는 민주주의를 신봉하니까······.」

「아니에요. 당신은 그 말뜻을 몰라요.」

그가 그녀를 바라보았다. 그녀는 다시 한 번 레오나르도의 길에서 벗어났다. 「당신은 몰라요!」 그녀의 얼굴은 예술적이지 못했다. 까탈 떠는 계집의 얼굴일 뿐이었다.

「안 돼요, 세실. 당신 잘못이에요. 그것도 큰 잘못이에요. 앨런 자매를 부르기로 한 내 계획을 당신이 무슨 권리로 이렇게 망쳐 놓는 거죠? 나만 바보가 되잖아요. 해리 경을 혼내 준다고요? 하지만 내가 가운데서 희생된다는 생각은 왜 못하죠? 당신에게 정말 실망이에요.」

그리고 그녀는 나갔다.

〈성미하고는!〉 그는 눈썹을 추켜세우며 생각했다.

아니, 그건 성미보다 더 저급한 것······ 바로 속물근성이었다. 만약 세실이 앨런 자매의 자리에 다른 훌륭한 친구들을 데리고 오려고 했다면 루시는 별로 상관하지 않았을 것이다. 그러므로 세실은 이 세입자들에게 교육적 가치도 있을 거라고 생각했다. 아버지는 그냥 두고 보면 되고 과묵한 아들하고 이야기를 해볼 것이다. 희극과 진실의 여신을 즐겁게 하기 위해서, 그는 그들을 윈디 코너에 데리고 올 것이다.

제11장
바이스 부인의 최신식 아파트

 희극의 여신은 혼자 힘으로도 얼마든지 즐겁게 지낼 수 있었지만, 바이스 씨가 도와주겠다는 걸 굳이 마다하지 않았다. 에머슨 부자를 윈디 코너에 데려오겠다는 그의 생각은 여신에게도 훌륭하다고 여겨졌기 때문에, 그녀는 필요한 협의들을 문제없이 척척 진척시켰다. 해리 오트웨이 경은 계약서에 서명할 때 에머슨 씨를 처음 만났고 당연히 놀라고 실망했다. 앨런 자매는 당연히 기분이 상했고, 루시에게 정중한 편지를 보내서 이 일에 대한 책임이 그녀에게 있음을 분명히 밝혔다. 비브 목사는 새 이웃을 맞을 준비를 하면서, 허니처치 부인에게 그들이 오면 되도록 빨리 프레디를 보내서 인사시키라고 했다. 희극의 여신은 풍부한 수완을 발휘해서, 처음부터 그리 흉악한 범죄자는 되지 못했던 해리스 씨가 조용히 고개를 숙이고 물러나서 죽는 일도 가볍게 허락했다.

 루시는 밝은 하늘에서 땅으로 떨어진 처지가 되었다. 땅에는 언덕이 있으니 그늘도 있었다. 루시는 처음에는 절망에 빠졌지만, 시간이 지나자 이건 자기와 아무 상관없는 일이라는 결론을 내렸다. 이제 자신은 약혼한 몸이니 에머슨네 사람들에게 다시 모욕당하는 일 같은 건 없을 테고, 그렇다면 그들이 이웃이 되는 것도 환영해야 했다. 또 세실이 자기가 원하는 사람을 이웃으로 부르는 것도 환영해야 했다. 그러므로 결국 세실이 에머슨 부자를 부르는 것도 환영해야 했다. 하지만 이런 결론을 내리는 데는 얼마간의 생각이 필요했고, 젊은 처녀들 특유의 비합리적 사고로 인해 이 사건은 실제보다 더 거대하고 두렵게 남아 있었다. 그녀는 바이스 부인을 만나러 갈 날이 다가오는 걸 기뻐했다. 새 세입자들이 시시 빌라에 들어올 때, 그녀는 런던의 아파트에 안전하게 머물 것이다.

「세실…… 나의 세실.」 런던에 도착하던 날 저녁, 그녀는 세실의 품을 파고들며 속삭였다.

세실의 감정 표현 또한 더욱 분명해졌다. 그는 루시 안에서 보살핌을 요구하는 불길이 지펴진 것을 보았다. 마침내 그녀는 여성의 본분을 깨달아 타인의 관심을 열망했고, 또 그가 남자라는 이유로 그를 우러르기 시작한 것이다.

「당신 정말 나를 사랑하나요?」 세실이 나직하게 물었다.

「세실, 물론이죠! 당신 없이는 아무것도 할 수 없어요.」

며칠이 그렇게 지나갔다. 그 뒤 그녀는 샬럿이 보낸 편지를 받았다.

두 사촌 자매는 그동안 냉담한 사이가 되어서, 8월에 헤어진 이후 편지 한 통 주고받지 않았다. 둘 사이의 냉담함은 샬럿이 〈로마 도피〉라고 부르는 사건과 함께 생겨나서 그 후 놀라운 속도로 커져 갔다. 중세 세계에서는 기질의 차이만을 느끼던 동행도 고대 세계로 가면 분노를 참을 수 없게 되기 때문이다. 포로 로마노에서는 이타적인 샬럿이 루시보다 더 참으려고 노력했을 것이다. 하지만 카라칼라 목욕장에서 둘은 과연 이 여행을 계속할 수 있을지 의문을 품었다. 루시가 자신은 바이스 씨 모자와 함께 지내겠다고 했다. 바이스 부인은 루시 어머니와 아는 사이였기 때문에, 이 계획은 아무런 문제가 없었다. 그러자 샬럿은 자신은 느닷없이 버려지는 데 익숙하다고 대답했다. 결국 아무 일도 일어나지 않았지만 냉담함은 지속되었고, 편지를 받아 읽는 루시에게 그것은 어느 때보다 더 크게 느껴졌다. 그것은 윈디 코너에서 전교(轉交)되어 온 것이었다.

턴브리지 웰스
9월

사랑하는 루시아.

소식 들었다! 엘리너 래비시가 그 동네로 자전거 여행을 갔었거든. 하지만 실례가 될 것 같아서 불쑥 찾아가는 건 그만두었다는구나. 그런데 서머 스트리트 근처에서 바퀴가 펑크가 나서 수리를 맡긴 채 그 예쁜 교회 마당에 시무룩하게 앉아 있는데, 맞은편 집 대문이 열리면서 조지 에머슨이 나왔다지 뭐니? 최근에 아버지가 그 집에 세들어 왔다고 했대. 네가 같은 동네에 사는 줄 몰랐다고 했다는데 글쎄(?). 그 청년은 엘리너에게 차 한 잔 권하지 않았다는구나. 루시, 아무래도 걱정이 된다. 내 생각에는 그 청년이 전에 한 일을 어머니, 프레디, 그리고 바이스 씨에게 털어놓는 게 좋을 것 같아. 그러면 그 청년이 윈디 코너에 발을 들인다거나 하는 일이 금지될 테니까. 정말 황당한 일이구나. 내 짐작으로는 네가 이미 다 이야기를 했을 것 같다만, 바이스 씨가 워낙 예민한 성격이잖니. 로마에서 그 사람이 나를 아주 불편해하던 게 잊히질 않는다. 이 모든 일이 정말 유감이다만, 어쨌건 너한테 조심을 시키지 않으면 마음이 편하지 않을 것 같아서 편지를 보낸다.

진심으로 너를 사랑하고 걱정하는
샬럿

루시는 마음이 상해서 다음과 같이 답장했다.

런던 남서구 보샹 맨션스

친애하는 샬럿.

걱정스러운 충고 고마워요. 조지 에머슨 씨가 산에서 잠시 이성을 잃었을 때, 언니는 저더러 어머니에게 이야기하지 말라고 했죠. 저를 챙기지 못한 일로 꾸중을 들을 거라면서요. 저는 그 약속을 지켰어요. 이제 와서 그 이야기를 할 수는 없어요. 저는 어머니와 세실에게 내가 피렌체에서 두 사람을 만난 일이 있다고, 그들은 존경할 만한 사람들이라고 말했어요(실제로도 그렇다고 생각해요). 그리고 그 사람이 래비시 양에게 차를 대접하지 않은 건 아마 대접할 차가 없어서였을 거예요. 차를 원했다면 목사관에 들러 봤어야죠. 저는 이 시점에서 갑자기 문제를 일으키고 싶지 않아요. 그게 지금 와서 얼마나 황당한 일인지 생각해 보세요. 에머슨 부자가 제가 자기들한테 불만이 있다는 말을 들으면, 아마 자기들이 무슨 대단한 존재라고 생각할 거예요. 절대 그렇지 않죠. 저는 아버지 에머슨이 좋아요. 그분은 만나고 싶어요. 아들을 다시 만난다면 저보다는 그 사람 쪽이 더 안됐다고 생각해요. 그 사람들은 세실하고도 아는 사이예요. 세실은 잘 지내고, 지난번에 언니 이야기를 하더군요. 저희는 내년 1월에 결혼할 계획이에요.

래비시 양이 제 이야기를 충분히 해준 것 같지 않네요. 왜냐하면 저는 지금 윈디 코너가 아니라 여기 있으니까요. 그리고 다시는 봉투에 〈친전(親展)〉이라는 말 쓰지 마세요. 제 편지를 열어 보는 사람은 아무도 없으니까요.

사랑을 담아
L. M. 허니처치

비밀이 가진 단점 하나는 비례 감각을 잃게 한다는 것이다. 우리는 우리의 비밀이 중대한 것인지 사소한 것인지 판단하지 못한다. 루시와 샬럿의 비밀은 만약 세실에게 들켰을 경우 그의 인생을 뒤집어 놓을 만한 것이었을까? 아니면 그냥 웃어넘기고 말 일이었을까? 샬럿의 편지에 따르면 전자였다. 어쩌면 그녀가 옳을지도 몰랐다. 그리고 그것은 이제 중대한 것이 되었다. 샬럿이 옆에 없었다면 루시는 어머니와 약혼자에게 그 일을 솔직하게 이야기했을 거고, 그랬으면 사소한 일이 되었을 것이다. 〈에머슨이에요, 해리스가 아니라.〉 불과 몇 주 전에는 그렇게 말하고 끝낼 수 있었다. 지금 와서도 그녀는 세실이 학창 시절 그의 마음을 사로잡았던 아름다운 여인 이야기를 할 때 그 일을 이야기하려고 했다. 하지만 어쩐 일인지 몸이 말을 듣지 않았다.

그녀와 비밀은 황량한 대도시에 열흘을 더 머무르며, 앞으로 두 사람이 자주 가게 될 많은 장소를 방문했다. 세실은 루시에게 사교계의 틀거지를 익혀 주는 게 좋을 거라고 생각했지만, 계절 탓에 사교계는 골프장과 사냥터를 떠나 있었다. 날씨는 쌀쌀했지만 그녀에게 해가 되지는 않았다. 계절에 맞지 않음에도 바이스 부인은 원유회를 한 차례 열었는데, 파티의 손님은 모두 유명한 사람들의 손자, 손녀 들이었다. 음식은 형편없었지만, 오가는 대화에 담긴 발랄한 권태는 그녀에게 깊은 인상을 주었다. 사람들은 모든 것에 쉽게 싫증을 느끼는 것 같았다. 열변을 토하는 사람은 어김없이 우아하게 실패했고, 주위의 공감하는 웃음 속에 다시 몸을 추슬렀다. 이런 분위기 속에서는 펜션 베르톨리니도 윈디 코너도 별 차이 없이 조악하게만 보였고, 루시는 자신이 런던에서 살게 되면 예전에 사랑했던 모든 것들과 어느 정도 멀어지게 될 것을 예감했다.

유명인의 손자, 손녀 들이 그녀에게 피아노를 쳐달라고 했다. 그녀는 슈만의 곡을 쳤다.

「이제 베토벤을 쳐봐요.」 귓전을 때리는 음악의 아름다움이 사라지자 세실이 말했다. 그녀는 고개를 젓고 다시 슈만을 연주했다. 선율의 도약은 마술 같았지만 소득은 없었다. 연주가 잠시 멈칫하다가 재개되었고, 그 절뚝거리는 걸음은 요람에서 무덤까지 단번에 행진해 나가지 못했다. 이런 서투름에 대한 안타까움 ─ 인생에서는 흔하지만 예술에서는 허용되지 않는 ─ 이 뿔뿔이 흩어지는 악구들 속에서 고동쳤고, 듣는 사람들의 신경도 그와 함께 고동쳤다. 베르톨리니 펜션의 작은 피아노를 칠 때는 이러지 않았다. 그리고 연주를 마쳤을 때 비브 목사가 〈아무래도 슈만의 영향이 너무 큰 것 같다〉고 말하지도 않았다.

손님들이 돌아간 뒤 루시는 잠자리에 들었고, 바이스 부인은 응접실을 서성거리며 아들과 함께 원유회를 평가했다. 바이스 부인은 친절한 성품이었지만, 그녀 역시 다른 사람들처럼 런던의 영향을 지나치게 받았다. 많은 사람들 틈에 살려면 강인한 머리가 필요하기 때문이다. 지나치게 거대한 인생의 궤도가 그녀를 압박했다. 그녀는 자기 능력에 비해 너무 많은 계절과 너무 많은 도시, 너무 많은 남자를 보았기 때문에, 세실을 대할 때도 자못 무덤덤한 태도를 취했다. 마치 세실이 한 명의 아들이 아니라 〈아들 집단〉이라도 된다는 듯한 태도였다.

「루시를 우리 식구로 맞으렴.」 바이스 부인이 그렇게 말하고 문장을 마칠 때마다 짓는 지적인 표정으로 주변을 둘러보았다. 그런 뒤 벌린 입술에 힘을 주었다가 다시 말했다. 「루시는 점점 훌륭해지는구나.」

「루시의 음악은 언제나 훌륭했어요.」

「그래, 하지만 지금은 허니처치가의 때를 벗어 가고 있어. 허니처치가 사람들은 모두 좋은 사람들이지만, 내가 무슨 말을 하는지 알지? 루시는 하인들의 이야기를 한다거나, 푸딩 만드는 법을 묻지 않으니까.」

「이탈리아 여행 덕이에요.」

「그럴지도 모르지.」 그녀는 그렇게 중얼거리면서, 자신에게 이탈리아의 상징이 된 박물관을 떠올렸다. 「충분히 그럴 수 있어. 세실, 1월에 결혼하거라. 루시는 벌써 우리 식구가 다 된 것 같다.」

「하지만 아까 그 연주를 생각해 보세요!」 그가 소리쳤다. 「그 연주 방법하고요! 멍청하게 슈만만 쳤잖아요. 내가 베토벤을 쳐달라고 했는데도 말이에요. 물론 이런 저녁에는 슈만이 어울리죠. 그래요, 슈만이 가장 잘 어울려요. 어머니, 저는 우리 아이들을 루시처럼 교육시키고 싶어요. 티 없는 시골 사람들 틈에서 순수함을 배우게 하고, 이탈리아에 보내서 섬세함을 배우게 하겠어요. 그런 다음에…… 그런 다음에…… 런던에 데리고 오겠어요. 런던의 교육이란 건 도무지 신뢰할 수가 없으니까…….」 그는 자신도 런던의 교육을 받았다는 사실에 잠시 멈칫했다가 다시 말했다. 「적어도 여자한테는 말이죠.」

「루시를 우리 집안사람으로 삼으렴.」 바이스 부인은 다시 그렇게 말하고 침소에 들었다.

그녀가 선잠이 들었을 때, 루시의 방에서 악몽이라도 꾼 듯한 비명 소리가 들렸다. 루시가 하녀를 부를 수도 있겠지만, 바이스 부인은 자신이 직접 가기로 마음먹었다. 루시는 한 손을 뺨에 대고 일어나 앉아 있었다.

「죄송해요, 꿈을 꿨어요.」

「악몽이었니?」

「그냥 꿈이었어요.」

바이스 부인은 빙긋 웃고 루시에게 입을 맞춘 뒤 또박또박한 말투로 말했다. 「아까 우리 모자가 네 이야기하는 걸 들었으면 좋았을 텐데. 세실은 갈수록 너에게 푹 빠지는구나. 그 꿈을 꾸렴.」

루시는 여전히 한쪽 뺨을 손으로 감싼 채 바이스 부인에게 답례 키스를 했다. 바이스 부인은 자기 방으로 돌아갔다. 비명 소리에도 깨어나지 않은 세실은 코를 골았다. 어둠이 아파트를 감쌌다.

제12장
제12장

 많은 비가 지나간 뒤 화창하게 빛나는 토요일 오후였다. 계절은 가을로 접어들었지만, 대기 중에는 젊음의 정기가 느껴졌다. 사방에 정결한 아름다움이 넘쳐났다. 자동차들이 서머 스트리트를 뚫고 지나가도 약간의 먼지만 일 뿐, 악취는 곧 바람에 흩어지고 젖은 자작나무나 소나무 향기가 그 자리를 대신했다. 비브 목사는 목사관 대문에 몸을 기댄 채 여유롭게 인생의 쾌적함을 즐기고 있었다. 프레디가 그 옆에 함께 기대서 파이프를 피웠다.

 「저 집에 새로 이사 온 사람들을 잠깐 방해하면 어떨까?」

 「글쎄요.」

 「기분 전환이 될 수도 있잖아.」

 사람들을 만나 기분이 전환된 적이 없는 프레디는 새 이웃이 이제 막 이사를 왔으니 바쁘지 않겠냐고 말했다.

 「그러니까 방해하자는 거지. 한 번은 찾아가 봐야 하잖아.」 비브 목사는 그렇게 말하며 대문의 빗장을 풀고, 세모꼴 초지를 지나 시시 빌라를 향해 갔다. 「안녕하십니까?」 목사가 열린 문 안쪽에 대고 소리쳤다. 이삿짐으로 어수선한 실내가 보였다.

안쪽에서 대답 소리가 들렸다. 「안녕하십니까?」
「소개시켜 드릴 사람을 한 명 데리고 왔습니다.」
「금방 내려가겠습니다.」

현관 복도는 옷장이 가로막고 있었다. 이삿짐 나르는 사람들이 2층에 올려다놓지 않고 가버린 것이었다. 비브 목사는 옷장 옆의 비좁은 틈을 간신히 돌아서 안으로 들어갔다. 거실도 책이 사방에 쌓여서 옴짝달싹하기 힘들었다.

「이 사람들 독서광들인가 봐요? 그런 유의 사람들인가요?」 프레디가 물었다.

「책을 읽는 방법은 아는 것 같군. 요즘 세상에 보기 드문 능력이지. 무슨 책들이 있나 보자. 바이런, 그렇지. 『슈롭셔의 젊은이』. 못 들어 본 책인걸. 『모든 육신의 길』. 이것도 못 들어 봤어. 기번이라. 이런! 조지가 독일어도 읽나 보군. 어…… 어…… 쇼펜하우어, 니체, 그러고도 많군. 허니처치 군, 자네 세대는 할 일을 제대로 아는 것 같아.」

「목사님, 저걸 좀 보세요.」 프레디가 놀란 목소리로 말했다.

옷장 꼭대기 가장자리 부분에 능숙하지 않은 필체로 이런 글귀가 쓰여 있었다. 〈새로운 옷이 필요한 일은 신뢰하지 말라.〉

「나도 봤단다. 재미있구나. 내 마음에도 드는 말이야. 아마도 아버지 쪽이 써놓은 것 같은데.」

「특이한 사람이네요!」

「내가 뭐라던?」

하지만 프레디는 어머니에게서 배운 대로 가구를 망치는 것은 나쁜 일이라고 생각했다.

「그림들 좀 보렴!」 목사가 거실 이곳저곳을 오가면서 말했다.

「조토의 그림이구나. 피렌체에서 샀을 거다. 틀림없어.」

「누나한테도 똑같은 게 있어요.」

「아, 그러고 보니 누나가 런던에 갔던 건 어땠다던?」

「어제 돌아왔어요.」

「잘 지내다 왔겠지?」

「네. 좋았대요.」 프레디가 그렇게 대답하고 책을 한 권 펼쳐 들었다.

「세실하고 전에 없이 한통속이 됐어요.」

「그거 듣던 중 반가운 소리구나.」

「제가 바보가 아니라면 좋겠어요, 목사님.」

비브 목사는 그 말을 못 들은 척했다.

「누나는 예전에는 저만큼이나 멍청했거든요. 하지만 앞으로는 달라질 것 같아요. 어머니가 그래요. 앞으로는 누나가 온갖 종류의 책을 읽을 거라고요.」

「너도 그럴 거다.」

「제가 읽는 책들은 의학 책이 전부고 사람들하고 이야기를 나눌 수 있는 책은 아니죠. 세실이 누나에게 이탈리아어를 가르쳐 주고 있어요. 또 늘 누나의 피아노 솜씨를 칭찬해요. 그 속에는 우리가 지금까지 알아차리지 못한 온갖 것이 가득하대요, 세실 말로는……」

「도대체 이 사람들이 위층에서 뭘 하는 거지? 에머슨 군, 다음에 다시 올까?」

조지가 계단을 뛰어 내려왔다. 그러더니 말도 없이 두 사람을 방으로 밀어 넣었다.

「허니처치 군을 소개하지. 이 동네에 사는 청년일세.」

그러자 프레디가 젊은이 특유의 황당한 인사말을 던졌다. 어쩌면 너무 머쓱해서 그랬는지도 모르고, 그냥 친근감을 표현하려고 그랬는지도 모르고, 또 어쩌면 조지의 얼굴이 너무 더럽다고 생각해서 그랬는지도 모른다. 어쨌거나 프레디는 조지에게 이렇게 인사했다.

「안녕하세요? 나가서 목욕이나 할까요?」

「그거 좋죠.」 조지도 태연하게 대답했다.

비브 목사는 재미있어서 어쩔 줄을 몰랐다.

「〈안녕하세요? 안녕하세요? 나가서 목욕이나 할까요?〉」

그는 킬킬거리며 웃었다. 「내가 여태껏 들은 최고의 인사말이야. 하지만 이런 인사는 남자들 사이에서나 통할 거야. 두 여자가 다른 여자의 소개를 받아 인사를 나누면서 〈안녕하세요? 나가서 목욕이나 할까요?〉라고 말한다고 생각해 봐. 그런데도 남녀는 평등하다고 할 수 있을까?」

「남녀는 평등해질 겁니다.」 에머슨 씨가 천천히 계단을 내려오며 말했다. 「비브 목사님, 안녕하십니까. 남녀는 앞으로 동료가 될 겁니다. 조지도 그렇게 생각하고요.」

「그러면 여자들을 우리하고 같은 수준으로 올려야겠군요?」 목사가 물었다.

「사람들은 에덴동산을 예전의 일이라고 생각하지만, 그건 아직 오지 않은 미래의 일입니다. 우리가 우리 몸을 경멸하지 않게 될 때 거기 들어가게 될 겁니다.」 에머슨 씨가 계속 계단을 내려오며 말했다.

비브 목사는 에덴동산을 어디에 위치시킬지 결정할 생각이 없었다.

「바로 그 점에서 — 다른 점들은 모두 아니고 — 우리 남자들이 여자들보다 앞서 있습니다. 우리는 여자들보다는 자기 몸을 덜 경멸하니까요. 하지만 우리가 서로 동료가 되기 전에는 에덴동산에 들어갈 수 없습니다.」

「저기, 목욕은 어떻게 되는 거예요?」 프레디가 갑자기 밀어닥치는 철학적 주제에 놀라서 웅얼거렸다.

「한때 나는 자연으로 돌아가자는 말을 믿었습니다. 하지만 우리가 자연하고 함께한 적이 없는데 어떻게 자연으로 돌아가겠습니까? 지금 나는 자연을 발견해야 한다고 생각합니다.

많은 것을 극복하고 나서 우리는 단순함을 얻게 될 겁니다. 그것이 우리의 운명입니다.」

「허니처치 군을 소개합니다. 이 친구의 누나는 피렌체에서 만나신 적이 있을 겁니다.」

「안녕하신가? 만나서 반갑네. 조지하고 목욕을 가겠다니 그것도 좋고. 누나가 결혼한다는 소식 듣고 기뻤네. 결혼은 우리의 의무야. 행복하게 잘 살 거라고 믿네. 우리도 바이스 씨를 알거든. 정말 친절한 신사더군. 내셔널 갤러리에서 우연히 만났는데 이 훌륭한 집을 소개해 주고 거기다 필요한 온갖 도움을 주었어. 해리 오트웨이 경을 헷갈리게 한 건 유감이지만 말일세. 어쨌거나 그동안 자유당파의 집주인은 겪은 적이 거의 없어서, 수렵법에 대한 그 사람의 의견을 보수당파의 견해와 비교해 보고 싶었어. 아, 바람이 부는군! 어서 가서 목욕들 하게. 허니처치 군, 자네 동네는 정말 멋진 곳이야!」

「안 그래요! 어쨌건…… 그러니까 제가…… 나중에 정식으로 두 분께 문안 인사를 여쭈어야 할 거예요. 어머니도 그렇게 말씀하시고.」 프레디가 중얼거렸다.

「문안 인사라고? 도대체 누가 그런 격식 차린 헛소리를 하는 거야? 문안 인사는 젊은이의 할머니한테나 여쭙게! 저기 솔숲에 부는 바람 소리를 들어 봐! 자네 동네는 정말 멋진 곳이야.」

비브 목사가 프레디를 곤경에서 구해 주려 입을 열었다.

「에머슨 씨, 프레디도 문안 인사를 하고 저도 할 겁니다. 그러면 에머슨 씨와 조지가 열흘이 지나기 전에 답방을 해주셔야 하지요. 열흘이라는 기한에 대해서는 알게 되셨으리라 생각합니다. 제가 어제 계단 창문 일을 도와드린 건 빼야 합니다. 또 오늘 오후에 두 젊은이가 목욕하는 것도 빼야 합니다.」

「그래, 가서 목욕해라, 조지. 뭐 하러 꾸물거리고 있니? 목욕이 끝나면 손님들을 다시 데리고 돌아와서 차를 대접하렴. 우유하고 케이크하고 꿀도 드리고. 이런 변화는 너한테 좋을 거다. 조지는 그동안 회사 일을 너무 열심히 했어요. 저 아이의 건강을 도무지 믿을 수가 없습니다.」

조지는 더럼이 탄 우울한 얼굴을 아래로 숙였다. 가구를 만지던 사람 특유의 독특한 냄새가 풍겼다.

「정말 목욕하고 싶으세요? 그냥 작은 연못이거든요. 그보다 훌륭한 장소들에 익숙할 것 같은데요.」 프레디가 그에게 물었다.

「하겠어요……. 이미 하겠다고 말했잖아요.」

비브 목사는 젊은 친구를 도와줘야겠다는 의무감에 사로잡혀 성큼성큼 집을 나가 솔숲으로 앞장서 갔다. 세상은 더없이 눈부셨다! 에머슨 씨가 행운을 빌고 또 철학을 설파하는 목소리가 잠시 쫓아왔지만, 곧 그들의 귓가에는 양치식물과 나무들을 흔드는 바람 소리만이 들렸다.

비브 목사는 침묵을 지킬 수는 있어도 침묵을 참지는 못하는 성미였다. 그래서 두 젊은이가 말도 없이 어색하게 서 있자 이 나들이를 실패의 늪에서 구해야겠다는 생각에 수다를 떨기 시작했다. 그는 피렌체 이야기를 했다. 조지는 묵묵히 이야기를 들으면서 작지만 확고한 몸짓으로 동의와 반대를 표현했다. 그 몸짓은 멀리 나무 꼭대기의 움직임만큼이나 종잡을 수가 없었다.

「게다가 두 사람이 바이스 씨까지 만나다니, 이런 우연이 어디에 있을까? 여기 와서 베르톨리니 펜션 사람들을 모두 만날 줄 알았나?」

「몰랐죠. 래비시 양이 말해 줬어요.」

「젊었을 때 나는 〈우연의 역사〉라는 책을 써보려고 했지.」

아무도 호응해 주지 않았다.

「하지만 생각해 보면 말이야, 우연이란 건 생각만큼 흔한 게 아냐. 예를 들어서 조지가 여기 온 게 완전히 우연인지 생각해 보라고.」

다행히도 조지가 입을 열었다.

「우연이에요. 저도 생각해 봤어요. 〈운명〉이라고 해야겠죠. 모든 게 운명이에요. 우리는 운명에 의해 만나고 운명에 의해 헤어지는 거예요……. 만나고 헤어지고. 열두 바람이 우리에게 불어요……. 우리 스스로는 아무것도 결정하지 못해요…….」

「별로 생각해 본 말 같지가 않군. 조지, 내가 유용한 지침을 하나 가르쳐 주지. 아무것도 운명으로 돌리지 말라는 거야. 〈나는 이런 일을 안 했어〉라고 말하지 말게. 왜냐면 십중팔구 그건 자네가 한 일이니까. 한번 따져 볼까? 자네가 허니처치 양과 나를 처음 만난 게 어디였지?」 목사가 끼어들었다.

「이탈리아죠.」

「그리고 허니처치 양과 결혼할 바이스 씨는 어디서 만났나?」

「내셔널 갤러리요.」

「이탈리아 작품을 보다가 만났지. 그걸 보게. 그러면서도 우연이니 운명이니 하는 말을 하겠나! 자네는 자연스럽게 이탈리아와 관련된 걸 찾게 되어 있어. 우리도 그렇고 다른 친구들도 마찬가지지. 덕분에 우리의 행동반경은 현격하게 좁아지고, 결국 이렇게 다시 만나게 된단 말일세.」

「제가 여기 온 건 운명이에요. 물론 목사님은 이탈리아 때문이라고 생각하실 수 있지만, 어차피 각자 나름대로 생각하는 거니까요.」 조지는 자기 생각을 굽히지 않았다.

비브 목사는 그런 무거운 반응을 피했다. 하지만 그는 젊은 이들에 대해서는 놀라울 정도의 관용을 지녔기 때문에, 조지의 기를 꺾고 싶은 생각은 없었다.

「그러면 그런저런 이유로 나는 다시 〈우연의 역사〉를 써야겠군.」

침묵.

화제를 돌리기 위해서 그가 다시 말했다.

「여기로 이사 와서 반갑네.」

침묵.

「다 왔어요!」 프레디가 소리쳤다.

「아, 좋군!」 비브 목사가 이마를 훔치며 말했다.

「저 안쪽에 연못이 있지. 좀 작은 게 안타깝지만.」 비브 목사가 사과하듯이 말했다.

세 사람은 솔잎으로 덮인 미끄러운 둑을 내려갔다. 작은 녹색의 알프스 안에 연못이 있었다……. 조그만 연못이었지만, 크기는 인간의 몸을 담기에 충분했고 맑기는 하늘을 담기에 충분했다. 지난 비에 흘러넘친 물이 풀밭 위에 만들어 놓은 에메랄드 빛 길이 사람들에게 어서 연못으로 들어오라고 유혹하는 것 같았다.

「이 정도면 훌륭한 연못인데. 겸사의 말은 필요없겠어.」 비브 목사가 말했다.

조지는 마른 땅 위에 앉아서 신발 끈을 풀었다.

「저기 분홍바늘꽃 무리 예쁘지 않나요? 저는 열매 맺은 분홍바늘꽃을 좋아해요. 이 향기 좋은 풀의 이름은 뭔가요?」

아무도 이름을 몰랐고, 또 알고 싶어 하지도 않았다.

「여기는 초목 분포가 크게 다르군요……. 여기 이 물풀들은 꼭 해면 같지 않아요? 양쪽의 풀들은 질기거나 약하고요……. 히스, 양치식물, 월귤, 소나무. 참 예쁘네요. 정말 예뻐요.」

「목사님은 목욕 안 하세요?」 프레디가 옷을 벗으면서 소리쳐 물었다.

비브 목사는 안 할 생각이었다.

「물이 너무 좋아요!」 프레디가 펄쩍 뛰어들며 외쳤다.

「물이 다 그렇지.」 조지가 말했다. 그는 먼저 머리를 물에 적셨는데, 그건 별로 들떠 있지 않다는 증거였다. 그런 뒤에는 프레디를 따라서 석상이 목욕통 속으로 들어가듯 무표정하게 신성한 연못으로 들어갔다. 어쨌거나 몸의 근육들은 한번 써주어야 했고, 몸의 더럼은 닦아 내야 했다. 비브 목사는 두 젊은이를 지켜보았다. 둘의 머리 위로 분홍바늘꽃 열매들이 춤을 추듯 찰랑거렸다.

「푸하, 푸하, 푸하.」 프레디는 연못을 두 번 왕복 헤엄친 뒤 물풀인지 진흙인지 위에 앉았다.

「헤엄칠 만해요?」 조지가 물이 흘러넘친 가장자리에 미켈란젤로처럼 서서 물었다.

하지만 그때 흙이 무너져 내려 프레디는 조지의 질문을 생각해 보기도 전에 다시 연못 속으로 미끄러져 들어갔다.

「푸…… 허푸…… 올챙이를 삼켰어요. 비브 목사님, 물이 너무 좋아요. 끝내 준다니까요.」

「물이 별로 나쁘지 않네요.」 조지가 물속에서 떠올라 해를 향해 물을 뿜으며 말했다.

「물이 정말 좋아요, 비브 목사님, 들어오세요.」

「푸하, 쿠…….」

더운 데다 웬만하면 남의 말을 들어주는 편인 비브 목사는 주변을 둘러보았다. 교구민의 기척은 감지되지 않았고, 보이는 것은 사방에 울창한 벽을 이룬 채 푸른 하늘을 등지고 서서 서로에게 손짓하는 듯한 소나무들뿐이었다. 세상은 더없이 눈부셨다! 자동차들과 지방 감독의 세계는 뒤로 까마득히 물러섰다. 있는 것은 물, 하늘, 상록수, 바람뿐……. 이것들은 계절도 건드리지 못하는 것들, 인간의 침략도 미치지 못하는 것들이었다.

「나도 좀 씻으면 좋을 것 같군.」 그의 옷가지가 풀밭 위에

세 번째 더미를 이루었고, 그 또한 물에 대한 칭찬을 아끼지 않았다.

연못 물은 그냥 평범한 물이었고 그나마 풍부하지도 않아서, 프레디 말마따나 샐러드 그릇 속을 헤엄치는 것 같았다. 세 사람은 가슴 깊이의 연못을 「신들의 황혼」에 나오는 요정들처럼 빙글빙글 돌았다. 비가 세상을 상쾌하게 씻어 내서인지, 태양이 눈부신 열기를 쏟아 내서인지, 아니면 몸이 젊은 두 사람과 마음이 젊은 한 사람이 어울려서인지, 그래서인지 저래서인지 세 사람은 어느덧 새로운 경지로 들어서서, 이탈리아니 식물학이니 운명이니 하는 걸 모두 잊어버렸다. 순수한 놀이가 시작되었다. 비브 목사와 프레디는 서로에게 물을 튀겼다. 그리고 약간 망설이다가 조지에게도 물을 튀겼다. 조지가 가만히 있자 둘은 그가 기분이 상했나 걱정했다. 하지만 곧 젊음의 힘이 튕겨져 나왔다. 그는 씩 웃더니 두 사람에게 달려들어서 물을 튀기고 머리를 물에 처박고 발로 차고 진흙을 던지고 하다가 둘을 연못 바깥으로 몰고 나갔다.

「연못 주위를 누가 빨리 뛰나 경주해요.」 프레디가 소리친 뒤 조지와 함께 햇빛 속을 달렸다. 조지는 지름길을 택했다가 정강이가 더럽혀져 다시 연못에 들어가야 했다. 그러자 비브 목사도 경주에 참여했다. 기억에 새겨질 만한 정경이었다.

달리다 보니 몸이 다 말라서 다시 물에 들어가 열을 식혔다. 그리고 분홍바늘꽃과 양치식물들 틈에서 인디언 놀이를 한 뒤 다시 물에 들어가 몸을 닦았다. 그러는 동안 세 개의 옷더미는 풀밭에 얌전히 누워서 외치고 있었.

〈아냐, 중요한 건 우리야. 우리가 없으면 어떤 일도 일어날 수 없어. 모든 육신은 결국 우리에게 돌아오게 되어 있어.〉

「던져 봐! 던져 봐!」 프레디가 소리치면서, 조지의 옷더미를 집어 들어 가상의 골대 옆에 차넣었다.

「축구가 최고야.」 조지가 그에 대한 응수로 프레디의 옷더미를 걷어차서 흩어 놓았다.

「골!」

「골!」

「패스!」

「내 시계 조심해!」 비브 목사가 소리쳤다.

옷들이 사방으로 날아다녔다.

「내 모자 조심해! 안 돼, 이제 그만, 프레디. 이제 옷을 입자. 안 된다니까!」

하지만 두 젊은이의 광희는 멈추지 않았다. 그들의 흰 몸이 나무들 틈새로 반짝이며 사라졌다. 프레디는 겨드랑이에 목사의 성직복 조끼를 꼈고, 조지는 물이 뚝뚝 듣는 머리에 챙 넓은 중절모를 썼다.

「그만하라니까!」 비브 목사가 소리쳤다. 어쨌건 그는 지금 자신의 교구에 있다는 게 떠올랐다. 그러자 소나무들이 전부 지방 감독관이라도 된 것처럼 그의 목소리가 절박해졌다. 「그만들 해! 저기 사람들이 오고 있어, 이봐!」

고함 소리가 울렸고, 햇빛이 어룽거리는 땅에 세 사람이 그리는 원은 점점 넓어졌다.

「이봐! 이봐! 여자들이 온다고!」

조지도 프레디도 완벽한 예의범절과는 거리가 있었다. 하지만 두 사람은 비브 목사의 마지막 경고를 듣지 못했다. 만약 들었다면 허니처치 부인과 세실과 루시와 맞닥뜨리는 불상사는 피했을 것이다. 부인 일행은 버터워스 노부인 집으로 인사를 가는 길이었다. 프레디는 비브 목사의 조끼를 발밑에 떨어뜨리고 양치식물 덤불로 뛰어들었다. 조지는 그들의 면전에서 소리를 꽥 지르고 돌아서서 연못을 향해 내달렸다. 머리에는 계속 비브 목사의 모자가 씌어 있었다.

「맙소사!」 허니처치 부인이 소리쳤다. 「도대체 누가 이런 끔찍한 일을? 어머나, 고개들 돌려! 비브 목사님까지! 도대체 이게 무슨 난리야?」

「이쪽으로 오시죠.」 언제나 여자들을 인도하고 보호해야 한다고 생각하는 세실이 말했다. 문제는 그가 인도할 길도 모르고 또 그들을 보호하기 위해 무엇을 막아야 하는지도 모른다는 것이었다. 그가 여자들을 이끌고 간 곳은 프레디가 숨어 있는 양치식물 덤불이었다.

「불쌍한 비브 목사님! 저기 길에 떨어진 게 목사님의 조끼였나? 세실, 비브 목사님의 조끼가……」

「우리가 상관할 일이 아닙니다.」 세실이 루시에게 눈길을 돌리며 말했다. 루시는 양산으로 얼굴을 가렸지만 〈신경 쓰이는〉 기색이 역력했다.

「비브 목사님은 연못으로 도로 들어가셨나 보네.」

「이쪽으로 오시죠, 허니처치 부인. 이쪽으로.」

두 여자는 세실을 따라 둑을 오르며, 이런 상황에서 여자들이 취해야 하는 긴장되고도 태연한 표정을 짓기 위해 애를 썼다.

「아, 도저히 안 되겠어.」 앞쪽에서 이런 소리가 나더니 프레디가 벌떡 일어났다. 주근깨 가득한 얼굴과 눈처럼 하얀 두 어깨가 덤불 위로 불쑥 드러났다.

「밟혀 죽을 수는 없잖아요.」

「세상에, 이럴 수가. 너로구나! 기가 막혀라! 왜 더운물 찬물이 모두 나오는 집에서 편하게 목욕하지 않고?」

「어머니. 사내는 몸을 씻어야 해요. 씻었으니 말려야 했고요. 만약 다른 사내가…….」

「그럼, 그럼, 언제나처럼 네 말이 맞겠지. 하지만 너는 지금 네 주장을 내세울 처지가 아니야. 이리 와라, 루시.」 그들은 돌아셨다. 「아, 저기 좀 봐! 아니 보지 마! 세상에, 불쌍한 비브 목사님! 저렇게 딱한 처지가 되다니……」

비브 목사는 연못 밖으로 기어 나오고 있었고, 연못 위에는 내밀한 부위의 옷이 떠 있었다. 그러는 동안 세상이 싫은 조지는 프레디에게 물고기를 한 마리 잡았다고 소리쳤다.

「나는 벌써 한 마리 삼켰는걸.」 양치식물 덤불에서 대답 소리가 들렸다. 「올챙이를 삼켰거든. 올챙이가 배 속에서 꼬물거리고 있어. 나는 이제 죽을 거야. 조지, 이 나쁜 형! 형이 지금 내 바지 입고 있지?」

「조용히 못하겠니.」 허니처치 부인이 말했다. 부인에게 충격은 오래가지 않았다. 「몸부터 말려라. 몸을 제대로 안 말려서 그렇게 감기에 걸리는 거야.」

「어머니, 어서 여길 벗어나요. 제발, 빨리요.」 루시가 말했다.

「안녕하세요!」 조지의 활기찬 말소리에 숙녀들은 발길을 멈추었다.

자신이 옷을 입었다고 생각한 조지는 맨발에 맨가슴을 드러낸 채 어둑어둑한 숲을 등지고 서서 밝은 얼굴로 인사했다.

「안녕하세요, 허니처치 양! 안녕하세요!」

「고개 숙여 인사해라, 루시, 그편이 좋아. 대체 이 사람은 누구람? 나도 그렇게 하마.」

허니처치 양은 고개 숙여 인사했다.

그날 저녁, 그리고 밤이 지나가는 동안 물은 계속 흘러나갔다. 다음날 아침이 되자 연못은 본래의 크기로 돌아갔고 전날의 눈부심도 모두 잃었다. 그날의 연못은 식은 피와 느슨해진 의지를 일깨운 외침이 되었다. 그것은 기도가 끝난 뒤에도 계속 이어진 축복이었고, 성스러움, 마법, 그리고 젊음을 위한 찰나의 성배(聖杯)였다.

제13장
샬럿 바틀릿의 보일러가 속을 썩이다

그동안 루시가 얼마나 그 인사를, 그 만남을 연습했던가! 하지만 그녀는 언제나 주변에 이런저런 부속물들이 있는 실내 상황을 가정해서 연습했다. 그거야 당연한 일이었다. 그렇게 문명이 패퇴한 상태에서, 외투와 옷깃과 신발의 군대가 햇살이 내리비치는 흙 위에 부상당해 쓰러진 가운데 조지를 만나리라고 누가 예견할 수 있었겠는가? 그녀는 조지 에머슨이 수줍거나 음울하거나 냉담하거나 아니면 은근히 무례한 모습을 보일 것을 예상했다. 그리고 이 모든 상황에 대비했다. 하지만 그가 이렇게 즐거운 표정을 짓고 샛별처럼 또랑또랑한 목소리로 인사하리라고는 전혀 짐작하지 못했다.

마침내 실내로 들어간 루시는 버터워스 노부인과 차를 마시면서 미래를 대강이라도 예측하는 건 불가능하다는 것과 인생은 연습할 수 없다는 생각을 했다. 예기치 못한 배경의 실수 하나, 객석의 얼굴 하나, 관객의 반응 하나에 공들여 준비한 동작은 갑자기 아무 의미 없어지거나 아니면 너무 많은 의미를 담게 된다.

〈고개 숙여 인사해야지.〉 그녀는 그렇게 생각했다. 〈악수는 하지 않을 거야. 그게 가장 적절한 인사법이야.〉 그리고 그녀는 고개 숙여 인사를 했다. 하지만 도대체 누구에게? 신들에게, 영웅들에게, 그리고 여학생들의 헛된 망상에! 그녀는 눈앞을 가로막는 잡다한 쓰레기 너머로 인사했다.

그런 생각들이 머릿속을 달리는 동안 그녀의 다른 능력들은 세실을 추스르느라 바빴다. 약혼에 부수되는 의무적인 방문 인사 가운데 하나였다. 버터워스 부인이 원한 방문이었고, 세실은 원하지 않은 방문이었다. 그는 수국(水菊)이 왜 바다 근방에서도 색이 변하지 않는지 알고 싶지 않았다. 〈자선 기구 협회〉에 가입하고 싶지도 않았다. 그는 기분이 상하면 말이 장황해지는 버릇이 있어서, 간단히 〈예〉, 〈아니요〉로 답하면 되는 질문들에 길고도 심오한 답을 늘어놓았다. 루시는 그런 그를 달래 가며 대화를 이어 나갔고, 그 솜씨를 보면 결혼 후 부부 사이의 평화는 전망이 밝은 편이었다. 완벽한 사람은 없다. 그러므로 결혼의 성곽 안에 들어가기 전에 상대의 단점들을 알아 두는 건 현명한 일이다. 샬럿 바틀릿은 그동안 루시에게 말이 아닌 행동을 통해서 우리 인생에 만족스러운 건 아무것도 없다는 걸 가르쳤다. 루시는 교사는 마음에 들지 않아도 그 가르침만은 훌륭하다고 생각했고, 그것을 약혼자에게 적용시켰다.

「루시, 세실하고 무슨 문제 있니?」 집에 돌아온 뒤 어머니가 말했다.

이런 질문은 불길했다. 지금까지 어머니는 관용과 절제력을 발휘해 왔기 때문이다.

「아뇨, 그렇지 않아요, 어머니. 세실은 별일 없어요.」

「그렇다면 피곤한 모양이구나.」

루시는 타협했다. 그래, 세실은 피곤해서 그랬을 것이다.

「왜냐하면 그게 아니라면······」 보닛의 핀을 뽑는 허니처치 부인의 불쾌감이 점점 커졌다. 「왜냐하면 그게 아니라면 세실의 행동이 이해되지 않는구나.」

「버터워스 부인은 좀 피곤한 분인 거 같지 않아요?」

「세실이 너한테 그런 식으로 말했나 보구나. 어렸을 때 네가 그분을 얼마나 따랐는데. 또 네가 장티푸스에 걸렸을 때 그분이 너한테 기울인 정성은 말로는 다 못한다. 아냐…… 그 집에서만이 아니야.」

「보닛을 제가 벗겨 드릴까요?」

「30분 정도는 공손하게 대꾸해 줄 수 있었을 텐데.」

「세실은 사람 보는 눈이 조금 까다로워요.」 눈앞에 문제가 닥쳐 오자 루시는 더듬거렸다. 「이상도 높고 해서……. 바로 그런 것 때문에 때로는 어떻게 보면…….」

「헛소리 그만둬라! 젊은 사람이 이상이 높다고 무례해도 된다면, 그런 이상 같은 건 일찌감치 치워 버리라고 그래.」 그러면서 허니처치 부인은 보닛을 루시에게 맡겼다.

「어머니! 어머니도 가끔 버터워스 부인한테 짜증 내셨잖아요!」

「그런 식은 아니었지. 때로는 목을 확 비틀고 싶을 때도 있었어. 하지만 그런 식은 아니었어. 그런데 세실은 어디서나 그런 식이야.」

「참, 어머니한테 미처 말씀 못 드렸는데요, 런던에 있는 동안 샬럿한테서 편지를 받아어요.」

대화의 방향을 돌리려는 시도가 매우 미숙해서, 허니처치 부인은 화를 벌컥 냈다.

「런던에서 돌아온 뒤 세실은 모든 게 다 못마땅한 기색이야. 내가 입을 열 때마다 얼굴이 구겨지고……. 루시, 아니라고 해도 소용없어. 물론 내가 예술이나 문학, 학문이나 음악, 이런 건 잘 모른다만, 그래도 응접실 가구들을 어쩌겠니. 다 네 아버지가 산 건데, 그걸 우리가 버려야 하겠니? 왜 그런 걸 생각해 주지 못하는 걸까?」

「어머니 말씀은 잘 알아요. 당연히 세실도 그러지 말아야죠. 하지만 그이가 일부러 무례하게 굴려고 그러는 건 아니에요……. 저한테 한번 그런 이야기를 했는데…… 그이를 기분 나쁘게 하는 건 〈물건〉이래요……. 못난 물건을 보면 기분이 나쁘대요……. 〈사람〉한테는 무례하지 않아요.」

「프레디가 노래하면 그게 사람이냐 물건이냐?」

「음악적 소양이 높은 사람이 우리처럼 통속가요를 즐겁게 들을 수는 없잖아요.」

「그러면 왜 조용히 나가지 않고 계속 듣고 앉아 있는 거냐? 왜 몸을 비틀면서 코웃음을 쳐서 다른 사람들 기분까지 망쳐 놓는 거냐고?」

「사람을 섣불리 판단하면 안 돼요.」 루시가 더듬거렸다. 무엇인가 그녀에게서 힘을 빼앗아 갔다. 런던에서 그토록 완벽하게 익힌 세실의 세계에 대한 이해가 효과적인 변론으로 살아나지 않았다. 두 개의 문명이 충돌했다. 세실은 이미 그럴 가능성을 언급했다. 그녀는 문명의 뒤에서 쏟아지는 광채에 시야가 하애진 듯한 아찔함과 얼떨떨함에 사로잡혔다. 훌륭한 취향과 형편없는 취향은 구호 또는 다양한 재단의 의복일 뿐, 음악 자체는 솔숲을 지나는 속삭임으로 흩어졌다. 그곳에서는 진정한 노래와 통속적 노래가 구별되지 않는다.

그녀가 당혹감에 쩔쩔매는 동안, 허니처치 부인은 저녁 식사를 위해서 옷을 갈아입었다. 이따금 이런저런 변명을 해도 좋아지는 건 아무것도 없었다. 사실을 감출 수는 없었다. 세실은 오만하고자 했고, 원하던 걸 이루었다. 그리고 루시는 어쩐 일인지 이런 문제가 아무 때라도, 지금 아닌 다른 때에 일어났다면 좋았을 거라는 생각이 들었다.

「어서 가서 옷 갈아입어라. 늦겠다.」

「네, 어머니······.」

「대답만 하고 서 있지 말고 어서 가.」

그녀는 순순히 방을 나왔지만, 서글픈 심정으로 층계참 창문 곁을 서성거렸다. 창문은 북향이라서 전망이랄 것도 없었고 하늘도 보이지 않았다. 벌써 겨울이 된 듯 소나무들이 눈앞에 바싹 다가왔다. 층계참 창문은 보는 사람에게 우울함을 안겨 주었다. 어떤 분명한 문제가 암운을 드리운 건 아니지만, 그녀는 한숨이 새어 나왔다. 「이제 어떻게 해야 하지? 어떻게 해야 할까?」 사람들의 행동이 모두 형편없는 것 같았다. 샬럿의 편지 이야기를 한 게 잘못이었다. 좀 더 주의 깊었어야 했다. 어머니는 호기심이 강했고, 자칫하면 무슨 내용이냐고 물었을 수도 있었다. 이제 어떻게 해야 하나? 그때 프레디가 계단을 쿵쿵 뛰어 올라와서 형편없이 행동하는 사람들의 대열에 합류했다.

「누나, 그 사람들 최고야.」

「프레디, 넌 왜 그렇게 사람을 피곤하게 하니! 그 사람들을 신성한 호수로 데리고 가서 목욕을 하다니. 거긴 사람들이 많이 다니는 곳이야. 너야 상관없지만 모두 얼마나 당황했는지 몰라. 제발 생각 좀 하고 살아라. 이제 이곳도 교외 지역 비슷하게 되어 가고 있다는 걸 잊은 모양이구나.」

「그런데 누나, 다음 주 일요일에 무슨 계획 있어?」

「내가 아는 건 없어.」

「그러면 에머슨 가족을 불러서 테니스 치는 건 어때?」

「그건 안 돼, 프레디. 그 진창에서 테니스를 칠 수는 없어.」

「테니스 코트가 어때서 그래? 몇 군데 울퉁불퉁하다고 신경 쓸 사람들이 아니던데. 게다가 내가 새 공도 주문했단 말이야.」

「잘 들어, 그런 계획은 안 세우는 게 좋아. 분명히 말한다.」

프레디는 누나의 팔꿈치를 잡고 복도를 왔다 갔다 하면서 흥겹게 춤을 추었다. 그녀는 아무렇지도 않은 척했지만, 화가 나서 소리라도 지르고 싶었다. 세실은 옷을 갈아입으러 가다가 그들을 보았고, 두 사람은 온수통들을 품고 가는 메리와 맞닥뜨렸다. 곧 이어 허니처치 부인이 문을 열고 말했다. 「루시, 웬 소란이니! 너한테 할 말이 생각났어. 샬럿에게서 편지가 왔다고 했지?」 프레디는 달아났다.

「네, 하지만 저도 가봐야 돼요. 옷 갈아입어야 되니까요.」

「샬럿은 어떻다니?」

「잘 지낸대요.」

「루시!」

가엾은 루시는 뒤돌아섰다.

「사람이 말하는데 달아나는 버릇은 어디서 배웠니? 샬럿이 보일러 이야기를 썼디?」

「네? 무슨 이야기요?」

「샬럿네 집 보일러를 10월에 떼어 낸다고 한 거 생각 안 나니? 목욕물 탱크도 비우고 여러 가지 번거로운 일들을 해야 한다고 그랬잖니.」

「샬럿이 하는 걱정을 제가 다 기억할 수는 없어요.」 루시가 냉담하게 말했다. 「제 걱정만으로도 충분해요. 이제 어머니가 세실을 탐탁지 않게 여기시니 말예요.」

허니처치 부인은 발끈 역정을 내고도 싶었지만 조용히 말했다.

「이리 오렴. 보닛을 벗겨 주어서 고맙다……. 어미한테 키스해 주렴.」 이 세상에 완벽한 것은 없지만, 그 순간 루시는 어머니와 윈디 코너와 저무는 태양 속의 윌드 숲이 완벽하다고 느꼈다.

그렇게 해서 서걱거림이 스르르 빠져나갔다. 윈디 코너에서는 많은 일이 그런 식으로 해결되었다. 관계의 작동 장치가 삐걱 하고 멈춰 서면, 마지막 순간에 한 사람이 기름 한 방울을 떨구어 넣었다. 세실은 이런 방식을 경멸했다……. 그건 당연했다. 어쨌거나 그 자신의 방식은 아니었으니까.

저녁 식사는 7시 반에 시작되었다. 프레디가 식전 기도를 중얼거리자, 사람들은 무거운 의자를 끌어당기고 식사를 시작했다. 다행스럽게도 남자들은 배가 고팠고, 푸딩이 나올 때까지 곤란한 일은 일어나지 않았다. 하지만 푸딩이 나왔을 때 프레디가 물었다.

「누나, 에머슨은 어떤 사람이야?」

「피렌체에서 만났던 사람이야.」 루시는 프레디가 이것을 답으로 받아들이기를 바랐다.

「똑똑한 부류야? 아니면 괜찮은 사람이야?」

「세실한테 물어봐. 그 사람을 데려온 건 세실이니까.」

「그 친구는 나와 마찬가지로 똑똑한 부류에 속하지.」

세실의 말에 프레디가 미심쩍은 눈길을 보냈다.

「베르톨리니 펜션에서 얼마나 알고 지내던 사이니?」 허니처치 부인이 물었다.

「거의 모르는 사이죠. 하지만 샬럿은 저보다도 더 몰라요.」

「아, 그 말을 들으니 생각나는데…… 샬럿이 편지에 무슨 말을 썼는지 이야기해 주렴.」

「그냥 이런저런 이야기예요.」 루시는 거짓말 없이 이 저녁 식사를 마칠 수 있을까 하는 의심이 들었다. 「샬럿의 친구 중에 괴짜가 한 명 있는데, 그 여자가 자전거를 타고 서머 스트리트를 다녀갔다는 이야기도 있었어요. 우리 집을 찾아올까도 생각했는데 다행히도 그냥 갔대요.」

「루시, 말을 왜 그렇게 밉살스럽게 하니?」

「그 사람은 소설가거든요.」 루시가 재치 있게 대답했다. 만족스러운 대답이었다. 여자가 책을 쓴다는 것보다 허니처치 부인을 화나게 하는 일은 없었기 때문이다. 허니처치 부인은 (가정과 아이를 돌보지 않고) 글을 써서 악명을 얻으려는 여자들을 욕하기 위해서라면 다른 어떤 화제도 던져 버릴 수 있었다. 〈책이라는 게 쓰여야 한다면 남자들이 쓰게 하라〉는 게 부인의 주장이었다. 부인이 이런 논지를 장황하게 펴는 동안 세실은 하품을 했고, 프레디는 자두 씨들로 〈올해, 내년, 지금, 불가능〉이라는 놀이를 했으며, 루시는 어머니의 타오르는 분노에 요령 있게 땔감을 대주었다. 하지만 불길은 곧 잦아들었고 어둠 속에 유령들이 모여 들었다. 유령이 너무 많았다. 애초의 유령 — 그녀의 뺨에 닿은 입술 — 은 묻은 지 오래였다. 언젠가 어떤 남자가 산에서 그녀에게 키스를 했다는 사실은 아무 일도 아닐 수 있었다. 하지만 그 유령은 자꾸 불어나서 유령 가족을 이루었고 — 해리스 씨, 샬럿의 편지, 비브 목사의 제비꽃 이야기 — 그 가운데 한두 가지가 세실이 보는 앞에서 그녀에게 들러붙을 게 분명했다. 그리고 지금 섬뜩할 만큼 생생한 모습으로 살아 돌아오는 것은 샬럿의 유령이었다.

「샬럿이 보냈다는 그 편지 말이다, 루시. 샬럿은 어떻게 지낸대니?」

「찢어 버렸어요.」

「어떻게 지낸다는 말은 없었니? 그러니까 잘 지내는 것 같디? 힘들지는 않아 보이든?」

「아, 네, 그런 것 같아요……. 아니…… 조금 힘든 것 같았어요.」

「틀림없이 보일러 때문이야. 물이 속을 썩이면 어떤지 내가 잘 알지. 차라리 다른 것 때문에 속을 썩는 게 나아. 먹을 것 같은 걸로 말이야.」

세실이 두 눈에 손을 댔다.

「저도 그래요.」 프레디가 어머니를 부추겼다. 하지만 그가 부추긴 것은 말의 내용보다는 그 말을 하는 어머니의 감정이었다.

「생각해 보니까 말이야, 다음 주에 샬럿을 우리 집으로 부르는 게 좋을 것 같다. 보일러를 다 고칠 때까지 우리 집에서 쉬는 거야. 샬럿을 못 본 지도 오래됐구나.」 허니처치 부인이 다소 불안한 말투로 덧붙였다.

그녀는 더 이상 견디기가 힘들었다. 그렇다고 2층의 남는 방에 친절을 베풀려는 어머니에게 격렬하게 따지고 들 수도 없었다.

「어머니, 그러지 마세요! 절대 안 돼요. 지금 상황에서 샬럿까지 받아들일 수는 없어요. 지금도 좁아서 숨이 막히는걸요. 프레디의 친구가 화요일에 온다고 했어요. 세실도 있고요. 미니 비브도 디프테리아를 피해 우리 집에 데리고 있기로 하셨다면서요. 샬럿은 오면 안 돼요.」 루시가 사정했다.

「무슨 말도 안 되는 소리! 당연히 와도 돼.」

「미니가 욕실에서 잔다면 몰라도, 다른 방법으로는 안 되죠.」

「미니가 네 방에서 자면 되잖니?」

「싫어요.」

「네가 그렇게 야박하게 굴면, 플로이드 군이 프레디와 한 방을 쓰면 되겠지.」

「샬럿이라, 샬럿 바틀릿, 샬럿 바틀릿.」

세실이 다시 한 번 눈 위에 손을 대고 꿍얼거렸다.

「절대 안 돼요. 분란을 일으키고 싶지는 않아요. 하지만 집 안에 사람을 이렇게 잔뜩 들이는 건 하녀들한테 부당한 일이에요.」 루시는 주장을 굽히지 않았다.

아뿔싸!

「사실대로 말하렴. 넌 샬럿이 싫은 거야.」

「좋아하지는 않아요. 세실도 저하고 다르지 않고요. 샬럿은 사람을 힘들게 해요. 어머니는 근래에 샬럿을 본 적이 없어서 언니가 얼마나 사람을 피곤하게 하는지 몰라요. 물론 나쁜 마음을 품고 그러는 게 아닌 건 저도 알아요. 그러니까 어머니, 집에서 보내는 마지막 여름에 저희한테 걱정거리를 안겨 주지 마세요. 저희 응석을 받아 준다고 생각하고 언니를 부르지 마세요.」

「동의합니다.」 세실이 말했다.

허니처치 부인은 평소보다 심각하게, 또 평소에 자신에게 허락하는 것보다 깊은 감정에 빠져서 대답했다. 「너나 세실이나 참 무정하구나. 너희 두 사람한테는 서로가 있고, 또 얼마든지 산책할 수 있는 이 아름다운 숲도 있잖니? 그런데 불쌍한 샬럿은 물도 안 나오는 집에서 보일러 수리공들만 보고 있어야 해. 너하고 세실은 아직 젊어. 아무리 똑똑하고 책을 많이 읽었다고 해도 젊은 사람들은 나이 드는 게 어떤 건지 짐작도 못할 거다.」

세실은 빵을 잡아 뜯었다.

「그때 내가 자전거를 타고 갔을 때 샬럿 누님이 나한테 아주 잘해 줬어요. 와줘서 고맙다고 어찌나 그러는지 나중에는 얼떨떨해질 지경이더라고요. 그리고 차에 곁들여 먹을 달걀을 알맞게 삶느라고 수고도 엄청 했고요.」 프레디가 끼어들었다.

「나도 안다. 샬럿은 누구한테나 친절하지. 그런데 루시는 그 친절에 약간 보답하겠다는 걸 가지고 이렇게 사람을 힘들게 하는구나.」

루시는 물러서지 않았다. 샬럿에게 친절을 베풀어 봐야 소용없었다. 바로 얼마 전에 자신이 그토록 힘들여 시도해 본 일 아닌가. 그런 노력을 기울이면 천국에 보물을 쌓아 둘 수 있을지는 모르지만, 땅 위에서는 샬럿이건 누구건 풍요로워질 수 없었다. 결국 그녀는 이렇게 말했다. 「어쩔 수 없어요, 어머니. 저는 샬럿을 좋아하지 않아요. 저도 제가 못됐다는 거 알아요.」

「샬럿에게도 직접 그런 말을 했겠구나.」

「하지만 샬럿과 피렌체를 떠나던 때를 생각해 보면……. 샬럿은 미친 듯이 서둘러서…….」

유령들이 돌아오고 있었다. 이탈리아는 이미 유령의 영토가 되었다. 이제 유령들은 그녀의 어린 시절의 영토까지도 침범했다. 성스러운 호수는 이제 전과 같을 수 없을 것이다. 그리고 다음 주 일요일이면 윈디 코너에도 무슨 일이 일어날 것이다. 어떻게 유령들과 맞서 싸울 것인가? 한순간 눈앞의 물질세계가 흐릿해지고, 기억과 감정이 현실이 된 것 같았다.

「제 생각에는 사촌 언니가 오시는 게 좋겠군요. 달걀을 그렇게 잘 삶으신다니 말입니다.」 요리 이야기에 고무된 세실이 말했다.

「잘 삶았다고는 안 했어요. 사실대로 말하자면 샬럿 누님은 깜박하고 달걀을 안 꺼내 줬고 저는 달걀을 싫어해요. 그냥 누님이 굉장히 친절해 보였다는 이야기를 한 것뿐이에요.」 프레디가 세실의 착오를 지적했다.

세실은 다시 이마를 찌푸렸다. 허니처치가 사람들은 왜 이 모양인가! 달걀, 보일러, 수국, 하녀들……. 이들의 인생은 이런 것들로 이루어졌다는 말인가. 「저하고 루시가 먼저 일어나도 좋을지요?」 그가 못마땅한 기색을 숨기지 않고 말했다. 「디저트는 필요 없습니다.」

제14장
루시가 외부 상황에 용감하게 맞서다

샬럿은 당연히 그들의 초대를 받아들였다. 그리고 역시 당연히 폐가 될 것을 짐작하고 아주 허름한 방을 달라고 부탁했다. 전망도 없고 다른 아무것도 없는 방이 좋다며 루시에게 안부를 전했다. 그리고 역시 당연히 다음 주 일요일에는 조지 에머슨이 테니스를 치러 올 것이다.

루시는 이런 상황에 용감하게 맞섰다. 하지만 루시도 우리 대부분과 마찬가지로 자신의 외부를 둘러싼 상황에만 맞섰을 뿐이다. 그녀는 안쪽을 돌아보지 않았다. 때때로 마음 깊은 곳에서 낯선 환영이 떠오르면 그녀는 모두 예민한 신경 탓으로 돌렸다. 세실이 에머슨 부자를 서머 스트리트에 데려왔을 때 루시의 신경은 이미 예민해져 있었다. 이제 샬럿이 와서 지난날의 어리석음을 다시 한 번 연마할 테고, 그녀의 신경은 더욱 예민해질 것이다. 그녀는 밤마다 불안했다. 조지와 몇 마디 이야기를 나누었을 때 — 두 사람은 목사관에서 곧다시 만났다 — 그의 목소리가 어찌나 마음을 흔드는지 그녀는 그의 곁을 떠나고 싶지 않다는 생각이 들었다! 그런 소망이 진심이었다면 얼마나 끔찍했을까? 그런 소망은 당연히 예민해진 신경에서 기인하는 것이었다. 신경은 본디 우리에게 그런 장난을 잘 치지 않는가. 예전에 그녀는 〈허공 중에서 튀어나온 의미를 알 수 없는 것들〉 때문에 괴로움을 겪었다. 하지만 어느 비 오는 날 오후 세실에게서 심리학에 대한 설명을 듣자, 그녀는 미지의 세계에서 젊음이 겪는 모든 문제를 떨쳐 버릴 수 있었다.

이 책을 읽는 독자들은 〈루시가 조지 에머슨을 사랑한다〉는 걸 분명히 알 수 있을 것이다. 하지만 루시의 입장에 선다면 그게 그렇게 분명하게 보이는 것은 아니다. 인생은 정리하기는 간단하지만 실제로 살기는 혼돈스러우며, 우리는 언제나 〈신경〉이라든가 다른 피상적인 말들로 내면의 욕망을 가려 덮으려고 한다. 그녀는 세실을 사랑했다. 조지는 그녀를 불안하게 했다. 누가 그녀에게 두 문장이 바뀌어야 한다고 말해 줄 것인가?

어쨌거나 그녀는 외부 상황에는 아주 용감하게 맞섰다.

목사관의 만남은 별 탈 없이 잘 지나갔다. 그녀는 비브 목사와 세실을 양쪽에 거느리고 서서 이탈리아 이야기를 몇 마디 건넸고, 조지가 거기에 대해 대답했다. 그녀는 자신이 두려워하지 않는다는 걸 보여 주려고 안간힘을 썼고, 그 역시 두려워하지 않는 것 같아서 다행이라고 생각했다.

「좋은 친구예요. 시간이 조금 더 지나면 지금의 미숙함을 떨쳐 낼 겁니다. 나는 인생에 너무 잘 적응하는 젊은이들을 믿지 않습니다.」 나중에 비브 목사가 말했다.

「전보다 밝아진 것 같네요. 웃음이 많아졌어요.」 루시가 말했다.

「그래요, 이제 깨어나는 거지요.」

그걸로 끝이었다. 하지만 일주일이 지나는 동안 그녀의 방어벽은 많은 부분이 허물어졌고, 그녀는 감각적 아름다움을 지닌 이미지를 조용히 향유했다.

오는 길을 그렇게 분명하게 전해 주었는데도, 샬럿은 이상하게 헤매며 왔다. 그녀는 본래 도킹의 사우스이스턴 역에 도착하기로 되어 있어서, 허니처치 부인이 마차를 타고 그리로 마중을 나갔다. 그런데 그녀는 런던의 브라이튼 역에 내려서 마차를 잡아탔다. 집을 지키고 있던 프레디와 친구는 테니스를 치다 말고 한 시간 동안 내리 샬럿을 접대해야 했다. 세실과 루시는 4시에 돌아왔고, 여기 미니 비브가 더해진 여섯 명이 우울한 6인조를 이루어 잔디밭에서 차를 마셨다.

「날 용서할 수가 없어.」 샬럿은 이렇게 말하며 쉴 새 없이 자리에서 일어났다. 그러면 나머지 다섯 명이 일제히 그녀에게 다시 앉을 것을 부탁해야 했다. 「모든 걸 망쳤어. 젊은 사람들의 모임에 이렇게 끼어들다니! 하지만 마차 삯만은 내 돈으로 내겠어. 그것만은 허락해 줘.」

「저희 집 손님한테 절대 그럴 수는 없어요.」 루시가 말했다. 어느덧 삶은 달걀의 기억이 희미해진 프레디가 짜증스러운 목소리로 말했다. 「누나가 오기 전 30분 동안 내가 샬럿 누님한테 그 말을 하고 하고 또 했어.」

「나는 평범한 손님이 아니잖니.」 샬럿은 그렇게 말하고 해어진 장갑을 바라보았다.

「정말 그러길 원하면 그렇게 하세요. 마차 삯 5실링 가운데 1실링은 제가 이미 마부한테 주었어요.」

샬럿은 지갑 속을 들여다보았다. 소버린 금화[16]들과 페니 동전[17]들밖에 없었다. 누가 잔돈을 좀 바꾸어 줄 수 없을까? 프레디는 10실링이 있었고, 프레디의 친구는 반크라운 은화[18]가 네 개 있었다. 샬럿이 두 젊은이의 돈을 받아 들고 말했다.

---

16 20실링(=1파운드).
17 12분의 1실링.
18 10분의 4실링.

「그러면 누구한테 내 소버린 금화를 줘야 하지?」

「어머니가 와서 해결하시게 하면 어때요?」 루시가 말했다.

「아냐, 마차로 먼 길을 오셔야 할 텐데, 나 때문에 골치 아프게 해드릴 수는 없지. 사람마다 단점이 있지만, 내 단점은 돈 계산을 빨리 해치우고 싶어 한다는 거야.」

그러자 프레디의 친구 플로이드가 한 가지 제안을 했다. 누가 샬럿의 소버린 금화를 받을지 동전을 던져서 결정하자는 것이었다. 해결책이 다가온 것 같았고, 여봐란 듯한 자세로 주변 전망을 내다보며 차를 마시던 세실도 〈우연〉이라는 영원한 매력에 이끌려 고개를 돌렸다.

하지만 그것도 해결책이 되지 않았다.

「제발…… 제발…… 내가 흥을 깨는 사람인 거 잘 알아. 하지만 그런 방식을 택하면 내 마음이 견딜 수 없어져. 다른 한 사람의 돈을 뺏는 셈이 될 테니 말이야.」

「프레디가 저한테 15실링을 빌려 갔습니다. 그러니까 저한테 금화를 주시면 되겠네요.」 세실이 끼어들었다.

「15실링이라고요? 어떻게 그렇게 되죠, 바이스 씨?」 샬럿이 의심스럽다는 듯 물었다.

「모르시겠습니까? 프레디가 마차 삯을 냈기 때문이죠. 그러니까 금화는 저를 주세요. 그러면 이 한심한 도박을 하지 않아도 됩니다.」

셈에 약한 샬럿은 머릿속이 헝클어져서, 숨죽인 채 킬킬거리는 젊은이들 틈에 소버린 금화를 넘겨주었다. 잠시 동안 세실은 득의만만했다. 모두가 보는 앞에서 말도 안 되는 장난을 쳤으니 말이다. 그런 뒤 루시를 보니 불안한 기색이 예쁜 미소를 망쳐 놓고 있었다. 하지만 1월이 되면 그는 자신의 레오나르도 작품을 이 놀라운 헛소리들의 틈에서 구해 낼 수 있었다.

「하지만 이상해요!」이 사기 행각을 꼼꼼하게 지켜보던 미니 비브가 소리쳤다. 「왜 세실 아저씨가 금화를 가져야 하는 거예요?」

「15실링에다 5실링을 더해 보렴.」젊은이들이 점잔빼며 말했다. 「15실링에 5실링을 더하면 1파운드가 되잖니.」

「하지만 그래도……」

그들은 케이크로 미니의 입을 막으려 했다.

「괜찮아요. 많이 먹었어요. 제가 볼 때는…… 프레디, 찌르지 마요. 루시, 프레디가 절 막 찔러요. 아야! 플로이드의 10실링은 어떻게 되는 거예요? 아야! 저기 손님으로 오신 분이 마부한테 직접 돈을 주면 되지 않아요?」

「그래, 마부가 있었구나. 일러 줘서 고맙다. 1실링이라고 했던가? 누구 나한테 반 크라운을 잔돈으로 바꿔 줄 수 있는 사람?」샬럿이 얼굴을 붉히며 말했다.

「제가 해볼게요. 세실, 그 소버린 금화를 잠깐 줘봐요. 아니, 그냥 나한테 줘요. 유피미아한테 바꿔 달라고 하겠어요. 그런 다음 처음부터 다시 계산하는 거예요.」루시가 겸연히 끼어들었다.

「루시…… 루시…… 난 이렇게 사람들을 괴롭히기만 한다니까!」샬럿은 그렇게 말하고 루시를 따라 잔디 위를 걸어갔다. 루시는 유쾌한 시늉을 하며 사뿐사뿐 앞서갔다. 말소리가 들리지 않을 만한 거리가 되자, 샬럿이 한탄을 멈추고 루시에게 재빨리 말했다. 「그 사람한테 얘기했니?」

「아뇨, 안 했어요.」루시는 그렇게 대답한 뒤 혀라도 깨물고 싶다는 생각에 사로잡혔다. 샬럿의 말을 그렇게 빨리 이해했다는 사실이 스스로도 기가 막혔다. 「그러니까…… 은화로 1파운드를 만들면 되죠?」

그녀는 부엌으로 들어갔다. 샬럿의 돌변은 가히 섬뜩할 정도였다. 어떨 때 보면 샬럿은 말 한마디 한마디를 다 계획과 의도에 따라 하는 게 아닌가 싶었다. 마차와 잔돈에 대한 이 법석도 사람을 놀라게 하려고 일부러 마련한 책략인 것 같았다.

「아뇨, 세실한테도 아무한테도 말 안했어요.」 그녀가 동전을 가지고 돌아와서 말했다. 「말 안 하겠다고 언니한테 약속했잖아요. 여기 잔돈 있어요……. 반크라운 은화 두 개에다 나머지는 다 실링이에요. 언니가 직접 세봐요. 이제 누구한테 돈을 갚아야 하는지 분명하게 계산할 수 있을 거예요.」

샬럿은 응접실에 벽에 걸린 성 요한 승천화를 보고 있었다.

「아찔해! 바이스 씨가 다른 경로로 그 이야기를 듣게 된다면 그건 끔찍한 정도가 아닐 거야.」 샬럿이 중얼거렸다.

「그럴 일은 없어요, 샬럿.」 루시는 다시 전투에 뛰어들었다. 「조지 에머슨은 문제없어요. 그것 말고는 다른 경로가 있을 수 없잖아요.」

샬럿은 생각에 잠겼다. 「예를 들면 그날 마부가 있잖니. 그 사람이 덤불 틈으로 너희를 보고 있었어. 입에 제비꽃을 물고 있었지.」

루시는 살짝 몸을 떨었다. 「그 바보 같은 일 때문에 쓸데없이 골치를 썩을 필요는 없어요. 피렌체의 마부가 무슨 수로 세실하고 연결된다는 말이에요?」

「모든 가능성을 생각해 봐야지.」

「물론 그렇기야 하죠.」

「어쩌면 아버지 에머슨 씨가 알고 있을지도 몰라. 아니, 그 사람은 분명히 알 거야.」

「그분은 알건 말건 상관 안 해요. 언니가 편지를 보내 준 건 고마웠지만, 만약 그 소식이 알려져도 세실은 그냥 웃어넘길 거라고 믿어요.」

「거짓말이라고 생각해서?」

「아뇨, 그냥 우스운 일이라고 생각해서요.」 하지만 루시도 실제로는 그렇지 않으리라는 걸 알았다. 그는 누구의 손도 닿지 않은 깨끗한 루시를 원했다.

「그래, 네가 가장 잘 알겠지. 어쩌면 내가 젊었을 때하고는 남자들 생각도 달라졌을지 모르지. 여자들은 분명히 달라졌다만.」

루시가 장난스럽게 샬럿을 때렸다. 「언니는 친절하지만 걱정이 너무 많아요. 이제 저한테 어떻게 하라고 시킬 건가요? 처음에는 말하지 말라더니 다음에는 말하라고 했잖아요? 대체 어떻게 할까요?」

샬럿은 한숨을 쉬었다. 「내가 말로 너를 어떻게 당하겠니. 피렌체에서 너한테 걸리적거린 일을 생각하면 부끄러워서 얼굴을 못 들겠어. 네가 그렇게 처신을 잘하고, 모든 면에서 나보다 훨씬 똑똑한데 말이다. 너는 나를 용서하지 못할 거야.」

「이제 나갈까요? 미적거리다가는 찻잔들이 남아나지 않을 것 같군요.」

찻숲간르 머리를 공격당하는 미니의 비명 소리가 잔디밭 위에 울려 퍼졌기 때문이다.

「잠깐…… 당분간 우리 둘이 이렇게 이야기할 기회가 없을지도 몰라. 그 젊은이를 다시 만났니?」

「예.」

「어땠어?」

「목사관에서 만났어요.」

「어떤 식으로 나오든?」

「특별한 건 없었어요. 그냥 평범하게 이탈리아 이야기를 했어요. 정말 아무 문제 없어요. 그 말을 퍼뜨려서 악당의 오명을 얻으면 그 사람이라고 좋을 게 뭐가 있겠어요? 언니도 제 관점을 이해해 줬으면 좋겠어요. 그 사람은 아무 문제 안 될 거예요.」

「한 번 악당은 영원한 악당이야. 내가 보는 관점에선 그렇다.」

루시가 멈춰 섰다. 「지난번에 세실이 말했어요……. 듣고서 나도 곰곰이 생각해 봤죠……. 뭐냐 하면 세상의 악당은 두 종류가 있대요. 자기가 하는 일을 아는 악당과 모르는 악당.」 그녀는 세실의 생각의 깊이를 확실히 전달하기 위해 다시 말을 멈추었다. 창문 너머로 세실이 소설책을 넘기는 모습이 보였다. 스미스 씨 책방에서 새로 빌려 온 책이었다. 어머니가 역에서 돌아온 모양이었다.

「한 번 악당은 영원한 악당…….」 샬럿이 중얼거렸다.

「모르는 악당이란 말은, 조지 에머슨이 그때 잠깐 판단력을 잃었다는 거죠. 제가 제비꽃 더미 속으로 쓰러졌잖아요. 그 사람은 황당하고 놀랐겠죠. 그 사람을 크게 욕할 수는 없다고 생각해요. 누군가를 갑자기 아름다운 풍경 속에서 보면 뭔가 다르게 느껴지잖아요. 정말 그래요, 엄청나게 달라요. 그래서 그 사람도 잠깐 자제력을 잃은 거예요. 그 사람은 나한테서 매력이라나 뭐라나 하는 그런 우스꽝스러운 걸 전혀 느끼지 않아요. 프레디는 그 사람이 좀 마음에 드나 봐요. 그래서 일요일에 우리 집에 초대까지 했어요. 그러니까 언니가 직접 보고 판단해 보세요. 전보다 확실히 나아졌어요. 금방 눈물을 주루룩 흘릴 것 같은 그런 얼굴이 아니에요. 그리고 그 사람은 큰 철도 회사의 총감독실 직원으로 일해요……. 짐꾼이 아니라고요! 주말이 되면 아버지를 보러 여기로 내려오죠. 아버지는 신문 기자 일을 계속하려고 했는데, 류머티즘 때문에 그만두셨어요. 아, 이제 정원으로 나가 봐야겠네요.」 루시는 손님의 팔짱을 꼈다. 「이제 우리 바보 같은 이탈리아 이야기는 그만둬요. 언니가 윈디 코너에서 편히 쉴 수 있었으면 좋겠어요. 걱정 따위 제발 접어 두고요.」

루시는 자신이 제법 말을 잘했다고 생각했다. 하지만 독자들 중에도 루시가 한 군데서 실수를 저질렀음을 알아차린 사람이 있을 것이다. 샬럿이 그 실수를 알아차렸는지는 알 수 없다. 나이 든 사람들은 도무지 속을 내보이지 않기 때문이다. 무언가 이야기를 더 할 수도 있었겠지만, 허니처치 부인이 들어오면서 두 사람의 대화는 중단되었다. 샬럿과 허니처치 부인이 도대체 어떻게 된 일인지 서로에게 설명하는 동안 루시는 그곳을 빠져나왔다. 그녀의 머릿속에서 이미지들이 더욱더 선명하게 고동치고 있었다.

제15장
내면의 참상

샬럿이 온 뒤의 일요일은 그해의 많은 날들이 그랬듯이 눈부시게 화창했다. 가을이 내리기 시작한 월드 숲은 여름을 지배한 초록빛 단조로움이 깨어지면서 골짜기에 잿빛 연무가 피어올랐고, 너도밤나무는 적갈색으로 참나무는 황금색으로 물들어 갔다. 산등성이의 검은 소나무 부대는 자신들은 변하지 않으면서 주변의 모든 변화를 지켜보았다. 골짜기도 산등성이도 모두 구름 한 점 없는 하늘을 이고 있었고, 교회의 종소리도 위아래로 골고루 울려 퍼졌.

윈디 코너의 정원을 지키는 것은 붉은색 표지의 책 한 권뿐이었다. 그 책은 자갈길 위에 누워 햇볕을 쬐고 있었다. 집에서는 교회 갈 준비를 하는 여자들의 소리가 정신없이 들려왔다.

「남자들은 안 간대요.」

「그야 나무랄 일은 아니지.」

「미니가 자기도 꼭 가야 되느냐고 묻는데요?」

「생뚱맞은 소리 그만하라고 그래라.」

「앤! 메리! 등 뒤의 후크 좀 채워 줘!」

「루시아, 번거롭겠지만 나한테 핀 하나만 줄 수 없겠니?」

샬럿은 자신은 무슨 일이 있어도 교회에 가는 사람이라고 선

언해 둔 터였다.

 태양이 하늘로 떠올라 하루의 여정을 시작했지만, 그 길을 인도한 이는 파에톤이 아니라 유능하고 확고하고 신성한 아폴론이었다. 햇살은 침실 창가로 다가온 숙녀들 위로 쏟아져 내렸고, 캐서린 앨런의 편지를 읽으며 미소 짓는 비브 목사 위에도 내렸고, 아버지의 구두를 닦는 조지 에머슨에게도 내렸고, 마지막으로 이 기억할 만한 것들의 목록을 완성하기 위해 앞서 말한 붉은색 책 위에도 내렸다. 여자들이 움직이고, 비브 목사가 움직이고, 조지가 움직이고, 그에 따라 그림자들이 생겨난다. 하지만 책은 꼼짝 않고 누워서 오전 내 쏟아지는 다정한 햇볕의 손길을 받고, 이따금 거기 응답하듯 표지를 살짝 들어올릴 것이다.

 곧이어 루시가 응접실 앞 출입창 밖으로 나선다. 새로 맞춘 선홍색 드레스는 실패작이었고, 그녀는 천박하고도 파리해 보인다. 목에는 석류석 장식띠를 둘렀고, 손가락에는 루비 약혼반지가 끼여 있다. 그녀의 눈이 윌드 숲을 굽어본다. 살짝 얼굴을 찡그렸지만, 그건 화가 나서가 아니라 어린아이가 울지 않으려고 할 때와 같은 찡그림이다. 그 넓은 천지에 그녀를 바라보는 눈길은 하나도 없다. 그녀는 지금 어쩌면 질책받지 않을 곳에서 얼굴을 찡그린 채 아폴론의 현재 위치와 서쪽 언덕들 사이의 남은 거리를 재고 있는 것인지도 모른다.

 「루시! 루시! 그 책은 뭐니? 누가 책을 서가에서 꺼내서 그런 곳에 버려둔 거니?」

 「세실이 책방에서 빌린 책이에요.」

 「책을 치워 두렴. 거기 그렇게 하릴없이 서 있으니 무슨 홍학 같구나.」

 루시는 책을 집어 들고 기운 없이 제목을 훑어보았다. 『로지아 아래에서』였다. 루시는 이제 소설 같은 것은 읽지 않는

다. 세실을 따라잡기 위해 여가 시간을 모두 견실한 문학 작품을 읽는 데 바쳤기 때문이다. 세실에 비하면 자신은 참담할 만큼 아는 게 없었다. 게다가 이탈리아 화가들 이름처럼 잘 알고 있다고 생각했던 것들마저 어느새 잊기 일쑤였다. 오늘 아침만 해도 그녀는 프란체스코 프란치아를 피에로 델라 프란체스카와 혼동했다. 그러자 세실은 〈설마 벌써 이탈리아를 잊어버린 건 아니죠?〉 하고 말했다. 그녀가 정겨운 전망과 그 앞의 정겨운 정원과 그 위에 떠오른 다른 어느 곳보다 정겨운 태양 앞으로 나갔을 때 그 눈길에 불안이 떠오른 데는 그의 말도 한몫했다.

「루시⋯⋯ 미니한테 줄 6펜스랑 네가 쓸 1실링 준비했니?」

그녀는 교회에 갈 차림을 재빨리 갖추고 있는 어머니에게 달려갔다.

「특별 모금이 있거든⋯⋯. 뭘 위한 건지는 잊었지만. 부탁한다만 제발 반 펜스짜리 동전을 헌금 쟁반에 떨그렁거리지 말아 주렴. 미니한테 6펜스 동전 챙겨 주는 거 잊지 말고. 그런데 미니는 어딜 간 거지? 미니야! 책이 휘어졌네. (이런, 네 차림새가 왜 그렇게 촌스럽냐.) 책 위에 지도라도 얹어서 눌러 보렴. 미니야!」

「네, 아줌마.」 위쪽에서 대답 소리가 들렸다.

「미니야, 어서 서둘러라. 말들이 오는구나.」 허니처치 부인은 마차라고 하지 않고 언제나 말들이라고 했다. 「샬럿은 어디 갔니? 얼른 샬럿한테 서두르라고 하렴. 도대체 왜 이렇게 오래 걸리는 거야? 뭐 챙길 게 있다고. 블라우스밖에 갖고 온 것도 없으면서. 불쌍한 샬럿⋯⋯. 나는 블라우스는 질색이야! 미니야!」

디프테리아나 경건함보다 훨씬 전염성이 강한 불신앙에 물든 목사의 조카딸이 툴툴거리며 나왔다. 언제나처럼 미니는 이유를 알 수 없었다. 왜 쏟아지는 햇빛 아래 오빠들과 함께 앉아 있으면 안 된다는 말인가? 조금 전에 현장에 등장한 그 오빠들이 품위 없는 말로 그녀를 놀렸다. 허니처치 부인이 정통 신앙을 옹호했고, 혼란의 와중에 샬럿이 최신 유행의 세련된 차림새로 천천히 계단을 내려왔다.

「메리언, 미안해요. 하지만 잔돈이 없네요……. 소버린하고 반크라운뿐인걸요. 누구 나한테…….」

「걱정 말고 마차부터 타라. 그나저나 정말 멋지구나. 멋진 드레스야! 너 때문에 우리들이 다 초라해 보이겠다.」

「제가 가진 최고의 누더기를 지금 입지 않으면 언제 입겠어요?」

샬럿이 나무라듯 말했다. 그러고는 마차에 올라 말을 등지고 앉았다. 출발에 필요한 소음이 한 차례 이어진 뒤 마차는 떠났다.

「잘 다녀오세요!」 세실이 소리쳤다.

그 말투에 담긴 빈정거림에 루시는 입술을 깨물었다. 〈교회와 관련된 제문제〉에 이르면 둘의 대화는 언제나 불만스럽게 끝났다. 그는 사람은 누구나 자신의 내면을 깊이 살펴볼 필요가 있다고 말했다. 하지만 그녀는 내면을 깊이 살펴보고 싶은 마음이 없었다. 어떻게 해야 하는 건지도 몰랐다. 세실은 진실한 정통 신앙은 존중했다. 하지만 그는 진실이란 영적 위기를 겪은 후에 나타나는 결과라고 생각했다. 진실이 인간의 타고난 권리라는 것, 꽃이 피어나듯 자연스럽게 하늘을 향해 자라나는 것이라고는 생각하지 못했다. 그래서 이 문제를 두고 이야기할 때마다 그가 온몸으로 관용을 내뿜는데도 불구하고, 그의 말 한마디 한마디는 그녀를 고통스럽게 했다. 하지만 에머슨 부자는 그와 달랐다.

그녀는 예배가 끝난 뒤 에머슨 부자를 만났다. 교회 앞길에 마차들이 긴 줄을 이루어 세워져 있었고, 허니처치가의 마차는 우연히도 시시 빌라 맞은편에 있었다. 그들은 마차에 조금이라도 빨리 가려고 세모꼴 초지 위로 올라섰는데, 그 집 아버지와 아들이 정원에서 담배를 피우고 있었다.

「저 사람들하고 인사시켜 주렴. 저 젊은이가 나를 이미 만났다고 생각하지 않는다면.」 어머니가 말했다.

그는 십중팔구 그렇다고 생각했겠지만, 루시는 신성한 호수의 사건을 무시하고 세 사람을 정식으로 소개했다. 아버지 에머슨 씨는 루시를 아주 반가워하며 결혼 소식 듣고 몹시 기뻤노라고 했다. 그녀는 자신도 기쁘다고 대답했다. 그리고 샬럿과 미니와 비브 목사가 뒤쪽에 어정거렸기 때문에, 편안한 대화 주제를 찾아서 새 집이 마음에 드느냐고 물었다.

「좋습니다.」 하지만 그 목소리에는 불쾌한 기색이 묻어났다. 그녀는 에머슨 씨에게서 불쾌한 기색을 본 적이 없었다. 그가 덧붙여 말했다.

「그런데 앨런 자매 분 이야기를 들었습니다. 우리가 그분들을 쫓아낸 셈이더군요. 여자들은 그런 일을 흘려 넘기지 못합니다. 그 이야기를 듣고 몹시 언짢았습니다.」

「뭔가 오해가 좀 있었던 거 같네요.」 허니처치 부인이 서둘러 끼어들었다.

「집 주인께서 우리를 잘못 알고 계셨어요.」 조지가 말했다. 이 문제를 좀 더 자세히 이야기하려고 작정한 듯한 말투였다.

「우리를 예술 쪽 사람들로 알고 있더군요. 그래서 실망하셨죠.」

「앨런 자매에게 편지를 내서 우리가 여길 포기하겠다고 해야 하나 생각 중입니다. 아가씨는 어떻게 생각합니까?」 에머슨 씨가 루시에게 물었다.

「이미 이사를 오셨으니 그러실 필요는 없어요.」 루시는 가

병게 대답했다. 세실에게 비난이 돌아가는 일은 막아야 했다. 그 짧은 대화의 공격 대상은 비록 이름은 언급되지 않았어도 분명히 세실이었기 때문이다.

「조지도 그렇게 말하죠. 앨런 자매 분이 얼마나 곤란해하겠느냐고. 그래도 이렇게 몰인정한 일이 있나 그래.」

「세상이 마냥 인정으로 가득한 건 아니죠.」 조지가 지나가는 마차 유리창에 반사되는 햇빛을 보면서 말했다.

「맞아요! 내 말이 그 말이에요. 그러니 그 앨런 자매라는 할머니들에 대해서는 더 왈가왈부하지 말자고요.」 허니처치 부인이 소리쳤다.

「인정이 가득할 수 없는 건 세상에 빛이 가득할 수 없는 거랑 비슷해요.」 그는 조심스럽게 말을 이었다. 「사람이 서 있으면 그림자가 지죠. 햇빛을 가리지 않겠다고 이리저리 옮겨 봐야 소용없어요. 그림자도 계속 따라오니까요. 그러니까 내가 서 있어도 피해가 가지 않는 곳을 선택해야 해요……. 맞아요, 되도록 피해가 적은 곳을 선택해야 해요. 그리고 거기서 태양을 향해 혼신을 다해 서 있어야지요.」

「에머슨 군은 재치가 넘치는군요!」

「네……?」

「재치가 넘치는 사람이 될 것 같아요. 설마 우리 프레디한테는 그런 행동을 보여 주지 않았겠죠?」

조지가 눈으로 웃었다. 루시는 조지와 어머니가 잘 지낼 수 있을지도 모른다는 생각이 들었다.

「저는 아닙니다. 오히려 프레디가 저한테 그렇게 한걸요. 프레디한테는 그게 원칙이에요. 프레디는 그걸로 인생을 시작했고, 저는 물음표로 시작했지만요.」

「그게 도대체 무슨 말인지? 아니, 무슨 말인지는 중요하지 않아요. 설명할 필요 없어요. 프레디가 에머슨 군을 오늘 오후에 초대했다고 하더군요. 테니스 좀 쳐요? 일요일인데 테니스 쳐도 괜찮겠어요?」

「조지는 일요일에 테니스 치는 거 안 좋아해요! 조지도 교육을 잘 받은 사람이기 때문에 일요일이 어떤 날인지 잘……」

「알았어요. 일요일에 테니스 치는 거 상관없는 거죠? 실은 나도 그래요. 그럼 약속된 대로 해요. 에머슨 씨도 아드님과 함께 저희 집을 한번 방문해 주시고요.」

그는 초대는 고맙지만 자신이 걸어갈 만한 거리는 아니라고 했다. 그는 요즘 먼 길을 다닐 수가 없다고 했다.

허니처치 부인이 조지에게 고개를 돌렸다. 「그렇다면 아버님은 이 집을 앨런 자매에게 돌려주고 싶어 하시는 건가요.」

「네.」 그렇게 말하고 조지는 아버지의 목에 팔을 둘렀다. 비브 목사와 루시가 익히 알고 있던 그의 친절함이 갑자기 쏟아져 나왔다. 마치 햇살이 드넓은 풍경 위로 쏟아져 내리는 것 같았다. 아침 햇살이 저러할까? 저 사람은 이상한 점이 아주 많지만, 지금껏 애정을 거역하는 말을 한 적은 없다고 루시는 생각했다.

샬럿이 다가왔다.

「저희 친척 샬럿 바틀릿 아시죠? 피렌체에 제 딸과 함께 갔었죠.」 허니처치 부인이 상냥하게 말했다.

「맞습니다!」 에머슨 씨가 그렇게 대답하고, 샬럿에게 인사하기 위해 정원 밖으로 나가려고 했다. 샬럿은 얼른 마차에 올라탔다. 마차에 들어앉은 채 그녀는 공손하게 고개 숙여 인사했다. 다시 베르톨리니 펜션으로 돌아가서 물병과 포도주 병이 놓인 식탁에 앉은 것만 같았다. 전망 좋은 방을 둘러싸고 벌어진 지난날의 전투가 되살아났다.

조지는 샬럿의 인사에 답하지 않았다. 젊은 청년이 대개 그러하듯 부끄러움에 얼굴을 붉혔을 뿐이다. 샤프롱은 분명 그

때 일을 기억하고 있을 것이다. 「저기…… 이따가 갈 수 있으면 테니스 치러 가겠습니다.」 그는 그렇게 말하고 집 안으로 들어갔다. 아마 조지가 무슨 행동을 했어도 루시의 마음에 들었을 것이다. 하지만 이런 어설픈 행동은 루시의 가슴에 곧장 다가왔다. 남자도 신이 아니었다. 그들도 여자처럼 인간이고 또 서툴렀다. 남자들도 정체 모를 욕망에 시달리고, 다른 사람의 도움을 필요로 할지 모른다. 그녀가 받은 교육과 그녀가 걸어가는 인생행로로는 남자도 약하다는 진실을 일러 주지 않았다. 하지만 그녀는 피렌체에서 조지가 사진을 아르노 강에 던져 넣을 때 이미 그것을 짐작했다.

「조지, 여기 계속 있으렴.」 아버지가 소리쳤다. 아들이 이야기를 계속하는 게 사람들에게 훌륭한 대접이 된다고 생각하는 듯했다. 「조지는 오늘 기분이 좋아 보입니다. 오늘 오후에 분명히 거기 갈 거예요.」

루시는 사촌 언니를 보았다. 그 눈에 담긴 말 없는 호소를 보고 그녀는 무모함이 솟구쳐서 목소리를 높였다. 「네, 꼭 오시긴 바랍니다.」 그런 뒤 마차에 올라타고 나직하게 말했다. 「아버지는 아무것도 모르네요. 괜찮을 줄 알았어요.」 허니처치 부인이 뒤따라 탔고 마차는 떠났다.

에머슨 씨가 피렌체의 사건을 모른다는 건 다행스러운 일이었다. 하지만 그게 천상의 도성에라도 이른 것처럼 기뻐할 일은 아니었다. 다행이었지만, 그걸 받아들이는 루시의 기쁨은 적절한 수준을 벗어나 있었다. 집으로 오는 동안 말발굽 소리는 그녀에게 노래를 불러 주었다. 〈말하지 않았어, 말하지 않았어.〉 그녀의 머릿속에 선율이 펼쳐졌다. 〈아버지한테 말하지 않았어. 다른 일은 모조리 말하는 아버지한테도. 그건 성과가 아니었어. 내 등 뒤에서 나를 비웃지 않았어.〉 그녀는 손을 들어 볼에 댔다. 〈그가 나를 사랑하는 건 아냐. 그건 끔

찍한 일이지! 하지만 말하지 않았어. 앞으로도 안 할 거야.〉

그녀는 〈아무 문제 없어요. 그건 우리 두 사람의 영원한 비밀이에요. 세실도 절대 알 수 없어요〉라고 소리라도 지르고 싶었다. 피렌체의 마지막 날 밤에 샬럿과 둘이서 조지의 방에 무릎을 꿇고 앉아 짐을 쌀 때, 샬럿이 그 일을 비밀로 하라고 종용한 사실조차 뿌듯했다. 그 비밀이 대단한 건지 아닌지는 몰라도 어쨌거나 비밀은 지켜졌다. 그 사실을 아는 영국인은 이 세상에 오직 세 명뿐이었다.

그녀는 자신의 기쁨을 그렇게 해석했다. 마음속의 안도감이 너무도 커서 그녀는 보기 드물게 밝은 얼굴로 세실을 맞았다. 세실이 마차에서 내리는 그녀의 손을 잡아 주자 그녀가 말했다.

「에머슨 부자가 친절하게 대해 줬어요. 조지 에머슨은 전보다 훨씬 좋아졌고요.」

「아, 제가 돌봐 주는 사람들 말이로군요. 어떻게 지내나요?」 세실이 물었다. 그는 그들에게 아무 관심이 없었고, 그들을 윈디 코너로 불러 교육시키겠다는 결심도 잊은 지 오래였다.

「돌봐 준다고요?」 루시가 격앙된 목소리로 되물었다.

세실이 생각하는 인간관계는 보호자와 피보호자로 이루어지는 봉건적 관계가 전부였다. 그녀의 영혼이 갈망하는 동료애 같은 것은 그의 머릿속에 없었다.

「당신이 돌봐 주는 사람들이 어떻게 지내는지 직접 확인해 보세요. 조지 에머슨이 오늘 오후에 우리 집에 올 테니까요. 그 사람은 이야기 상대로 아주 재미있더군요. 그러니 무슨……」

〈돌봐 준다느니 하는 말은 그만둬요〉라고 말하려던 참이었지만, 때 맞춰 점심시간을 알리는 종이 울렸고, 매번 그렇듯이 세실은 루시의 말에 별로 신경을 쓰지 않았다. 그녀의 무기는 매력이지 논리가 아니었다.

점심 식사는 유쾌했다. 루시에게 식사 시간은 대개 우울한 시간이었다. 언제나 세실이건 샬럿이건 아니면 인간의 눈에 보이지 않는 어떤 존재를 달래야 했기 때문이다. 게다가 그 존재는 그녀의 영혼에 속삭였다. 〈지금 같은 유쾌함은 얼마 안 남았어. 너는 1월이면 런던에 가서 유명 인사의 손자, 손녀 들을 접대하며 살아야 해.〉 하지만 오늘은 어떤 보증을 받은 것 같은 느낌이 들었다. 어머니도 언제나 거기 앉아 있을 거고, 동생도 여기 앉아 있을 거다. 아침이 밝은 이후로 하늘 길을 여행하고 있는 태양도 서쪽 산들 너머로 사라지지 않을 거다. 식사 후 식구들은 그녀에게 피아노를 쳐달라고 했다. 그녀는 몇 달 전에 글룩의 오페라 「아르미데」를 본 기억을 되살려서, 마법의 정원 부분을 연주했다. 주인공 르노가 영원한 새벽빛 아래 무대에 등장하는 대목이었다. 음악은 요정 나라의 잔잔한 바다처럼 차오르는 일도 꺼지는 일도 없이 시종여일하게 흘렀다. 그런 음악은 피아노와는 맞지 않았고, 식구들은 점점 지루해했다. 그런 불만을 공유한 세실이 소리쳤다. 「이제 다른 정원을 연주해 봐요. 〈파르지팔〉에 나오는 정원으로.」

루시는 피아노를 닫았다.

「네 멋대로구나.」 어머니가 말했다.

혹시 세실이 기분을 상했나 싶어 그녀는 얼른 사람들을 둘러보았다. 그랬더니 그녀가 모르는 새 조지가 조용히 들어와 있었다.

「어머, 전혀 몰랐네요!」 그녀는 얼굴이 빨개져서 소리쳤다. 그리고 조지에게 인사도 건네지 않고 다시 피아노를 열었다. 이제 세실은 〈파르지팔〉 아니라 원하기만 하면 무엇이라도 들을 수 있었다.

「우리 피아니스트께서 마음이 바뀌셨군요.」 샬럿이 말했다. 〈이제 에머슨 군을 위해 연주할 거랍니다〉 하고 암시하는 듯한 말투였다. 루시는 어떻게 해야 할지 몰랐다. 뭘 하고 싶은지도 몰랐다. 그래서 〈꽃 처녀〉의 몇 소절을 엉망으로 친 뒤 손을 멈추었다.

「테니스를 치는 편이 낫겠어.」 프레디가 이 지리멸렬한 여흥을 한심해하며 말했다.

「나도 그렇게 생각해. 남자 복식을 하면 되겠다.」 루시가 불운한 피아노를 두 번째로 닫으면서 말했다.

「좋아.」

「미안하지만 나는 빼줘.」 세실이 말했다. 「내가 끼면 경기를 망치게 될 테니까.」 아무리 못해도 필요할 때는 사람 수를 맞추어 주는 게 친절한 행위라는 걸 세실은 깨닫지 못했다.

「그러지 말고 같이 해요. 나도 형편없고 플로이드도 엉망이에요. 모르긴 해도 조지도 마찬가지일 거예요.」

조지가 그 말을 정정해 주었다. 「나는 그렇게 못하지는 않아.」

사람들이 그 말에 어처구니없어했다. 「그렇다면 내가 끼지 않을 이유가 더 분명하군.」 세실이 그렇게 말하자, 샬럿이 조지를 무안 주겠다는 일념으로 끼어들었다. 「나도 그렇게 생각해요. 바이스 씨는 끼지 않는 편이 좋겠어요. 아무래도 그편이 낫겠어요.」

그러자 미니가 세실이 피하려는 자리로 뛰어들어서 자기가 테니스를 치겠다고 했다. 「아마 공을 한 개도 못 받을 거예요. 하지만 그게 뭐 중요한가요?」 하지만 일요일은 안식일이라는 이유로 이 친절한 제안은 바로 묵살되었다.

「그러면 루시가 쳐야겠구나.」 허니처치 부인이 말했다. 「루시한테 부탁할 도리밖에 다른 방법이 없구나. 루시, 가서 옷 갈아입고 오너라.」

루시의 주일은 대개 양면적 성격을 띠었다. 오전에는 순수한 마음으로 주일을 지켰지만, 오후가 되면 주저 없이 그것을 깼다. 옷을 갈아입는 동안 그녀는 세실이 자신을 비웃는 건 아닐까 하는 생각이 들었다. 정말로 그와 결혼하기 전에 자신을 깊이 살펴보고 마음가짐을 점검해야 할 것 같았다.

플로이드가 그녀와 한편이 되었다. 그녀는 음악을 좋아했지만, 테니스는 음악보다도 훨씬 더 좋은 것 같았다. 옷 솔기에 겨드랑이를 긁히며 피아노 앞에 앉아 있는 것보다 이렇게 편한 옷을 입고 뛰어다니는 것이 이루 말할 수 없이 좋았다. 다시 한 번 음악은 어린아이들의 취미라는 생각이 들었다. 조지가 서브를 했고, 그녀는 이기고자 하는 그의 열망에 놀랐다. 그가 산타크로체 교회의 무덤들 틈에서 이 세상이 자신과 맞지 않는다고 한숨짓던 모습이 생각났다. 그리고 그 정체불명의 이탈리아 남자가 죽은 뒤 아르노 강둑 난간 너머로 몸을 기울이고 〈저는 아마도 살고 싶을 겁니다〉라고 말했던 것도 생각났다. 그는 지금 살고 싶어 했고, 테니스 경기를 이기고 싶어 했고, 태양을 향해 혼신을 다해 서 있고 싶어 했다……. 천천히 저물어 가는 태양은 그녀의 눈 속에서 빛을 뿜었고, 그는 이겼다.

아, 윌드 숲의 아름다움이여! 피에졸레가 토스카나 평원 위에 서 있듯이, 언덕들은 윌드 숲의 광채 위로 도드라져 있었다. 그리고 저기 남쪽 구릉 지대는 말하자면 카라라의 산맥이라고 할 수 있었다. 이탈리아는 기억 속에서 희미해져 갔지만, 그녀는 영국에서 차츰 여러 가지를 발견하고 있었다. 눈앞에 펼쳐진 전망을 바라보면서 새로운 놀이도 할 수 있었고, 무수한 산자락 어딘가에 자리 잡은 어떤 마을을 피렌체와 견주어 볼 수도 있었다. 윌드 숲의 아름다움이여!

하지만 세실은 그녀가 자신에게 신경 써주길 원했다. 그는 무언가 성에 안 차는 듯 부루퉁해져 있어서, 도무지 그녀의 열광에 동참할 기색이 아니었다. 그는 테니스 경기 내내 사람들을 귀찮게 했는데, 그건 그가 읽고 있는 소설이 하도 한심해서 다른 사람들에게 읽어 주지 않을 수 없었기 때문이다. 그는 테니스 코트 주변을 어슬렁거리면서 소리쳤다. 「이런 문장을 봤나. 루시, 들어 봐요. 분리 부정사를 세 개나 썼어.」

「끔찍하군요!」 루시가 대답하느라 공을 놓쳤다. 경기가 끝난 뒤에도 세실은 사람들에게 계속 책을 읽어 주었다. 살인 장면이 나오는데, 모두가 들어 봐야 할 대목이라고 했다. 하지만 프레디하고 플로이드는 월계수 숲으로 사라진 공을 주우러 가느라 이 의무에서 해방되었다.

「배경은 피렌체예요.」

「그것 참 재밌네요, 세실! 계속 읽어 봐요. 에머슨 씨, 힘을 썼으니 여기 앉아서 편히 쉬어요.」 그녀는 자신이 조지를 〈용서했다〉고 생각하고, 그를 상냥하게 대하기로 마음먹었다.

조지는 네트를 훌쩍 뛰어넘었다. 그리고 그녀의 의자 옆 바닥에 앉으며 물었다. 「힘들지 않으세요?」

「전혀요!」

「경기에 져서 기분 나쁜가요?」

그녀는 〈아뇨〉라고 대답하려다가 사실 기분이 나쁘다는 걸 깨닫고 〈좀 그래요〉라고 대답했다. 그리고 쾌활하게 덧붙였다. 「그렇다고 에머슨 씨가 그렇게 잘 쳤던 건 아니에요. 햇빛이 그쪽에서 비쳐서 경기 내내 눈이 부셨다고요.」

「제가 잘 친다고는 말하지 않았는데요.」

「무슨 말씀이세요. 그렇게 말했잖아요.」

「제대로 안 들으셨군요.」

「아까 분명히…… 아, 하지만 우리 집에서는 뭘 정확히 따지는 일 같은 거 없어요. 우리 식구들은 모두 허풍쟁이거든요. 그래서 허풍을 안 치는 사람들한테 화를 내죠.」

「배경은 피렌체예요.」 세실이 높아진 목소리로 다시 말했다.

루시는 정신을 차렸다.

「〈노을이 졌다. 리어노라는 광장을 가로질러…….〉」

루시가 끼어들었다. 「리어노라라고요? 여자 주인공이 리어노라예요? 그 책 쓴 사람 이름이 어떻게 돼요?」

「조지프 에머리 프랭크라는군요. 〈노을이 졌다. 리어노라는 광장을 가로질러 달렸다. 그녀는 제발 자신이 너무 늦지 않았기를 기도했다. 노을이 졌다. 이탈리아의 노을이 졌다. 오르카냐의 로지아 아래, 그곳은 로지아 데 란치라고도 불리는 곳인데…….〉」

루시가 웃음을 터뜨렸다. 「조지프 에머리 프랭크라고요? 그건 엘리너 래비시예요! 래비시 양이 쓴 소설이에요. 필명으로 책을 냈군요.」

「래비시 양이 누군가요?」

「아주 황당한 사람이에요. 에머슨 씨, 래비시 양 생각나죠?」

그녀는 오후 나절을 즐겁게 보낸 것에 들떠서 박수까지 쳤다.

조지가 고개를 들었다. 「물론 생각나죠. 서머 스트리트에 온 첫날도 그분을 봤어요. 루시 양이 여기 산다고 말해 준 것도 그분이었어요.」

「반갑지 않았어요?」 루시는 〈래비시 양을 만나서〉라는 뜻으로 질문한 것이었다. 하지만 그가 대답 없이 풀밭으로 고개를 숙이자, 자신의 질문이 다른 의미로도 해석될 수 있다는 걸 깨달았다. 그녀는 조지의 머리를 지켜보았다. 그의 머리는 그녀의 무릎에 거의 닿다시피 붙어 있었는데, 그의 두 귀가 점점 빨개지는 것 같았다. 「소설이 형편없는 것도 당연하네요. 저는 래비시 양을 좋아하지 않았어요. 하지만 아는 사람이 쓴 책이니 읽어 보긴 해야겠죠?」 그녀가 말했다.

「현대 작가들이 쓴 책들은 다 형편없습니다.」 루시가 자신의 이야기에 귀를 기울이지 않자 신경질이 난 세실은 끓어오르는 불만을 현대 문학에 퍼부었다. 「작가라는 사람들이 전부 돈만 노리고 책을 쓰고 있어요.」

「저기, 세실⋯⋯!」

「맞아요. 그러니 더 이상 당신에게 조지프 에머리 프랭크를 강요하지 않겠어요.」

그날 오후 세실은 마치 흥분한 참새 같았다. 목소리의 오르내림이 감지되었지만 그녀는 신경 쓰지 않았다. 음악과 움직임 속에 기거하는 그녀는 그의 소음에 반응할 의사가 없었다. 그녀는 뚱한 세실을 그대로 두고 조지의 검은 머리를 다시 바라보았다. 그 머리를 쓰다듬고 싶지는 않았지만, 한편으로는 쓰다듬고 싶은 마음도 느껴졌다. 그건 아주 기이한 느낌이었다.

「우리 집에서 보는 전망이 어떤가요, 에머슨 씨?」

「저는 전망들의 차이를 잘 모르겠어요.」

「그게 무슨 말씀이죠?」

「전망들은 다 비슷하니까요. 중요한 건 확 트인 시야와 대기뿐이니까요.」

「흠!」 세실이 반응했다. 그는 조지의 말이 훌륭한지 아닌지를 판단하지 못했다.

「아버지가 말씀하시기를⋯⋯.」 그는 그녀를 올려다보았다 (그의 얼굴에는 홍조가 약간 떠올라 있었다). 「완전한 전망은 하나뿐이래요. 우리 머리 위로 올려다보이는 하늘의 전망 말이에요. 땅 위에서 보는 전망들은 다 그걸 어설프게 흉내 낸 거래요.」

「아버님께서 단테를 읽으셨나 보군요.」 세실이 손가락으로 소설책을 넘기며 말했다. 그가 대화를 이끌어 나가도록 해주는 건 오직 그 소설뿐이었다.

「한번은 우리한테 이렇게 말씀하신 적도 있어요. 전망은 군중이다. 나무와 집들과 언덕의 군중이다. 이것들은 사람의 군중이 그렇듯이 서로를 닮게 된다. 그리고 바로 똑같은 연유로 우리에게 초자연적인 힘을 발휘한다고요.」

루시의 입술이 벌어졌다.

「군중은 언제나 그 속의 사람들을 합한 것보다 더 큰 존재가 되죠. 거기 무언가가 더해져요 — 어떻게 그렇게 되는지는 아무도 모르지만 — 그건 저 언덕들에 무언가가 더해지는 것과 마찬가지예요.」

그는 라켓을 들어 남쪽 구릉 지대를 가리켰다.

「정말 멋진 생각이네요! 그분이 말씀하시는 걸 다시 듣고 싶네요. 건강이 안 좋으셔서 안됐어요.」 루시가 나직하게 말했다.

「네, 안 좋으세요.」

「이 책에도 전망에 관한 웃기는 견해가 하나 나와요.」 세실이 말했다.

「그리고 사람은 두 부류로 나뉜다고도 하셨죠. 전망을 잊어버리는 사람들과 작은 방에 있을 때도 그걸 기억하는 사람들로요.」

「에머슨 씨, 형제가 있으세요?」

「아뇨, 왜요?」

「아까 〈우리한테〉라고 말씀하셔서요.」

「어머니하고 저를 말한 겁니다.」

세실이 탁! 소리 나게 책을 닫았다.

「세실…… 깜짝 놀랐어요!」

「더 이상 당신한테 조지프 에머리 프랭크를 강요하지 않겠습니다.」

「우리 세 식구가 힌드헤드까지 소풍을 갔던 일이 생각나네요. 제 인생의 첫 기억이에요.」

세실이 일어섰다. 이 남자는 교양이 없다. 테니스를 치고 나서 외투도 걸치지 않다니. 그가 다른 곳으로 가려고 하자 루시가 말렸다.

「세실, 아까 말한 전망에 대한 대목을 읽어 줘요.」

「에머슨 씨가 이렇게 우리를 즐겁게 해주는데 그게 왜 필요합니까?」

「아니에요, 읽어 줘요. 한심한 책을 큰 소리로 함께 읽는 것보다 재미있는 일은 없는 것 같아요. 에머슨 씨가 그런 걸 천박하게 여긴다면 우리끼리 읽어도 좋고요.」

이 말에 세실은 미묘한 기쁨을 느꼈다. 이 말은 그날의 손님을 경직된 도덕가의 자리에 위치시켰기 때문이다. 그는 마음을 진정시키고 자리에 앉았다.

「에머슨 씨, 가서 테니스공을 찾아 보세요.」 그녀는 책을 펼쳤다. 세실은 책을 읽어야 했고, 또 자기가 하고 싶은 어떤 일이든지 해야 했다. 하지만 그녀의 관심은 조지의 어머니를 향해 흘러갔다. 하느님의 눈앞에서 남편의 손에 죽었다고 이거 목사가 말하고, 힌드헤드까지 같이 소풍갔었다고 그 아들이 말하는 어머니.

「정말 갈까요?」 조지가 물었다.

「아뇨, 그럴 리가 없죠.」 그녀가 대답했다.

「2장입니다. 귀찮지 않다면 2장을 찾아 줘요.」 세실이 하품하며 말했다.

루실은 2장을 찾아서 첫 대목을 훑어보았다.

그녀의 머릿속이 아찔해졌다.

「이리…… 책을 이리 줘요.」

그녀가 중얼거렸다. 「읽을 가치가 없네요. 정말 한심해요. 이런 쓰레기 같은 책은 처음 보겠어요. 이런 책은 출판을 하면 안 돼요.」

그는 그녀에게서 책을 받아 들고 읽기 시작했다.

「〈리어노라는 생각에 잠겨 앉아 있었다. 눈앞에는 토스카나의 풍요로운 전원이 미소 짓는 여러 마을들을 품에 안은 채 펼쳐져 있었다. 때는 봄이었다.〉」

엘리너 래비시는 알고 있었다. 그리고 지난 일을 이 책 위에 지루한 문장으로 펼쳐 놓고 있었다. 그걸 세실이 읽고 조지가 듣고 있었다.

「〈황금빛 안개 속에 멀리 피렌체의 탑들이 보였고, 그녀가 앉은 강둑은 제비꽃으로 덮여 있었다. 아무런 기척도 없이 안토니오가 그녀의 등 뒤로 다가왔다.〉」

세실에게 표정을 들킬까 봐 그녀는 조지에게 고개를 돌렸다. 조지도 그녀를 바라보았다.

그는 계속 읽었다. 「〈그는 정식 연인들 같은 장황한 사랑의 선언은 하지 않았다. 그는 말솜씨도 뛰어나지 않았지만, 그것 때문에 방해받지는 않았다. 그는 그저 자신의 튼튼한 팔로 그녀를 확 끌어안았다.〉」

잠시 침묵이 이어졌다.

「내가 읽으려고 했던 건 여기가 아닌데.」 그가 말했다. 「더 웃긴 데가 있어요. 뒤쪽에.」 그는 책장을 넘겼다.

「들어가서 차를 마시는 게 어떨까요?」 루시가 말했다. 그 목소리는 차분했다.

그녀가 앞장서자 세실이 그 뒤를 따르고, 조지가 맨 뒤에서 정원 길을 올라갔다. 그녀는 참사를 면했다고 생각했다. 하지만 참사는 그들이 덤불 속에 들어갔을 때 일어났다. 엘리너 래비시의 책은 아직 의도한 장난이 모두 끝나지 않았다고 말하려는 듯, 사람들에게서 잊혀 뒤에 남았다가 세실이 책을 찾으러 돌아가게끔 일을 꾸몄다. 그런 뒤 좁은 길에 들어서자 사랑의 열정에 사로잡힌 조지가 그녀에게 다가들었다.

「안 돼요……」 그녀는 그렇게 말하고 두 번째로 키스를 당했다.

더 이상은 안 되겠는지 그가 물러섰고, 세실이 루시를 따라왔다. 두 사람은 조지를 남겨 둔 채 위쪽 잔디로 올라갔다.

제16장
조지에게 거짓말을 하다

하지만 루시는 지난봄 이후로 성장했다. 다시 말해서 관습이나 세상이 허락하지 않는 감정은 전보다 잘 억누를 줄 알게 되었다. 위험은 더 커졌지만, 그녀는 뜨거운 흐느낌에 사로잡히지 않았다. 그녀는 세실에게 〈저는 차를 마시고 싶지 않네요. 어머니에게 말씀해 주세요. 편지 쓸 곳들이 좀 있어요〉라고 말한 뒤 자기 방으로 올라갔다. 그리고 거기서 행동을 준비했다. 사랑이 돌아왔다. 우리의 육체가 요구하고 우리의 마음이 찬양해 온 사랑, 우리가 만날 수 있는 가장 진실한 것인 사랑이 지금 세상의 적이 되어 돌아왔다. 그것을 틀어막아야 했다.

그녀는 샬럿을 불렀다.

지금 닥친 문제는 사랑과 의무의 싸움이 아니었다. 그런 싸움은 아마 이 세상에 없을 것이다. 그것은 진실과 가식의 싸움이었고, 루시의 첫 번째 목표는 자신을 무찌르는 것이었다. 머릿속에 구름이 끼고, 전망들에 대한 기억이 흐릿해지며, 책에 적힌 글들이 사그라지자, 그녀는 다시 모든 것을 신경 탓으로 돌렸다. 그리고 〈신경에 닥친 위기를 극복했다〉. 진실을 뒤틀면서 그녀는 진실이 있었다는 사실조차 잊었다.

자신은 세실과 약혼한 처지라는 걸 되새기면서 조지와 함께 한 기억을 뒤헝클었다. 그는 그녀에게 아무것도 아니었다. 언제고 그 이상이었던 적이 없었다. 그는 언제나 극악한 행동만 했다. 자신은 그에게 아무 빌미도 주지 않았다. 어둠을 재료로 만들어지는 미묘한 거짓의 갑옷은 다른 사람들의 침입뿐만 아니라 자기 영혼과의 소통도 막아 버린다. 짧은 시간 안에 루시는 전투에 나설 준비를 갖추었다.

「참담한 일이 일어났어요.」샬럿이 들어오기 무섭게 루시가 말했다.「엘리너 래비시의 소설에 대해 알고 있는 것 있어요?」

샬럿은 깜짝 놀라더니, 자신은 그 책을 읽지 않았고 출판된 것도 몰랐다고 말했다. 엘리너는 실제로는 말을 아끼는 여자라고.

「거기 한 장면이 있어요. 남녀 주인공들이 애정 행각을 벌인다고요. 알고 있어요?」

「뭐라고?」

「알고 있어요? 두 사람은 피렌체가 보이는 시골 언덕에 있어요.」

「착한 루시아, 도대체 무슨 말인지. 어쨌거나 나는 전혀 모르는 일이야.」

「제비꽃이 나와요. 이게 다 우연의 일치란 말인가요? 샬럿, 샬럿, 어떻게 그 여자한테 이야기할 수 있었죠? 아무리 생각해도 언니가 아니고는 그럴 사람이 없어요.」

「무슨 이야기를 했다고 그래?」샬럿의 목소리에 흥분이 더해져 갔다.

「지난 2월, 그 기막힌 오후의 일 말이에요.」

샬럿의 얼굴에 충격이 떠올랐다.「루시…… 설마 엘리너가 그걸 책에다 썼다는 말이니?」

루시가 고개를 끄덕였다.

「사람들이 알아볼 수 있을 정도로는 아니겠지?」

「알아볼 수 있을 정도예요.」

「그렇다면 이제 정말…… 정말…… 엘리너 래비시는 내 친구가 아니다.」

「말했군요?」

「그냥 어쩌다 보니까…… 로마에서 엘리너랑 차를 마시게 돼서…… 이런저런 이야기를 하다가…….」

「하지만 샬럿, 우리가 짐을 싸면서 한 약속은 어떻게 되는 거예요? 나보고는 어머니한테도 말하지 말라고 해놓고서 언니는 래비시 양한테 이야기를 했단 말이에요?」

「엘리너를 용서할 수 없어. 내 믿음을 이렇게 배신하다니.」

「도대체 왜 말했어요? 이건 간단히 넘어갈 일이 아니에요.」

사람들은 왜 비밀을 지키지 못할까? 그것은 영원한 수수께끼다. 그리고 당연히 샬럿은 그 질문에 희미한 한숨으로 답할 뿐이었다. 자신이 잘못을 저질렀다는 걸, 그녀는 인정했다. 그리고 그게 루시에게 큰 피해가 되지 않기만을 바란다고 했다. 자신은 엘리너에게 이야기하기 전에 천번 만번 다짐을 받았다고.

루시는 화가 나서 발을 동동 굴렀다.

「세실이 그 대목을 나하고 조지 에머슨 앞에서 읽어 준 거 알아요? 그것 때문에 조지 에머슨도 기분이 상해서 나를 다시 모욕했어요. 세실이 잠깐 등을 돌린 사이에 말이에요. 아! 남자들은 그렇게까지 야만스러운 족속이에요? 정원을 올라오다 세실이 잠깐 등을 돌린 사이에 그랬다니까요.」

샬럿은 자책과 후회 속으로 빠져 들었다.

「이제 어떻게 해요? 제발 말해 줘요.」

「루시…… 죽는 날까지 나를 절대 용서 못할 거야. 만약 그것 때문에 네 앞날이…….」

루시가 앞날이라는 말에 몸을 움찔했다. 「이제 보니 언니가 왜 나더러 세실한테 말하라고 했는지, 〈다른 경로〉라는 게 무슨 뜻이었는지 알겠네요. 엘리너 래비시가 믿을 만한 사람이 아니라는 걸 알면서도 언니가 그 사람한테 말했으니까.」

이번에는 샬럿이 몸을 움찔했다.

「어쨌거나 이미 저질러진 일은 어쩔 수 없죠. 언니 때문에 나는 아주 궁지에 처했어요. 어떻게 해야 여기서 벗어날 수 있는 거죠?」 루시는 샬럿의 위선을 경멸하면서 말했다.

샬럿은 아무 생각도 할 수 없었다. 그녀가 힘을 쓸 수 있는 시기는 이미 지나갔다. 그녀는 샤프롱이 아니라 손님이었고, 그것도 신뢰를 잃은 손님이었다. 루시가 당연한 분노를 불태우는 동안, 샬럿은 두 손을 깍지 낀 채 가만히 서 있었다.

「그는…… 그 사람은 잊히지 않을 만큼 따끔한 질책을 받아야 해요. 하지만 그걸 누가 하죠? 지금 와서 어머니한테 부탁할 수는 없어요……. 언니 때문에요. 세실한테도 그렇고요. 역시 언니 때문에요. 정말 미쳐 버릴 것 같아요. 세상에 나를 도와줄 사람이 이렇게 한 명도 없다니요. 그래서 언니를 부른 거예요. 지금 필요한 건 채찍을 든 남자예요.」

샬럿도 동의했다. 채찍을 든 남자가 필요했다.

「그래요……. 하지만 동의하는 것만으로는 아무 소용 없죠. 도대체 어떻게 해야 할까요? 우리 여자들은 제대로 하는 게 없잖아요. 악당을 만났을 때 여자는 어떻게 해야 하냐고요?」

「전부터 내가 그 남자는 악당이라고 말했지. 어쨌거나 그 점은 내가 옳았다는 걸 인정해 주렴. 맨 처음…… 그러니까 자기 아버지가 목욕하고 있다고 말한 그 순간부터 난 알았어.」

「인정하고 안 하고, 누가 맞고 틀리고가 무슨 소용이에요? 결국 우리 두 사람이 만든 건 이런 혼란인데요. 조지 에머슨은 아직도 정원에 있어요. 저 사람에게 벌을 주어야 하나요,

말아야 하나요? 말해 줘요.」

샬럿은 무력할 뿐이었다. 명백한 잘못의 발각으로 그녀는 힘을 잃었고, 그녀의 머릿속에는 오만 가지 생각이 고통스럽게 쨍그랑거렸다. 그녀는 힘없이 창가로 다가가서 악당의 흰색 운동복을 찾아 월계수나무들 틈을 살펴보았다.

「로마로 서둘러 떠날 때 언니는 아주 결연했어요. 지금 다시 그 남자에게 말해 줄 수는 없나요?」

「하늘과 땅이라도 흔들라면 흔들어 보겠다만⋯⋯.」

「그렇게 막연한 말은 하지 마요.」 루시가 경멸을 감추지 않고 말했다. 「제발 언니가 그 사람한테 말해 줘요. 언니가 할 수 있는 최소한의 일이잖아요. 모두 언니가 약속을 깨서 생긴 일인데.」

「엘리너 래비시는 더 이상 내 친구가 아냐.」

진실로 샬럿은 전에 없이 최선을 다하고 있었다.

「할 거예요, 안 할 거예요?」

「이런 종류의 일은 신사들만이 해결할 수 있어.」

조지 에머슨이 손에 테니스공을 들고 정원을 올라오고 있었다.

「좋아요.」 루시가 격한 몸짓을 하며 말했다. 「아무도 나를 도와주지 않을 테니, 내가 직접 말하겠어요.」 그런 뒤 그녀는 이것이야말로 곧 샬럿이 처음부터 바라던 것임을 깨달았다.

「이봐요, 에머슨! 공을 찾았어요? 고마워요! 차 한 잔 안 할래요?」 아래층에서 프레디가 소리쳤다. 그러더니 사람들이 테라스로 몰려 나갔다.

「루시, 그렇게 한다면 정말 용감한 일이지! 너를 존경한다⋯⋯.」

사람들이 조지를 둘러쌌고, 그녀는 조지가 쓰레기 더미 너머로, 온갖 너저분한 생각과 그녀의 영혼을 좀먹기 시작한 은밀한 열망 너머로 자신을 부르는 듯한 느낌을 받았다. 그를 보자 그녀의 분노는 힘을 잃었다. 에머슨 부자는 독특하지만 나름대로 훌륭한 사람들이었다. 그녀는 핏속의 열기를 잠재우고 말했다.

「프레디가 그 남자를 식당으로 데리고 들어갔어요. 다른 사람들은 정원으로 내려갔고요. 이리 와요. 빨리 끝내는 게 좋아요. 당연히 언니도 제 옆에 있어야 돼요.」

「루시, 하기 싫은 건 아니니?」

「그런 바보 같은 질문이 어디 있어요?」

「불쌍한 루시…….」 그녀는 손을 내밀었다. 「나는 어디나 불운만 몰고 다니는구나.」 루시는 고개를 끄덕였다. 피렌체에서 보낸 마지막 저녁이 생각났다……. 널브러진 짐들, 촛불, 문에 비친 샬럿의 모자 그림자. 그녀는 다시 한 번 비애에 사로잡힐 수는 없었다. 그녀는 샬럿의 다정한 손길을 피한 뒤 앞장서서 계단을 내려갔다.

「이 잼 한번 먹어 봐요. 맛이 훌륭해요.」 프레디가 말하고 있었다.

큰 체격에 헝클어진 머리를 한 조지는 식당을 천천히 거닐고 있었다. 그녀가 들어서자 그는 걸음을 멈추고 말했다.

「아니……. 아무것도 먹지 않겠어.」

「너도 다른 사람들이 있는 정원으로 나가렴. 에머슨 씨는 샬럿이랑 내가 챙겨 드릴게. 어머니는 어디 계시니?」

「일요일 편지 쓰기를 시작하셨어. 응접실에 계셔.」

「그렇구나. 넌 나가렴.」

프레디는 노래를 부르며 나갔다.

루시는 식탁에 앉았다. 샬럿은 겁에 질려서 책을 한 권 집어 들고 읽는 척했다.

그녀는 고상한 말로 빙빙 돌리지 않을 작정이었다. 그래서 간단하게 말했다.「에머슨 씨, 저는 참을 수 없습니다. 이렇게 말씀드리는 것도 아주 힘든 일이에요. 당장 이 집에서 나가세요. 그리고 내가 여기 사는 한 다시는 이 집에 발을 들이지 마세요.」그녀는 상기된 얼굴로 문을 가리켰다.「소란 피우고 싶지 않으니까 얼른 나가세요.」

「무엇…….」

「대화는 필요 없어요.」

「하지만 어떻게…….」

그녀는 고개를 저었다.「제발 나가요. 바이스 씨를 불러들이고 싶지 않으니 말이에요.」

「당신 정말로…….」조지는 샬럿이 옆에 있다는 걸 무시한 채 루시에게 말했다.「당신 정말로 그 남자와 결혼할 생각입니까?」

조지의 말은 전혀 의외였다.

그녀는 그의 무례한 태도가 한심하다는 듯 어깨를 으쓱해 보이고 조용히 말했다.「어처구니없는 말이군요.」

그의 진지한 말투가 그녀의 말을 덮었다「당신은 바이스하고 살 수 없어요. 그 사람하고는 친지 정도로 지내야 해요. 그는 사교 모임이나 지적인 대화의 상대로 제격일 뿐, 친밀한 관계에는 걸맞지 않습니다. 여자하고는 더 말할 것도 없죠.」

그것은 세실의 성격에 대한 새로운 관점이었다.

「바이스와 대화하면서 피곤해지지 않은 적이 있나요?」

「그런 이야기 하고 싶지 않…….」

「아뇨, 말해 봐요. 그런 적이 있나요? 그 사람은 사물, 그러니까 책이라든가 그림 같은 것들하고는 별문제 없지만, 사람하고는 결코 잘 지낼 수 없는 부류의 사람입니다. 그래서 내가 이 혼란을 뚫고 당신에게 기어이 이 말을 하는 겁니다. 당신을 잃는다면 어떤 식이든 내게 슬픔이 되겠지만, 남자는 슬

품도 견딜 줄 알아야 하니까 세실이 그런 사람이 아니었다면 나는 물러났을 겁니다. 이렇게 내 마음을 쏟아 내지 않았을 겁니다. 하지만 내셔널 갤러리에서 처음 만났을 때, 그는 우리 아버지가 유명 화가들의 이름을 틀린다고 인상을 찌푸리더군요. 어쨌거나 그런 뒤 우리를 여기 데려왔는데, 막상 와 보니 친절한 이웃을 골탕 먹이기 위한 수단이었어요. 그 사람은 어디서나 그렇게 사람들을 골탕 먹이고 있습니다. 이 세상에 사람들만큼 신성한 생명체는 없는데 말예요. 그런 다음 나는 두 사람을 함께 봤어요. 그 사람은 당신과 어머니를 보호하면서 충격받으라고 가르치고 있더군요. 충격을 받을지 말지 결정하는 건 당신과 어머니인데 말입니다. 역시 그다운 행동이지요. 그 사람은 여자에게 결정권을 주지 않아요. 유럽을 천년 동안 붙잡아 매둘 부류의 사람입니다. 그는 매 순간 당신을 자기 뜻대로 빚어내고, 당신이 어떻게 해야 매력적이고 흥미롭고 여성스러울 수 있는지 가르쳐 줄 겁니다. 남자가 생각한 여자다움을 말이에요. 그리고 당신은, 당신 같은 여자들은 자기 목소리 대신 그의 목소리만 듣겠죠. 목사관에서 두 사람을 다시 만났을 때도 그랬어요. 오늘 오후에도 마찬가지였고요. 그런 이유로……. 물론 그런 이유로 당신한테 키스한 건 아니에요. 그건 책 때문이었죠. 좀 더 자제력을 발휘했어야 한다고 생각합니다. 하지만 부끄럽지는 않습니다. 사과하지도 않을 거고요. 어쨌거나 당신은 그 일에 놀랐고, 또 내가 당신을 사랑한다는 걸 모르고 있었던 것 같습니다. 안 그렇다면 나한테 얼른 이곳을 나가라고 하면서 이 중요한 일을 이렇게 가볍게 처리할 수는 없으니까요. 하지만 그런 이유로……. 그래서 나는 그와 싸우기로 작정했습니다.」

루시는 반박할 훌륭한 말을 떠올렸다.

「에머슨 씨, 바이스 씨가 나한테 자기 말만 한다고요? 실례의 말씀이지만, 당신도 그런 버릇을 배운 것 같군요.」

그는 그녀의 속 빈 질책을 받아들여서 거기에 영원한 진리를 더했다.

「네, 맞습니다.」 그리고 그는 갑자기 진이 빠진 듯 의자에 주저앉았다. 「나도 근본적으로 똑같은 종류의 짐승입니다. 여자를 지배하고 싶어 하는 욕망이⋯⋯ 내 속에도 깊게 흐르죠. 그건 여자와 남자가 함께 낙원에 들어가기 위해 힘을 합쳐 싸워야 하는 것입니다. 하지만 나는 당신을 사랑합니다. 그리고 그 사람보다는 제 사랑의 방식이 더 낫다고 확신합니다.」 그는 잠시 생각했다. 「맞아요⋯⋯. 제 방식이 더 낫습니다. 나는 당신이 내 품에 안겨서도 당신 자신의 생각을 하기를 원합니다.」 그는 루시를 향해 팔을 내밀었다. 「루시, 머뭇거리지 마요⋯⋯. 이렇게 이야기할 시간이 없어요⋯⋯. 지난봄에 그랬던 것처럼 그냥 나한테 달려와요. 그런 뒤에 내가 예의를 갖추고 모든 걸 설명할게요. 나는 그 남자가 죽은 뒤로 계속 당신을 좋아했어요. 당신 없이는 살 수 없어요. 〈부질없는 일이야 다른 사람하고 결혼할 여자인걸.〉 그렇게 생각했지요. 그러다가 이 세상이 온통 물과 햇빛에 감싸여 눈부시게 반짝일 때 다시 당신을 만났어요. 당신이 숲에 들어왔을 때 나는 달리 중요한 건 아무것도 없다는 걸 알았어요. 나는 외쳤어요. 살고 싶어서, 내 인생에 기쁨을 줄 기회를 잡고 싶어서.」

「그러면 바이스 씨는요? 그 사람은 중요하지 않나요? 내가 세실을 사랑하고 곧 그의 아내가 된다는 사실은요? 그건 아무 가치 없는 사소한 일인가요?」 칭찬해도 좋을 만큼 차분한 태도를 유지하던 루시가 말했다.

하지만 그는 식탁 위로 팔을 뻗었다.

「지금 그런 말씀들은 무얼 위한 건지 묻고 싶군요.」 그가 말했다. 「우리가 가진 마지막 기회예요. 나는 내가 할 수 있는 모든 걸 할 겁니다.」

그리고 할 말은 이미 다 했다는 듯 그는 샬럿에게 돌아섰다. 샬럿은 어떤 불길한 징조처럼 저녁 하늘을 등진 채 앉아 있었다. 「제 말씀을 이해하시면 이번에는 저희를 막지 말아 주십시오. 저는 이미 어둠의 영토를 다녀왔습니다. 바틀릿 양께서 이해해 주시지 않는다면 저는 다시 그곳으로 돌아갈 겁니다.」 조지가 샬럿에게 말했다.

그녀의 길고 좁은 얼굴이 눈에 보이지 않는 장애물이라도 부수는 듯 규칙적으로 앞뒤로 흔들렸다. 하지만 대답은 돌아오지 않았다.

「우리는 젊고요.」 그가 나직이 말하며, 식당에서 나가려고 바닥에서 라켓을 주워 들었다. 「루시가 나를 좋아하는 것도 명백해요. 지성의 관점에서 중요한 건 사랑과 젊음입니다.」

두 여자는 입을 다문 채 그를 바라보았다. 마지막에 한 말은 의미를 종잡을 수 없었다. 이걸로 끝을 낼 것인가? 아니면 악당에 협잡꾼인 이 남자는 좀 더 극적인 마무리를 시도할 것인가? 그러지 않았다. 그는 그걸로 만족하는 것 같았다. 그는 조심스럽게 현관문을 닫고 나갔다. 현관에 난 창문으로 보니 그는 마차 진입로로 들어서 시든 양치식물에 덮인 뒤편 언덕길을 오르기 시작했다. 두 사람의 혀가 풀렸고, 은밀한 환호가 터져 나왔다.

「아, 루시아……. 이리 오렴……. 정말로 지독한 남자구나!」

루시도 반발하지 않았다 ─ 적어도 그때까지는. 「어쨌거나 재미있는 사람이군요. 내가 미쳤든가 저 사람이 미쳤든가 둘 중 하나일 텐데, 제 생각엔 아무래도 후자 같아요. 언니하고 같이 또 한차례의 소동을 겪었네요. 고마워요. 하지만 이번이 마지막이에요. 이제 다시는 나 좋다는 남자 때문에 곤란해지는 일이 없을 거예요.」

샬럿도 함께 허세를 부렸다.

「세상 사람이 전부 자신의 쾌거를 자랑하지는 않는 법이지. 웃을 일이 아니야. 자칫하면 아주 심각해질 뻔했다고. 하지만 네가 분별 있고 용감하게 행동했어. 우리 시절의 처녀들은 그러지 못했는데 말이야.」

「식구들한테 내려가죠.」

하지만 바깥의 대기 속으로 나가니 이런 생각은 멈추었다. 연민인지 두려움인지 사랑인지 알 수 없는 어떤 강렬한 감정이 그녀를 사로잡았고, 그녀에게 갑자기 가을이 느껴졌다. 여름은 끝나 가고, 저녁이 실어 나르는 부패의 냄새는 봄을 향한 그리움을 담은 까닭에 더욱 처량하게 느껴졌다. 지성의 관점에서 무엇하고 무엇이 중요하다고? 나뭇잎 하나가 파르르 일어나서 루시 옆을 춤추며 지나갔지만, 다른 잎들은 꼼짝하지 않았다. 지구가 어둠 속으로 서둘러 돌아가고 있었다. 아니 나무 그림자들이 윈디 코너로 기어오르는 것일까?

「누나! 지금 당장 시작하면 어두워지기 전에 한 경기 정도 더 할 수 있을 것 같은데?」

「에머슨 씨는 먼저 갔어.」

「에이 참! 그러면 짝이 안 맞잖아. 세실, 그러지 말고 같이 테니스 쳐요. 제 친구를 위해서 말이에요. 플로이드는 내일이면 떠난다고요. 그러니까 이번 한 번만 같이 테니스를 쳐요.」

세실의 말소리가 들렸다. 「프레디, 나는 운동하고는 거리가 멀어. 오늘 아침에 너도 말했잖아. 이 세상에 책 빼고는 아무 데도 쓸모없는 녀석들이 있다고. 미안하게도 내가 바로 그런 녀석이야. 제발 내가 남들한테 피해를 끼치지 않게 해줘.」

루시의 눈에서 비늘이 떨어져 나갔다. 지금까지 어떻게 한 순간이라도 세실을 참았다는 말인가? 그는 정말로 견딜 수 없는 사람이었다. 바로 그날 밤 그녀는 약혼을 파기했다.

제17장
세실에게 거짓말을 하다

그는 충격에 빠졌다. 무슨 말을 해야 할지 몰랐다. 화도 내지 못한 채 위스키 잔을 들고 서서, 그녀가 어쩌다 그런 결론에 이르렀는지 생각할 뿐이었다.

그녀는 잠자기 직전의 시간을 택했다. 부르주아 계급의 관습에 따르면 그 시간은 여자가 남자들에게 술을 가져다주는 시간이었다. 프레디와 플로이드는 술잔을 들고 각자 자기 방으로 흩어졌고, 세실은 언제나 그렇듯이 그녀가 낮은 식기장을 잠그는 동안 위스키를 홀짝이며 머물렀다.

「저도 실로 유감스러워요. 하지만 그동안 많은 생각을 했어요. 우리 두 사람은 너무 달라요. 그러니 제발 저를 놓아주시고, 이 세상에 그토록 멍청한 여자가 있었다는 사실조차 잊어 주세요.」 그녀가 말했다.

발언 방식은 적절했지만, 실제로 그녀는 유감보다는 분노에 싸여 있었고 말투에서 그것이 묻어났다.

「다르다니⋯⋯ 어떻게⋯⋯ 어떻게⋯⋯.」

「우선 저는 그렇게 훌륭한 교육을 받지 못했어요.」 그녀는 계속 무릎을 식기장에 댄 채 말했다. 「이탈리아 여행도 너무 늦게 했고요, 지금은 거기서 배운 것도 다 잊어 가고 있어요.

저는 당신 친구들과 대화를 나누거나 당신의 아내로서 해야 할 일들을 감당할 수준이 못 됩니다.」

「도대체 무슨 말인지. 오늘은 당신답지 않군요. 피곤한가요, 루시?」

「피곤하냐고요?」 루시가 발끈해서 소리쳤다. 「당신은 늘 그런 식이에요. 여자들이 하는 말은 진심이 아니라는 거죠?」

「목소리가 피곤하게 들려서 그래요. 무슨 걱정거리가 있는 것 같군요.」

「그게 무슨 상관이에요? 그렇다고 내가 진실을 보지 못하는 건 아니에요. 나는 당신과 결혼할 수 없어요. 당신은 언젠가 이런 저에게 고마워할 거예요.」

「어제 머리가 아프다고 그러지 않았나요……. 아, 알았어요.」 그녀가 격분해서 소리쳤기 때문이다. 「알아요, 두통 때문에 그러는 건 아니겠죠. 하지만 나한테 시간을 좀 줘요.」 그는 눈을 감았다. 「바보 같은 소리를 해도 좀 참아 줘요. 머리가 조각난 거 같으니까요. 아직도 내 머리 일부는 3분 전에 머물고 있어요. 당신이 나를 사랑한다고 믿고 있던 그 시각에 말이죠. 그리고 다른 일부는…… 힘들군요……. 제대로 표현을 못할 것 같습니다.」

그가 예상했던 만큼 어리석게 행동하지 않는 것에 그녀는 더욱 분노했다. 그녀는 다시 한 번 토론이 아니라 싸움을 원했다. 그래서 긴장을 조성하기 위해 말했다.

「상황이 뚜렷하게 보이는 날들이 있어요. 오늘이 바로 그런 날이에요. 사태가 분기점을 넘어가는 순간들이 있어요. 오늘이 바로 그런 순간이에요. 정히 알고 싶다면 말씀드리죠. 이런 결정을 내리게 만든 건 아주 작은 일이었어요. 당신이 프레디랑 테니스 치기를 거부한 일이요.」

「나는 원래 테니스를 안 칩니다.」 세실이 당혹감에 사로잡혀 말했다. 「원래 운동을 못해요. 당신 말을 이해하기 힘들군요.」

「아무리 운동을 못해도 복식 조의 일원은 될 수 있어요. 나는 그 일을 통해서 당신이 지독하게 이기적이라고 느꼈어요.」

「그건 정말로……. 아, 테니스 이야기는 그만두죠. 그게 그렇게 큰 문제가 됐다면 왜 미리 말해 주지 않았나요? 점심 식사 때만 해도 당신은 결혼식 이야기를 했어요……. 적어도 내가 이야기하는 걸 막지는 않았어요.」

「당신이 이해하지 못할 거라 생각했어요.」 루시가 날 선 목소리로 말했다. 「이렇게 번거로운 설명을 해야 할 것 같았어요. 물론 테니스가 전부는 아니에요. 그건 지난 몇 주 동안 내가 죽 지켜본 일들 가운데 마지막으로 두드러진 단편이었을 뿐이에요. 확신이 생길 때까지는 말하지 않는 편이 좋았으니까요.」 그녀는 그러한 견해를 계속 개진했다. 「전부터 여러 번, 나는 내가 당신의 아내로 적합한지 의문을 품었어요……. 런던에서도 그랬고요. 그리고 당신이 내 남편으로 적합한지 하는 것도요. 아닌 것 같아요. 당신은 프레디나 우리 어머니를 별로 좋아하지 않아요. 세실, 우리 약혼에는 난관이 많았어요. 하지만 우리의 모든 관계는 좋아 보였고, 자주 만났고, 그래서 결정적인 순간에 이르기 전까지는 판단을 미루었던 거예요. 그리고 오늘 그 순간에 이르렀어요. 내 눈에는 선명하게 보여요. 그래서 이야기해야 했어요. 이게 다예요.」

「동의할 수 없습니다. 이유는 모르겠어요. 당신 말이 모두 진실되게 들리기는 하지만, 이건 정당한 방식이 아니에요. 저한테는 너무 가혹한 일입니다.」 세실이 점잖게 말했다.

「소란을 일으킬 필요가 뭐 있나요?」

「물론 좋을 게 없죠. 하지만 저한테는 좀 더 자세한 이야기를 들을 권리가 있습니다.」

그는 술잔을 내려놓고 창문을 열었다. 식기장 앞에 무릎을 끓고 열쇠를 돌리던 그녀는 창문 틈으로 새어 들어오는 어둠을 볼 수 있었다. 그리고 그 어둠이 〈좀 더 자세한 이야기〉를 들려주기라도 할 거라는 듯 바깥을 깊이 응시하며 생각에 몰두한 그의 긴 얼굴도 보였다.

「창문 열지 마세요. 커튼도 쳐주세요. 프레디나 다른 사람들이 밖에 있을지 모르니까요.」 그는 그녀의 말에 따랐다. 「괜찮으시다면 이제 각자 침실로 가는 게 좋을 것 같네요. 이제 저한테는 말해 봐야 언짢을 이야기들만 남아 있어요. 당신 말대로 가혹한 일이죠. 더 이상 말하는 건 아무 소용 없어요.」

하지만 그녀를 잃을 처지에 놓이자 세실은 그녀가 매 순간 더욱 소중하게 여겨졌다. 그는 그녀를 바라보았다. 그녀 너머에 있는 어떤 것이 아닌 그녀 자신을. 그것은 약혼한 뒤 처음 있는 일이었다. 그녀는 레오나르도의 작품을 떠나서 살아 있는 여자가 되었다. 자신만의 신비와 힘을 지니고 예술조차 담지 못할 온갖 속성을 지닌 여자가. 두뇌가 충격에서 회복되자 그는 진정한 열정을 담아 소리쳤다.

「하지만 나는 당신을 사랑해요. 당신도 나를 사랑한다고 생각했어요!」

「나는 아니었어요. 처음에는 나도 그런 줄 알았죠. 미안해요. 지난번에도 역시 당신의 청혼을 거절했어야 옳았어요.」

그는 방을 서성거리기 시작했다. 그가 이렇게 위엄 있는 행동을 보이자 그녀는 더 조바심이 났다. 그녀는 그가 옹졸하게 나올 거라고 예상했다. 그랬다면 사태를 헤쳐 가기가 더 쉬웠을 것이다. 잔인한 아이러니였지만, 그녀는 관계의 끝에 이르러서야 비로소 그에게서 최상의 것들을 이끌어내고 있었다.

「그래요, 당신은 나를 사랑하지 않아요. 어쩌면 그게 옳은 일이죠. 하지만 그 이유를 알면 제가 덜 아플 것 같습니다.」

「왜냐하면……」 그녀의 기억 속에서 한 문장이 떠올랐고 그녀는 거기 수긍했다. 「당신은 누구하고도 친밀해질 수 없는 부류의 사람이기 때문이에요.」

그의 눈동자에 공포의 빛이 담겼다.

「정확히 그런 뜻은 아니에요. 당신이 자꾸 물어보니까 뭐라도 말해야 해서 그런 거예요. 어쨌거나 비슷해요. 우리가 친지 정도의 사이라면 당신은 있는 그대로의 나를 인정했을 거예요. 하지만 당신은 자꾸만 나를 보호하려고 들었어요.」 루시의 목소리가 솟구쳤다. 「나는 보호받기 싫어요. 어떤 게 여자다운 건지 옳은 게 뭔지 나 자신이 판단하고 싶어요. 보호받는다는 건 나한테 모욕이에요. 내가 왜 진실과 바로 만나지 못하고 당신을 통해서 간접적으로 접해야 하죠? 그게 여자의 자리라고요? 당신은 우리 어머니를 한심하게 여겨요. 저는 잘 알아요. 어머니가 인습에 얽매이고 푸딩 같은 것에 안달한다고요. 하지만 아, 기가 막혀!」 그녀는 자리에서 일어섰다. 「인습에 얽매인 건 세실 바로 당신이에요. 당신은 아름다운 것들을 이해할지는 모르지만 그걸 사용할 줄은 모르니까요. 당신은 미술과 책과 음악에 둘러싸여 지내면서 내게도 그런 걸 강요하려고 했어요. 나는 음악이 아무리 아름답다고 해도 그런 것에 숨 막혀 죽고 싶지 않아요. 왜냐면 사람이 그보다 훨씬 아름다우니까요. 하지만 당신은 나와 사람들 사이에 장벽을 세웠어요. 그래서 내가 약혼을 깨는 거예요. 당신은 사물들하고 있을 때는 아무 문제 없어요. 하지만 사람들하고는……」 그녀는 거기서 말을 멈추었다.

침묵이 흘렀다. 잠시 후 세실이 강렬한 어조로 말했다. 「맞습니다.」

「대강은 맞을 거예요.」 첨언하면서 그녀는 정체를 알 수 없는 부끄러움에 사로잡혔다.

「아뇨, 한마디 한마디가 모두 맞습니다. 중요한 깨달음입니다. 문제는…… 저였다는 것.」

「어쨌건 그런 이유들로 나는 당신의 아내가 될 수 없어요.」

그러자 그가 그녀의 말을 반복해서 말했다. 「〈누구하고도 친밀해질 수 없는 부류의 사람.〉 맞습니다. 우리가 약혼한 바로 그날 나는 이미 망가졌습니다. 비브 목사님께도 악당처럼 굴었고 프레디에게도 마찬가지였어요. 당신은 내가 생각했던 것보다도 훨씬 훌륭한 사람입니다.」 그녀는 한 걸음 뒤로 물러섰다. 「걱정시키지 않겠습니다. 당신은 내게 너무 과분합니다. 당신이 깨우쳐 준 것을 잊지 않겠습니다. 원망스러운 게 있다면 좀 더 일찍 경고해 주지 않았다는 점, 이런 결심에 이르기 전에 내게 미리 일러 줘서 교정할 시간을 주지 않았다는 점뿐입니다. 오늘 저녁 이전까지 나는 당신을 알았다고 말할 수가 없습니다. 나는 당신을 그저 여자의 도리에 대한 내 한심한 견해를 전시하는 수단으로 사용했을 뿐입니다. 하지만 오늘 저녁 당신은 전혀 다른 사람 같군요. 다른 생각들, 그리고 심지어 다른 목소리도…….」

「다른 목소리라니, 무슨 뜻이죠?」 그녀는 솟구치는 분노에 사로잡혀서 물었다.

「다른 사람이 당신을 통해서 이야기하는 것 같은 느낌이 듭니다.」

그러자 그녀는 평정을 잃고 소리쳤다. 「만약 내가 다른 사람을 사랑해서 이러는 거라고 생각한다면, 그건 엄청난 착각이에요.」

「아닙니다. 그럴 리가요. 루시, 당신은 그런 사람이 아니에요.」

「아뇨, 당신은 그렇게 생각해요. 전부터 그랬어요. 유럽 세계를 붙들고 있는 그런 관념을 당신도 가졌어요……. 여자는 늘 남자 생각을 한다는 것 말이에요. 여자가 약혼을 깨면 사람들은 입을 모아 말해요. 〈다른 사람을 마음에 둔 거야. 다른 사람을 찾는 거야.〉 정말 역겨워요. 야만적이에요! 여자가 자유를 위해서 약혼을 깨는 일 같은 건 없다고 생각하는 거잖아요.」

그는 존경심을 담아 대답했다. 「예전 같으면 나도 그랬을지 모릅니다. 하지만 다시는 그런 말을 안 할 겁니다. 당신이 내게 가르침을 주었으니까요.」

그녀는 얼굴을 붉히고 다시 한 번 창문 단속을 하는 척했다.

「〈다른 남자〉가 있다거나 누가 누구를 〈버린다〉거나 하는 추잡한 일은 여기 개입될 여지가 없지요. 내 말이 그런 뜻으로 들렸다면 용서 바랍니다. 내 말은 그저 당신에게서 방금 전까지 전혀 몰랐던 힘이 느껴진다는 뜻이에요.」

「그렇다면 좋아요, 세실. 사과할 건 없어요. 내가 오해한 거니까요.」

「이건 당신과 나의 이상의 문제예요. 순수하게 관념적인 이상의 문제고, 당신의 이상이 훨씬 더 고귀합니다. 나는 고루하고 악의적인 관념들에 사로잡혀 있었고, 당신은 언제나 당당하고 새로웠습니다.」 그의 목소리가 갈라졌다. 「당신에게 감사의 말을 해야 할 것 같습니다······. 당신은 나 자신의 진정한 모습을 보여 줬어요. 또 나에게 진정한 여자의 모습을 보여 준 것도 진심으로 고맙습니다. 당신과 악수할 수 있을까요?」

「물론이에요.」 루시는 손을 내밀고 다른 한 손은 커튼 자락을 붙들고 비틀었다. 「잘 자요, 세실. 이제 안녕히. 괜찮아요. 어쨌건 미안해요. 이렇게 신사적인 태도를 보여 준 것 정말 고맙고요.」

「당신의 촛불을 내가 켜주고 싶군요.」

두 사람은 복도로 들어섰다.

「고마워요. 다시 한 번 잘 자요. 앞길에 축복이 있길!」

「세실도 안녕히.」

그녀는 그가 조용히 계단을 올라가는 모습을 보았다. 계단 난간 그림자들이 그의 얼굴에서 날개처럼 파닥였다. 계단 꼭대기에 잠시 멈춰 선 그는 체념한 자의 굳센 표정으로 그녀를 보았고, 그 모습은 잊을 수 없을 만큼 아름다웠다. 폭넓은 교양을 쌓았지만 세실은 근본적으로 금욕주의자였고, 사랑을 떠나는 순간만큼 그에게 어울리는 사랑의 순간은 없었다.

이제 그녀는 결혼할 수 없으리라. 격정의 소용돌이 속에서 그 사실 하나가 분명하게 도드라졌다. 세실은 그녀를 믿었다. 그녀도 언젠가 자신을 믿어야 했다. 그녀 입으로 그렇게 칭송한 여자들처럼 남자가 아니라 자유를 사랑하는 여자가 되어야 했다. 조지가 자신을 사랑한다는 사실을 잊어야 했다. 조지의 생각이 그녀를 움직여서 이렇듯 복된 해방을 가져다주었다는 사실도 잊어야 했다. 그리고 조지가 다시…… 어둠이라고 했던가? 그곳으로 돌아갔다는 사실도 잊어야 했다.

그녀는 램프를 껐다.

생각하는 것도 적당하지 않았고, 느끼는 것도 힘들었다. 그녀는 자신을 이해하려는 노력을 포기하고, 밤길로 접어든 자들의 대열에 합류했다. 그 군대는 심장도 두뇌도 따르지 않고, 그저 구호에 맞추어 운명을 향해 행군해 가는 대열이었다. 그곳에는 유쾌하고 경건한 사람들이 가득했다. 하지만 그들은 유일하게 중요한 적에게 굴복한 상태였으니, 그것은 바로 내면의 적이었다. 열정을 거스르고 진실을 거스른 죄의 대가로 그들이 추구하는 미덕은 실패가 예정되어 있다. 시간이 지나면 그들은 비난받는다. 유쾌함과 경건함에 금이 간다. 재치는 냉소가 되고 이타심은 위선이 된다. 가는 곳마다 스스로도 불편해지고 남들도 불편하게 한다. 에로스와 팔라스 아테네를 거스른 그들은 어떤 하늘의 개입이 아니라 영원한 자연법칙에 따라서 연합한 신군(神軍)에게 복수를 당할 것이다.

루시는 조지에게 자신의 사랑을 감추고, 세실에게도 아무도 사랑하지 않는 듯 거짓을 말하면서 그 군대에 합류했다. 밤이 그녀를 받아들였다. 30년 전에 샬럿을 받아들였듯이.

제18장
비브 목사, 허니처치 부인, 프레디, 하인들에게 거짓말하다

 윈디 코너는 산봉우리 꼭대기가 아니라 거기서 남쪽 사면으로 백 미터가량 내려온 곳, 언덕을 지탱하는 거대한 능선 하나가 솟아오르는 지점에 있었다. 윈디 코너 양옆은 양치식물과 소나무로 들어찬 얕은 골짜기였고, 그중 왼쪽 골짜기 아래로 윌드 숲으로 이어지는 큰길이 있었다.
 산봉우리를 넘을 때마다 비브 목사는 이렇게 멋지게 배열된 자연경관과 그 가운데 자리 잡은 윈디 코너를 보고 웃었다. 자연환경은 너무도 아름다운 데 비해 집은 너무도 밋밋했고, 어떻게 보면 겉도는 것 같기도 했다. 죽은 허니처치 씨는 사각형을 좋아했다. 들이는 돈에 비해서 가장 넓은 공간을 만들어 내는 게 사각형 구조였기 때문이다. 허니처치 씨가 죽은 뒤에 그 부인이 집에 덧댄 것이라고는 코뿔소의 뿔 모양으로 솟은 작은 탑뿐이었다. 비 오는 날이면 그녀는 거기 올라가서 도로를 오가는 마차들을 지켜보았다. 이렇게 겉돌기는 했지만, 그래도 그 집은 나름대로 제 역할을 했다. 왜냐면 그 집에 사는 사람들이 주변 환경을 진심으로 사랑했기 때문이다. 마을의 다른 집들은 유명 건축가들이 지었을 뿐 아니라, 주인들도 집을 가꾸느라 쉴 새 없이 부지런을 떨었지만, 모두 우연하고 덧없다는 느낌을 주었다. 하지만 윈디 코너는 자연이 만들어 낸 추한 피조물처럼 필연적인 느낌을 주었다. 그 집을 보고 웃을 수는 있지만, 혐오감에 진저리를 칠 수는 없었다.

월요일 오후, 비브 목사는 자전거를 타고 간단한 소식을 전하러 윈디 코너로 향했다. 앨런 자매에게서 연락을 받은 것이다. 이 존경할 만한 자매는 시시 빌라 입주가 좌절되자 새로운 계획을 세웠다. 그리스로 여행을 가기로 한 것이다.

캐서린 앨런이 편지에 썼다.

〈피렌체 여행이 우리 언니의 건강에 많은 도움을 주었기 때문에, 이번 겨울에는 아테네에 가보는 것도 좋지 않을까 하는 생각을 했어요. 물론 아테네 여행은 모험이죠. 의사는 언니에게 특별히 소화가 잘 되는 빵이 필요하다고 했어요. 어쨌건 빵은 가지고 가면 되고, 증기선 한 번에 기차 한 번만 타면 되는 일이니까요. 하지만 거기도 영국 국교회가 있나요?〉 편지는 계속 이어졌다. 〈아테네에서 더 멀리 갈 생각은 없지만, 혹시 콘스탄티노플에 편안한 펜션을 알고 계시다면, 저희에게 고마운 정보가 될 것입니다.〉

루시는 이 편지에 기뻐할 것이다. 비브 목사가 윈디 코너를 보며 지은 미소는 부분적으로는 루시 때문이기도 했다. 그녀는 이 편지에 담긴 즐거움을 볼 테고, 그 안에 담긴 아름다움도 볼 것이다. 지금 그녀는 아름다움을 보아야 했다. 그림 솜씨는 형편없고, 옷에 대한 감각도 들쭉날쭉이지만 — 어제 교회에 입고 온 선홍색 드레스라니! — 그래도 그녀는 인생의 아름다움을 보아야 했다. 그러지 않으면 지금처럼 피아노를 칠 수 없을 것이다. 그는 음악하는 사람들은 극도로 복잡한 존재이며, 모든 예술가들 가운데 자신의 소망과 정체성에 대해 가장 무지한 사람들이라는 견해를 갖고 있었다. 음악가

들은 주변 사람만 헷갈리게 하는 게 아니라 자기 자신도 늘 헤맨다. 이들의 심리는 현대 사회의 산물이라서 아직까지 누구도 제대로 이해하지 못하고 있다. 그런데 비브 목사가 모르는 사이, 이 이론에 대한 증명 사례가 생겨난 셈이었다. 하지만 어젯밤의 일을 모르는 그는 차를 얻어 마시고 조카를 만나고 또 두 노부인의 아테네 여행 계획에서 루시가 어떤 아름다움을 발견할지 알아보기 위해 자전거를 달렸다.

윈디 코너 바깥에 마차가 세워져 있었다. 마차는 집이 목사의 눈에 들어온 순간 움직이기 시작해서 마차 진입로를 천천히 올라가다가 한길에 이르자 멈추어 섰다. 말을 위해서였을 것이다. 말이 금세 지치는 걸 막기 위해 언덕길을 오르는 동안 사람들은 마차에서 내려서 따로 걸어가야 했다. 천천히 문이 열리고 두 사람이 나왔다. 비브 목사는 그들이 세실과 프레디라는 걸 알았다. 마차 여행에는 어울리지 않는 한 쌍이었다. 하지만 마부석 옆에 여행 가방이 놓인 게 보였다. 중산모를 쓴 것으로 보아 세실은 멀리 가는 모양이었다. 챙 없는 모자를 쓴 프레디는 기차역까지 배웅을 나가는 길일 것이다. 두 사람은 지름길을 택해서 빠른 속도로 걸었고, 마차가 도로를 구불구불 오르는 동안 어느새 꼭대기에 이르렀다.

두 사람은 목사와 악수했다. 하지만 말은 건네지 않았다.

「외출하시는가 보군요, 바이스 씨?」 목사가 물었다.

세실이 〈예〉 하고 대답했고, 프레디는 옆으로 비켜섰다.

「저는 지금 허니처치 양의 친구 분들에게서 받은 재미있는 편지를 보여 주러 가는 중입니다.」 그는 편지 구절을 읽어 주었다. 「멋지지 않습니까? 정말 낭만적이에요. 이분들은 아마 콘스탄티노플까지도 갈 겁니다. 덫에 단단히 걸렸어요. 전 세계를 일주하고 말 겁니다.」

세실은 공손히 이야기를 듣고는 루시에게 즐겁고 흥미로

운 소식이 될 거라고 말했다.

「낭만이란 참 제멋대로 아닙니까? 젊은이들한테서는 이런 모습을 볼 수가 없어요. 젊은 사람들은 잔디 위에서 테니스나 치면서 낭만이 죽었다고 투덜대지요. 그런데 이 앨런 할머니들은 온갖 무기를 챙겨들고서 고난에 맞서 싸워 나가고 있습니다. 〈콘스탄티노플에 편안한 펜션〉이라고! 예의상 이렇게 말하지만, 이분들이 바라는 건 마법의 창문이 난 펜션이에요. 잊힌 요정 나라의 사나운 바다, 그 바다에서 튀어 오르는 물거품을 향해 열린 창문 말이에요! 두 분은 평범한 전망으로는 만족 못할 겁니다. 그분들이 원하는 건 키츠가 말한 그런 펜션이에요.」

「목사님, 끼어들어서 죄송한데요, 성냥 있으신가요?」 프레디가 말했다.

「나한테 있어.」 세실이 말했고, 비브 목사는 세실의 말투가 전에 없이 다정해진 것을 알아차렸다.

「바이스 씨는 앨런 자매 분을 만나신 적이 없죠?」

「네, 없습니다.」

「그렇다면 이 그리스 여행이 왜 그렇게 멋진지 모를 겁니다. 저는 그리스를 가본 적도 없고 가볼 생각도 없어요. 내 친구들 중 누구도 갈 것 같지 않고요. 우리 작은 인생에 그리스는 너무도 거대합니다. 그렇지 않습니까? 우리가 상상할 수 있는 건 이탈리아 정도가 최대일 겁니다. 이탈리아가 영웅의 땅이라면, 그리스는 신의 땅이거나 아니면 악마의 땅이에요. 신과 악마, 어느 쪽인지는 모르겠지만 어느 쪽이라도 이런 교외 생활자의 시야에는 잡히지 않는 거지요. 그래, 프레디. 내가 갑자기 똑똑한 척하는 건 아닙니다. 친구한테 들은 말이에요. 다 썼거든 나한테도 성냥을 주렴.」 그는 담배에 불을 붙이고 두 젊은이와 이야기를 계속했다. 「저는 이렇게 말했어요.

〈우리 런던내기들이 삶의 교양을 쌓고자 한다면 이탈리아가 제격이다〉라고요. 이탈리아만 해도 충분히 큽니다. 저한테는 시스티나 예배당의 천장화가 딱이에요. 제가 이해할 수 있는 문화의 차이는 그 정도가 최대한입니다. 파르테논 신전이나 피디아스의 조각 같은 것은 아니지요. 마차가 왔네요.」

「목사님 말씀이 맞습니다. 그리스는 우리 작은 인생에 어울리지 않지요.」 세실이 말했다. 그리고 그는 마차에 올랐다. 프레디가 공연한 소리를 하지 않는 목사에게 고개를 끄덕이고 뒤따라 마차에 탔다. 하지만 십여 미터도 못 가서 마차에서 뛰어내리더니 비브 목사가 돌려주지 않은 세실의 성냥을 가지러 달려왔다. 그리고 성냥을 챙겨 들면서 말했다.

「목사님이 책 이야기만 해서 다행이에요. 세실은 충격에 빠졌어요. 누나가 결혼 안 한다고 했거든요. 책 이야기를 한 것처럼 누나 이야기를 했으면 세실은 견디지 못했을 거예요.」

「아니, 언제?」

「어젯밤 늦게요. 저 가요.」

「그렇다면 나도 안 가는 게 좋겠는걸.」

「아니에요, 걱정 말고 가보세요.」

「이럴 수가!」 비브 목사는 속으로 외치고, 가뿐한 마음으로 자전거 안장에 올라앉았다. 「루시가 저지른 단 한 가지 어리석은 행동이었어. 잘 끝냈지 뭐야!」

그리고 잠깐 동안 생각한 뒤에 윈디 코너에 이르는 비탈길을 조심스레 내려갔다. 마음이 가벼웠다. 세실의 오만한 세계가 사라지자 집은 다시 본래의 모습으로 돌아와 있었다.

정원에 내려가면 미니를 볼 수 있다고 했다.

응접실에서는 루시가 모차르트의 소나타를 딩동거리고 있었다. 그는 잠깐 망설이다가 전해 들은 대로 정원으로 내려갔다. 그곳에는 슬픔에 찬 일행이 있었다. 그날은 바람이 거

셌고, 정원의 달리아들이 쓰러지거나 부러져 있었다. 허니처치 부인은 심기 사나운 얼굴로 달리아들을 묶어 세웠고, 샬럿은 그런 일에 전혀 어울리지 않는 옷을 입고서 도와주겠다며 자꾸 부인을 방해했다. 조금 떨어진 곳에서는 미니와 급히 불러온 심부름꾼 소년이 피나무 껍질로 만든 기다란 밧줄의 양쪽 끝을 붙들고 서 있었다.

「안녕하세요, 비브 목사님? 정말 엉망이죠? 이 진홍색 퐁퐁달리아들 좀 보세요. 바람이 불어서 치맛자락은 펄럭이고 땅은 어찌나 딱딱한지 버팀목이 들어가지를 않네요. 파월이 있으면 좋으련만 하필 이럴 때 마차가 나가야 하고……. 누구나 잘하는 게 있잖아요. 파월은 달리아를 제대로 묶을 줄 알거든요.」

허니처치 부인의 모습은 충격받은 기색이 역력했다.

「안녕하세요?」 샬럿이 인사했다. 그녀는 가을바람에 꺾인 게 달리아뿐은 아니라고 말하는 듯한 표정을 지어 보였다.

「레니, 피나무 줄을 이쪽으로.」 허니처치 부인이 소리쳤다. 피나무 줄이 뭔지 모르는 심부름꾼 아이는 겁에 질려서 길에 붙박힌 듯 서 있었다. 미니가 삼촌에게 다가와서 오늘은 사람들이 다 퉁명스럽다고, 달리아 줄기가 가로가 아니라 세로로 쪼개지는 건 자기 잘못이 아니라고 조그맣게 말했다.

목사가 미니에게 말했다. 「나하고 좀 가자. 네가 여기 분들한테 지나친 폐를 끼치고 있구나. 허니처치 부인, 저는 그냥 별일 없이 들렀습니다. 미니를 데리고 〈비하이브〉 주점에 가서 차를 좀 마실까 하는데요.」

「그러시겠어요? 그렇게 하세요……. 가위 말고, 고마워 샬럿, 내가 손이 두 개뿐이니 원……. 저 주황색 선인장달리아는 내가 손을 대기 전에 쓰러지고 말 거다.」

사태를 진정시키는 데 일가견이 있는 비브 목사는 샬럿에게 함께 주점에 가자고 했다.

「그래, 샬럿, 난 혼자 해도 돼……. 그러니까 목사님과 함께 갔다 와. 집 안에도 정원에도 지금 손이 꼭 필요한 일은 없으니까.」

샬럿은 지금 자신의 의무는 선인장달리아 화단에 있다고 했다. 하지만 그녀는 안 가겠다는 말로 미니를 뺀 모든 이를 격분시킨 뒤, 곧 다시 가겠다고 해서 미니를 격분시켰다. 셋이서 정원을 올라가는데, 주황색 선인장달리아가 쓰러졌다. 비브 목사가 본 마지막 장면은 심부름꾼 아이가 그걸 애인처럼 끌어안고 있는 것이었다. 아이의 검은 머리가 풍성한 꽃 속에 파묻혀 있었다.

「꽃들이 이렇게 망가지다니 안타깝습니다.」 그가 말했다.

「몇 달 동안 기대하며 바라보던 게 한순간에 무너질 때는 언제나 안타까운 법이죠.」 샬럿이 근엄하게 말했다.

「허니처치 양을 어머니가 계신 정원에 내려 보내야 하지 않을까요? 아니면 우리하고 함께 주점에 데려갈까요?」

「루시는 그냥 혼자 남아서 자기 하고 싶은 일을 하는 게 좋을 것 같아요.」

「사람들이 루시 때문에 화가 났어요. 아침 식사 시간에 늦었거든요.」 미니가 속삭였다.

「플로이드도 가고 바이스 씨도 가고 프레디는 저하고 안 놀아 주겠대요. 근데 아서 삼촌, 집 분위기가 어저께하고는 완전히 달라요.」

「쓸데없는 말 하지 말고, 가서 신발이나 갈아 신고 와라.」 아서 삼촌이 말했다.

그는 응접실로 들어섰다. 루시는 여전히 모차르트의 소나타에 열중해 있었다. 그가 들어서자 피아노 소리가 멈췄다.

「안녕하세요? 바틀릿 양하고 미니하고 같이 비하이브 주점에 가서 차를 마시려고 하는데요, 같이 갈 생각 없나요?」

「별로 생각이 없네요. 어쨌건 말씀은 고맙습니다.」

「아뇨, 그럴 거라 짐작했습니다.」

루시는 다시 피아노를 마주하고 몇 개의 화음을 쳤다.

「모차르트 소나타는 정말 섬세합니다!」 비브 목사는 속으로는 장난 같은 소품이라고 생각했지만, 겉으로는 그렇게 말했다.

루시는 슈만으로 옮겨 갔다.

「허니처치 양!」

「네.」

「두 사람을 언덕에서 만났습니다. 프레디가 소식을 일러 주었습니다.」

「아, 그래요?」 루시는 신경이 거슬린 듯했다. 비브 목사도 약간 마음이 상했다. 자신이 알고 있다고 말하면 그녀가 좋아할 줄 알았기 때문이다.

「바깥사람들한테는 입 다물 테니 걱정 마십시오.」

「어머니, 샬럿, 세실, 프레디, 그리고 목사님.」

루시는 그렇게 말하면서 사람 이름을 언급할 때마다 음정을 하나씩 쳤다. 그리고 여섯 번째 음정을 하나 더 쳤다.

「제 생각을 말씀드리자면 저는 다행이라고 생각합니다. 잘한 결정입니다.」

「다른 사람들도 그렇게 생각해 주면 좋겠는데, 그러지 않는 것 같아요.」

「바틀릿 양은 이번 일이 잘못되었다고 생각하는 것 같더군요.」

「어머니도 그래요. 몹시 속상해하시죠.」

「그 점은 유감으로 생각합니다.」 비브 목사가 진심을 담아 말했다.

변화를 싫어하는 허니처치 부인은 실제로 상심하긴 했지만, 루시가 생각하는 만큼은 아니었고, 그것도 매우 짧은 시간에 지나갔다. 그것은 다만 루시가 자신의 우울함을 정당화하기 위해 꾸며 낸 책략에 지나지 않았다. 그러나 루시도 자신이 그런 책략을 쓰고 있다는 걸 의식하지 못했다. 그녀도 이미 어둠의 군대에서 행진하고 있었기 때문이다.

「프레디도 속상해하고요.」

「하지만 프레디는 바이스 씨하고 처음부터 그렇게 사이가 좋은 편은 아니지 않았습니까? 제 생각으로는 약혼 자체를 탐탁지 않게 여겼던 것 같은데요. 약혼 때문에 루시 양과 사이가 멀어진다고 생각해서요.」

「남자들은 통 모르겠어요.」

위층에서 미니와 샬럿의 다툼 소리가 들렸다. 주점에 가서 차를 마시려면 옷을 싹 갈아입어야 하는 모양이었다. 루시는 현명하게도 자신의 결정에 대해 이야기하는 걸 피했고, 그래서 비브 목사는 깊은 공감의 표정을 지어 보인 뒤 말했다.

「앨런 자매한테서 아주 재미있는 편지를 받았습니다. 제가 원래 여기 온 것도 이 편지 때문이에요. 편지를 보면 즐거워하실 것 같아서요.」

「편지가 오다니 반갑네요.」 루시가 심드렁하게 말했다.

달리 할 일이 없어서 그는 편지를 읽어 주었다. 몇 줄 읽지도 않아서 루시의 눈에 생기가 돌기 시작하더니, 잠시 후 그녀가 목사의 말을 잘랐다. 「해외여행이라고요? 언제 떠나는데요?」

「다음 주라고 하는 것 같던데요.」

「프레디가 기차역에서 곧장 집으로 돌아올 거라던가요?」

「그런 말 없었습니다.」

「그 애가 떠들고 다닐까 봐 그래요.」

그렇게 해서 그녀는 파혼 이야기를 꺼냈다. 상대를 배려하는 일이 몸에 밴 그는 편지를 접어 넣었다. 하지만 그 순간 그녀가 목소리를 높여 외쳤다. 「앨런 자매 이야기 더 해주세요! 해외여행이라니 너무 멋있어요!」

「저는 그분들이 베네치아에서 시작하시기를 바랍니다. 거기서 화물 증기선을 타고 일리리아 해변으로 가는 거예요!」

그녀가 크게 웃었다. 「멋져요! 저도 같이 갔으면 좋겠어요.」

「이탈리아에 다녀오고 나서 여행벽이 생긴 건가요? 어쩌면 조지 에머슨 말이 맞는지도 몰라요. 그 친구가 이탈리아는 〈운명〉의 다른 이름이라고 하더군요.」

「아뇨. 이탈리아 말고요, 콘스탄티노플요. 저는 옛날부터 콘스탄티노플에 가고 싶었어요. 콘스탄티노플이면 거의 아시아 땅 아닌가요?」

비브 목사는 아직 콘스탄티노플은 가능성이 없으며 앨런 자매의 최종 목적지는 아테네라고 일러 주었다. 「거기서 델포이 신전까지는 가보겠죠. 길이 잘 나 있다면.」 하지만 그 말로 그녀의 열광을 잠재울 수는 없었다. 그리스야말로 옛날부터 더욱더 가보고 싶은 곳이었다는 식이었다. 그녀의 태도가 어찌나 진지한지 그는 적이 놀랐다.

「루시 양하고 앨런 자매가 아직도 사이가 좋은 줄은 미처 몰랐네요. 시시 빌라 사건도 있고 해서.」

「그건 아무것도 아니에요. 정말로 시시 빌라는 제게 아무것도 아니에요. 저는 무슨 수를 써서라도 그분들과 함께 가고 싶어요.」

「어머니께서 허락해 주실까요? 집에 돌아온 지 이제 석 달밖에 안 되는데.」

「허락해 주셔야 해요!」 루시의 목소리가 점점 뜨거워졌다. 「저는 떠나야 해요. 반드시 떠나야 해요.」 그녀는 머리카락을 신경질적으로 훑었다. 「목사님 생각에도 제가 떠나는 게 좋을 것 같지 않나요? 처음에는 몰랐는데……. 그리고 물론 콘스탄티노플도 꼭 보고 싶어요.」

「그렇다면 이 파혼 일 때문에 루시 양 기분이…….」

「맞아요. 목사님은 이해하실 줄 알았어요.」

사실 비브 목사는 이해하지 못했다. 왜 허니처치 양은 가족의 품 안에서 쉴 수 없는 걸까? 아까 본 세실의 태도는 지극히 점잖았고, 앞으로도 그녀를 괴롭힐 것 같지 않았다. 하지만 어쩌면 가족 자체가 그녀에게 성가실지도 모른다는 생각이 들었다. 그런 이유 때문이냐고 그가 넌지시 묻자 그녀는 열렬히 동의했다.

「맞아요. 식구들의 충격이 가라앉고 사태가 진정될 때까지 콘스탄티노플에 가야 해요.」

「파혼을 실행에 옮기기는 몹시 힘들었을 것 같습니다만.」 그가 조심스럽게 말했다.

「아뇨, 그렇지 않았어요. 세실은 아주 좋은 사람이었어요. 다만…… 이미 들으신 게 있으니 모두 말씀드려야겠지만…… 통솔하려는 성향이 강한 것뿐이에요. 그 사람이 저한테 자유를 주지 않을 게 분명해 보였어요. 그는 나의 개선 불가능한 점들을 개선하려고 했을 거예요. 세실은 여자의 결정권을 인정하지 않아요. 아니 감히 인정하지 못하는 거죠. 아, 도대체 제가 무슨 헛소리를 하는 건가요? 하지만 말하자면 그렇게 된 거예요.」

「저도 그동안 바이스 씨를 지켜보면서 그런 생각을 했고, 루시 양을 보면서도 그랬습니다. 루시 양의 말에 전적으로 공감하고 동의합니다. 하지만 한 가지 꼬집고 싶군요. 이런 일이 그리스로 허겁지겁 떠나야 할 만큼 큰 사건입니까?」

「하지만 전 어딘가로 가야 해요! 아침 내내 고민했는데, 지금 답을 찾은 거예요.」 루시가 소리쳤다. 그녀는 주먹 쥔 두 손으로 무릎을 두드렸다.

「가야 해요! 제가 어머니와 함께 보낼 시간들하고 지난봄에 어머니가 제게 쓰신 돈이 있잖아요. 목사님이나 여러분들은 저를 너무 높이 보세요. 조금 덜 친절하셨으면 좋겠어요.」 이 순간 샬럿이 들어왔고, 루시는 더욱 불안해졌다.

「저는 가야 해요. 멀리 멀리 가야 해요. 나 자신의 마음을 알아야 하고 어디로 가고 싶은지 알아야 해요.」

「자, 우리는 차를 마시러 갑시다.」 비브 목사는 비하이브 일행을 현관으로 밀고 나왔다. 너무 서두른 나머지 모자를 안에 두고 나왔다. 모자를 가지러 돌아가 보니 모차르트 소나타가 다시 울려 퍼지고 있었다. 그는 안도했지만 한편으로는 놀랍기도 했다.

「루시 양이 다시 피아노를 치네요.」 그가 샬럿에게 말했다.

「루시는 언제든지 피아노를 칠 수 있어요.」 무뚝뚝한 대답이 돌아왔다.

「그럴 수 있는 수단이 있어서 다행입니다. 당연한 일이지만, 근심에 싸인 것 같았는데 말입니다. 소식 다 들었습니다. 결혼이 임박한 상태에서 그런 용기를 낸다는 건 쉬운 일이 아니었을 겁니다.」

샬럿이 몸을 약간 움찔했고, 그는 반격에 대비했다. 그는 샬럿의 속을 가늠할 수 없었다. 피렌체에서부터 그는 샬럿에게 〈깊은 의미는 없을지 몰라도 적어도 깊은 기묘함은 감추고 있는 것 같다〉는 생각을 했다. 어쨌거나 그녀는 언제나 냉담하기 때문에 오히려 믿을 만하게 여겨졌다. 비브 목사는 그 정도를 짐작하고 샬럿 앞에서 거리낌 없이 루시의 이야기를 꺼냈다. 미니는 다행히 고사리를 뜯고 있었다.

그녀가 목사의 말을 막았다. 「그 이야기는 더 하지 않는 게 좋을 것 같습니다.」

「그런가요?」

「가장 중요한 건 서머 스트리트 사람들이 이 일로 수군거리지 않는 거예요. 지금 상태에서 바이스 씨가 떠났다는 소문이 돈다면 그건 파멸이에요.」

비브 목사는 눈썹을 추켜세웠다. 파멸은 강한 말이다. 너무 강한 말이다. 물론 비극이라는 데는 의문의 여지가 없다. 그가 말했다.

「물론 허니처치 양은 마음의 준비가 되었을 때 또 자신이 원하는 방식으로 이 일을 알리겠죠. 하지만 프레디가 저한테 이야기를 한 건 루시 양이 크게 신경 쓰지 않을 거란 의미였을 겁니다.」

「알아요. 하지만 프레디가 목사님한테 이야기한 게 그리 잘한 일은 아니에요. 이런 일은 아무리 주의해도 지나치지 않죠!」 샬럿이 공손히 말했다.

「물론 그렇습니다.」

「그러니 절대 비밀을 지켜 주시길 바랍니다. 친구한테 우연히 한마디 흘린달지 또……」

「네 알겠습니다.」 그는 나이 든 여자들의 불안이나 말에 대한 지나친 걱정에 익숙해져 있었다. 교구 목사는 사소한 비밀과 고백과 경고의 거미줄 속에 살게 되고, 현명한 목사일수록 그런 데 신경을 쓰지 않는 법이다. 그는 대화의 주제를 바꾸기 위해 쾌활한 목소리로 물었다. 「최근에 베르톨리니 사람들에게서 소식 들으신 것 있습니까? 래비시 양과는 계속 연락이 있었다고 알고 있는데요? 어쩌다 거기서 우연히 만났던 사람들이 계속 연결된다는 게 참 신기합니다. 둘, 셋, 넷, 여섯…… 아니 모두 여덟이군요. 에머슨 부자를 빼먹을 뻔했습니다……. 이 사람들이 어떻게든 연락이 닿고 있으니까요. 그 시뇨라에게 감사장이라도 주어야 하지 않을까요?」

샬럿은 감사장 제안을 별로 반기지 않았고, 세 사람은 침묵 속에 언덕을 올랐다. 그 침묵을 깨는 것은 간간이 양치식물의 이름을 헤아리는 목사의 목소리뿐이었다. 그들은 정상에서 멈춰 섰다. 하늘은 그가 오면서 본 것보다 훨씬 사나워져서, 서리 지방에서는 보기 드문 비극적 웅장함을 땅 위에 던져 주고 있었다. 잿빛 구름들이 흰 구름의 결들 위로 밀려들었고, 흰 구름은 길게 몸을 늘이며 천천히 흩어졌다. 흩어지는 흰 구름의 마지막 결 사이로 파란빛이 반짝이며 사라졌다. 여름이 물러가고 있었다. 바람이 포효하고 나무들은 신음했지만, 이런 소음도 하늘의 광대한 움직임에는 무언가 부족해 보였다. 날씨는 점점 거칠어지고 또 거칠어지더니 마침내 정신없이 휘몰아쳤다. 그것은 이 위기의 시간에 천상의 포격이 더해진다는 초자연적 느낌보다는 육체적 발작 같은 느낌을 주었다. 비브 목사의 눈길은 루시가 모차르트를 연습하고 있는 윈디 코너에 가닿았다. 그의 입술은 미소를 띠지 않았다. 그는 다시 대화 주제를 바꾸고자 했다. 「비는 안 올 듯합니다만 금방 어두워질 것 같으니 서두르지요. 어젯밤의 어둠은 오싹할 정도였습니다.」

그들은 5시 무렵 비하이브 주점에 도착했다. 이 깔끔한 주점 겸 여관에는 베란다가 있었다. 나이 든 손님들은 모래가 깔린 쾌적한 실내에서 편안하게 차 마시는 걸 좋아했지만, 젊고 철없는 이들은 베란다 자리를 좋아했다. 비브 목사가 보니 밖에 앉으면 샬럿이 추울 것 같았고, 실내에 앉으면 미니가 답답해할 것 같았다. 그래서 그는 세력을 분할했다. 미니에게는 창문을 통해서 먹을 것을 주기로 했다. 그 결과 루시의 운명에 대해 더 자세히 이야기할 기회가 생겼다.

「계속 생각해 보았습니다만, 바틀릿 양께서 크게 불편하시지 않다면 아까 하던 이야기를 다시 하는 건 어떨까 싶습니다.」 그의 말에 그녀는 고개를 숙였다. 「지난 일 말고요. 저는 무슨 일이 있었는지 잘 알지도 못할 뿐 아니라 신경 쓰이지도 않습니다. 분명히 말씀드리지만, 저는 아주 잘한 일이라고 생각합니다. 루시 양의 행동은 고결하고도 적절했습니다. 루시 양은 겸손하게도 우리가 자신을 너무 높이 평가한다고도 말하더군요. 하지만 중요한 건 미래죠. 바틀릿 양은 이 그리스 계획을 어떻게 생각하십니까?」 그는 다시 한 번 편지를 꺼냈다. 「저희가 하는 말을 들으셨는지 모르겠지만 지금 루시 양은 앨런 자매의 이 황당한 여행에 동행하고 싶어 합니다. 그건…… 뭐라고 할까…… 옳은 일이 아니에요.」

샬럿은 조용히 편지를 읽더니 탁자 위에 내려놓고 잠시 망설이다가 다시 편지를 읽었다.

「왜 그런 생각을 하는지 모르겠습니다.」

놀랍게도 샬럿의 대답은 달랐다. 「저는 목사님과 생각이 다르네요. 루시가 여행을 통해 구원을 얻을 수도 있을 것 같습니다.」

「정말입니까? 어째서죠?」

「윈디 코너를 떠나고 싶어 했으니까요.」

「그렇겠죠……. 하지만 그건 좀 엉뚱하고 루시 양답지 않아 보입니다. 그러니까 좀…… 이기적이라는 거죠.」

「당연한 일 같은데요……. 고통스러운 사건 후에…… 변화를 바라는 건.」

이 지점이 바로 배웠다는 남자들이 놓치는 부분 가운데 하나다. 비브 목사가 소리쳤다. 「루시 양도 그렇게 말했고, 다른 분도 거기 동의하시니 저도 약간은 납득해야겠군요. 어쩌면 루시 양에게는 변화가 필요할 겁니다. 저는 여자 형제도 없고 해서…… 이런 일들이 잘 이해되지 않습니다. 하지만 꼭 그리스까지 가야 할 필요가 있나요?」

「목사님은 그렇게 물으실 수 있겠죠.」샬럿이 말했다. 그녀는 조금 전까지의 도망가는 듯하던 태도를 떨치고 흥미로운 기색이 되었다.「왜 그리스냐고요? (뭐라고, 미니? 잼 달라고?) 왜 턴브리지 웰스가 아니냐고요? 비브 목사님! 오늘 아침 저는 루시하고 긴 대화를 나누었어요. 하지만 아무 소용 없었죠. 저는 루시한테 도움이 안 돼요. 더 이상은 말 못해요. 벌써 너무 많은 말을 했는지도 몰라요. 이야기하지 않겠어요……. 루시가 치를 떨다시피 하는 일이 있어요. 저는 말할 수 없어요. 제가 턴브리지 웰스에 와서 6개월 정도 지내는 게 어떻겠느냐고 했지만, 루시는 거절했어요.」

비브 목사는 칼로 빵 조각을 찔렀다.

「하지만 제 감정은 전혀 중요하지 않아요. 제가 루시의 신경을 피곤하게 한다는 걸 잘 압니다. 우리의 여행은 실패였어요. 루시는 피렌체를 떠나고 싶어 했고, 그래서 로마로 갔지만 로마에서 지내는 것도 싫어했어요. 저는 내내 루시 어머니의 돈을 낭비한다는 생각을 떨칠 수 없었어요…….」

「하지만 미래 이야기를 계속해 보죠.」비브 목사가 샬럿의 말을 끊었다.「바틀릿 양의 조언을 듣고 싶습니다.」

「그러죠.」샬럿은 돌연한 태도로 말했다. 목사에겐 낯선 돌변이었지만 루시에게는 익숙한 일이었다.「저는 개인적으로 루시의 그리스 여행을 도울 거예요. 목사님은요?」

비브 목사는 생각해 보았다.

「절대적으로 필요한 일이에요.」그녀는 베일을 내리고 조심스럽지만 열렬하게 속삭였는데, 그 뜨거움이 그를 놀라게 했다.「전 알아요……. 알아요.」

어둠이 밀려들기 시작했다. 이 기묘한 여인은 분명히 무언가 알고 있는 것 같았다.「여기서 한순간도 머물면 안 돼요.

우리는 루시가 떠날 때까지 조용히 입을 다물고 있어야 돼요. 하인들은 아무것도 모를 거예요. 나중에……. 하지만 제가 벌써 목사님께 너무 많은 이야기를 했는지도 몰라요. 문제는 루시도 저도 허니처치 부인에게는 도리가 없다는 거죠. 그러니까 목사님께서 도와주시면 잘 될지도 몰라요. 안 그러면…….」

「안 그러면……?」

「안 그러면.」 그녀는 최종적인 발언을 하듯 다시 한 번 반복해 말했다.

「물론 저는 루시 양을 도울 겁니다.」 목사가 결심을 굳혔다. 「갑시다. 돌아가서 일들을 해결하죠.」

샬럿은 감사의 말을 풍성하게 퍼부었다. 바람에 삐걱거리는 주점 간판 — 벌들이 뺑 둘러싼 벌집 — 이 그녀의 감사 인사에 박자를 맞추었다. 비브 목사는 이런 상황이 잘 이해되지 않았다. 하지만 굳이 이해할 필요도 없을 것 같았다. 그렇다고 천박한 사람들처럼 〈다른 남자〉가 있다는 결론을 내린 것도 아니었다. 그는 그저 루시가 피해 달아나고자 하는 어떤 모호한 힘을 샬럿이 알고 있다는 정도만을 느꼈다. 그것은 어쩌면 인간의 형체를 띠고 있을지도 몰랐다. 그런 모호함이 그의 기사도 정신을 부추겼다. 인내와 교양 아래 말없이 감추어져 있던 그의 금욕주의가 표면으로 솟아올라 아름다운 꽃처럼 피어났다. 〈결혼하는 건 좋은 일이지만 자제하는 건 더 좋은 일이다〉라는 신념을 가진 그는 사람들의 파혼 소식을 들을 때마다 은근한 기쁨을 느꼈다. 루시의 경우는 본래 그가 세실을 싫어했기 때문에 더욱 기쁨이 컸다. 그는 한층 더 밀고 나갈 생각도 있었다……. 그녀가 동정의 결심을 굳힐 때까지 그녀를 위험이 미치지 않는 곳에 두겠다는 것이었다. 이런 감정은 극히 미묘한 데다 어떤 사상적 배경도 없다. 게다가 그는 이 파혼 사건에 관련된 누구에게도 이런 생각을 털어놓지 않았다. 하지만 그것은 분명히 존재했고, 오직 그것만이 그가 이후에 취한 행동들과 그가 다른 사람들에게 미친 영향력을 설명해 준다. 그가 주점에서 샬럿과 맺은 맹약은 루시를 돕기 위해서뿐 아니라 자신의 신념을 지키기 위한 것이기도 했다.

세 사람은 먹빛과 잿빛이 날아다니는 세계를 뚫고 집으로 서둘러 돌아왔다. 그는 현재의 사태와 무관한 이야기들을 꺼냈다. 에머슨네 집에 가정부가 필요하다는 것에 대해, 하인들에 대해, 이탈리아 하인들에 대해, 이탈리아를 다룬 소설들에 대해, 목적을 갖는 소설들에 대해, 문학이 인생에 영향을 미칠 수 있을까 하는 것에 대해. 윈디 코너는 어둠 속에 아물거렸다. 정원에서는 허니처치 부인이 프레디의 도움 속에 아직도 꽃들의 생명과 씨름을 하고 있었다.

부인이 힘없이 중얼거렸다. 「너무 어두워졌구나. 이게 다 미적거린 결과야. 날씨가 안 좋아질 걸 미리 알 수도 있었는데 말이야. 그런데 루시는 난데없이 그리스엘 가겠다고 하니, 도대체 뭐가 어떻게 돌아가는 건지 모르겠다.」

「허니처치 부인, 루시 양을 그리스로 보내세요. 집 안에 들어가서 부인과 그 일을 의논하고 싶습니다. 그런데 먼저 하나 여쭙겠습니다. 바이스 씨와 파혼한 일 때문에 상심하셨나요?」 비브 목사가 말했다.

「비브 목사님, 사실대로 말하자면 저는 잘됐다고 생각해요.」

「저도 그렇고요.」 프레디가 말했다.

「좋습니다. 이제 안으로 들어가죠.」

그들은 식당에 앉아서 30분 동안 의논했다.

루시 혼자서 그리스 여행을 허락받기는 어려웠을 것이다. 비용도 많이 들고 위험도 높을 텐데, 어느 쪽도 다 허니처치 부인이 싫어하는 것이었다. 샬럿도 성공하지 못했을 것이다.

그날의 영예는 비브 목사에게 돌아갔다. 그의 요령과 상식으로, 그리고 성직자로서 가진 영향력으로 — 허니처치 부인은 멍청하지 않은 성직자들에게서 큰 영향을 받았다 — 그는 부인에게 그들의 생각을 설득해 냈다.

「저는 도대체 왜 그리스가 필요한지 모르겠어요.」 부인이 말했다. 「하지만 목사님 말씀대로 그것도 괜찮을 것 같아요. 제가 이해할 수 없는 일인 게 분명해요. 루시! 이제 결정이 됐으니 루시한테 말해 주죠. 루시!」

「피아노를 치고 있습니다.」 비브 목사가 그렇게 말하면서 문을 열었다. 노랫소리가 들렸다.

반짝이는 아름다움에 눈길 주지 마요.

「노래도 부르는 줄은 몰랐네요.」

왕들이 무기를 갖출 때 움직이지 마요.
포도주 잔이 반짝일 때 입술 대지 마요······.

「세실이 누나한테 바친 노래잖아. 여자들은 정말 이상하다니까!」

「왜 그래?」 노래를 멈추고 루시가 물었다.

「아무 일도 아니란다.」 허니처치 부인이 다정하게 말하고 응접실로 갔다. 비브 목사는 그녀가 루시에게 키스하는 소리와 뒤이어 말하는 소리를 들었다.

「그리스 이야기를 듣고 화내서 미안하다. 하지만 달리아 때문에 정신이 없는 참에 그런 말을 들어서 그랬어.」

그러자 루시가 약간 딱딱한 목소리로 대답했다. 「고마워요, 어머니. 그런 건 상관없어요.」

「그리고 네 말도 맞아. 그리스는 괜찮을 거야. 앨런 자매가 허락해 준다면 함께 가렴.」

「정말이에요, 어머니? 아, 고마워요!」

비브 목사도 응접실로 갔다. 루시는 아직도 피아노 앞에 앉아 건반에 손을 얹고 있었다. 기쁜 표정이었지만, 목사가 기대했던 만큼 큰 기쁨은 아니었다. 어머니가 그녀에게 몸을 굽혔다. 루시의 노래를 듣고 있던 프레디는 바닥에 앉아서 머리를 루시에게 기댄 채 불 없는 파이프를 입에 물고 있었다. 기묘하게도 이들의 모습은 아름다웠다. 고미술을 사랑하는 비브 목사는 좋아하는 회화 주제 하나가 떠올랐다. 그것은 〈산타 콘베르사치오네〉, 즉 사랑하는 사람들이 고귀한 것에 대해 함께 이야기를 나누는 장면이었다……. 관능적이지도 않고 선정적이지도 않은 탓에 오늘날의 미술계에서는 무시당하는 주제였다. 이렇게 친구처럼 다정한 가족이 집에 있는데 루시는 왜 결혼이나 여행을 원하는 걸까?

  포도주 잔이 반짝일 때 입술 대지 마요.
  사람들이 귀 기울일 때 말하지 마요.

루시가 다시 노래했다.

「목사님이 오셨다.」

「목사님은 제가 무례한 거 잘 아세요.」

「아름다운 노래네요. 가사도 훌륭하고요. 계속하세요.」

「별로 좋은 노래는 아니에요. 이유는 잊었는데, 화성학이나 그런 쪽으로 보면요.」 루시가 기운 없이 말했다.

「학구적인 노래는 아닌 것 같습니다만, 그래도 아름답습니다.」

「곡은 괜찮아. 가사가 엉망이지. 아무것도 하지 말고 뭘 어쩌라는 거야?」 프레디가 말했다.

「바보 같은 소리!」 프레디의 누나가 말했고, 〈산타 콘베르사치오네〉는 깨졌다. 어쨌거나 루시에게서 그리스 이야기를 듣는다거나 또 어머니를 설득한 데 대한 감사의 말을 들을 필요는 없었기 때문에 그는 작별 인사를 했다.

프레디는 현관에서 자전거 램프를 밝혀 주고, 평소처럼 재치있게 말했다. 「오늘은 하루하고 한나절이 더 있었던 것 같아요.」

   가수가 노래할 때 듣지 마요…….

「기다려 봐요. 마지막 부분이에요.」

   금화에 손을 대지 마요.
   텅 빈 가슴과 손, 그리고 눈으로,
   편안하게 살다가 조용히 죽어요.

「나는 이런 날씨가 좋아요.」 프레디가 말했다.
비브 목사는 그런 날씨 속으로 들어갔다.
두 가지 사실은 분명했다. 그녀는 훌륭하게 행동했고, 자신이 그런 그녀를 도왔다는 것이다. 젊은 여자의 일생에 일어나는 그렇게 중요한 변화에 자신이 기여하게 될 줄은 미처 몰랐다. 그러므로 성에 차지 않거나 오리무중인 점들이 있다 해도 그는 조용히 받아들여야 했다. 어쨌거나 그녀는 좋은 방향을 선택했으니까.

   텅 빈 가슴과 손, 그리고 눈으로…….

노래는 그 〈좋은 방향〉을 지나치게 강조하는 것 같았다. 거센 바람 속에서도 그는 치솟아 오르는 반주 소리를 놓치지 않았다. 그는 언뜻 그 반주가 프레디에게 동감해서 곡에 덧붙은 가사를 은근히 나무라는 건 아닐까 하는 생각이 들었다.

텅 빈 가슴과 손, 그리고 눈으로
편안하게 살다가 조용히 죽어요.

윈디 코너가 네 번째로 그의 발밑에 놓였다. 그 모습은 사납게 출렁이는 어둠 속에 조용히 빛나는 등대 같았다.

제19장
에머슨 씨에게 거짓말을 하다

앨런 자매는 블룸즈버리 근처에 있는 금주(禁酒) 호텔에서 지내고 있었다. 두 자매가 각별히 좋아하는 그 호텔은 깨끗하고 바람이 들지 않는 건물로, 지역 주민들의 후원으로 운영되었다. 앨런 자매는 바다를 건너기 전에 항상 그 호텔에서 1~2주가량 머물면서 옷, 여행 안내서, 방수 방석, 소화 잘 되는 빵, 그 밖에 대륙에서 필요한 물품들을 준비하느라 조용히 아달복달하며 시간을 보냈다. 외국에도 당연히, 그리고 물론 아테네에도 상점이 있다는 생각은 해본 적이 없었다. 이들에게 여행이란 일종의 전쟁이었고, 그 전쟁을 수행하기 위해서는 먼저 헤이마켓 스토어에서 완전 무장을 갖추어야 했다. 허니처치 양은 자기 몫의 장비를 알아서 갖출 거라고 그들은 믿었다. 키니네 약은 이제 알약으로 살 수 있었고, 종이비누는 기차에서 안면의 청결을 유지하는 데 큰 도움이 되었다. 루시는 약간 우울한 기색으로 그 모든 것을 준비하겠다고 했다.

「하지만 물론 아가씨도 이런 걸 다 알고 있을 거야. 그리고 바이스 씨가 있으니까 잘 도와주겠지. 남자가 있으면 큰 의지가 된다니까.」

딸과 함께 런던에 나온 허니처치 부인은 카드 상자를 불안스레 두드렸다.

「여행을 허락해 주다니 바이스 씨는 참 좋은 분이네.」 캐서린 앨런이 말을 이었다. 「젊은 남자들이 다 그렇게 너그러운 건 아니야. 하지만 어쩌면 나중에 아가씨를 뒤따라오려고 그러는지도 모르지.」

「런던에 일이 너무 바빠서 함께 못 가는 건가?」 두 자매 가운데 더 날카롭고 퉁명스러운 테리사 앨런이 물었다.

「하지만 어쨌든 떠날 때는 배웅을 나오겠지. 우리는 그 신사를 꼭 보고 싶어.」

「배웅은 아무도 안 해요. 루시가 싫어해서요.」 허니처치 부인이 나섰다.

「네, 저는 전송 같은 거 싫어해요.」 루시가 말했다.

「정말이야? 특이하군! 그런 경우라면…….」

「허니처치 부인, 벌써 가려고요? 하여간 만나서 반가웠어요!」

그들은 앨런 자매에게서 빠져나왔다. 루시가 안도하며 말했다. 「괜찮아요. 한고비는 넘었어요.」

하지만 어머니는 마음이 상해 있었다. 「너한테는 무정하게 들릴지 모르겠다만, 도대체 왜 사람들한테 세실하고 끝났다는 걸 깨끗하게 밝히지 않는 거니? 계속 얼버무리고 직접 말만 안 했다 뿐이지 거짓말을 한 거나 마찬가지잖아? 게다가 그 훑어보는 눈초리들이라니, 불쾌하기 짝이 없는 일이야.」

루시는 대답할 말이 궁하지 않았다. 그녀는 먼저 앨런 자매의 성격을 설명했다. 둘은 못 말리는 수다쟁이들이라서 그들에게 말을 하면 삽시간에 사방에 소문이 난다고.

「그래, 삽시간에 사방에 소문이 나면 어때서?」

「제가 영국을 떠나기 전까지는 아무에게도 알리지 않기로 세실하고 합의했어요. 앨런 자매한테는 나중에 이야기할게요. 그러는 쪽이 훨씬 편해요. 비가 이렇게 내리다니! 여기 잠깐 들어가요.」

〈여기〉는 대영박물관이었다. 허니처치 부인은 싫다고 했다. 어딘가에서 비를 피해야 한다면, 그 장소는 상점이 되어야 한다는 생각이었다. 루시는 그런 어머니가 마음에 들지 않았다. 이제 그리스 조각들을 사랑하기 시작한 그녀는 비브 목사에게 신화 사전까지 빌려서 여신들과 남신들의 이름을 열심히 외우는 중이었기 때문이다.

「좋아요, 그럼 상점으로 가죠. 무디스 책방으로 가요. 여행 안내서를 한 권 사야겠어요.」

「루시, 너하고 샬럿하고 비브 목사님은 모두 나보고 멍청하다고 하지. 물론 나도 그렇다고 생각해. 하지만 왜 이런 비밀이 필요한지 나는 당최 이해하지 못하겠다. 너는 세실을 떨쳐 냈잖니. 잘못했다는 건 아냐. 그때는 나도 화가 났지만 어쨌건 그렇게 돼서 다행이라고 생각하니까. 그런데 왜 그걸 알리지 않는 거니? 왜 이렇게 쉬쉬하고 발소리를 죽여야 하냐고?」

「며칠이면 돼요.」

「며칠이고 자시고 그 이유가 뭐냐니까?」

루시는 입을 다물었다. 그녀의 정신은 어머니에게서 다른 곳으로 흘러갔다. 〈조지 에머슨이 저를 괴롭혔어요. 제가 세실과 헤어졌다는 이야기를 들으면, 그 사람이 다시 저를 괴롭힐지 몰라요〉라고 말하기는 어렵지 않았다. 게다가 그건 진실이라는 부수적 장점도 있었다. 하지만 그 말을 할 수는 없었다. 그녀는 비밀을 털어놓는 게 싫었다. 그랬다가 자칫하면 자기 인식에 이를지도 몰랐고, 〈빛〉이라는 공포의 대왕을 만날지도 몰랐기 때문이다. 피렌체의 마지막 밤 이후 그녀는 진실한 마음을 보여 주는 건 어리석은 일이라고 생각했다.

허니처치 부인도 입을 다문 채 생각했다. 〈아무리 물어도 이 아이는 대답해 주지 않을 거야. 집에서 프레디하고 나하고 같이 지내는 것보다 저 호기심쟁이 노처녀들하고 있는 게 더 낫다고 생각하고 있어. 집을 떠날 수만 있다면 어떤 어중이떠중이도 좋다는 거지.〉

생각을 머릿속에 절대로 오래 머무르게 하지 않는 부인은, 금세 소리쳤다. 「너는 윈디 코너가 지겨워진 거야.」

그 말은 분명한 사실이었다. 세실에게서 도망쳤을 때 루시는 윈디 코너로 돌아가기를 바랐지만 그녀의 집은 이미 세상에 없었다. 프레디에게는 집이 있었다. 그의 삶과 생각은 여전히 반듯했으니까. 하지만 일부러 정신을 비틀어 버린 사람에게는 집이 없었다. 그녀는 자신의 정신이 비틀렸다는 것도 인식하지 못했다. 그걸 인식하는 데는 바로 정신이 필요하니까. 그녀는 인생을 움직이는 기본 장치들을 어그러뜨리고 있었다. 그녀는 오직 이렇게 생각했다. 〈나는 조지를 사랑하지 않아. 내가 약혼을 깬 건 조지를 사랑하지 않기 때문이야. 내가 그리스에 가야 하는 건 조지를 사랑하지 않기 때문이야. 신화 사전에서 신들의 이름을 찾는 게 어머니를 돕는 것보다 더 중요한 일이야. 다른 사람들은 다 이상하게 행동하고 있어.〉

그녀는 그저 초조함과 분노에 휩싸여서, 사람들이 자신에게 기대하지 않는 행동을 하고 싶어졌다. 그녀는 이런 심리 상태 속에서 대화를 계속했다.

「어머니, 도대체 무슨 말씀이세요? 절대 그렇지 않아요. 윈디 코너가 지겨워지다뇨?」

「그러면 왜 얼른 대답하지 않고, 30분이나 생각한 다음에 말을 하는 거냐?」

그녀는 희미하게 웃었다. 「30초가 더 가까울 거예요.」

「너 혹시 집을 아주 떠나고 싶은 건 아니니?」

「어머니, 조용히! 사람들이 듣겠어요.」 두 사람은 이미 무디스 책방에 들어와 있었다. 그녀는 베데커 여행 안내서를 사고서 계속 말했다.

「물론 저는 집에서 살고 싶어요. 하지만 이야기를 하다 보니 앞으로는 지금보다 집을 떠나서 지내는 시간이 많아질 것 같네요. 어머니도 알겠지만 저도 내년엔 제 몫의 유산을 받잖아요.」

어머니의 눈에 눈물이 솟아올랐다.

루시는 정체를 알 수 없는 어지러운 충동 — 나이 든 사람들이 〈기벽〉이라고 부르는 — 에 사로잡혀서 이 점을 분명해 해두어야겠다고 생각했다. 「저는 세상을 너무 몰라요……. 이탈리아에서 얼마나 어리벙벙하게 지냈는지 몰라요. 저는 인생도 너무 몰라요. 런던에도 좀 더 자주 나와 봐야겠어요. 오늘처럼 할인 승차권으로 오는 것 말고, 오래 머무르는 그런 여행 말이에요. 잠시 동안 아파트를 구해서 다른 여자랑 함께 쓸 수도 있고요.」

「타자기랑 열쇠 같은 걸로 소란을 피우겠다는 거로구나.」 허니처치 부인이 부아를 냈다. 「그래, 선동하고 고함치고 하다가 경찰에 차이면서 잡혀가렴. 그리고 그걸 〈사명〉이라고 불러……. 아무도 너한테 그런 일을 부탁하지 않는데도 말이지! 또 〈의무〉라고 하든가……. 하지만 정작 그 속뜻은 네가 집이 싫어졌다는 거야. 또 〈일〉이라고도 하려무나. 수천 명의 남자들이 경쟁으로 굶주리는 이 시절에 말이지! 그리고 그러기 위한 준비 단계로 비틀거리는 할머니 두 명하고 같이 해외여행을 가야지.」

「저한테는 좀 더 독립된 생활이 필요해요.」 루시가 어설프게 말했다. 그녀에게는 무언가가 필요했고, 그럴 때 독립이란 말은 아주 유용한 구호가 된다. 우리는 언제 어느 때라도 스스로에게 독립이 필요하다고 말할 수 있다. 그녀는 피렌체에서 느낀 감정들을 떠올려 보려 했다. 진실하고 강렬했던 감정들, 거기서 암시되는 건 어떤 아름다움이었지 짧은 치마나 열쇠 같은 것은 아니었다. 하지만 독립은 그녀에게 확실한 단서가 되었다.

「좋아. 그 독립인지 뭔지 하고서 아주 떠나 버려라. 미친 듯이 온 세상을 쏘다니다가 제대로 먹지도 못해서 꼬챙이처럼 말라 가지고 돌아오라고. 네 아버지가 지은 집, 아버지가 가꾼 정원, 우리 집의 아름다운 전망 같은 걸 모두 경멸하렴. 그리고 다른 처녀랑 같이 아파트에 살아.」

루시가 입을 오므리고 말했다. 「제가 너무 성급하게 말했나 봐요.」

「세상에! 너 어쩌면 그렇게 샬럿 바틀릿이랑 비슷해졌니?」 어머니가 깜짝 놀랐다.

「샬럿이라고요?」 이번에는 루시가 놀랐다. 어머니의 말은 루시에게 격렬한 고통이 되어 꽂혔다.

「점점 더 하네.」

「어머니, 무슨 말씀이세요? 샬럿과 저는 전혀 비슷하지 않아요.」

「아니, 내가 볼 땐 비슷해. 끊임없이 걱정하는 것, 자기가 한 말을 주워 담는 것. 어젯밤에 사과 두 개를 셋으로 나누느라고 쩔쩔매지 않았어? 그때 너하고 샬럿은 거의 자매 같더라.」

「말도 안 돼요! 어머니도 샬럿을 그렇게 싫어하시면서 왜 우리 집에 부른 거예요? 제가 안 된다고 했잖아요. 사정하고 애원하다시피 했어요. 하지만 어머니는 들은 척도 안 하셨죠.」

「것 봐라.」

「네, 뭐라고요?」

「그것도 샬럿 같단 말이야. 샬럿이 하는 말 그대로야.」

루시는 이를 악물었다. 「제 말은 어머니가 샬럿을 우리 집에 부른 게 잘못이었다는 거예요. 말하는 핵심을 들으셔야죠.」
대화는 사그라지고 언쟁이 솟았다.

 모녀는 침묵 속에서 물건을 샀고, 기차에 타서도 거의 말을 하지 않았고, 도킹 역에서 기다리던 마차에 올라탄 뒤에도 마찬가지였다. 하루 종일 비가 온 탓에 서리 지방 숲길에 드리워진 너도밤나무들이 소나기 같은 빗물을 떨어트렸고, 마차 덮개 위에서는 돌 구르는 소리가 났다. 루시는 덮개 때문에 마차 안이 답답하다고 투덜거렸다. 고개를 내밀어 수증기 어린 땅거미 속을 내다보니, 마차 등불이 진흙과 낙엽 더미 위로 탐조등처럼 비쳤고 그 불빛 아래 아름다운 것은 아무것도 드러나지 않았다.

 「여기 샬럿도 타면 너무 좁을 거예요.」 루시가 말했다. 서머 스트리트에서 샬럿을 만나 태우고 가기로 되어 있었기 때문이다. 샬럿은 아까 함께 마차를 타고 나왔다가 비브 목사의 노모를 만나기 위해 서머 스트리트에서 내렸다. 「한쪽 자리에 세 사람이 앉아야 하잖아요. 비는 그쳤어도 나무에서 빗물이 떨어지니까. 아, 숨이 막히는 것 같아요.」 그때 말발굽 소리가 들렸다. 〈그는 말하지 않았어. 말하지 않았어.〉 하지만 길이 질척해서 멜로디는 흐려졌다. 「덮개를 걷으면 안 될까요?」 루시가 묻자 어머니가 갑자기 다정한 태도로 말했다. 「그렇게 하렴. 먼저 말을 세워야지.」

 말이 멈춰 서고 루시와 파월이 덮개를 가지고 씨름하다가 허니처치 부인의 목에 물줄기를 튀겼다. 하지만 덮개를 걷으니 안 그랬으면 보지 못했을 광경 하나가 눈에 띄었다. 시시 빌라의 불이 꺼진 것이었다. 그리고 대문에 자물쇠가 채워진 것 같기도 했다.

 「저 집은 이제 새로 세놓는 건가요, 파월?」

 「네, 그렇습니다.」

「사람들이 벌써 떠났나요?」

「아들이 살기에는 런던에서 너무 멀고, 아버지는 류머티즘이 심해서 혼자 지내기가 어렵답니다. 그래서 가구를 갖춘 상태로 다시 세를 놓으려고 한다더군요.」 파월의 대답이었다.

「그러면 벌써 떠났겠네요?」

「네, 아가씨, 떠났습니다.」

루시는 등을 의자에 깊이 기대고 앉았다. 마차는 목사관에 멈추어 섰다. 루시는 샬럿을 부르려고 마차에서 내렸다. 에머슨 부자가 떠났다. 그렇다면 그리스를 둘러싼 이 법석도 전혀 필요 없었던 셈이다. 그건 그냥 헛수고였다! 헛되다는 말이 그녀의 인생을 요약해 주는 것 같았다. 헛된 계획, 헛되이 쓴 돈, 헛된 사랑, 게다가 어머니의 가슴에도 상처를 입혔다. 이 모든 것이 헛된 낭비에 지나지 않을 수도 있다는 말인가? 그럴 수 있었다. 다른 사람들은 분명 그랬다. 하녀가 문을 열었을 때 그녀는 아무 말도 못한 채 멍한 표정으로 집 안쪽을 들여다보았다.

샬럿이 금방 나왔다. 그녀는 장황하게 서두를 뗀 뒤 한 가지 부탁을 했다. 교회에 다녀와도 되겠느냐는 것이었다. 비브 목사와 노모는 이미 교회에 가 있었지만, 자신은 허니처치 부인의 허락 없이는 갈 수가 없다고 했다. 마차가 족히 10분은 더 기다려야 하기 때문에.

「그렇게 해. 오늘이 금요일이란 것도 잊었네. 모두 같이 가자. 파월은 마구간에 가서 기다리면 될 테니까.」 허니처치 부인이 피곤한 듯 말했다.

「루시 너는…….」

「저는 안 가겠어요.」

둘은 한숨을 쉬고 떠났다. 교회는 보이지 않았지만, 어둠 속 왼편 위쪽에 알록달록한 빛깔이 희미하게 보였다. 스테인

드글라스 창문을 통해 새어 나오는 불빛이었다. 문이 열리자 비브 목사가 소수의 신도 앞에서 기도문을 읊는 소리가 들렸다. 언덕 중턱에 그렇게도 예술적으로 세워진 교회조차, 그 교회의 아름답게 달아 올린 수랑과 은빛 널에 덮인 첨탑조차 매력을 잃었다. 그리고 사람들이 아무 말도 하지 않은 대상인 종교도 다른 모든 것들처럼 희미해져 갔다.

그녀는 하녀를 따라 목사관으로 들어갔다.

목사님 서재에서 기다리시는 건 어때요? 불을 피운 방은 그곳뿐입니다.

그녀는 그러겠다고 했다.

그런데 다른 사람도 있는 모양이었다. 하녀의 말소리가 들렸기 때문이다.

「여자분이 한 분 오셨습니다.」

아버지 에머슨 씨가 벽난로 앞에 앉아 통풍(痛風)용 의자에 발을 올려놓고 있었다.

「아, 허니처치 양이 왔군요!」 그의 목소리가 떨렸다. 지난 일요일과는 사뭇 달라 보이는 모습이었다.

그녀는 아무 말도 하지 못했다. 만약 조지였다면 어떻게든 상대할 수 있었겠지만, 그의 아버지에게는 도무지 어떻게 해야 할지 알 수 없었다.

「허니처치 양, 미안하외다! 조지 녀석도 속상해하고 있어요! 제 녀석도 한번 시도해 볼 권리가 있다고 생각한 거지. 녀석을 꾸짖을 생각은 없지만, 나한테 먼저 말해 줬으면 좋았을걸 그랬어. 잘못된 시도였거든. 나는 그런 일이 있었는지 까맣게 몰랐어요.」

이럴 때는 어떻게 행동해야 하는 건지!

그는 한 손을 들었다. 「하지만 아가씨는 녀석을 꾸짖지 말아 줘요.」

루시는 돌아서서 비브 목사의 책들을 바라보았다.

그가 떨리는 목소리를 이어 나갔다. 「나는 녀석에게 항시 사랑을 믿으라고 가르쳤어요. 〈네가 사랑을 느끼면 그건 진실이란다〉라고 말요. 〈열정은 장님이 아냐. 열정이야말로 눈이 밝지. 네가 누군가를 사랑한다면 그 여자는 네가 진실로 이해하게 될 유일한 사람이란다〉라고도 말했어요.」 그는 한숨을 쉬었다. 「그건 진실이에요, 영원한 진실. 비록 내 시절은 끝났고, 결국 이런 결과에 이르렀지만. 불쌍한 녀석! 어찌나 괴로워하는지! 사촌 언니가 곁에 있는 바람에 정신이 더 헷갈렸다고 합디다. 아가씨가 속마음을 제대로 말하지 못했다고도요. 하지만 어쨌건……」 그의 목소리가 점점 힘을 얻더니 확인하고 싶다는 듯 물었다. 「허니처치 양, 이탈리아를 기억합니까?」

루시는 책을 한 권 집어 들었다. 구약 성서의 주석서였다. 그녀는 책을 눈앞에 들어 올리고 말했다. 「이탈리아건 무엇이건 아드님과 관계된 일은 별로 말하고 싶지 않습니다.」

「하지만 잊지는 않았지요?」

「아드님은 처음부터 처신에 문제가 있었습니다.」

「내가 들은 이야기는 녀석이 지난 일요일에 아가씨를 사랑했다는 것뿐이에요. 나는 사람들의 행동을 이렇다 저렇다 판단하지는 못해요. 내 생각으로는…… 그저 녀석이…….」

마음이 조금 가라앉자 그녀는 책을 내려놓고 돌아섰다. 그의 얼굴은 핏기 없이 부어올라 있었지만, 깊이 가라앉은 두 눈은 어린아이 같은 용기로 반짝였다.

「아드님의 행동은 혐오스러웠습니다. 괴로워한다니 다행이군요. 그가 무슨 짓을 했는지 아시나요?」 그녀가 말했다.

「그게 〈혐오스러운〉 건 아니지요.」 그가 부드럽게 수정했다. 「그러면 안 되는 시점에 시도한 것뿐이에요. 허니처치 양은 모든 걸 다 갖고 있지 않습니까? 이제 곧 사랑하는 남자와 결혼할 테니 말입니다. 제발 조지가 혐오스럽다는 잔인한 말은 하지 말아 줘요.」

「네, 안 할게요.」 루시는 세실이 언급된 것에 부끄러움을 느끼며 대답했다. 「〈혐오스럽다〉는 말은 너무 심했어요. 아드님께 그런 말을 사용해서 죄송합니다. 이제 저도 교회에 가봐야겠네요. 어머니하고 사촌 언니가 계시거든요. 저도 너무 늦으면 안 돼요…….」

「게다가 녀석은 지금 정신을 놓았으니까.」

「무슨 말씀이시죠?」

「것도 당연한 일이지만.」 그는 말없이 두 손바닥을 부딪쳤다. 고개가 가슴팍에 꽂혔다.

「무슨 말씀이신지 모르겠네요.」

「제 어미가 그런 것처럼.」

「에머슨 씨…… 에머슨 씨…… 지금 무슨 말씀을 하시는 거예요?」

「내가 조지를 세례받지 않도록 했을 때.」

루시는 그 자리에 얼어붙었다.

「집사람도 나하고 똑같이 세례 같은 건 아무것도 아니라고 생각했어요. 그런데 녀석이 열두 살 때 열병에 걸리니까 생각이 달라진 거야. 그게 바로 하늘의 심판이라고 생각한 거지.」 그가 몸을 떨었다. 「참담한 일이었어요. 집사람이 친정 식구들과 갈라설 때 우리는 그런 일을 완전히 포기했거든. 참담했어. 세상에서 가장 참담했어요. 죽음보다 더 참담했어. 밀림 속에 조그만 터를 내고 거기 정원을 가꾸고 햇빛을 들였더니, 잡초들이 다시 기어 들어오는 꼴이었지 뭐요! 하늘의 심판이라니! 우리 아이가 장티푸스에 걸린 게 교회에서 목사가 떨구는 물 몇 방울을 안 받았기 때문이라니! 그게 말이 된다고 생각해요, 허니처치 양? 우리가 다시 암흑 속으로 들어가야 된다는 거요?」

루시는 숨이 가빠졌다. 「전 몰라요. 이런 종류의 일은 잘 몰라요. 그런 걸 이해할 만한 가르침을 받지 않았어요.」

「그런데 이거 목사가…… 내가 집을 비웠을 때 그 사람이 우리 집에 왔어요. 물론 그 사람이야 자기 신념에 따라 행동한 거지. 이거 목사건 누구건 비난할 마음은 없어요……. 하지만 조지가 병이 나은 뒤 집사람이 병에 걸렸어. 이거 목사가 집사람에게 죄라는 걸 가르쳤고, 집사람은 거기 사로잡혀 있다가 결국 일어서지 못한 거예요.」

에머슨 씨가 하느님의 눈앞에서 부인을 죽였다는 건 바로 이것이었다.

「어쩜, 너무 끔찍한 이야기예요!」 루시는 자기 일도 잊고 말했다.

「그래도 녀석에게 세례를 안 받게 했어요. 내 신념을 굽히지 않았어요.」 그런 뒤 그는 확고한 눈길로 서재 가득한 책들을 바라보았다. 그 엄청난 희생에도 불구하고 자신은 그것들을 이겼다는 눈길이었다. 「우리 아이는 순수한 상태로 흙으로 돌아갈 겁니다.」

그녀는 조지 에머슨 씨가 아프냐고 물었다.

「아…… 지난 일요일에.」 그는 현재로 돌아왔다. 「지난 일요일에 조지는…… 아니, 아프지는 않아요. 그냥 정신을 놓았을 뿐이에요. 녀석은 병에 걸리지 않아요. 하지만 녀석도 제 어미의 아들이지요. 눈도 그렇고 어여쁜 이마도 그렇고 제 어미를 닮았어요. 녀석은 살아갈 의미가 없다고 생각하겠지만, 언제나 그런 식으로 고비를 넘었어요. 녀석은 살아갈 겁니다. 하지만 의미는 없다고 생각하겠지요. 피렌체의 그 교회 기억하고 있소?」

루시는 기억했다. 조지에게 우표 수집을 제안했던 일도 기억했다.

「아가씨가 피렌체를 떠난 뒤 녀석은…… 엉망이었어요. 그런 뒤 여기 집을 구해서, 아가씨 동생이랑 목욕을 갔지. 그러고는 나아졌어요. 아가씨가 그 모습을 보았다고 하던데?」

「죄송합니다만, 그 일은 이야기할 만한 게 아닌 것 같아요. 저는 그 일을 아주 유감으로 생각해요.」

「그런 다음 무슨 소설이 있었다고 합니다. 전모는 잘 몰라요. 듣고 싶은 말은 많은데 녀석이 이야기를 해줘야 말이지. 녀석이 볼 땐 내가 너무 늙은 거지. 어쨌거나 사람은 다 단점이 있는 법이니까. 조지는 내일 여기 내려와서 런던의 거처로 나를 데리고 갈 거요. 녀석은 여기서 지내는 걸 견디지 못하고 나는 녀석 곁에서 지내야 하니까.」

「에머슨 씨, 가지 마세요. 적어도 저 때문이라면 가지 마세요. 저는 곧 그리스로 여행을 가요. 그러니까 편하게 지내던 이 집을 떠나지 마세요.」 루시가 소리쳤다.

그녀의 목소리에 처음으로 온기가 돌았고, 그는 미소 지었다.

「세상 사람들이 이렇게 다 친절하다니까! 비브 목사도 오늘 밤 나를 여기서 묵게 해주었어요……. 오늘 아침 우리 집에 들렀다가 내가 떠난다는 소식을 듣고서 말요! 그 덕에 여기 이렇게 불을 쬐며 편안히 앉아 있다니까.」

「네, 하지만 런던으로 가지는 마세요. 그건 바보 같은 일이에요.」

「나는 조지 곁에 있어야 해요. 그리고 녀석이 기운을 차리게 해야 되는데, 여기서는 그렇게 할 수가 없어요. 녀석이 말합니다. 아가씨를 보거나 아가씨 소식을 듣는다는 걸 생각만 해도……. 녀석을 두둔할 생각은 없어요. 그냥 그런 일이 있었다는 것뿐이에요.」

루시는 그의 손을 잡았다. 「에머슨 씨, 가지 마세요. 지금까지 저는 사람들한테 엄청난 폐를 끼치며 살았어요. 저 때문에 에머슨 씨가 잘 지내던 집에서 나간다는 건 견딜 수 없어요. 이사하려면 돈도 많이 들잖아요……. 그게 다 저 때문이라니요. 안 돼요! 저는 그리스로 떠난다니까요.」

「아니, 그 먼 그리스까지?」

그녀의 태도에 변화가 일어났다.

「그리스까지?」

「그러니까 여기 계속 지내세요. 더 이상 이 일을 이야기하지 않으실 거죠? 저는 두 분을 믿어요.」

「물론 믿을 수야 있지. 하지만 우리는 아가씨와 관계를 맺거나 아니면 아가씨가 선택한 삶을 존중하고 떠나는 길밖에 없어요.」

「하지만 제가 원하는 건…….」

「조지 때문에 바이스 씨가 무척 화가 났나 보구려. 조지가 잘못했지, 잘못했고말고. 우리는 우리 믿음에 너무 매달렸어. 이런 슬픔을 당하는 것도 당연해요.」

그녀는 다시 책으로 눈길을 돌렸다. 검은 책, 갈색 책, 그리고 냉혹한 청색의 신학 책들. 책은 두 사람을 사면으로 둘러싸고 있었다. 탁자 위에 쌓인 책들은 높이가 천장에 닿을 지경이었다. 신앙심 같은 것과 거리가 멀고 또 열정을 인정한다는 점에서 비브 목사와도 크게 다른 에머슨 씨가 전혀 행복하지 못한 시점에 이런 곳에서 성직자의 호의에 의존해야 한다는 사실이 루시에게는 가혹하게 여겨졌다.

그녀의 얼굴이 몹시 피곤해 보여서, 그는 그녀에게 자신의 의자에 앉을 것을 권했다.

「아니에요, 앉아 계세요. 저는 마차에 가서 앉아 있으면 돼요.」

「허니처치 양, 목소리에 피곤함이 배어 있구려.」

「그럴 리가요.」 루시가 떨리는 입술로 말했다.

「정말이에요. 아가씨 얼굴도 지금 조지 얼굴하고 비슷해요. 그리고 외국에 나간다고 한 그 말은 무슨 말입니까?」

그녀는 입을 다물었다.

「그리스라……」 그녀는 그 말을 곰곰 생각하는 그의 모습을 보았다. 「그리스라, 하지만 올해 안에 결혼하는 줄 알았는데?」

「1월이었죠.」 루시가 손을 깍지 끼면서 말했다. 핵심에 다가가고 있었다. 이제 정말로 거짓말을 해야 하는가?

「바이스 씨도 같이 가겠군요. 두 분의 여행이…… 조지가 그런 말을 했기 때문은 아니기를 바랍니다.」

「그런 건 아니에요.」

「두 분의 그리스 여행이 즐겁기를.」

「고맙습니다.」

그때 비브 목사가 교회에서 돌아왔다. 성직복에 빗물이 함빡 젖어 있었다. 「괜찮습니다.」 그가 부드럽게 말했다. 「두 분이 함께 계실 줄 알았습니다. 비가 다시 쏟아지는군요. 오늘의 회중인 허니처치 부인과 바틀릿 양, 그리고 우리 어머니는 지금 교회 안에서 마차를 기다리고 계십니다. 파월은 마구간에 있나요?」

「그럴 거예요. 제가 알아볼게요.」

「아뇨, 당연히 제가 알아봐야죠. 앨런 자매 분들은 어떠신가요?」

「아주 잘 지내고 계세요.」

「에머슨 씨에게 그리스 이야기 했나요?」

「네…… 했어요.」

「에머슨 씨, 정말 용감하지 않습니까? 앨런 자매 두 분을 떠맡다니요. 허니처치 양, 이제 돌아가서 편히 쉬어요. 셋이서 여행을 한다는 건 정말 용감한 일이 아닐 수 없습니다.」 그리고 그는 마구간으로 갔다.

「바이스 씨는 안 가요. 미처 말씀을 못 드렸네요. 바이스 씨는 영국에 남아 있을 거예요.」 그녀가 갈라진 목소리로 말했다.

눈앞에 있는 이 노인에게는 어쩐 일인지 거짓말을 할 수가 없었다. 조지하고 세실에게라면 다시 한 번 거짓말을 했을 것이다. 하지만 에머슨 씨는 세상의 끝과 너무도 가까웠고, 그 끝의 심연 ― 그가 한 번 설명을 했고, 주변을 둘러싼 책들은 다른 종류의 설명을 하는 ― 에 다가가면서도 이토록 위엄을 유지하는 데다, 그가 거쳐온 험난한 길을 돌아볼 때도 놀라울 만큼 온화한 태도를 유지했다. 그런 그를 바라보니 그녀의 내면에서 진정한 기사도 정신 ― 남녀 사이에 오가는 낡은 기사도 정신이 아니라 젊은이들이 노인에게 발휘하는 진정한 기사도 정신 ― 이 깨어나서, 모든 위험을 감수하고 세실은 그리스에 가지 않는다는 사실을 밝혔다. 그녀의 태도가 매우 심각했기 때문에, 그 위험은 곧바로 확고한 현실이 되었다. 에머슨 씨가 눈을 치켜뜨고 말했다. 「그 사람과 헤어지는 겁니까? 사랑하는 남자와?」

「그렇게…… 그래야 했어요.」

「왜 그랬습니까, 허니처치 양, 도대체 왜?」

두려움이 엄습했고, 그녀는 또 다시 거짓말을 했다. 비브 목사에게도 이야기했고 세상에 자신의 약혼이 끝났음을 알릴 때 내놓으려고 했던 길고도 설득력 있는 이야기를. 그는 가만히 그녀의 말을 듣고 나서 말했다. 「아가씨가 걱정되는군요. 내가 볼 때는…….」 그녀는 꿈결에 휩싸인 듯 놀라지도 않았다. 「아가씨는 혼란에 빠진 것 같아요.」

그녀는 고개를 저었다.

「이 늙은이 말을 들어요. 이 세상에 혼란보다 나쁜 건 없어요. 죽음이라든가 운명이라든가, 무시무시해 보이는 그런 것에 맞서기는 오히려 쉬워요. 지난날을 돌아볼 때 두려운 건 내가 만났던…… 어쩌면 잘 피했는지도 모르는 혼란들이에요. 다른 사람의 도움은 한계가 있어요. 나는 한때 젊은이들한테 인생을 가르칠 수 있다고 생각했지만, 지금은 그런 생각을 버렸습니다. 조지에게 가르친 모든 게 결국 이런 결과를 낳았으니까. 혼란을 떨쳐야 해요. 그 교회의 일 기억합니까? 아가씨는 나 때문에 기분이 상한 척했지만 사실은 그렇지 않았어요. 그 전에 전망 좋은 방을 거절했던 일도 기억합니까? 그런 게 혼란이에요……. 모두 사소한 일들이지만 심오한 징조를 품고 있어요. 지금 아가씨가 그런 혼란에 빠진 게 아닌가 싶어 걱정이구려.」 그녀는 침묵했다. 「내 말을 믿어요, 허니처치 양. 인생은 눈부시지만 또 힘든 거요.」 그녀는 계속 침묵했다. 「한 친구가 이런 말을 쓴 적이 있어요. 〈인생은 바이올린 연주회와 같다. 그런데 그 연주법은 연주를 해나가는 무대에서 익혀야 한다〉고 말요. 적절한 비유라고 생각해요. 사람은 살아가는 현장에서 살아가는 능력을 익혀야 해요……. 무엇보다 사랑하는 능력을.」 그러더니 그가 갑자기 열띤 목소리로 말했다. 「그거야. 내가 하고 싶은 말이 바로 그거라고. 아가씨는 조지를 사랑하는구려!」 장황한 사설의 끝에 달라붙은 마지막 세 마디가 대양에서 밀려드는 파도처럼 루시에게 와서 부서졌다.

「그랬던 거였어.」 그는 루시가 반론할 틈을 주지 않고 말을 이었다. 「아가씨는 녀석을 사랑하고 있어. 온몸과 마음으로 꾸밈없이 순수하게, 바로 녀석이 아가씨를 사랑하는 것처럼. 다른 어떤 말로도 그걸 표현할 수 없지. 녀석 때문에 다른 남자하고 결혼하지 않겠다는 거 아닙니까?」

「어떻게 그런 말씀을!」 루시는 귓가에 몰아치는 파도 소리를 들으며 간신히 내뱉었다. 「남자들은 어쩌면 다들 그렇게! ……그러니까 여자는 늘 남자 생각만 한다고 생각하나요?」

「하지만 아가씨는 그렇지 않습니까?」

그녀는 있는 힘껏 혐오스러운 표정을 지었다.

「충격받았구려. 하지만 충격을 주려고 한 말이에요. 때로는 충격밖에 희망이 없으니까. 다른 방식으로는 아가씨한테 접근할 수가 없으니까. 아가씨는 결혼해야 해요. 안 그러면 인생을 허송하는 거야. 이제 아가씨는 물러나기에는 너무 멀리 갔어요. 나한테는 이제 시간이 없어. 그래서 사랑이나 우정, 시(詩)같이 세상에서 정말 중요한 것들, 아가씨가 결혼을 통해 얻는 것들을 누릴 수가 없어요. 분명한 건 조지하고 함께라면 아가씨가 그런 것들을 찾으리라는 것, 그리고 아가씨가 녀석을 사랑한다는 거예요. 그러니 아들놈하고 결혼해요. 벌써 아가씨 마음속 한 자리를 녀석이 차지하고 있지 않소? 아가씨가 그리스로 달아나도, 다시는 녀석을 안 봐도, 그 이름조차 잊어도 조지는 죽을 때까지 아가씨 마음속에 있을 거요. 사랑하는 사람들은 헤어질 수 없어요. 그럴 수 있으면 좋겠다고 생각하겠지요. 사랑을 비틀고 무시하고 혼탁하게 할 수는 있지만, 그걸 떨쳐 버릴 수는 없어요. 경험을 통해서 나는 시인들의 말이 옳다는 걸 알아요. 사랑은 영원합니다.」

루시의 눈에 분노의 눈물이 솟구쳤다. 분노는 곧 사라졌지만 눈물은 남았다.

「다만 시인들이 이걸 좀 말해 줬으면 좋겠어. 사랑은 몸에 속하는 일이라는 걸 말이야. 몸 자체는 아니지만, 몸에 속하는 일이라는 걸. 아! 우리가 그걸 인정한다면 얼마나 많은 이 세상의 고통이 줄어들까! 그런 작은 솔직함이 우리 영혼을 해방시킬 텐데! 아가씨의 영혼 말이에요, 루시 양! 나는 영혼이라는 말을 좋아하지 않아요. 이 말을 둘러싸고 퍼부어지는 미신들 때문에 말요. 하지만 우리에겐 영혼이 있어요. 어디서 와서 어디로 가는지는 모르지만 분명히 있어. 그리고 아가씨는 지금 그 영혼을 억누르고 있어요. 그걸 가만 두고 볼 수가 없구려. 어둠이 다시 기어들고 있어요. 그게 바로 지옥이에요.」 그러더니 그는 주춤하고 멈추었다. 「지금 내가 무슨 헛소리를 하는 거지……. 이렇게 관념적이고 막연한 말을! 게다가 아가씨를 울리다니! 아가씨, 말주변 없는 나를 용서해 줘요. 하지만 우리 아들놈이랑 결혼해요. 인생이 무엇인지 생각해 보면, 또 사랑이 서로 응답하는 일이 얼마나 드문지를 생각해 보면……. 아들놈하고 결혼해요. 이 세상은 다 그런 일들을 위해 만들어진 거라오.」

그녀는 그의 말을 이해하지 못했다. 정말로 막연했다. 하지만 그가 말하는 동안 어둠은 한 겹 한 겹 물러갔고, 그녀는 자기 영혼의 밑바닥을 보았다.

「그러니까 루시 양…….」

「전 두려워요. 세실…… 비브 목사님…… 벌써 표도 다 샀고…… 다른 것들도.」 그녀가 울먹였다.

그녀는 의자에 주저앉아 흐느끼기 시작했다.

「지금 전 모든 게 뒤죽박죽이에요. 그러니 그 사람하고 멀리 떨어진 곳에서 고통을 겪고 성숙해져야 해요. 그 사람 때문에 제 인생을 전부 부정할 수는 없어요. 식구들은 모두 나를 믿었다고요.」

마차가 현관 앞에 섰다.

「조지에게 안부 전해 주세요. 이번 한 번만요. 제가 〈혼란〉 속에 빠졌더라고 전해 주세요.」 그리고 그녀는 베일을 내렸다. 가려진 두 볼 위로 눈물이 철철 흘러내렸다.

「루시 양…….」

「안 돼요……. 사람들이 현관 앞에 있어요……. 제발 부탁이에요, 에머슨 씨……. 사람들은 저를 믿고 있어요…….」

「그게 무슨 소용인가요? 아가씨가 모두를 속였는데.」

비브 목사가 서재 문을 열면서 말했다.「여기 제 어머니가 오셨습니다.」

「아가씨는 그런 믿음을 누릴 자격이 없어요.」

「무슨 말씀이신지?」비브 목사가 놀라서 물었다.

「목사님이 왜 자기를 속인 사람을 믿어야 하느냐, 그런 말을 하고 있었습니다.」

「잠깐만요, 어머니.」그는 안으로 들어와 문을 닫았다.

「에머슨 씨, 무슨 말씀이신지 모르겠습니다. 속인 사람이라니요? 제가 누구를 믿는다는 말입니까?」

「루시 양이 목사님에게 조지를 사랑하지 않는 척했다는 말입니다. 두 사람은 처음부터 서로 사랑하고 있었어요.」

비브 목사는 흐느끼는 루시를 바라보았다. 그는 할 말을 잃었다. 그의 하얀 얼굴과 불그레한 구레나룻이 금세 인간적 면모를 상실했다. 그는 미동도 하지 않는 검은 기둥이 되어 루시의 대답을 기다렸다.

「저는 그 사람하고 결혼하지 않을 거예요.」루시가 떨리는 목소리로 말했다.

비브 목사의 얼굴에 경멸의 표정이 스쳤다.「왜 안 한다는 겁니까?」

「비브 목사님……. 저는 목사님을 속였고…… 저 자신도 속였어요…….」

「허니처치 양, 잠꼬대 같은 소리 그만해요!」

「잠꼬대 같은 소리가 아닙니다!」에머슨 씨가 발끈해서 끼어들었다.

「목사님은 이해하지 못하겠지만, 그건 모든 사람의 일부분입니다.」

비브 목사는 웃으면서 에머슨 씨의 어깨에 손을 얹었다.

「루시! 루시!」 마차에서 루시를 부르는 목소리가 들렸다.

「비브 목사님, 저를 도와주시겠어요?」

그녀의 부탁에 놀란 그는 무거운 목소리로 말했다. 「이 답답한 심정을 뭐라고 표현해야 할지 모르겠습니다. 너무 기가 막혀서⋯⋯. 기가 막히고 믿기지가 않아서.」

「내 아들이 뭐가 잘못입니까?」 에머슨 씨가 다시 한 번 불을 뿜었다.

「에머슨 씨, 잘못은 없습니다. 하지만 더 이상 제 관심의 대상도 아니지요. 허니처치 양, 조지하고 결혼하세요. 그 친구는 잘할 겁니다.」

목사는 밖으로 나갔다. 그가 어머니를 모시고 위층으로 올라가는 소리가 들렸다.

「루시!」 다시 루시를 부르는 목소리가 들렸다.

그녀는 낭패감에 사로잡혀 에머슨 씨를 돌아보았다. 그런데 그의 얼굴을 보니 알 수 없는 힘이 생겼다. 그 얼굴은 이해심 가득한 성인의 표정이었다.

「이제 어두워졌군요. 아름다움이나 열정 같은 게 전혀 없었던 세상 같지 않소? 하지만 분명해요. 피렌체 주변의 산들과 전망을 생각해 봐요. 아, 내가 조지였다면 키스로 아가씨에게 용기를 불어넣어 주련만. 열기가 필요한 전투에 나설 때는 냉정해져야 해요. 자신이 만든 혼란 속에 몸을 던져야 해요. 어머니나 친구들은 아가씨를 경멸할 겁니다. 모두 그게 옳다고 생각하겠지요. 경멸하는 게 어떻게 옳은 일인지는 모르겠지만 말이에요. 조지는 아직도 어둠 속에서 싸우며 괴로워하고 있어요. 말 한마디 없어요. 내가 이런 하소연을 하는 것도 당연한 일 아니오?」 그의 눈에도 눈물이 떠올랐다. 「우리가 싸우는 건 사랑이나 쾌락만을 위해서가 아니에요. 진실이 있어요. 중요한 건 진실이에요. 진실이야말로 중요해요.」

「제게 키스해 주세요.」 루시가 말했다. 「키스해 주세요. 제가 노력해 볼게요.」

그는 그녀에게 화해한 신들 같은 느낌을 주었다. 그녀가 사랑하는 남자를 선택하면 이 세상의 아주 중요한 것도 함께 얻을 것 같다는 느낌이었다. 진창을 뚫고 집으로 돌아가는 길 내내 — 그녀는 딱 한 번 입을 열었다 — 그의 키스는 그녀에게 남아 있었다. 그는 육체에서 더러움을 빼냈고, 세상의 조롱에서 고통을 빼냈다. 그는 솔직한 욕망의 성스러움을 보여 주었다. 그 후 오랜 세월이 지난 뒤 말했듯이 그녀는 〈그가 어떻게 자신에게 힘과 용기를 주었는지 정확히 이해하지는 못했다. 마치 그가 세상의 전부를 한꺼번에 다 보여 준 것 같았다.〉

제20장
중세의 종말

앨런 자매는 그리스로 갔다. 하지만 일행은 둘뿐이었다. 우리의 등장인물들 가운데 그 둘만이 말레아 갑(岬)을 돌고, 사로니카 만(灣)을 헤쳐 나갈 것이다. 그 둘만이 아테네와 델포이를 방문하고, 지성의 노래의 양대 신전 — 푸른 바다에 둘러싸인 아크로폴리스 신전과 독수리들이 둥지를 짓고 청동 전차들이 무궁을 향해 거침없이 달려가는 파르나소스 신전 — 을 찾아갈 것이다. 흥분과 기대, 그리고 다량의 소화 잘 되는 빵을 지참하는 번거로움 속에서 그들은 콘스탄티노플까지 갔고 결국 세계를 일주했다. 뒤에 남은 우리들은 그보다 덜 격렬하지만 나름대로 아름다운 목적지에 만족해야 할 것이다. *Italiam petimus*(우리는 이탈리아로 간다). 펜션 베르톨리니로 돌아가 보자.

조지는 그 방이 자기가 쓰던 방이라고 했다.

「아니에요.」 루시가 반박했다. 「내가 이 방을 썼는걸요. 나는 당신 아버지가 쓰던 방을 썼어요. 왜 그랬는지는 모르겠지만 샬럿이 그렇게 정했어요.」

그는 타일이 깔린 바닥에 무릎을 꿇고 그녀의 무릎에 얼굴을 묻었다.

「조지, 아기처럼 굴지 말고 일어나요.」

「왜 아기처럼 굴면 안 되는 거죠?」 조지가 투덜거렸다.

그녀는 뭐라고 대답해야 할지 몰라서 수선하려고 들고 있던 그의 양말을 내려놓고 창밖을 바라보았다. 저녁이었고 다시 봄이었다.

그녀가 생각에 잠겨서 말했다.

「샬럿 생각만 하면 답답해요. 그런 사람은 뭘로 만들어졌을까?」

「목사들하고 같은 재료겠죠.」

「말도 안 돼요!」

「맞아요. 말도 안 돼요.」

「이제 차가운 바닥에서 일어나요. 아니면 이번에는 당신이 류머티즘에 걸릴 거라고요. 제발 그렇게 바보처럼 웃지 마요.」

「내가 왜 웃으면 안 되죠?」 그런 뒤 그는 팔꿈치로 그녀를 누르면서 얼굴을 바싹 갖다댔다. 「울 일이 없잖아요? 여기 키스해 줘요.」 그는 키스하기 좋은 지점을 가리켰다.

어쨌거나 그는 아직 소년이었다. 중요한 문제에 이르면, 지난날을 기억하는 건 그녀였다. 영혼에 쇠를 박아 넣은 그녀는 작년에 이 방이 누구의 것이었는지 잘 알았다. 그가 때로 무언가를 틀린다는 사실은 그녀에게 기묘한 매력이었다.

「편지 온 거 있어요?」 그가 물었다.

「프레디가 보낸 게 다예요.」

「이제 여기 키스해 줘요. 그리고 여기도.」

다시 한 번 류머티즘의 위협을 받자 그는 일어나서 창문을 열고 (영국인의 습성이다) 밖으로 몸을 내밀었다. 난간이 있고 강이 있고, 왼쪽으로는 언덕들이 시작하는 기슭이 있었다. 그를 보자 마부 한 명이 뱀 같은 소리를 내며 반갑게 인사했다. 어쩌면 그는 12개월 전에 이 행복의 씨앗을 뿌린 파에톤인지도 몰랐다. 남편이 된 조지는 열렬한 고마움에 휩싸여서 — 이 남쪽 나라에서는 모든 감정이 열렬해진다 — 어리석은 젊은이를 위해 그토록 수고한 모든 사람과 사물들에게 축복을 내렸다. 물론 그 자신도 애를 쓰긴 했지만, 그 방법은 얼마나 서툴렀던가! 중요한 전투는 모두 남들이 치렀다. 이탈리아가, 아버지가, 그리고 그의 아내가.

「루시, 이리 와서 사이프러스 나무들 좀 봐요. 그리고 저 교회…… 이름은 잊었지만 그 교회도 아직 보여요.」

「산미니아토 교회예요. 양말이 금방 마무리돼요.」

「*Signorino, domani faremo uno giro*(선생님, 내일 마차 여행을 하시죠).」 마부가 붙임성 있고 또랑또랑한 목소리로 말했다.

조지가 사람을 잘못 골랐다고 대답했다. 자신들은 마차 여행에 낭비할 만한 돈이 없다고.

그리고 도와줄 생각이 없었던 사람들……. 엘리너 래비시들, 세실들, 샬럿 바틀릿들! 조지는 어느 때보다 〈운명〉의 힘을 크게 느끼면서, 그를 이렇게 만족스러운 상태로 이끈 힘들을 하나하나 헤아렸다.

「프레디의 편지에 좋은 소식 있어요?」

「아직은 없어요.」

조지의 만족은 완벽했지만 루시의 만족은 아픔을 품고 있었다. 허니처치가에서 두 사람을 용서하지 않았기 때문이다. 그들은 지난 시간 루시가 행한 거짓에 치를 떨었다. 그녀는 윈디 코너와 멀어졌고, 그 거리는 어쩌면 영원할지도 몰랐다.

「프레디가 뭐라고 썼어요?」

「바보 같은 녀석! 아주 잘난 척하고 있어요. 우리가 봄에 떠날 걸 알았다나요……. 6개월 전부터 알았대요……. 어머니가 허락해 주시지 않으면 우리 손으로 해결할 거라는 걸요. 식구들은 짐작할 만큼 했고, 지금 우리는 사랑의 도피를 한 거래요. 참 재미있는 녀석이에요…….」

「*Signorino, domani faremo uno giro*(선생님, 내일 마차 여행을 하시죠)…….」

「하지만 결국엔 다 잘될 거예요. 프레디는 우리를 처음부터 다시 생각해 봐야 해요. 어쨌거나 세실이 여자들한테 회의를 품게 된 건 안타까워요. 그 사람은 두 번째로 큰 변화를 겪은 셈이죠. 왜 남자들은 여자들을 단정 지으려 하는 걸까요? 나는 남자들을 보면서 그런 생각을 안 하는데. 그리고 비브 목사님도…….」

「당신 말이 맞아요.」

「그분은 우리를 용서하지 않을 거예요……. 그러니까 다시는 우리한테 관심을 안 가질 거라는 말이에요. 그분이 윈디 코너에 그만한 영향력을 미치지 않았으면 좋겠어요. 예전에도 그렇고요……. 하지만 우리가 진실에 따라 행동하면, 우리를 진정으로 사랑하는 사람들은 결국 우리에게 돌아올 거예요.」

「아마 그럴 거예요.」 그러더니 그의 목소리가 더욱 부드러워졌다. 「나는 진실에 따라 행동했어요……. 내가 한 건 오직 그것뿐이었어요……. 그리고 당신이 나에게 돌아왔죠. 그러니까 알 수 있을 거예요.」 그는 창문에서 돌아섰다. 「양말 따위는 집어치워요.」

그는 그녀를 창가로 데리고 가서 함께 전망을 바라보았다. 그들은 밖에서 보이지 않도록 바닥에 무릎을 대고 앉아서 서로의 이름을 속삭였다. 아! 그만큼 가치 있는 일이 또 있을까? 그것은 그들이 기대했던 커다란 기쁨이었고, 또 한편으로는 그들이 생각도 못한 수많은 작은 기쁨들이기도 했다. 그들은 말이 없었다.

「시뇨리노, 도마니 파레모…….」

「저 남자 정말 귀찮군요.」

하지만 루시는 사진 판매상을 떠올리고 말했다. 「너무 심하게 대하지 마세요.」 그러더니 그녀는 숨을 멈추고 말했다. 「이거 목사하고 샬럿! 지독할 만큼 차가운 샬럿! 샬럿이 저런 남자를 보면 얼마나 냉혹하게 대할까?」

「다리 위의 불빛 행렬들 좀 봐요.」

「하지만 이 방에 있으니까 자꾸 샬럿 생각이 나요. 샬럿처럼 늙어가는 건 너무 끔찍해요! 그날 밤 목사관의 일을 생각해 보면, 샬럿은 아버님이 거기 계신 걸 몰랐던 게 분명해요. 만약 알았으면 나를 못 들어가게 했을 테니까요. 아버님은 이 세상에서 내 눈을 틔워 준 유일한 분이었죠. 당신이라도 그렇게 못했을 거예요. 행복이 느껴지면.」 그녀는 그에게 키스했다. 「그렇게 사소한 일이 이 모든 차이를 만들었다는 데 생각이 미쳐요. 만약 샬럿이 알았으면 나를 못 들어가게 했을 테고, 나는 바보같이 그리스로 갔을 테고, 그리고 영원히 모든 게 달라졌겠죠.」

「하지만 그분은 알았어요. 분명히 아버지를 보았어요. 아버지가 그렇게 말씀하셨어요.」 조지가 말했다.

「아뇨, 그럴 리 없어요. 샬럿은 목사님 어머니랑 위층에 있다가 곧바로 교회로 갔어요. 샬럿이 그렇게 말했어요.」

하지만 조지는 굽히지 않았다. 「아버지가 봤다고 하셨으니까 나는 아버지 말을 더 믿겠어요. 아버지가 서재의 벽난로 앞에서 졸다가 눈을 떠보니까 바틀릿 양이 있더래요. 당신이 오기 몇 분 전에 말이에요. 아버지가 깨어나려는 순간 돌아섰다는군요. 아버지도 말을 걸지 않았대요.」

그런 뒤 둘은 다른 일들을 이야기했다. 서로에게 다가가기 위해, 따뜻한 포옹이라는 보상을 얻기 위해 분투하는 여러 사람들의 이야기를 두서없이 했다. 그렇게 한참을 흘러가다 다시 샬럿 이야기가 나왔다. 다시 이야기를 해보니 샬럿의 행동은 아까보다 더 호기심을 불러일으켰다. 불분명한 것을 싫어하는 조지가 말했다. 「그분은 분명히 알고 있었어요. 그러면 왜 당신과 아버지가 만날 수도 있는 위험을 방치했을까? 어쨌거나 그분은 아버지가 거기 계신 걸 알고도 그냥 교회에 갔어요.」

그들은 이 수수께끼를 풀려고 노력했다.

이야기를 하다 보니, 루시의 마음속에 놀라운 답이 떠올랐다. 하지만 그녀는 고개를 젓고 말했다. 「참 샬럿답군요. 자신이 그때껏 저지른 일을 막판의 어정쩡한 행동 하나로 해결하려고 하다니.」 그러나 저무는 저녁, 노호하는 강물 소리와 깊은 포옹에 휩싸인 그녀의 말은 어쩐지 진실성이 부족해 보였다. 조지가 속삭였다. 「하지만 그분이 의도한 걸지도 몰라요.」

「뭘 의도해요?」

「*Signorino, domani faremo uno giro*(선생님, 내일 마차 여행을 하시죠)……」

루시는 밖에다 대고 부드럽게 말했다. 「*Lascia, prego, lascia. Siamo sposati*(제발 가줘요. 우리는 결혼했어요).」

「*Scusi tanto, signora*(정말 죄송합니다, 부인).」

「*Buona sera*…… *e grazie*(안녕히…… 그리고 고마워요).」

「*Niente*(별말씀을).」

마부는 노래를 부르며 사라졌다.

「무얼 의도했다는 거죠, 조지?」

그가 속삭였다. 「정말 그럴까? 그럴 수 있을까요? 놀라운 이야기를 해줄게요. 당신의 사촌 언니는 처음부터 그걸 바라고 있었다는 거예요. 우리가 처음 만난 그 순간부터 그분은 마음 깊은 곳에서 우리가 이렇게 되기를 바랐어요……. 물론 마음속 아주 깊은 곳에서였지만요. 겉에서는 우리와 싸웠지만, 그래도 속으로는 바랐어요. 다른 방식으로는 그분 행동이 설명되지 않아요. 봐요, 그 여름이 지나가는 동안 그분은 당신이 나를 잊지 못하도록 했어요. 당신을 계속 괴롭혔죠. 그리고 시간이 지날수록 그분은 점점 더 기이하고 믿을 수 없게 되었어요. 우리 두 사람의 환영이 그분을 쫓아다닌 거예요……. 안 그랬다면 우리 일을 친구에게 그런 식으로 설명할 수 없었을 거예요. 그렇게 자세하게 말이에요. 마음속에 생생하게 타오른 거죠. 나중에 내가 그 책을 읽어 봤어요. 루시, 그분은 차가운 분이 아니에요. 그리고 메말라 버린 것도 아니에요. 처음 두 번은 우리를 갈라놓았지만, 그날 저녁 목사관에서 우리에게 행복을 줄 또 한 번의 기회를 얻었어요. 우리가 그분하고 친해진다거나 고마움을 전할 수는 없겠죠. 하지만 마음속 아주 깊은 곳, 너무 깊어서 어떤 말이나 행동도 이르지 못하는 그곳에서 그분은 만족하고 있을 거예요.」

「그런 일은 있을 수 없어요.」 루시가 중얼거렸다. 그런 뒤에 자기 마음이 겪어 온 길을 돌아보고는 다시 말했다. 「아니에요…… 있을 수 있어요.」

젊음이 그들을 감쌌다. 파에톤은 열정의 응답과 사랑의 획득을 힘차게 노래했다. 하지만 두 사람의 정신에 떠오른 사랑은 좀 더 불가사의한 것이었다. 노래는 사라졌다. 강물이 지난겨울의 눈을 지중해로 안고 가는 소리가 들렸다.

부록
방이 없는 전망

『전망 좋은 방』은 1908년에 출간되었다. 지금은 1958년이고 그 사이에 우리 주인공들이 어떻게 되었을까 하는 생각이 들었다. 이들이 구상된 건 1908년보다도 먼저였다. 이 소설의 이탈리아 부분은 내가 처음으로 써본 소설의 일부였다. 나는 그것을 잠시 제쳐 두고 두 편의 다른 소설을 출간한 뒤 다시 그것으로 돌아가서 영국 부분을 덧붙였다. 이 작품은 내가 가장 좋아하는 작품은 아니지만 — 그것은 『기나긴 여행』이다 — 가장 유쾌한 작품이라고 평하는 데는 무리가 없을 것이다. 이 작품의 남녀 주인공은 선량하고 매력적이며 서로 사랑한다. 그리고 행복을 약속받았다. 과연 그들은 행복을 이루었을까?

한번 생각해 보자.

루시(조지 에머슨 부인)는 지금 60대 후반이고, 조지는 70대 초반이다. 나만큼은 아니지만 난숙한 나이라고 할 수 있다. 이들은 여전히 서로를 사랑하고, 또 자신의 아이들과 손주들을 사랑하는 금슬 좋은 부부다. 하지만 이들은 어디에서 살까? 이것은 조금 어려운 문제다. 그래서 내가 이 글의 제목을 〈방이 없는 전망〉이라고 붙인 것이다. 나는 조지와 루시가 어디서 사는지 떠올릴 수가 없다.

피렌체로 신혼여행을 다녀온 뒤 이들은 아마도 햄스테드에 자리를 잡았을 것이다. 아니, 하이게이트다. 그것은 분명하다. 그 후 6년 동안은 쾌적함의 관점으로 보면 그들의 인생에서 최고의 시기였다. 조지는 철도 회사를 나와서 보수가 더 높은 정부 기관에 취직했다. 그리고 이들은 분별력 있는 사람들이었기에 루시가 가지고 온 얼마간의 지참금도 기쁘게 받아들였다. 그리고 샬럿 바틀릿도 이들에게 스스로 〈한 줌의 전 재산〉이라고 말한 돈을 남겨 주었다(샬럿이 이럴 줄 누가 알았을까? 하지만 나는 다른 것은 생각할 수 없었다). 이들이 함께 기거하는 하인 한 명을 데리고 안락한 부유층이 되어 가던 중 1차 대전이 터졌고 — 이것은 전쟁을 끝내자는 전쟁이었다 — 모든 것이 달라졌다.

조지는 즉시 양심적 병역 거부자가 되었다. 그는 대체 복무를 받아들였기 때문에 감옥에 가지는 않았지만 공무원이라는 직업을 잃었고, 평화가 찾아왔을 때 〈유공자의 집〉에도 들어갈 수 없었다. 허니처치 부인은 사위의 행동에 격분했다.

하지만 루시는 우쭐해져서 자신도 양심적 병역 거부자라고 선언하고 계속 베토벤을 연주하는 더욱 즉각적인 모험을 감행했다. 훈족의 음악이라니! 이웃 사람들이 그녀의 연주를 듣고 신고해서 경찰이 출동했다. 아들 내외와 함께 살던 아버지 에머슨 씨는 경찰들에게 장황한 연설을 했다. 경찰은 그에게 조심하라고 경고했다. 그 후 아버지 에머슨 씨는 곧 세상을 떠났지만, 결국엔 사랑과 진실이 인류를 돌볼 거라는 희망과 믿음을 포기하지 않았다.

사랑과 진실은 이들의 가족도 돌보았고, 중요한 것은 그것이다. 지금껏 어떤 정부도 사랑과 진실에 권위를 부여하지 않았고 앞으로도 계속 그러겠지만, 이들 누추한 가족만은 그들의 은밀한 도움을 받아 하이게이트에서 카셜턴으로 이사하게 되었다. 어느덧 딸 둘과 아들 하나를 둔 에머슨 부부는 이제 진정한 집을 갖고자 소망하게 되었다. 이들이 뿌리를 내리고 아무의 방해도 받지 않은 채 왕조를 세울 시골의 어느 곳을. 하지만 문명은 그런 방향으로 움직여 주지 않았다. 내 다른 소설의 주인공들도 비슷한 고난을 겪었다. 『하워즈 엔드』는 집을 찾는 이야기이다. 인도는 영국인들뿐 아니라 인도인들이 걸어가는 길이기도 하다. 쉴 곳은 아무 데도 없다.

한동안 윈디 코너는 불안하게 떠 있었다. 허니처치 부인이 죽은 뒤 그들은 사랑하는 그 집으로 들어갈 수 있는 기회가 있었다. 하지만 그 집을 물려받은 프레디가 집을 팔아서 자신의 가족을 부양할 목돈을 만들고 싶어 했다. 별로 성공하지 못한 의사로서 자식은 많았던 프레디로서는 그것을 팔지 않을 도리가 없었다. 윈디 코너는 사라졌고, 그 정원에도 건물이 들어섰다. 허니처치가의 이름은 서리 지역에서 더 이상 들리지 않았다.

그리고 오래지 않아 2차 대전 — 그 종류와 함께 지속적 평화를 안겨다 줄 — 이 일어났다. 조지는 곧 입대했다. 현명하고 열정적이었던 그는 영국보다 그리 나쁠 것 없는 독일과 악마가 된 독일을 구별할 줄 알았다. 50의 나이에 그는 히틀러주의가 이성과 예술뿐 아니라 인간의 감정에도 적이라는 걸 인식할 수 있었다. 그는 자신이 투쟁을 사랑한다는 것과 지금까지는 그것의 결핍 속에 살았다는 걸 깨달았고, 자신은 아내를 떠나서는 순정하게 살 수 없다는 것도 깨달았다.

루시에게 전쟁은 그렇게 다양한 양상을 띠지 않았다. 그녀는 음악 레슨을 하고 베토벤의 음악을 연주했다. 베토벤은 이 무렵에는 아무런 문제가 되지 않았지만 조지가 돌아올 때를 대비해서 모든 걸 원래대로 유지하고자 애쓰던 윗포드의 작은 아파트는 폭격을 받았다. 모든 소유물과 소장품이 완전히 파괴되었고, 결혼해서 너너튼에 살고 있던 딸에게도 똑같은 일이 일어났다.

전선에서 조지는 상병의 자리에까지 올랐다가 부상을 당해 아프리카에서 포로로 잡혔고, 무솔리니 치하의 이탈리아에서 수용소 생활을 했다. 그때 만난 이탈리아인들은 때로는 그가 여행을 다니던 시절과 마찬가지로 따뜻했지만, 때로는 그렇지 않기도 했다.

이탈리아가 항복했을 때 그는 혼란을 뚫고 북쪽으로 이동해서 피렌체에 닿았다. 사랑하는 도시는 변해 있었고, 그 변화는 미묘한 것이 아니었다. 트리니타 다리는 파괴되었고, 폰테 베키오 양끝은 엉망이 되었다. 하지만 한때 사소한 살인 사건이 일어났던 시뇨리아 광장은 여전히 살아 있었다. 한때 펜션 베르톨리니가 성업했던 지역도 마찬가지였다. 아무것도 파괴되지 않았다.

그리고 조지는 — 나 자신 또한 몇 해 뒤에 그랬듯이 — 펜션 베르톨리니 건물을 찾아보았다. 아무것도 파괴되지 않았지만 모든 게 변해 있었다. 아르노 강변로에 잇닿은 집들은 새로 구획되고 개조되었으며, 말하자면 새로이 녹아들어 있었다. 어떤 건물의 전면은 확장되고 어떤 것들은 축소되어서, 반세기 전에 낭만을 꽃 피운 방이 어떤 것인지 알아보기란 불가능했다. 그래서 조지는 전망이 그대로니 방도 그대로일 테지만 찾을 수는 없더라는 편지를 보내야 했다. 루시는 그 순간 집이 없는 신세였지만 그 소식에 기뻐했다. 전망을 계속 지닌다는 것은 훌륭한 일이었다. 조지와 루시는 사랑하는 서로의 곁에 있는 한 그 전망과 서로의 사랑 속에 안전하게 자리 잡고 3차 대전을 기다렸다. 이제 전쟁뿐 아니라 다른 모든 것도 끝장내 버릴 전쟁을.

이 예언적 회고에서 세실 바이스를 빼놓을 수 없을 것이다. 그는 에머슨 일가의 시선이 미치지 않는 곳으로 떠나갔지만 내 시선은 피하지 못했다. 그가 가진 성실성과 지성을 고려해볼 때 그는 비밀 정보원으로 일할 운명이었다. 그래서 그는 1914년에 정보부인지 무엇인지 어쨌건 당시에 정보를 관할하는 부서에 배치되었다. 나는 그가 알렉산드리아에서 일했다는 상당히 반가운 증거를 하나 가지고 있다. 도시 외곽에서 조촐한 파티가 벌어졌고, 누군가 베토벤의 연주를 듣고 싶어 했다. 파티의 여주인은 반대했다. 훈족의 음악은 우리 정신을 흐트린다는 것이었다. 하지만 젊은 장교 한 사람이 이렇게 말했다.

「걱정할 것 없습니다. 이런 일들을 잘 아는 우리 내부의 한 친구가 베토벤은 분명히 벨기에 사람이라고 말했습니다.」

그 내부의 한 친구란 분명 세실일 것이다. 그런 식으로 농담과 지성을 뒤섞는 건 그만이 할 수 있는 일이다. 파티의 여주인은 그 말을 믿고 연주를 허락했고, 사막 위로 월광 소나타가 아른아른 피어올랐다.

E. M. 포스터의 『전망 좋은 방』[1]

라이어넬 트릴링/이종인 옮김

출간 연도로만 따지면 1908년에 발표된 『전망 좋은 방』은 포스터 장편소설들 중에서 세 번째가 된다. 그러나 구상의 시기를 감안하면 이 소설이 맨 첫 번째가 될 것이다. 왜냐하면 포스터는 1903년에 이미 소설의 상당 부분을 구상해 두었기 때문이다. 이탈리아를 무대로 삼고 있다는 점과 코미디의 성격이 강하다는 점에 있어서, 이 소설은 『기나긴 여행』보다는 『천사들도 발 딛기 두려워하는 곳』과 공통점이 더 많다. 또한 그 규모나 어조에 있어서 이 소설은 『천사들도 발 딛기 두려워하는 곳』보다 규모가 작고 분위기 또한 더 가볍다. 이야기를 풀어 가는 방식도 가볍다. 야외의 장면으로부터 더 많은 색깔을 가져오고 있고, 인간의 어리석음으로부터 더 많은 매력을 이끌어 내고 있으며, 코미디의 성격도 훨씬 낭만적이다. 하지만 이 코미디에는 멜로드라마와 사악함의 분위기가 동시에 스며들어 있어서 의외의 효과를 낳는다. 이탈리아를 무

---

[1] 이 에세이는 라이어넬 트릴링의 『E. M. 포스터』(뉴욕: 뉴 디렉션스, 1943, 개정판 1964)에 수록된 「전망 좋은 방」(97~112면)을 번역한 것이다. 『E. M. 포스터』는 미국 내에 E. M. 포스터를 널리 알린 개척자적 연구서로, 이후 포스터 연구의 이정표로 평가받고 있다.

대로 한 첫 번째 코미디, 『천사들도 발 딛기 두려워하는 곳』에 비해 사악함의 느낌이 표현되는 방식이 그리 격렬하지는 않지만, 그 돌연함과 절제된 표출은 독자를 놀라게 하기에 충분하다.

코미디는 대체로 불일치에 의존하여 효과를 낸다. 그보다 의존 빈도가 떨어지기는 하지만 비극 역시 불일치에 의존한다. 여기서 말하는 불일치는 곧 현실과 비현실 사이의 상호 엇나감을 말한다. 코미디나 비극은 모두 맹목적인 캐릭터를 요구한다. 『오이디푸스 왕』과 『리어 왕』에서 그 맹목적 성격은 두 주인공을 실제로 맹인으로 만들어 버리는 구체성을 띤다. 『오셀로』에서도 시각에 대한 비유가 많이 구사되고 있는데, 이것은 오셀로가 목전의 것을 제대로 보지 못하는 눈뜬장님이라는 암시이다. 몰리에르의 희극 「타르튀프」의 주인공 오르공도 오셀로 못지않게 자신의 감각을 믿지 못하는 사람이다. 포스터의 첫 번째와 두 번째 장편소설도 현실과 비현실에 대한 혼돈을 그 주제로 삼았는데, 『전망 좋은 방』 역시 같은 주제를 추구하고 있다.

이 로맨틱 코미디의 주된 불일치는 어떤 사진들에 튄 피로 상징된다. 그 사진들이라는 것은 피렌체 시가 소장한 유명한 그림들을 찍어 놓은 것으로, 여주인공 루시 허니처치가 이탈리아 여행 중에 알리나리 가게에서 사들인 것이다. 아주 예쁜 얼굴에 예의를 무척 따지는 처녀 루시는 사촌 언니 샬럿 바틀릿과 함께 이탈리아를 여행 중이다. 루시가 그 사진집을 사들인 것은 영국에 돌아가면 자신이 조토 그림의 뛰어난 질감을 얼마나 좋아하는지 자주 떠올리고 싶어서였다. 그런데 시뇨리아 광장에서 기괴한 사건이 발생한다. 그것은 〈비현실적인 시간, 말하자면 익숙하지 않은 것들이 현실이 되는 시간〉이다. 광장에서 두 피렌체 남자가 돈 문제로 싸우다가 한 남자가 칼을 꺼내 상대방을 찔러 죽인 것이었다. 루시는 그 광경을 보고서 같은 펜션의 동료 투숙객인 젊은 조지 에머슨의 품속으로 쓰러져 기절해 버린다. 조지는 그녀를 경호하여 펜션으로 돌아오는 도중에 자그마한 물건을 아르노 강으로 던져 버린다. 그것은 살해당한 남자의 피가 튀어 더러워진 알리나리 가게에서 산 사진들이었다.

피렌체에 거주하는 영국인 목사 이거 씨가 볼 때, 광장의 살인 사건은 피렌체의 아름다운 전통에 먹칠을 하는 치욕이었다. 〈이 광장은 어제…… 제가 듣기로는…… 가장 추잡한 비극을 목격했습니다. 단테와 사보나롤라의 피렌체를 사랑하는 사람으로서, 그런 무참한 사건은 아주 불길하군요. 불길하고 수치스럽습니다〉라는 목사의 말에는 명백한 아이러니가 감돌고 있다. 이거 씨는 단테와 사보나롤라의 도시인 피렌체의 실상은 애써 무시하면서 인생을 예술로 바꾸어 놓았다. 그렇게 치환(置換)해 놓으면 소심한 자도 그것을 명상할 수 있다. 하지만 사진들에 튄 피의 얼룩이 말해 주듯이, 예술은 인생이 아니다. 보다 더 정확하게 말하자면, 소심한 자의 예술은 인생이 아니다. 용감한 자의 눈에는 사진들에는 처음부터 피가 묻어 있었다.

『천사들도 발 딛기 두려워하는 곳』의 캐럴라인 애벗은 말한다. 〈아주 뜨거운 사랑이에요. 무슨 뜻인지 알 거예요……. 제가 품위 있는 사람이라고 생각하지도 마세요.〉 『전망 좋은 방』은 그 〈뜨거운 사랑〉과 〈품위〉를 주제로 하고 있다. 이러한 주제는 늙은 사회주의자 에머슨 씨에 의해서 진술된다. 〈사랑은 몸에 속하는 일이라는 걸 말이야. 몸 자체는 아니지만, 몸에 속하는 일이라는 걸.〉 그렇다. 사랑은 다른 모든 현실들이 바탕으로 삼고 있는 구체적 현실인 것이다. 이러한 현실을 제대로 보지 못하는 눈먼 상태가 바로 코미디의 원천이며 소설

속의 코미디는 거의 비극의 수준으로 전개된다.

사진들을 얼룩지게 만든 피는 소설의 주제뿐만 아니라 그 방법까지도 상징한다. 자연스러움과 육체성을 다룬 이 스토리처럼 예술적이고 또 현실과 유리된 이야기도 없을 것이다. 성욕(혹은 성적 열정)을 다룬 이 이야기에 나오는 두 남녀 주인공은 마치 공기 중에서 혹은 신화 속에서 가져온 듯한 인물들이다. 훌륭한 소설에서는 다 그렇듯이, 작중 인물은 저자의 산문(散文)으로부터 점점 성장하여 마침내 원숙한 인물이 된다. 『전망 좋은 방』의 산문은 바람처럼 빠르고 공기처럼 가볍다. 소설의 말미에 가면 어둠과 악이 소개되고, 그때 처음으로 독자는 지금껏 아주 중요한 현실적인 문제를 읽어 왔다는 걸 깨닫게 된다. 이러한 대조의 효과는 정말 놀랍다. 거의 하찮게 보이던 세계에 갑자기 악이 등장함으로써 놀라운 효과를 불러일으키는 것이다. 장편소설은 단일한 효과에 의지해서는 결코 훌륭한 구조를 세울 수 없다는 것을 체험하게 된다.

이 짧은 장편소설은 전망이 없는 방의 이야기로 시작한다. 루시와 샬럿은 베르톨리니 펜션에 처음 도착했을 때, 당초 예상과는 달리 그들의 방에 전망이 없다는 사실을 알고 실망한다. 에머슨 노인은 관대한 마음을 발휘하여 아주 공개적인 태도로 자신과 아들 조지 에머슨의 방은 전망이 좋으므로 두 여자에게 방을 바꾸어 주겠노라고 제안한다. 예의범절을 따지자면 허니처치와 바틀릿은 그런 제안에 당황하고 모욕감을 느끼면서 거절해야 마땅하다. (소설의 시점이 1908년이므로 이런 예의범절은 그 당시 이미 구식이 되어 버렸을 법하지만.) 두 여자가 알고 지내는 목사인 비브 씨가 그 제안을 받아들여도 예의에 어긋나지 않는다고 말하자 두 여자는 교환에 동의한다. 하지만 그들은 에머슨 부자에게 계속 쌀쌀맞게 대한다.

조지와 루시는 일종의 감옥에 갇혀 있다. 루시는 예의범절이라는 감옥에, 그리고 조지는 신경증적인 세기말적 비관주의의 감옥에. 하지만 광장에서 목격한 죽음의 장면은 그들에게 깊은 인상을 남긴다. 그 사건은 그들의 감옥을 서서히 허물기 시작한다. 조지는 루시를 품에 안는 순간, 이제 살아 봐야겠다는 생각을 한다. 루시의 갑갑한 예의범절도 성적 열정의 가능성 앞에서 사라지기 시작한다.

사실 비브 목사는 루시의 멋진 베토벤 연주를 듣고 난 이후 그녀를 의아하게 생각해 왔다. 갑자기, 또 성급하게 그녀는 발전하기 시작한다. 그녀는 〈문화(교양)〉를 얻기 위해 피렌체로 왔다. 조토 그림의 뛰어난 질감에 대하여 정확한 지식을 얻고 또 〈빵 반죽에 도금을 해서 만든 듯한 꽃무늬 액자, 참나무로 깎은 데다 작은 받침대가 달린 좀 더 튼튼한 액자, 양피지 압지 책, 양피지에 쓴 단테의 작품, 싸구려 모자이크 브로치, (……) 핀, 단지, 문장(紋章)이 새겨진 접시, 갈색의 예술 사진들, 설화 석고로 만든 에로스와 프시케 상, 같은 재료로 만든 성 베드로 상〉 따위를 사들일 생각이었다. 이런 것들은 관광지를 다녀가는 사람들이 즐겨 사들이는 물건이었다. 하지만 그녀는 〈이탈리아와 맺은 영원한 청춘의 동맹〉을 발견한다. 그러자 이젠 갑자기 샬럿도 이거 씨도 심지어 소설가 엘리너 래비시도 시들하게 보인다. 너무나 자유롭고 솔직한 래비시는 루시에게 이런 말까지 해준 인물이었다. 〈깔끔함을 찾아 이탈리아에 오는 사람은 없어요. 사람들은 삶을 찾으러 여기에 오지요.〉 이 여류 소설가는 인생이란 자신이 그때그때 찾아가는 도시의 지방색을 즐기며 사는 것이라고 확신하고 있었다. 그런 사람마저도 시시하게 보인다니 루시에게 무슨 일이 벌어진 것일까.

어느 날 피크닉을 나간 루시에게 약간의 혼란이 발생한다.

루시는 두 명의 목사를 찾기 위해서 서툰 이탈리아어로 마부에게 물었다. 〈*Dove buoni uomini*(좋은 남자[실은 신사라는 뜻]들은 어디에)?〉 좋은 남자에 대하여 나름의 생각이 있는 마부는 그녀를 젊은 청년 조지 에머슨이 있는 강가로 데려다 주고 그녀는 강둑을 내려가 꽃이 활짝 피어 있는 화단으로 간다. 아름다운 꽃들에다 아르노 강 계곡의 멋진 풍경에 도취하여 감정이 활짝 핀 그녀는 그만 조지 에머슨의 키스에 응하지만 두 사람 사이에 대화는 없었다. 그들이 입을 열기도 전에 〈고요의 순간을 깬 것은 샬럿 바틀릿이었다. 그녀의 갈색 드레스가 전경을 등지고 서 있었다〉.

조지와의 키스는 이 로맨틱 코미디를 관통하며 강조점을 찍는 세 번의 키스 중 첫 번째 것이다. 루시의 두 번째 키스는 세실 바이스라는 젊은이한테서 받은 것이다. 자신의 갑작스러운 열정에 당황한 루시가 우중충한 샬럿 바틀릿의 지혜를 그대로 받아들여 세실 바이스와 키스를 하게 된 것이다. 에머슨 노인은 피크닉에서 로렌초 데 메디치의 말이 정말 맞는다고 탄복했다. 〈봄하고는 싸우지 마라.〉 하지만 샬럿은 그 싸움을 어떻게 치러야 하는지 알고 있었다. 그녀는 자기 자신이 그렇게 확신하고 있었으므로, 조지가 다른 남자들과 마찬가지로 난봉꾼이고 그의 키스는 남자의 〈모험적 행위〉에 지나지 않는다고 루시에게 확신시킨다. 〈지난번 점심 때 그 남자가 앨런 여사랑 토론하던 거 생각나니? 한 사람을 좋아하는 건 또 다른 사람을 좋아하는 특별한 이유가 된다 어쩌고 하면서 말이야.〉[2] 그녀는 조심의 대가이다. 그녀가 곰곰 궁리하

---

2 셸리의 장시 「에피사이키디온」의 다음 행들이 여기에 어울린다 — 원주.

사랑은 이해하는 것, 밝게 빛나면서 / 많은 진리를 비추는 것. 그대의 빛과 같은 것. / 땅에서 하늘에서, 인간적 환상의 심연에서 / 그리고 천 가지의 프리즘과 거울에서 나오는 / 상상력이여! 너는 영광스러운 빛으로 / 이 우주를 채

여 루시에게 내놓은 세계는 〈기쁨도 없고 사랑도 없는〉 세계로서, 〈젊은이들이 고통스럽게 세상 물정을 깨닫는 세계였고, 또 경계와 장벽으로 가득찬 수치심의 세계다〉. 나중에 포스터는 『하워즈 엔드』에서 조심의 문제점을 길게 설명했다.

> 우리의 생활은 아무 곳에도 이르지 못하는 잘못된 단서와 푯말들로 가득하다. 우리는 엄청난 노력과 용기를 기울여서 오지도 않을 위기에 대비한다. 가장 성공한 인생은 산이라도 옮길 만한 힘을 낭비한 인생일 것이다. 그리고 가장 성공하지 못한 인생은 준비 없이 기습당하는 인생이 아니라, 준비하고 있는데 기습이 닥치지 않는 인생이다. 이런 종류의 비극에 대해 우리 영국의 도덕은 당연히 침묵을 지킨다. 위험을 대비하는 것은 그 자체로 좋은 것이고, 사람이건 국가건 완전 군장을 갖춘 채 비틀거리며 살아 나가는 편이 더 좋다고 생각한다. 준비된 인생의 비극은 그리스인들을 빼고는 제대로 다룬 자들이 없다. 인생은 진실로 위험하지만, 도덕이 말하는 방식의 위험은 아니다. 인생은 진실로 버거운 대상이지만, 그 본질은 전투가 아니다. 인생이 버거운 이유는 그것이 로맨스이기 때문이고, 그 본질은 낭만적 아름다움이다.[고정아 옮김, 『하워즈 엔드』(열린책들, 2006), 141면]

그러나 샬럿은 이와는 다르게 이해하고, 그리하여 루시를

우고, 마치 태양 광선과도 같은 / 밝게 울리는 화살로써 오류와 벌레를 죽이는구나. / 반면에 하나의 사물, 하나의 형태만을 / 사랑하고 명상하는 마음이여 두뇌여. / 너는 어떻게 그리도 협소한가. 오로지 하나만 알고 / 하나만 창조하려는 생명이여 영혼이여, / 너는 그 협소한 생각으로 영원을 무덤으로 / 만들려 하는구나.

세실 바이스가 머물고 있는 로마로 데려간다(바이스는 어머니와 함께 로마 방문 중이다). 세실은 분명 한 수 높은 문화의 관점에서 루시를 바라보지만 곧 그녀를 사랑하게 되고, 루시는 나중에 영국으로 돌아와 그의 청혼을 받아들인다. 이렇게 약혼하는 그 순간에 곧바로 세실이 루시에게 키스하는 것은 아니다. 그 키스는 며칠 뒤에 벌어진다. 로즈 머콜리는 포스터의 소설을 다룬 평론서에서 이처럼 키스가 연기된 것이 부자연스럽다고 비난했다. 실제로 그런 지연은 부자연스럽다. 그러나 이런 극도의 부자연스러움도 세실의 성격의 한 부분이다. 소설은 한동안 세실의 성격이라는 문제를 다루는데, 이 부분에서 소설은 조지 메러디스(1828~1909, 영국의 소설가)의 분위기를 강하게 풍긴다. 그 뒤에 이어지는 사교상의 코미디, 자연과 자연스러움에 대한 칭송, 루시 남동생 프레디의 진실한 감정, 조지와 루시의 두 번째 만남을 이끌어 내는 햇빛과 연못 장면, 특히 세실의 성격 분석 등이 메러디스를 쏙 빼닮은 듯하다.

사실 세실은 윌러비 패턴의 복사판이고, 루시는 윌러비가 자기의 생각대로 주물러서 만들고 싶어 하는 젊은 여성 클라라 미들턴의 복사판이다.[3] 하지만 포스터는 메러디스보다 주인공을 부드럽게 다룬다. 메러디스가 윌러비를 묘사하는 데에는 병적일 정도로 강박적이고 잔인한 구석이 있다. 『에고이스트』에서는 〈가느다란, 느끼한 미소〉(이 표현은 어쩐지 꾸물꾸물 기어가는 벌레를 연상시킨다)가 나중에 가서는 거의 틀림없이 개들의 짖는 소리로 바뀌는 것이다. 이러한 메러디스의 분위기를 대하는 포스터의 태도는 다소 복잡하다. 포스

---

[3] 윌러비 패턴과 클라라 미들턴은 조지 메러디스의 소설 『에고이스트』의 등장인물이다. 여기에서 여자를 자기 마음대로 주무르려 하는 윌러비는 에고이스트이다.

터는 자신의 소설 이론서 『소설의 양상』에서 젊은 시절 메러디스에게서 영향을 많이 받았다고 말했다. 메러디스는 20세기 초에 자유분방한 젊은이들에게 상당한 영향을 주었다. 하지만 포스터는 메러디스의 정신을 빌려 오기는 했지만, 세실을 메러디스적 코미디의 신봉자로 만들어 예리하게 관찰함으로써 자기 자신과 그 정신 사이에 일정한 거리를 두었다.

프레디 허니처치는 세실의 성격 분석을 시작한다. 그는 세실을 싫어하지만 왜 그런지 알지 못한다.

세실은 운동을 잘하는 사람을 지나치게 칭찬했다. 그 때문인가? 세실은 사람들이 제각각 자기 방식대로 말하게 하지 않고, 그의 방식에 따라 이야기하게 만들었다. 그건 피곤한 일이었다. 그 때문인가? 또 세실은 다른 사람의 모자를 절대 쓰지 않을 유형의 사람이었다. 프레디는 자신의 통찰의 깊이를 의식하지 못한 채 거기서 멈추었다. 내가 질투가 난 거야. 그렇지 않고서야 그런 말도 안 되는 이유로 다른 사람을 싫어할 수가 없지. (본문 124면)

프레디가 의견을 개진한 후에 소설가 자신이 직접 나서서 세실을 설명한다.

이렇게 늦게야 이야기에 등장하니, 세실에 대한 설명이 필요할 것이다. 세실은 중세 사람이었다. 고딕 조각 같았다. 키도 크고 세련되고 어깨는 강인한 의지를 보여 주듯 딱 벌어졌으며, 머리는 보통 사람들의 눈높이보다 조금 높은 곳에서 살짝 기울어져 있어서, 프랑스 성당의 정문을 지키는 엄격한 성인들의 모습과도 비슷했다. 훌륭한 교육을 받았고 많은 재능을 타고났으며, 육체적으로도 모자람이 없었지만, 그는 현대 세계가 〈자의식〉이라고 부르는 악마에게 붙들려 있었다. 하지만 눈이 흐렸던 중세는 그것을 〈금욕주의〉라 부르며 찬양했다. 고딕 조각은 금욕을 상징한다. 그것은 그리스 조각이 풍요를 상징하는 것과 마찬가지다. 비브 목사가 말한 것이 아마 그런 뜻이었을 것이다. 그리고 프레디는 역사나 예술 같은 데 무지했지만, 세실이 다른 사람의 모자를 쓰는 모습을 상상하지 못했을 때 목사와 같은 생각을 했을 것이다. (본문 126면)

세실은 요리법에 대해서 이야기하는 여자를 경멸하고 실내 장식에 대하여 날카로운 눈썰미를 갖고 있다. 그는 이 소설에서 교양 있는 남자로 나온다. 비록 『기나긴 여행』의 리키 엘리엇의 아버지처럼 잔인하지는 않지만 그 교양 때문에 성마르고 오만한 남자가 되었다. 교양은 그가 인생에서 느끼는 당혹감을 적절히 감추기 위한 하나의 방편이다. 그는 루시 어머니의 친구들을 만나 달라는 요청을 받고도 약혼자이기 때문에 이런 상견례를 해야 한다는 것에 짜증을 내면서 거칠게 행동한다. 늙은 여자들을 만나는 것은 따분한 일이었으나, 〈그 능글맞은 노파들이 개별적으로 얼마나 잘못했건 간에 인류 전체로서는 옳았다〉. 그런 정도는 파악할 수 있는 위트가 있어야 마땅했으나 세실은 그렇지가 못했다.

코미디는 이제 좋은 ─ 동시에 나쁜 ─ 취향을 바탕으로 하여 앞으로 나아간다. 건설업자인 플랙 씨는 인근의 지주 계급을 경악시킨 두 채의 빌라를 지었다. 그 두 집은 아주 보기 흉했으나, 평소와 마찬가지로 포스터는 흉한 집의 편을 들었다. 설사 플랙 씨가 기둥의 사용법을 제대로 훈련받지 못했다고 하더라도, 또 그 기둥의 머리 부분[柱頭]이 보기 흉하다고 하더라도, 그것은 플랙 씨 고유의 취향과 욕망을 드러내는 것이었다. 현지 사교계의 유지인 해리 오트웨이 경은 플랙 씨의 취향을 좀 바꾸어 보려고 애썼으나 성공하지 못했다. 그래서 오트웨이 경은 그 빌라 두 채를 헐어 버릴 목적으로 그 집을 사들였다. 하지만 플랙 씨는 빌라 한 채에 병들고 나이 많은 그의 숙모를 입주시키고 있었다. 이렇게 되자 나머지 한 채를 누구한테 세를 주느냐가 문제로 떠오르게 된다. 그 집은 농민이 세 들기에는 너무 비쌌고, 〈우리 같은 사람들〉이 들어가기에는 너무 비좁고 보기 흉했다. 그것은 은행 출납 계원용 집이었고 동네 사람들은 결국 은행원이 임대할 것이라고 생각했다. 그러나 메러디스 코미디의 신봉자인 세실(게다가 그는 〈중세적 짓궂음〉마저 갖고 있었다)은 임차인의 문제를 간단히 해결한다. 그는 런던에서 알게 된 에머슨 부자를 나머지 빌라에 들게 한 것이다.

이런 임차의 문제가 발생하기 전에 루시는 세실의 키스를 받았다. 그는 루시가 그와 함께 산책할 때 들판과 숲은 피해 가고 길로만 걸어가는 것을 발견한다. 그가 그것을 지적하자 그녀도 그렇다고 동의한다. 그가 계속 물고 늘어지자 그녀는 그가 늘 방 안 — 전망이 없는 거실 — 에만 앉아 있는 사람 같다고 대답하고, 그와 함께 숲 속을 걸어갈 의향이 있다고 말한다. 때때로 비가 많이 내리면 물이 가득 차는 자그마한 저수지 옆에서 그녀는 세실의 키스를 받아들인다. 하지만 그것은 루시에게 조지의 키스를 생각나게 했을 뿐 그리 성공적인 키스는 아니었다.

이제 코미디는 재빨리, 그것도 노골적으로 전개된다. 에머슨 부자가 빌라에 입주하자 루시는 경악하고 그런 짓을 저지른 세실을 비난한다. 그녀를 속물이라고 생각하는 그는 — 포스터 소설에서는 늘 그렇지만, 속물은 자기를 제외한 나머지 사람들을 모두 속물이라고 생각한다 — 그녀에게 고상한 이념을 한 수 가르쳐 줄 마음으로 이렇게 말한다. 〈나는 민주주의를 신봉하니까.〉 하지만 그녀의 날카로운 대답을 듣고 놀란다. 〈아니에요, 당신은 그 말뜻을 몰라요.〉 이 작은 사랑의 이야기에는 사랑 이상의 의미가 개재되어 있다. 포스터 소설에서 늘 그렇듯이, 성적 열정과 올바른 정치적 감각은 함께 가는 것이다. 남녀가 동등한 입장에서 서로 사랑을 교환하지 못한다면 그것은 이미 사랑이 아니다.

조지와 루시는 다시 만난다. 조지가 프레디와 비브 목사와 함께 연못에서 수영을 마치고 난 직후이다. 바람과 햇빛 속의 연못은 〈식은 피와 느슨해진 의지를 일깨운 외침〉이었고, 그것은 조지 에머슨의 황량하면서도 신경증적인 절망을 퇴치해 주었다. 그는 소리치며 숲 속을 뛰어다니다가 루시와 허니처치 부인을 만나지만 두 여자는 비브 목사의 목사 모자에만 약간 놀라움을 표시할 뿐, 조지가 벌거벗고 있다는 사실에 별로 놀라지 않는다. 이미 장난은 저질러졌고 조지의 상쾌한 마음 — 그리고 루시의 상쾌한 마음 — 은 테니스 코트에서 계속된다.

강둑 난간 너머로 몸을 기울이고 〈저는 아마도 살고 싶을 겁니다〉라고 말했던 것도 생각났다. 그는 지금 살고 싶어 했고, 테니스 경기를 이기고 싶어 했고, 태양을 향해 혼신을 다해 서 있고 싶어 했다……. 천천히 저물어 가는 태양은 그녀의 눈 속에서 빛을 뿜었고, 그는 이겼다. (……) 조지는 네트를 훌쩍 뛰어넘었다. 그리고 그녀의 의자 옆 바닥에 앉으며 물었다. 「힘들지 않으세요?」

「전혀요!」

「경기에 져서 기분 나쁜가요?」

그녀는 〈아뇨〉라고 대답하려다가 사실 기분이 나쁘다는

걸 깨닫고 〈좀 그래요〉라고 대답했다. (본문 221~222면)

테니스를 대하는 세실의 태도를 보고서 루시는 마침내 그를 차버린다. 그녀는 복식 게임을 하자는 프레디의 간곡한 제안을 세실이 거절하는 것을 엿듣는다.

「프레디, 나는 운동하고는 거리가 멀어. 오늘 아침에 너도 말했잖아. 이 세상에 책 빼고는 아무 데도 쓸모없는 녀석들이 있다고. 미안하게도 내가 바로 그런 녀석이야. 제발 내가 남들한테 피해를 끼치지 않게 해줘.」
루시의 눈에서 비늘이 떨어져 나갔다. 지금까지 어떻게 한순간이라도 세실을 참았다는 말인가? 그는 정말로 견딜 수 없는 사람이었다. 바로 그날 밤 그녀는 약혼을 파기했다. (본문 239면)

여자에게 차인 세실은 약혼한 세실보다 더 나은 사람이다. 〈폭넓은 교양을 쌓았지만 세실은 근본적으로 금욕주의자였고, 사랑을 떠나는 순간만큼 그에게 어울리는 사랑의 순간은 없었다.〉 그러나 루시가 세실과 헤어졌다고 해서 그것이 곧 자동적으로 조지와의 만남을 의미하지는 않는다. 조지는 숲 뒤에서 그녀를 다시 만나고 그녀에게 키스한다. 그리하여 그녀는 그의 첫 키스가 〈모험적 행위〉가 아니라는 것을 안다. 하지만 그녀는 또다시 샬럿 바틀릿에게 귀를 기울이고 이렇다 할 이유도 없이 조지와 결혼하는 것을 거부한다. 바로 여기서 스토리는 기이한 국면으로 접어들고 공포물 비슷한 것이 된다. 소설의 핵심 인물이 루시와 조지에서 바틀릿과 비브 목사에게로 넘어가는 것이다.

스토리가 이러한 국면 전환을 하는 동안, 루시는 심연의 가장자리에 서게 된다. 루시가 조지와의 결혼을 거부하면서 듣게 되는 최초의 말은 샬럿 바틀릿의 축하의 말이다. 루시 자신도 그 축하의 말에 잘난 척하는 듯한 천박한 자축(自祝)의 말을 보탠다. 목소리에는 익숙한 샬럿의 태도가 묻어난다. 루시는 문밖으로 나가면서 〈가을을 느낀다〉. 〈여름은 끝나 가고, 저녁이 실어 나르는 부패 냄새는 봄을 향한 그리움을 담은 까닭에 더욱 처량하게 느껴졌다.〉 포스터는 소설의 주제를 부각시키는 은밀한 방식의 하나로, 이 표현을 소설의 앞부분에서도 사용한 바 있다. 베르톨리니 펜션의 나이 든 앨런 여사에 대하여 이렇게 언급하고 있는 것이다. 〈섬세한 연민이 그녀의 오락가락하는 말에 향기를 더해 주었고 그것은 예상치 못한 아름다움이었다. 그것은 낙엽에 덮인 가을 숲에서 때로 봄날 같은 향기가 풍기는 것과도 비슷했다.〉

이제 캐서린 앨런과 그녀의 여동생 — 그들은 플랙 씨네 빌라의 입주자 후보로 스토리의 흐름에 가볍게 등장한다 — 은 또 다른 여행을 떠나기 직전이다. 이번에는 그리스와 근동(近東)에 가려고 한다. 〈콘스탄티노플의 정말로 편안한 펜션〉의 이름을 알고 싶어 하는 두 자매는 루시를 부른다. 그리스 여행뿐만 아니라 〈생활 방식〉에 초대하는 것이다. 루시는 『알라스토르』[4]의 〈앞을 내다보지 못하는 군중〉에 끼기를 원한다. 그것은 샬럿이 루시에게 권하는 〈길을 분간하지 못하고 헤매는 군대〉와 똑같은 개념이다.

생각하는 것도 적당하지 않았고, 느끼는 것도 힘들었다. 그녀는 자신을 이해하려는 노력을 포기하고, 밤길로 접어든 자들의 대열에 합류했다. 그 군대는 심장도 두뇌도 따르지 않고, 그저 구호에 맞추어 운명을 향해 행군해 가는

4 셸리의 환상시.

대열이었다. 그곳에는 유쾌하고 경건한 사람들이 가득했다. 하지만 그들은 유일하게 중요한 적에게 굴복한 상태였으니, 그것은 바로 내면의 적이었다. 열정을 거스르고 진실을 거스른 죄의 대가로 그들이 추구하는 미덕은 실패가 예정되어 있다. 시간이 지나면 그들은 비난받는다. 유쾌함과 경건함에 금이 간다. 재치는 냉소가 되고 이타심은 위선이 된다. 가는 곳마다 스스로도 불편해지고 남들도 불편하게 한다. 에로스와 팔라스 아테네를 거스른 그들은 어떤 하늘의 개입이 아니라 영원한 자연법칙에 따라서 연합한 신군(神軍)에게 복수를 당할 것이다.

루시는 조지에게 자신의 사랑을 감추고, 세실에게도 아무도 사랑하지 않는 듯 거짓을 말하면서 그 군대에 합류했다. 밤이 그녀를 받아들였다. 30년 전에 샬럿을 받아들였듯이. (본문 247~248면)

비브 목사는 이러한 사태 진전에 대하여 흡족해한다. 루시가 독신의 유혹에 함락됨으로써 햇빛 환한 코미디는 어두운 코미디로 바뀐다. 루시가 길을 분간하지 못하고 헤매는 무리에 들어가기로 한 것을 보고서 행복해하는 비브 목사가 등장하는 순간, 소설은 어두워진다. 과연 이런 식으로 반전을 유도해도 좋은가 하는 의심마저 들 정도이다. 독자는 소설의 초반부에서 비브 목사에 대하여 이런 의문을 품었던 것이다. 〈그토록 전투적인 외양 속에 그런 관용과 이해심과 유머 감각이 있으리라고 누가 기대를 했겠는가?〉 그럼에도 관용을 보여 주던 비브 목사는 세실과 루시의 약혼에 대하여 실망하는 듯했다. 루시의 베토벤 연주에 내포된 의미를 이해했던 사람으로서 그런 루시의 선택에 불만을 느꼈던 것이 아닐까? 바로 그렇기 때문에 그 약혼이 깨어졌을 때 비브 목사는 기뻐했던 것이다.

〈결혼하는 건 좋은 일이지만 자제하는 건 더 좋은 일이다〉라는 신념을 가진 그는 사람들의 파혼 소식을 들을 때마다 은근한 기쁨을 느꼈다. 루시의 경우는 본래 그가 세실을 싫어했기 때문에 더욱 기쁨이 컸다. 그는 한층 더 밀고 나갈 생각도 있었다……. 그녀가 동정의 결심을 굳힐 때까지 그녀를 위험이 미치지 않는 곳에 두겠다는 것이었다. 이런 감정은 극히 미묘한 데다 어떤 사상적 배경도 없다. 게다가 그는 이 파혼 사건에 관련된 누구에게도 이런 생각을 털어놓지 않았다. 하지만 그것은 분명히 존재했고, 오직 그것만이 그가 이후에 취한 행동들과 그가 다른 사람들에게 미친 영향력을 설명해 준다. 그가 주점에서 샬럿과 맺은 맹약은 루시를 돕기 위해서뿐 아니라 자신의 신념을 지키기 위한 것이기도 했다. (본문 265~266면)

이 소설에서 종교에 대한 반감은 순진할 정도로 노골적이면서 동시에 하나의 작은 서브플롯을 이룬다. 피렌체에서 이거 목사 — 그는 비브 목사와 조심스럽게 대비되고 있지만 이제 우리는 두 사람이 같은 성격을 가지고 있다는 것을 안다 — 는 에머슨 씨가 아내, 즉 조지의 어머니를 사실상 살해했다고 암시했다. 하지만 우리는 이거 목사가 에머슨 부인의 〈살해자〉였다는 사실을 안다. 왜냐하면 어린 조지가 장티푸스에 걸렸을 때, 이거 목사는 조지가 세례도 받지 않았다면서 에머슨 부인의 공포심을 조장했기 때문이다. 그는 그녀에게 죄를 가르쳤고 그녀는 죄의식에 사로잡혀 숨을 거두었다. 그리고 이제 비브 목사가 루시의 영혼을 살해하려 하고 있는 것이다.

그러나 전혀 예기치 않은 곳에서 도움의 손길이 뻗쳐 온다. 루시는 점점 더 샬럿 바틀릿을 닮아 가고, 마침내 어머니로부터 목소리까지 바틀릿과 비슷해졌다는 지적을 들을 정도가 된다. 하지만 비브 목사의 서재에서 루시가 에머슨 노인을 직접 만나도록 주선함으로써 루시를 구출해 주는 것 또한 샬럿 바틀릿이다. 비브 목사는 그들이 서로 만나지 않기를 바랐기 때문에 그것을 주선한 바틀릿 양에게 화를 낸다. 그는 에머슨 씨가 자기 아들을 위해 적극 변호할 것이고 결국 루시를 설득하리라는 것을 안다. 이 장면에서 늙은 불가지론자(에머슨)는 〈이해심 가득한 성인의 표정〉을 내보이고, 반면에 비브 목사는 루시와 조지의 결합 소식에 〈인간적 면모를 상실한〉 얼굴이 된다. 비브 목사가 볼 때 그 모든 일이 〈기가 막히고 믿기지 않는 일〉이었다. 그는 결코 젊은 사람들을 용서하지 못한다.

함께 베트롤리니 펜션으로 신혼여행을 갔을 때 조지와 루시는 바틀릿 양의 태도 변화에 대해서 그 동기를 파악하려 한다. 그녀는 에머슨 씨가 비브 목사의 서재에 있다는 것을 확실히 알고 있었다. 그런데 왜 그녀는 루시를 서재로 데려왔을까? 그녀의 깊은 불신보다 더 깊은 곳에 자리 잡은 선한 마음이 사태가 제대로 완결되기를 바랐던 것이다. 비브 목사의 따뜻한 관용의 태도 아래에 그 사태가 파국을 맞이하기를 바라는 사악한 마음이 깃들어 있었던 것처럼.

그가 속삭였다. 「정말 그럴까? 그럴 수 있을까요? 놀라운 이야기를 해줄게요. 당신의 사촌 언니는 처음부터 그걸 바라고 있었다는 거예요. 우리가 처음 만난 그 순간부터 그분은 마음 깊은 곳에서 우리가 이렇게 되기를 바랐어요…… 물론 마음속 아주 깊은 곳에서였지만요. 곁에서는 우리와 싸웠지만, 그래도 속으로는 바랐어요. 다른 방식으로는 그분 행동이 설명되지 않아요. 봐요, 그 여름이 지나가는 동안 그분은 당신이 나를 잊지 못하도록 했어요. 당신을 계속 괴롭혔죠. 그리고 시간이 지날수록 그분은 점점 더 기이하고 믿을 수 없게 되었어요. 우리 두 사람의 환영이 그분을 쫓아다닌 거예요……. 안 그랬다면 우리 일을 친구에게 그런 식으로 설명할 수 없었을 거예요. 그렇게 자세하게 말이에요. 마음속에 생생하게 타오른 거죠. 나중에 내가 그 책을 읽어 봤어요. 루시, 그분은 차가운 분이 아니에요. 그리고 메말라 버린 것도 아니에요. 처음 두 번은 우리를 갈라놓았지만, 그날 저녁 목사관에서 우리에게 행복을 줄 또 한 번의 기회를 주었어요. 우리가 그분하고 친해진다거나 고마움을 전할 수는 없겠죠. 하지만 마음속 아주 깊은 곳, 너무 깊어서 어떤 말이나 행동도 이르지 못하는 그곳에서 그분은 만족하고 있을 거예요.」

「그런 일은 있을 수 없어요.」루시가 중얼거렸다. 그런 뒤에 자기 마음이 겪어 온 길을 돌아보고 다시 말했다.「아니에요……. 있을 수 있어요.」(본문 298~299면)

포스터가 이해하는 인간의 마음이란 이처럼 깊은 심연이면서 동시에 모순덩어리인 것이다.

여기서 영국의 비평가 몽고메리 벨지언의 논문「E. M. 포스터의 악마주의」를 잠시 생각해 보기로 하자. 벨지언이 보는 바에 의하면, 포스터는 인간을 양과 염소의 두 그룹으로 나누고 염소에 대해서는 전혀 동정을 보이지 않는다. 〈포스터가 볼 때, 인간은 양 혹은 염소로 태어나는 것이 자명하다. 둘 중 어느 하나로 태어나면 생애가 끝날 때까지 그 상태로 남아 있게 된다. 인간에게는 변화의 희망이란 없다.〉 벨지언은 계속

해서 이렇게 말한다. 〈저 수많은 불운한 국외자들에 대하여, 포스터는 연민을 느끼지 않는다. (……) 오히려 — 여기서 우리는 아주 중요한 사항에 도달한다고 나는 생각하는데 — 그는 그들을 비웃고 조롱한다.〉 만약 벨지언이 자신의 관점을 너무 교조적으로 밀어붙이지 않고 또 〈비웃음〉, 〈조롱〉, 〈유황불의 냄새〉 등 지나치게 신랄한 말로 자신의 주장을 강조하지 않았더라면, 그는 포스터의 소설 속에서 벌어지고 있는 상황을 아주 정확하게 짚어 낸 게 되었을 것이다. 사실 포스터 소설에는 이 세상은 선한가 혹은 악한가에 대한 뿌리 깊은 우유부단함이 깃들어 있다. 이 세계는 양의 세계인가, 염소의 세계인가? 아니면, 선한 동시에 악한 세계, 다시 말해 양이면서 염소의 세계, 혹은 염소이면서 양의 세계인가? 『전망 좋은 방』에서 그는 이 두 견해 사이에서 절충을 시도한다(절충은 소설가의 권리이다). 비브 목사는 염소이고 샬럿은 내부에 양을 감춘 염소이다. 그러니까 샬럿 바틀릿은 선이면서 동시에 악이다. 이런 도덕적 판단에 대한 불확실성이 평생 동안 포스터의 정신생활을 따라다니게 된다. 전반적으로 보아, 인생을 선이면서 동시에 악이라고 보는 견해가 다른 견해(인생은 선악의 구분이 명확하다는)보다 우위에 서게 되나, 그렇다고 해서 그것을 완전 압도하는 경우는 결코 없었다.

옮긴이의 말

E. M. 포스터는 모두 여섯 권의 장편소설을 썼는데 『전망 좋은 방』은 그 가운데 세 번째 작품으로, 『천사들도 발 딛기 두려워하는 곳』(1905), 『기나긴 여행』(1907)에 이어 1908년에 발표되었다. 이 시절은 포스터의 인생에서 가장 창작력이 왕성했던 시기라고 할 수 있다. 그 바로 2년 후에 그는 『하워즈 엔드』(1910)를 발표했으나, 생전의 마지막 소설인 『인도로 가는 길』은 그로부터 14년 후인 1924년에야 출간되었으며, 그 후 죽을 때까지 장편소설은 한 편도 내지 않았기 때문이다. (물론 다른 문필 활동은 계속 이어졌으며, 마지막으로 〈발표〉된 장편소설은 1914년 집필했으나 사후에 출간된 『모리스』이다.)

『전망 좋은 방』은 『기나긴 여행』 이후 1년 만에 발표되었지만, 구상 기간은 훨씬 길었고 그 과정도 매우 복잡했다. 초기의 원고들은 이탈리아에서 끝나는 데다 핵심 인물인 에머슨 부자도 등장하지 않는 등, 오늘날 우리가 알고 있는 작품과는 상당히 다르다. 그는 중간에 집필을 두 번이나 중단하고, 『천사들도 발 딛기 두려워하는 곳』과 『기나긴 여행』으로 먼저 문단에 이름을 알렸다.

『전망 좋은 방』은 앞의 두 작품보다 뜨거운 평단의 호평을 받았지만(호평의 대열에는 버지니아 울프도 동참했다), 포스터 자신은 작품에 그리 확신을 갖지 못했다고 한다. 그 이유 가운데 하나는 소설이 결혼을 통한 해피 엔딩이기 때문이었다. 결혼으로 갈등이 마무리되는 방식은 18~19세기 영국 소설에 넘쳐 났고, 20세기의 초입에 선 그는 그것이 진정한 마무리가 아니라는 것을 잘 알고 있었다. 실제로 그는 조지가 루시와 함께 달아나려다가 실패한 뒤 쓰러지는 나무에 깔려 죽는 마무리를 구상하기도 했다고 한다.

하지만 펭귄판 편집자 올리버 스톨리브래스가 지적하듯이, 어쩌면 바로 그것이『전망 좋은 방』이 포스터의 작품 가운데 독자들에게 가장 큰 사랑을 받는 이유인지도 모른다. 그런 결말이 존 캐리의 말대로 이 책을 〈포스터의 작품 가운데 가장 행복하고 가장 로맨틱한 소설〉로 만들어 주기 때문이다.

그리고 독자의 한 사람인 옮긴이에게도 이런 결론은 그리 불만스럽지 않다. 이 작품은 강렬한 로맨스를 담고 있지만, 그와 더불어 영국 사회 여러 계급 계층과 가치관이 충돌하는 세태 소설, 사회 소설의 의미도 강하다. 루시와 조지의 결합이 어려웠던 것도 그들이 서로 다른 계급과 가치관의 배를 타고 있기 때문이었다. 포스터는 그 가운데 자신이 옹호하는 가치관을 전혀 망설이지 않고 드러내는데, 그런 상태에서 두 사람을 헤어지게 한다면 그 가치관은 패배적인 것이 될 것이기 때문이다. 포스터는 전투적인 행동주의자는 아니었지만, 남녀평등, 무신론, 반전체주의 등의 신념은 확고했으며, 강력한 사회 비판 속에서도 낙관적인 인간애를 잃지 않았다. 이런 점을 가리켜 미국의 비평가 라이어넬 트릴링은 〈그는 인간의 가능성에 만족하고, 인간의 한계에도 만족한다〉고 표현했다.

포스터는 두 살도 되기 전에 아버지가 사망한 까닭에 어머니와 둘이서 단출한, 그리고 때로는 쓸쓸한 가족을 이루어 살았다. 하지만 친척은 친가 쪽이나 외가 쪽이나 모두 아주 많았고, 그들 중 여럿이 작품 속 등장인물로 다시 태어났다. 『전망 좋은 방』의 기묘한 비관주의자 샬럿 바틀릿은 친가 쪽 막내 숙모인 에밀리가 모델이었고, 솔직하고 활기 넘치는 허니처치 부인은 외할머니 루이자가 모델이었다고 한다.

실제 모델이 있었건 그렇지 않건 간에 독특한 개성을 지닌 선명한 인물들을 만나는 건 포스터 작품을 읽는 묘미 가운데 하나다. 샬럿 바틀릿 같은 인물, 엘리너 래비시 같은 인물을 어디서 또 만날 수 있을까? 이들은 잊을 수 없는 개성을 지닌 데다 우리 주변에서 — 혹은 우리에게서 — 어렵지 않게 볼 수 있는 전형성을 내재하고 있어서 더욱 생생하게 느껴진다.

포스터 작품에서 빼놓을 수 없는 특징의 하나는 아이러니가 넘치는 문장들이다. 인물들의 말과 행동에 담긴 무수한 모순들이 그의 날카로운 펜 끝에 걸려 페이지 곳곳을 채우고 있다. 아이러니는 감정 이입을 배제하는 문학 기법이기 때문에 포스터의 문장은 상당히 냉정해 보이지만, 그 안에 담긴 풍부한 유머는 독자들에게 절묘한 즐거움을 선사한다. 강렬한 감정들을 담고 있으면서도 작품 자체는 냉정한 어조를 유지하는 것, 그러면서도 그 감정들이 공허하지 않고 진실하게 울리는 것은 이 작품을 읽으면서 또 번역하면서 느낀 가장 큰 즐거움이었다.

『전망 좋은 방』은 제임스 아이보리 감독의 영화로도 유명한데, 영화 또한 차분한 분위기 속에서 미묘한 감정의 흔들림을 섬세하게 그려 낸 수작이지만, 포스터의 아이러니를 제대로 느끼려면 역시 소설로 읽는 게 제격이라는 생각이다. 이런 작품을 역자의 손으로 번역하게 되었다는 것은 더없이 큰 기쁨이었다. 행여 부족한 능력이 포스터의 걸작에 누가 되지 않았기를 바랄 뿐이다.

 포스터가 작품을 헌정한 H. O. M.은 케임브리지 대학 재학 시절의 절친한 친구 휴 메러디스이다. 메러디스는 『모리스』의 등장인물 클라이브의 모델로 여겨지고 있다.

고정아

E. M. 포스터 연보

1879년 출생 1월 1일 에드워드 모건 포스터, 영국 런던에서 태어남. 아버지 에드워드 모건 루엘린 포스터Edward Morgan Lewellyn Forster는 케임브리지 대학 트리니티 칼리지에서 공부했지만, 아서 블룸필드 경에게서 건축 수업을 받고 건축가가 되었음. 그 직후 큰 이모 메리앤 손턴을 통해 앨리스 클라라 위첼로Alice Clara Wichelo를 만나 1877년 초에 결혼했음. 메리앤 손턴은 앨리스가 아버지를 여읜 직후인 열두 살 무렵 양가의 주치의를 통해 그녀를 알게 되었고, 그 후 가난한 위첼로 집안을 대신해 사실상 그녀를 키우다시피 했음. 에드워드와 앨리스 사이의 첫째 아이는 사산되었고, 둘째 아이가 에드워드 모건 포스터임. 평생 미혼으로 산 메리앤 손턴은 부유한 손턴 집안의 우두머리 역할을 함과 동시에 포스터 집안과 위첼로 집안에도 큰 힘을 발휘했고, 포스터의 인생에도 중대한 영향을 미쳤음.

1880년 1세 10월 아버지가 폐결핵으로 요양지인 본머스에서 사망.

1883년 4세 3월 어머니와 함께 하트퍼드셔의 스티브니지에 있는 집 루크네스트로 이사. 이 집이 『하워즈 엔드*Howards End*』에 나오는 집 하워즈 엔드의 모델이 되었음.

1887년 8세 메리앤 손턴이 사망하면서 포스터에게 8천 파운드의 유산을 남김. 포스터는 나중에 이러한 〈재정적 구원〉을 통해 여행을 하고 글을 쓸 수 있게 되었다고 말함.

1890년 ¹¹세 이스트본의 예비 학교 켄트 하우스에 입학해서 기숙사 생활을 시작. 학교생활에 적응하지 못하고 집에 대한 향수에 시달림. 겨울에 학교 근처의 언덕을 산책하다가 중년의 변태 성욕자를 만나 성추행을 당함.

1893년 ¹⁴세 봄 켄트 하우스 졸업. 여름 학기 동안 그레인지라는 기숙학교에 들어갔지만 심각하게 괴롭힘을 당해 곧 그만둠. 그 뒤 어머니와 함께 톤브리지로 이사해서 톤브리지 스쿨에 통학생으로 입학. 톤브리지 스쿨은 『기나긴 여행 The Longest Journey』에 나오는 소스턴 스쿨의 모델로, 포스터는 이곳에서 극도로 불행한 시절을 보냈음. (〈학창 시절은 내 인생의 가장 불행한 시기였다.〉 —『스펙테이터』지 1933년 7월호)

1897년 ¹⁸세 라틴어 시(「트라팔가」)와 영문 에세이(「기후와 신체 조건이 국민성에 미치는 영향」)로 학교에서 상을 받음. 가을에 케임브리지의 킹스 칼리지에 입학해서 J. E. 닉슨과 너대니얼 웨드의 지도 아래 고전을 공부함. 특히 형식과 권위를 파괴하고 유미주의에 반대하는 너대니얼 웨드의 영향을 많이 받음.

1898년 ¹⁹세 어머니가 턴브리지 웰스로 이사. 턴브리지 웰스는 톤브리지 못지않게 영국 교외 생활의 억압적이고 속물적인 성격을 보여 주었고, 포스터는 이를 『천사들도 발 딛기 두려워하는 곳 Where Angels Fear to Tread』과 『기나긴 여행』에 나오는 소스턴의 모델로 삼았음. 골즈워디 로스 디킨슨과 가까워짐. 휴 메러디스와 친해져서, 그를 따라 기독교 신앙을 버림.

1900년 ²¹세 『케임브리지 리뷰』와 『베실리오나』(킹스 칼리지 잡지)에 여러 편의 글을 실음. 6월 고전 전공 우등 졸업 시험을 2급으로 통과하고, 메러디스와 함께 4학년을 다니면서 역사를 공부함. 너대니얼 웨드의 권유로 소설을 쓰기 시작함.

1901년 ²²세 2월 메러디스의 추천을 통해 〈사도회 Apostles〉 회원으로 뽑힘. 〈사도회〉는 케임브리지 대학에서 가장 배타적인 지적 동아리로, 그 토론 풍경은 『기나긴 여행』의 첫 장면에 묘사되어 있음. 6월 역사 전공 우등 졸업 시험을 2급으로 통과. 10월 턴브리지 웰스의 집을 처분하고 어머니와 함께 유럽 대륙 여행을 떠남. 밀라노를 거쳐 피렌체에서 5주 동안 머무름. (이때 머문 펜션 시미가 『전망 좋은 방 *A Room with a View*』의 펜션 베르톨리니의 모델이 됨.)

1902년 23세 나폴리에서 피렌체를 배경으로 한 『전망 좋은 방』을 착상. 5월 라벨로에서 단편소설 「목신을 만난 이야기 The Story of a Panic」를 씀. 스스로 작가라는 확신을 얻음. 다시 북쪽으로 여행하면서 토스카나 지방의 소도시들을 다님. (이때 들른 산 지미냐노가 『천사들도 발 딛기 두려워하는 곳』의 몬테리아노의 모델이 됨.) 귀국 후 노동자 대학에서 라틴어를 가르치기 시작함.

1903년 24세 겨울 사이에 휴 메러디스와 애인 사이가 됨. (두 사람의 사랑은 『모리스 *Maurice*』에 그려진 모리스와 클라이브의 관계처럼 육체적인 면을 배제한 것이었고, 메러디스는 클라이브의 모델이었음.) 4월 그리스 여행. 이탈리아를 거쳐 8월 귀국. 11월 케임브리지 친구들이 주축이 되어 만든 월간지 『인디펜던트 리뷰』에 에세이 「매콜니아 상점들 Macolnia Shops」을 발표하면서 작가로 데뷔. 이후 이 잡지가 발간되던 4년 동안 주요 필자 중의 한 명으로 활동.

1904년 25세 『전망 좋은 방』을 간헐적으로 작업하면서, 새 소설 『천사들도 발 딛기 두려워하는 곳』 집필 시작. 디킨슨을 도와 덴트 클래식판 『아이네이스』 편집 작업. 케임브리지 대학 로컬 렉처 보드에서 이탈리아 문화에 대한 여러 강의를 함. 8월 『인디펜던트 리뷰』에 단편소설 「목신을 만난 이야기」 발표. 9월 윌트셔의 솔즈베리에 머무는 동안 피그스베리 링스를 방문, 『기나긴 여행』을 착상. 어머니와 함께 웨이브리지의 하넘이라는 집으로 이사. 이후 이 집에서 20년 동안 거주함.

1905년 26세 4~7월 독일 나센하이데의 아르님 백작 가에서 가정교사로 일함. 근처의 독일 풍경이 『하워즈 엔드』에 나오는 포메라니아의 묘사에 사용됨. 10월 5일 『천사들도 발 딛기 두려워하는 곳』 출간, 상당한 호평을 받음.

1906년 27세 6월 메러디스 결혼. 포스터는 자살 충동에 시달림. 옥스

퍼드 대학에 입학하기 위해 영국에 온 인도 청년 사이드 로스 마수드를 만나 라틴어 개인 교습을 함. 둘은 곧 친구가 되고, 포스터는 차츰 그를 사랑하게 됨.

1907년 28세   4월 16일 『기나긴 여행』 출간, 호평을 받음.

1908년 29세   10월 14일 『전망 좋은 방』 출간, 역시 큰 호평을 받음.

1909년 30세   12월 프라이데이 클럽에서 발표한 「문학에서 여성적 어조The Feminine Note in Literature」라는 논문이 호평을 받아 블룸즈버리 그룹의 확고한 일원이 됨.

1910년 31세   10월 18일 『하워즈 엔드』 출간하여 큰 호평을 받음. 이후 포스터는 차츰 사회적으로 주목받는 인사가 됨.

1911년 32세   1월 외할머니 루이자 위첼로 사망(루이자는 『전망 좋은 방』의 허니처치 부인의 모델). 이후 어머니가 만성적인 우울증에 빠짐. 5월 소설집 『천국의 합승 마차Celestial Omnibus』 출간.

1912년 33세   10월 7일 로스 디킨슨과 함께 인도로 감. 귀국해 있던 마수드를 알리가르에서 만나 환대를 받음. 12월 인도레에서 데와스 토후국의 마하라자 토쿠지를 만남.

1913년 34세   1월 반키포르에서 마수드와 재회해서 바라바르 언덕을 방문. 반키포르와 바라바르 언덕은 『인도로 가는 길A Passage to India』의 찬드라포르와 마라바르 동굴의 모델이 됨. 4월 귀국. 인도를 주제로 한 소설을 착상하고 집필 시작했으나 몇 달 만에 중단. 9월 밀소프의 에드워드 카펜터를 방문. 『모리스』를 착상하고 집필 시작.

1914년 35세   6월 『모리스』 완성. 그러나 출판을 시도하지는 않음. (〈내가 죽거나 영국이 죽기 전에는 출판할 수 없다〉 — 플로렌스 바저에게 보낸 편지.) 7월 1차 대전 발발. 1912년부터 쓰기 시작한 『북극의 여름Arctic Summer』 중단, 미완성으로 남김. 마수드 결혼.

1915년 36세   블룸즈버리 그룹과 연대가 깊어지고, 특히 버지니아 울프와 친해져서 봄에 울프의 처녀작 『출항』이 출간되자 「데일리 뉴스」

에 서평을 씀. 11월 비전투 인력으로 적십자에 지원, 이집트의 알렉산드리아로 가서 〈실종 병사 탐색〉 일을 함. 3개월 예정이었으나 일정이 연장됨.

1916년 37세 3월 영국에서 징병제를 실시해서 전투 가능 연령의 남자들에게 〈입대 선서〉를 하게 했으나, 포스터는 이를 거부. 친구들의 노력과 군의 호의로 입대 선서를 하지 않게 됨.

1917년 38세 그리스 시인 C. P. 카바피와 알게 되어 그의 시를 영국에 소개함. 시내 전차의 차장 모하메드 엘 아들을 만나 친해지고 애인 사이로 발전. 처음으로 정신적 육체적으로 모두 충족된 사랑을 경험함.

1918년 39세 『이집션 메일』을 비롯한 이집트 잡지에 글을 기고. 10월 모하메드 결혼. 11월 1차 대전 종료.

1919년 40세 1월 귀국. 1920년까지 『애시니엄』지를 비롯한 여러 신문 잡지에 백 편가량의 서평과 에세이를 씀. 그러나 소설가로서는 창작력이 고갈됐다고 느낌.

1920년 41세 3월 노동당 기관지인 「데일리 헤럴드」의 문학 편집자가 되시만 2개월 민에 그만 둠.

1921년 42세 3월 두 번째 인도 방문, 데와스 토후국 마하라자인 투코지의 비서가 됨. 마하라자의 각별한 신임 아래 임무를 수행하면서 힌두 문화를 관찰함.

1922년 43세 1월 귀국. 5월 모하메드 폐병으로 사망. 『인도로 가는 길』 집필 시작. 12월 『알렉산드리아: 역사와 안내 *Alexandria: A History and a Guide*』 출간.

1923년 44세 5월 15일 이집트 신문 잡지에 기고한 글을 모아서 『파로스와 파릴론 *Pharos and Pharillon*』 출간.

1924년 45세 5월 고모 로라 포스터가 죽으면서 애빙거 해머의 집 웨스트 해커스트를 유산으로 물려줌. 6월 4일 『인도로 가는 길』 출간, 문단의 열렬한 호평과 더불어 처음으로 상업적으로도 성공함.

1925년 46세   조 애컬리를 통해서 알게 된 경찰관 해리 데일리(당시 24세)와 연애(~1928 무렵).

1927년 48세   1~3월 케임브리지 대학 트리니티 칼리지에서 8회에 걸쳐 클라크 연례 강연을 함. 강연은 대성공을 거두었고, 강연 내용은 10월 20일 『소설의 양상 The Aspects of the Novel』으로 출간됨. 킹스 칼리지의 3년 계약 특별 연구원이 됨.

1928년 49세   3월 27일 소설집 『영원의 순간 The Eternal Moment and Other Stories』 출간. 7월 래드클리프 홀의 여성 동성애 소설 『고독의 우물 The Well of Loneliness』이 판매 금지를 당하자 버지니아 울프와 함께 맹렬히 항의 활동. 국제 펜클럽 활동에 적극 나서서 〈청년 펜 Young P. E. N.〉 지부의 초대 회장이 됨.

1929년 50세   6월 바저 부부와 함께 영국 학술 협회가 마련한 남아프리카 크루즈 여행에 참가.

1930년 51세   조 애컬리의 파티에서 경찰관 밥 버킹엄(당시 28세)을 만남. 이후 둘은 평생토록 반 연애 상태로 친밀하게 지냄.

1931년 52세   펜클럽 탈퇴.

1932년 53세   7월 로스 디킨슨 사망. 8월 밥 버킹엄 결혼. 극심한 우울증에 빠짐.

1933년 54세   3월 밥 버킹엄의 아들 로버트 모건 출생. 포스터가 대부가 됨.

1934년 55세   4월 19일 전기 『골즈워디 로스 디킨슨』 출간. 파시즘이 대두되면서 공적 활동 시작. 시민 자유를 위한 국민 평의회 NCCL의 의장이 됨. 〈치안 유지 법안〉 반대 운동을 펼쳤으나, 11월에 법안 통과됨. 『타임 앤드 타이드』지에 〈길 위의 메모 Notes on the Way〉라는 제목의 정치 사회 칼럼 4편 기고.

1935년 56세   3월 제임스 핸리의 『소년 Boy』이 음란물 판정을 받아 출판사가 벌금을 내는 사건이 발생하자 NCCL을 통해서 항의 운동 전개. 6월 파리에서 열린 국제 작가 회의에 참석, 〈영국의 자유〉라는 제목의 연설을 함.

1936년 57세 3월 19일 에세이집 『애빙거 하비스트 *Abinger Harvest*』 출간.

1937년 58세 7월 마수드 사망. 12월 마하라자 투코지 사망.

1938년 59세 뉴욕의 『네이션』지에 「내가 믿는 것What I Believe」 개재. (〈조국을 배신하는 것과 친구를 배신하는 것 가운데 하나를 선택하라면, 나는 조국을 배신할 용기를 갖기를 원한다〉라는 유명한 구절이 들어 있음.) NCCL의 일원으로 〈공무 비밀법〉 6항 수정 운동 전개, 이의 적용을 엄격히 제한시키는 데 성공. 3월 독일이 오스트리아를 병합. 9월 뮌헨 협정.

1939년 60세 2차 대전 발발 후 정치적 발언을 점점 더 강력하게 수행.

1941년 62세 BBC에서 인도를 대상으로 방송. 12월 태평양 전쟁 발발.

1942년 63세 NCCL이 공산주의 편향이라는 비난을 막기 위해 다시 의장이 됨.

1943년 64세 조 애컬리가 편집하는 『리스너』지에 여러 서평을 실음. 미국의 평론가 라이어넬 트릴링이 포스터에 대한 연구서 출간.

1944년 65세 8월 밀턴의 『아레오파기티카』 출간 3백 주년을 기념해서 열린 런던 펜클럽 대회에서 회장으로 활동.

1945년 66세 3월 11일 어머니 사망. 8월 2차 대전 종결. 10월 인도 펜클럽의 초대를 받아 세 번째로 인도 방문.

1946년 67세 킹스 칼리지의 명예 특별 연구원으로 선임되어 11월 킹스 칼리지로 이주.

1947년 68세 4월 하버드 대학의 초청으로 미국 방문. 〈예술에서 비평의 존재 이유〉 강연.

1948년 69세 3월 NCCL의 공산주의적 경향에 항의하여 사직.

1949년 70세 3월 벤저민 브리튼의 오페라 「빌리 버드Billy Budd」의 리브레토 작업. 5월 미국 재방문. 예술원에서 〈예술을 위한 예술〉 강연. 해밀턴 대학에서 명예학위를 받음. 기사 작위를 제안받았으나 거절.

1950년 71세 케임브리지 대학에서 명예 학위를 받음.

1951년 72세 11월 1일 에세이집 『민주주의에 만세 이창Two Cheers for Democracy』 출간. 12월 「빌리 버드」 상연.

1953년 74세 월 명예 훈위 받음. 10월 데와스 토후국 생활을 기록한 『데비의 언덕The Hill of Devi』 출간.

1956년 77세 5월 전기 『메리앤 손턴Marianne Thornton: A Domestic Biography』 출간.

1960년 81세 11월 『채털리 부인의 연인』의 형사 소송에 변호인 측으로 증언.

1964년 85세 월 뇌일혈로 입원. 이후 입원과 퇴원을 반복함.

1969년 90세 1월 메리트 훈장 받음.

1970년 91세 5월 22일 킹스 칼리지 방에서 쓰러짐. 6월 2일 밥 버킹엄의 집으로 옮겨져 그곳에서 7일 새벽 사망, 화장됨.

1971년 10월 『모리스』 출간.

1972년 소설집 『다가오는 생애The Life to Come and Other Stories』 출간.

1980년 미완성 소설 『북극의 여름』 출간.

1984년 데이비드 린 감독이 「인도로 가는 길」 영화화.

1985년 제임스 아이보리 감독이 「전망 좋은 방」 영화화, 아카데미 각색상을 수상함.

1987년 1924~1968년 사이에 쓴 『비망록』 출간. 제임스 아이보리 감독이 「모리스」 영화화, 클라이브역을 맡은 휴 그랜트가 베니스 영화제 남우주연상을 수상함.

1991년 찰스 스터리지 감독이 「천사들도 발 딛기 두려워하는 곳」 영화화.

1992년 제임스 아이보리 감독이 「하워즈 엔드」 영화화, 마거릿 슐레겔역의 엠마 톰슨이 골든 글로브와 아카데미 여우주연상을 수상함.

열린책들 세계문학 028 전망 좋은 방

옮긴이 고정아 1967년 서울에서 태어나 연세대학교 영문과를 졸업했다. 현재 전문 번역가로 활동 중이다. 지은 책으로는 『똑똑한 아이가 되는 일곱 가지 사고력』, 『슈바이처』, 『숲 속의 날씨 이야기』, 『교과서 속 세계 인물 100』 등이 있으며, 옮긴 책으로는 E. M. 포스터의 『모리스』, 『하워즈 엔드』, 『기나긴 여행』, 『천사들도 발 딛기 두려워하는 곳』과 대실 해밋의 『몰타의 매』, 이디스 워튼의 『순수의 시대』, 캐롤라인 냅의 『술, 전쟁 같은 사랑의 기록』 등이 있다. 2012년 제6회 유영번역상을 수상했다.

지은이 E. M. 포스터 **옮긴이** 고정아 **발행인** 홍예빈
발행처 주식회사 열린책들 **주소** 경기도 파주시 문발로 253 파주출판도시
전화 031-955-4000 **팩스** 031-955-4004
홈페이지 www.openbooks.co.kr **이메일** literature@openbooks.co.kr
Copyright (C) 주식회사 열린책들, 2005, 2009, *Printed in Korea.*
ISBN 978-89-329-0941-7 04840 ISBN 978-89-329-1499-2 (세트)
발행일 2005년 12월 15일 초판 1쇄 2008년 10월 30일 초판 6쇄 2006년 2월 25일 보급판 1쇄 2007년 12월 10일 보급판 3쇄 2009년 11월 10일 세계문학판 1쇄 2025년 10월 30일 세계문학판 11쇄

이 도서의 국립중앙도서관 출판예정도서목록(CIP)은 서지정보유통지원시스템 홈페이지(http://seoji.nl.go.kr)와 국가자료공동목록시스템(http://www.nl.go.kr/kolisnet)에서 이용하실 수 있습니다.(CIP제어번호:CIP2009003289)

열린책들 세계문학
Open Books World Literature

001 **죄와 벌** 표도르 도스또예프스끼 장편소설 | 홍대화 옮김 | 전2권 | 각 408, 512면

003 **최초의 인간** 알베르 카뮈 장편소설 | 김화영 옮김 | 392면

004 **소설** 제임스 미치너 장편소설 | 윤희기 옮김 | 전2권 | 각 280, 368면

006 **개를 데리고 다니는 부인** 안똔 체호프 소설선집 | 오종우 옮김 | 368면

007 **우주 만화** 이탈로 칼비노 단편집 | 김운찬 옮김 | 416면

008 **댈러웨이 부인** 버지니아 울프 장편소설 | 최애리 옮김 | 296면

009 **어머니** 막심 고리끼 장편소설 | 최윤락 옮김 | 544면

010 **변신** 프란츠 카프카 중단편집 | 홍성광 옮김 | 464면

011 **전도서에 바치는 장미** 로저 젤라즈니 중단편집 | 김상훈 옮김 | 432면

012 **대위의 딸** 알렉산드르 뿌쉬낀 장편소설 | 석영중 옮김 | 240면

013 **바다의 침묵** 베르코르 소설선집 | 이상해 옮김 | 256면

014 **원수들, 사랑 이야기** 아이작 싱어 장편소설 | 김진준 옮김 | 320면

015 **백치** 표도르 도스또예프스끼 장편소설 | 김근식 옮김 | 전2권 | 각 504, 528면

017 **1984년** 조지 오웰 장편소설 | 박경서 옮김 | 392면

018 **수용소군도** 알렉산드르 솔제니찐 기록문학 | 김학수 옮김 | 464면

019 **이상한 나라의 앨리스** 루이스 캐럴 환상동화 | 머빈 피크 그림 | 최용준 옮김 | 336면

020 **베네치아에서의 죽음** 토마스 만 중단편집 | 홍성광 옮김 | 432면

021 **그리스인 조르바** 니코스 카잔차키스 장편소설 | 이윤기 옮김 | 488면

022 **벚꽃 동산** 안똔 체호프 희곡선집 | 오종우 옮김 | 336면

023 **연애 소설 읽는 노인** 루이스 세풀베다 장편소설 | 정창 옮김 | 192면

024 **젊은 사자들** 어윈 쇼 장편소설 | 정영문 옮김 | 전2권 | 각 416, 408면

026 **젊은 베르테르의 슬픔** 요한 볼프강 폰 괴테 장편소설 | 김인순 옮김 | 240면

027 **시라노** 에드몽 로스탕 희곡 | 이상해 옮김 | 256면

028 **전망 좋은 방** E. M. 포스터 장편소설 | 고정아 옮김 | 352면

029 **까라마조프 씨네 형제들** 표도르 도스또예프스끼 장편소설 | 이대우 옮김 | 전3권 | 각 496, 496, 460면

032 **프랑스 중위의 여자** 존 파울즈 장편소설 | 김석희 옮김 | 전2권 | 각 344면

034 **소립자** 미셸 우엘벡 장편소설 | 이세욱 옮김 | 448면

035 **영혼의 자서전** 니코스 카잔차키스 자서전 | 안정효 옮김 | 전2권 | 각 352, 408면
037 **우리들** 예브게니 자먀찐 장편소설 | 석영중 옮김 | 320면
038 **뉴욕 3부작** 폴 오스터 장편소설 | 황보석 옮김 | 480면
039 **닥터 지바고** 보리스 빠스쩨르나끄 장편소설 | 박형규 옮김 | 전2권 | 각 400, 512면
041 **고리오 영감** 오노레 드 발자크 장편소설 | 임희근 옮김 | 456면
042 **뿌리** 알렉스 헤일리 장편소설 | 안정효 옮김 | 전2권 | 각 400, 448면
044 **백년보다 긴 하루** 친기즈 아이뜨마또프 장편소설 | 황보석 옮김 | 560면
045 **최후의 세계** 크리스토프 란스마이어 장편소설 | 장희권 옮김 | 264면
046 **추운 나라에서 돌아온 스파이** 존 르카레 장편소설 | 김석희 옮김 | 368면
047 **산도칸 – 몸프라쳄의 호랑이** 에밀리오 살가리 장편소설 | 유향란 옮김 | 428면
048 **기적의 시대** 보리슬라프 페키치 장편소설 | 이윤기 옮김 | 560면
049 **그리고 죽음** 짐 크레이스 장편소설 | 김석희 옮김 | 224면
050 **세설** 다니자키 준이치로 장편소설 | 송태욱 옮김 | 전2권 | 각 480면
052 **세상이 끝날 때까지 아직 10억 년** 스뜨루가츠끼 형제 장편소설 | 석영중 옮김 | 224면
053 **동물 농장** 조지 오웰 장편소설 | 박경서 옮김 | 208면
054 **캉디드 혹은 낙관주의** 볼테르 장편소설 | 이봉지 옮김 | 232면
055 **도적 떼** 프리드리히 폰 실러 희곡 | 김인순 옮김 | 264면
056 **플로베르의 앵무새** 줄리언 반스 장편소설 | 신재실 옮김 | 320면
057 **악령** 표도르 도스또예프스끼 장편소설 | 박혜경 옮김 | 전3권 | 각 328, 408, 528면
060 **의심스러운 싸움** 존 스타인벡 장편소설 | 윤희기 옮김 | 340면
061 **몽유병자들** 헤르만 브로흐 장편소설 | 김경연 옮김 | 전2권 | 각 568, 544면
063 **몰타의 매** 대실 해밋 장편소설 | 고정아 옮김 | 304면
064 **마야꼬프스끼 선집** 블라지미르 마야꼬프스끼 선집 | 석영중 옮김 | 384면
065 **드라큘라** 브램 스토커 장편소설 | 이세욱 옮김 | 전2권 | 각 340, 344면
067 **서부 전선 이상 없다** 에리히 마리아 레마르크 장편소설 | 홍성광 옮김 | 336면
068 **적과 흑** 스탕달 장편소설 | 임미경 옮김 | 전2권 | 각 432, 368면
070 **지상에서 영원으로** 제임스 존스 장편소설 | 이종인 옮김 | 전3권 | 각 396, 380, 496면
073 **파우스트** 요한 볼프강 폰 괴테 희곡 | 김인순 옮김 | 568면
074 **쾌걸 조로** 존스턴 매컬리 장편소설 | 김훈 옮김 | 316면
075 **거장과 마르가리따** 미하일 불가꼬프 장편소설 | 홍대화 옮김 | 전2권 | 각 364, 328면
077 **순수의 시대** 이디스 워튼 장편소설 | 고정아 옮김 | 448면

078 **검의 대가** 아르투로 페레스 레베르테 장편소설 | 김수진 옮김 | 384면

079 **예브게니 오네긴** 알렉산드르 뿌쉬낀 운문소설 | 석영중 옮김 | 328면

080 **장미의 이름** 움베르토 에코 장편소설 | 이윤기 옮김 | 전2권 | 각 440, 448면

082 **향수** 파트리크 쥐스킨트 장편소설 | 강명순 옮김 | 384면

083 **여자를 안다는 것** 아모스 오즈 장편소설 | 최창모 옮김 | 280면

084 **나는 고양이로소이다** 나쓰메 소세키 장편소설 | 김난주 옮김 | 544면

085 **웃는 남자** 빅토르 위고 장편소설 | 이형식 옮김 | 전2권 | 각 472, 496면

087 **아웃 오브 아프리카** 카렌 블릭센 장편소설 | 민승남 옮김 | 480면

088 **무엇을 할 것인가** 니꼴라이 체르느셰프스끼 장편소설 | 서정록 옮김 | 전2권 | 각 360, 404면

090 **도나 플로르와 그녀의 두 남편** 조르지 아마두 장편소설 | 오숙은 옮김 | 전2권 | 각 408, 308면

092 **미사고의 숲** 로버트 홀드스톡 장편소설 | 김상훈 옮김 | 424면

093 **신곡** 단테 알리기에리 장편서사시 | 김운찬 옮김 | 전3권 | 각 292, 296, 328면

096 **교수** 샬럿 브론테 장편소설 | 배미영 옮김 | 368면

097 **노름꾼** 표도르 도스또예프스끼 장편소설 | 이재필 옮김 | 320면

098 **하워즈 엔드** E. M. 포스터 장편소설 | 고정아 옮김 | 512면

099 **최후의 유혹** 니코스 카잔차키스 장편소설 | 안정효 옮김 | 전2권 | 각 408면

101 **키리냐가** 마이크 레스닉 장편소설 | 최용준 옮김 | 464면

102 **바스커빌가의 개** 아서 코넌 도일 장편소설 | 조영학 옮김 | 264면

103 **버마 시절** 조지 오웰 장편소설 | 박경서 옮김 | 408면

104 **10 1/2장으로 쓴 세계 역사** 줄리언 반스 장편소설 | 신재실 옮김 | 464면

105 **죽음의 집의 기록** 표도르 도스또예프스끼 장편소설 | 이덕형 옮김 | 528면

106 **소유** 앤토니어 수전 바이어트 장편소설 | 윤희기 옮김 | 전2권 | 각 440, 488면

108 **미성년** 표도르 도스또예프스끼 장편소설 | 이상룡 옮김 | 전2권 | 각 512, 544면

110 **성 앙투안느의 유혹** 귀스타브 플로베르 희곡소설 | 김용은 옮김 | 584면

111 **밤으로의 긴 여로** 유진 오닐 희곡 | 강유나 옮김 | 240면

112 **마법사** 존 파울즈 장편소설 | 정영문 옮김 | 전2권 | 각 512, 552면

114 **스쩨빤치꼬보 마을 사람들** 표도르 도스또예프스끼 장편소설 | 변현태 옮김 | 416면

115 **플랑드르 거장의 그림** 아르투로 페레스 레베르테 장편소설 | 정창 옮김 | 512면

116 **분신** 표도르 도스또예프스끼 장편소설 | 석영중 옮김 | 288면

117 **가난한 사람들** 표도르 도스또예프스끼 장편소설 | 석영중 옮김 | 256면

118 **인형의 집** 헨리크 입센 희곡 | 김창화 옮김 | 272면

119 **영원한 남편** 표도르 도스또예프스끼 장편소설 | 정명자 외 옮김 | 448면

120 **알코올** 기욤 아폴리네르 시집 | 황현산 옮김 | 352면

121 **지하로부터의 수기** 표도르 도스또예프스끼 장편소설 | 계동준 옮김 | 256면

122 **어느 작가의 오후** 페터 한트케 중편소설 | 홍성광 옮김 | 160면

123 **아저씨의 꿈** 표도르 도스또예프스끼 장편소설 | 박종소 옮김 | 312면

124 **네또츠까 네즈바노바** 표도르 도스또예프스끼 장편소설 | 박재만 옮김 | 316면

125 **곤두박질** 마이클 프레인 장편소설 | 최용준 옮김 | 528면

126 **백야 외** 표도르 도스또예프스끼 소설선집 | 석영중 외 옮김 | 408면

127 **살라미나의 병사들** 하비에르 세르카스 장편소설 | 김창민 옮김 | 304면

128 **뻬쩨르부르그 연대기 외** 표도르 도스또예프스끼 소설선집 | 이항재 옮김 | 296면

129 **상처받은 사람들** 표도르 도스또예프스끼 장편소설 | 윤우섭 옮김 | 전2권 | 각 296, 392면

131 **악어 외** 표도르 도스또예프스끼 소설선집 | 박혜경 외 옮김 | 312면

132 **허클베리 핀의 모험** 마크 트웨인 장편소설 | 윤교찬 옮김 | 416면

133 **부활** 레프 똘스또이 장편소설 | 이대우 옮김 | 전2권 | 각 308, 416면

135 **보물섬** 로버트 루이스 스티븐슨 장편소설 | 머빈 피크 그림 | 최용준 옮김 | 360면

136 **천일야화** 앙투안 갈랑 엮음 | 임호경 옮김 | 전6권 | 각 336, 328, 372, 392, 344, 320면

142 **아버지와 아들** 이반 뚜르게네프 장편소설 | 이상원 옮김 | 328면

143 **오만과 편견** 제인 오스틴 장편소설 | 원유경 옮김 | 480면

144 **친구 역정** 곤 미니인 수회소설 | 이동일 옮김 | 432면

145 **대주교에게 죽음이 오다** 윌라 캐더 장편소설 | 윤명옥 옮김 | 352면

146 **권력과 영광** 그레이엄 그린 장편소설 | 김연수 옮김 | 384면

147 **80일간의 세계 일주** 쥘 베른 장편소설 | 고정아 옮김 | 352면

148 **바람과 함께 사라지다** 마거릿 미첼 장편소설 | 안정효 옮김 | 전3권 | 각 616, 640, 640면

151 **기탄잘리** 라빈드라나트 타고르 시집 | 장경렬 옮김 | 224면

152 **도리언 그레이의 초상** 오스카 와일드 장편소설 | 윤희기 옮김 | 384면

153 **레우코와의 대화** 체사레 파베세 희곡소설 | 김운찬 옮김 | 280면

154 **햄릿** 윌리엄 셰익스피어 희곡 | 박우수 옮김 | 256면

155 **맥베스** 윌리엄 셰익스피어 희곡 | 권오숙 옮김 | 176면

156 **아들과 연인** 데이비드 허버트 로런스 장편소설 | 최희섭 옮김 | 전2권 | 각 464, 432면

158 **그리고 아무 말도 하지 않았다** 하인리히 뵐 장편소설 | 홍성광 옮김 | 272면

159 **미덕의 불운** 싸드 장편소설 | 이형식 옮김 | 248면

160 **프랑켄슈타인** 메리 W. 셸리 장편소설 | 오숙은 옮김 | 320면
161 **위대한 개츠비** 프랜시스 스콧 피츠제럴드 장편소설 | 한애경 옮김 | 280면
162 **아Q정전** 루쉰 중단편집 | 김태성 옮김 | 320면
163 **로빈슨 크루소** 대니얼 디포 장편소설 | 류경희 옮김 | 456면
164 **타임머신** 허버트 조지 웰스 소설선집 | 김석희 옮김 | 304면
165 **제인 에어** 샬럿 브론테 장편소설 | 이미선 옮김 | 전2권 | 각 392, 384면
167 **풀잎** 월트 휘트먼 시집 | 허현숙 옮김 | 280면
168 **표류자들의 집** 기예르모 로살레스 장편소설 | 최유정 옮김 | 216면
169 **배빗** 싱클레어 루이스 장편소설 | 이종인 옮김 | 520면
170 **이토록 긴 편지** 마리아마 바 장편소설 | 백선희 옮김 | 192면
171 **느릅나무 아래 욕망** 유진 오닐 희곡 | 손동호 옮김 | 168면
172 **이방인** 알베르 카뮈 장편소설 | 김예령 옮김 | 208면
173 **미라마르** 나기브 마푸즈 장편소설 | 허진 옮김 | 288면
174 **지킬 박사와 하이드 씨** 로버트 루이스 스티븐슨 소설선집 | 조영학 옮김 | 320면
175 **루진** 이반 뚜르게네프 장편소설 | 이항재 옮김 | 264면
176 **피그말리온** 조지 버나드 쇼 희곡 | 김소임 옮김 | 256면
177 **목로주점** 에밀 졸라 장편소설 | 유기환 옮김 | 전2권 | 각 336면
179 **엠마** 제인 오스틴 장편소설 | 이미애 옮김 | 전2권 | 각 336, 360면
181 **비숍 살인 사건** S. S. 밴 다인 장편소설 | 최인자 옮김 | 464면
182 **우신예찬** 에라스무스 풍자문 | 김남우 옮김 | 296면
183 **하자르 사전** 밀로라드 파비치 장편소설 | 신현철 옮김 | 488면
184 **테스** 토머스 하디 장편소설 | 김문숙 옮김 | 전2권 | 각 392, 336면
186 **투명 인간** 허버트 조지 웰스 장편소설 | 김석희 옮김 | 288면
187 **93년** 빅토르 위고 장편소설 | 이형식 옮김 | 전2권 | 각 288, 360면
189 **젊은 예술가의 초상** 제임스 조이스 장편소설 | 성은애 옮김 | 384면
190 **소네트집** 윌리엄 셰익스피어 연작시집 | 박우수 옮김 | 200면
191 **메뚜기의 날** 너새니얼 웨스트 장편소설 | 김진준 옮김 | 280면
192 **나사의 회전** 헨리 제임스 중편소설 | 이승은 옮김 | 256면
193 **오셀로** 윌리엄 셰익스피어 희곡 | 권오숙 옮김 | 216면
194 **소송** 프란츠 카프카 장편소설 | 김재혁 옮김 | 376면
195 **나의 안토니아** 윌라 캐더 장편소설 | 전경자 옮김 | 368면

196 **자성록** 마르쿠스 아우렐리우스 명상록 | 박민수 옮김 | 240면
197 **오레스테이아** 아이스킬로스 비극 | 두행숙 옮김 | 336면
198 **노인과 바다** 어니스트 헤밍웨이 소설선집 | 이종인 옮김 | 320면
199 **무기여 잘 있거라** 어니스트 헤밍웨이 장편소설 | 이종인 옮김 | 464면
200 **서푼짜리 오페라** 베르톨트 브레히트 희곡선집 | 이은희 옮김 | 320면
201 **리어 왕** 윌리엄 셰익스피어 희곡 | 박우수 옮김 | 224면
202 **주홍 글자** 너대니얼 호손 장편소설 | 곽영미 옮김 | 360면
203 **모히칸족의 최후** 제임스 페니모어 쿠퍼 장편소설 | 이나경 옮김 | 512면
204 **곤충 극장** 카렐 차페크 희곡선집 | 김선형 옮김 | 360면
205 **누구를 위하여 종은 울리나** 어니스트 헤밍웨이 장편소설 | 이종인 옮김 | 전2권 | 각 416, 400면
207 **타르튀프** 몰리에르 희곡선집 | 신은영 옮김 | 416면
208 **유토피아** 토머스 모어 소설 | 전경자 옮김 | 288면
209 **인간과 초인** 조지 버나드 쇼 희곡 | 이후지 옮김 | 320면
210 **페드르와 이폴리트** 장 라신 희곡 | 신정아 옮김 | 200면
211 **말테의 수기** 라이너 마리아 릴케 장편소설 | 안문영 옮김 | 320면
212 **등대로** 버지니아 울프 장편소설 | 최애리 옮김 | 328면
213 **개의 심장** 미하일 불가꼬프 중편소설집 | 정연호 옮김 | 352면
214 **모비 딕** 허먼 멜빌 장편소설 | 강수정 옮김 | 전2권 | 각 464, 488면
216 **더블린 사람들** 제임스 조이스 단편소설집 | 이강훈 옮김 | 336면
217 **마의 산** 토마스 만 장편소설 | 윤순식 옮김 | 전3권 | 각 496, 488, 512면
220 **비극의 탄생** 프리드리히 니체 | 김남우 옮김 | 320면
221 **위대한 유산** 찰스 디킨스 장편소설 | 류경희 옮김 | 전2권 | 각 432, 448면
223 **사람은 무엇으로 사는가** 레프 똘스또이 소설선집 | 윤새라 옮김 | 464면
224 **자살 클럽** 로버트 루이스 스티븐슨 소설선집 | 임종기 옮김 | 272면
225 **채털리 부인의 연인** 데이비드 허버트 로런스 장편소설 | 이미선 옮김 | 전2권 | 각 336, 328면
227 **데미안** 헤르만 헤세 장편소설 | 김인순 옮김 | 264면
228 **두이노의 비가** 라이너 마리아 릴케 시 선집 | 손재준 옮김 | 504면
229 **페스트** 알베르 카뮈 장편소설 | 최윤주 옮김 | 432면
230 **여인의 초상** 헨리 제임스 장편소설 | 정상준 옮김 | 전2권 | 각 520, 544면
232 **성** 프란츠 카프카 장편소설 | 이재황 옮김 | 560면
233 **차라투스트라는 이렇게 말했다** 프리드리히 니체 산문시 | 김인순 옮김 | 464면

234 **노래의 책** 하인리히 하이네 시집 | 이재영 옮김 | 384면
235 **변신 이야기** 오비디우스 서사시 | 이종인 옮김 | 632면
236 **안나 카레니나** 레프 톨스토이 장편소설 | 이명현 옮김 | 전2권 | 각 800, 736면
238 **이반 일리치의 죽음·광인의 수기** 레프 톨스토이 중단편집 | 석영중·정지원 옮김 | 232면
239 **수레바퀴 아래서** 헤르만 헤세 장편소설 | 강명순 옮김 | 272면
240 **피터 팬** J. M. 배리 장편소설 | 최용준 옮김 | 272면
241 **정글 북** 러디어드 키플링 중단편집 | 오숙은 옮김 | 272면
242 **한여름 밤의 꿈** 윌리엄 셰익스피어 희곡 | 박우수 옮김 | 160면
243 **좁은 문** 앙드레 지드 장편소설 | 김화영 옮김 | 264면
244 **모리스** E. M. 포스터 장편소설 | 고정아 옮김 | 408면
245 **브라운 신부의 순진** 길버트 키스 체스터턴 단편집 | 이상원 옮김 | 336면
246 **각성** 케이트 쇼팽 장편소설 | 한애경 옮김 | 272면
247 **뷔히너 전집** 게오르크 뷔히너 지음 | 박종대 옮김 | 400면
248 **디미트리오스의 가면** 에릭 앰블러 장편소설 | 최용준 옮김 | 424면
249 **베르가모의 페스트 외** 옌스 페테르 야콥센 중단편 전집 | 박종대 옮김 | 208면
250 **폭풍우** 윌리엄 셰익스피어 희곡 | 박우수 옮김 | 176면
251 **어센든, 영국 정보부 요원** 서머싯 몸 연작 소설집 | 이민아 옮김 | 416면
252 **기나긴 이별** 레이먼드 챈들러 장편소설 | 김진준 옮김 | 600면
253 **인도로 가는 길** E. M. 포스터 장편소설 | 민승남 옮김 | 552면
254 **올랜도** 버지니아 울프 장편소설 | 이미애 옮김 | 376면
255 **시지프 신화** 알베르 카뮈 지음 | 박언주 옮김 | 264면
256 **조지 오웰 산문선** 조지 오웰 지음 | 허진 옮김 | 424면
257 **로미오와 줄리엣** 윌리엄 셰익스피어 희곡 | 도해자 옮김 | 200면
258 **수용소군도** 알렉산드르 솔제니찐 기록문학 | 김학수 옮김 | 전6권 | 각 460면 내외
264 **스웨덴 기사** 레오 페루츠 장편소설 | 강명순 옮김 | 336면
265 **유리 열쇠** 대실 해밋 장편소설 | 홍성영 옮김 | 328면
266 **로드 짐** 조지프 콘래드 장편소설 | 최용준 옮김 | 608면
267 **푸코의 진자** 움베르토 에코 장편소설 | 이윤기 옮김 | 전3권 | 각 392, 384, 416면
270 **공포로의 여행** 에릭 앰블러 장편소설 | 최용준 옮김 | 376면
271 **심판의 날의 거장** 레오 페루츠 장편소설 | 신동화 옮김 | 264면
272 **에드거 앨런 포 단편선** 에드거 앨런 포 지음 | 김석희 옮김 | 392면

273 **수전노 외** 몰리에르 희곡선집 | 신정아 옮김 | 424면
274 **모파상 단편선** 기 드 모파상 지음 | 임미경 옮김 | 400면
275 **평범한 인생** 카렐 차페크 장편소설 | 송순섭 옮김 | 280면
276 **마음** 나쓰메 소세키 장편소설 | 양윤옥 옮김 | 344면
277 **인간 실격·사양** 다자이 오사무 소설집 | 김난주 옮김 | 336면
278 **작은 아씨들** 루이자 메이 올컷 장편소설 | 허진 옮김 | 전2권 | 각 408, 464면
280 **고함과 분노** 윌리엄 포크너 장편소설 | 윤교찬 옮김 | 520면
281 **신화의 시대** 토머스 불핀치 신화집 | 박중서 옮김 | 664면
282 **셜록 홈스의 모험** 아서 코넌 도일 단편집 | 오숙은 옮김 | 456면
283 **자기만의 방** 버지니아 울프 지음 | 공경희 옮김 | 216면
284 **지상의 양식·새 양식** 앙드레 지드 지음 | 최애영 옮김 | 360면
285 **전염병 일지** 대니얼 디포 지음 | 서정은 옮김 | 368면
286 **오이디푸스왕 외** 소포클레스 비극 | 장시은 옮김 | 368면
287 **리처드 2세** 윌리엄 셰익스피어 희곡 | 박우수 옮김 | 208면
288 **아내·세 자매** 안톤 체호프 선집 | 오종우 옮김 | 240면
289 **폭풍의 언덕** 에밀리 브론테 장편소설 | 전승희 옮김 | 592면
290 **조반니의 방** 제임스 볼드윈 장편소설 | 김지현 옮김 | 320면
291 **의무론** 마르쿠스 툴리우스 키케로 지음 | 김남우 옮김 | 312면
292 **밤에 돌다리 밑에서** 레오 페루츠 지음 | 신동화 옮김 | 360면
293 **한낮의 열기** 엘리자베스 보엔 장편소설 | 정연희 옮김 | 576면
294 **아바나의 우리 사람** 그레이엄 그린 장편소설 | 최용준 옮김 | 392면
295 **필경사 바틀비** 허먼 멜빌 중단편집 | 윤희기 옮김 | 400면